Au-delà de la vérité

Lucy Clarke

Au-delà de la vérité

Traduit de l'anglais par Sylvie Schneiter

ÉDITIONS
FRANCE
LOISIRS

Titre original : *The Sea Sisters*
Publié par HarperCollins Publishers

Ce livre est une œuvre de fiction. Les noms et les personnages sont le fruit de l'imagination de l'auteur. Toute ressemblance avec des personnes réelles, vivantes ou mortes, serait pure coïncidence.

Édition du Club France Loisirs,
avec l'autorisation des Éditions Presses de la Cité.

Éditions France Loisirs,
123, boulevard de Grenelle, Paris
www.franceloisirs.com

ISBN : 978-2-298-06496-4

1

Katie
(Londres, mars)

Katie rêvait de la mer. Elle faisait le poirier dans une eau sombre, agitée et parcourue de courants qui refluaient. Le téléphone sonnait dans son appartement. Elle se frotta les yeux. La pendule affichait 2 h 14.

Mia, pensa-t-elle aussitôt en se raidissant. À l'évidence, sa sœur s'était trompée dans le décalage horaire.

Elle repoussa les couvertures et sortit de son lit, sa chemise de nuit entortillée autour de la taille. Il faisait tellement froid que le parquet était glacial sous ses pieds. Grelottante, elle se déplaça dans la chambre les doigts tendus devant elle en guise de détecteurs et, une fois parvenue à la porte, attrapa la poignée. Les gonds grincèrent lorsqu'elle ouvrit.

Le son s'intensifia tandis qu'elle s'avançait dans l'entrée obscure. Le bruit était presque inquiétant dans le silence ensommeillé de la nuit. Quelle heure pouvait-il être en Australie ? Midi ?

L'estomac noué, elle s'interrogea sur ce que Mia avait à lui dire. La veille, elles avaient eu une conversation, la première depuis des mois, qui s'était très mal terminée. Les injures avaient fusé et le nom de leur mère avait été balancé sur la ligne telle une grenade dégoupillée. Katie avait éprouvé un tel sentiment de culpabilité qu'elle avait quitté le bureau avec une heure d'avance, faute d'arriver à se concentrer. Au moins auraient-elles l'occasion de se reparler et pourrait-elle demander pardon à Mia.

Elle se trouvait à trois pas du téléphone quand elle se rendit compte que la sonnerie s'était arrêtée. Elle hésita, une main sur son front. Mia avait-elle raccroché ? Avait-elle rêvé ?

Le bruit recommença. En fait, ce n'était pas le téléphone, mais l'interphone.

Elle soupira, persuadée qu'il s'agissait d'une visite tardive pour les traders de l'étage du dessus. Elle se pencha et appuya sur le bouton.

— Oui ?

— C'est la police.

Elle se figea. Le sommeil l'abandonna comme une brume marine se dissipant un jour ensoleillé.

— Nous souhaiterions parler à Mlle Katie Greene.

Son rythme cardiaque s'accéléra.

— C'est moi.

— Pouvons-nous monter ?

Elle déverrouilla la porte, songeant : Qu'est-ce qui s'est passé ? Elle alluma et cligna des yeux quand le vestibule s'éclaira. Baissant la tête, elle remarqua ses pieds nus, ses orteils laqués de rose, l'ourlet froissé de sa chemise de nuit en soie sur ses cuisses blanches. Une robe de chambre s'imposait, mais des pas lourds résonnaient déjà dans l'escalier.

Elle ouvrit et deux policiers en uniforme, une femme et un homme, entrèrent.

— Mademoiselle Katie Greene ? s'enquit la première.

Les cheveux blond grisonnant, les joues rouges, elle se tenait près de son collègue qui, assez jeune pour être son fils, fixait le sol.

— Oui.

— Vous êtes seule ?

Katie acquiesça.

— Êtes-vous la sœur de Mia Greene ?

Elle porta précipitamment ses mains à sa bouche.

— Oui…

— Nous sommes vraiment désolés, la police de Bali nous a informés…

Mon Dieu ! Oh, mon Dieu…

— … qu'on a retrouvé le corps de Mia Greene au pied d'une falaise à Umanuk. La police estime qu'elle est tombée.

— Non ! Non !

Elle se détourna d'eux, de la bile remonta dans sa gorge. Ce n'était pas vrai. Ça ne pouvait pas l'être.

— Mademoiselle Greene ?

Katie refusa de leur faire face. Son regard se posa sur un panneau accroché au mur. Au-dessus d'invitations, d'un calendrier, du prospectus d'un traiteur, il y avait une carte du monde. Une semaine avant le départ de Mia, Katie lui avait demandé d'y tracer son voyage. La requête avait fait sourire Mia, qui avait néanmoins accédé au besoin de précisions de sa sœur et dessiné un vague itinéraire commençant par la côte ouest des États-Unis et passant par l'Australie, la Nouvelle-Zélande, les Fidji, les Samoa, le Vietnam et le Cambodge – un été interminable à longer des littoraux. Katie avait suivi le périple en fonction des rares coups de fil de Mia. Désormais, la punaise argentée était fichée en Australie-Occidentale.

Les yeux rivés sur la carte, elle comprit que quelque chose clochait. Elle se tourna vers les policiers.

— Où l'a-t-on trouvée ?

— À Umanuk, répondit la femme. C'est au sud de Bali.

Cette île ne figurait pas dans l'itinéraire de Mia. C'était une erreur ! Elle eut envie de rire, de laisser le soulagement exploser dans sa poitrine.

— Mia n'est pas à Bali. Elle est en Australie !

Les deux policiers échangèrent un regard. La femme s'avança d'un pas. Elle avait des yeux bleu clair et n'était pas maquillée.

— Je crains que son passeport n'ait été visé lors de son arrivée à Bali, il y a quatre semaines, affirma-t-elle d'une voix douce mais empreinte d'une certitude qui glaça Katie. Voulez-vous vous asseoir, mademoiselle Greene ?

Mia ne pouvait pas être morte. Elle avait vingt-quatre ans. Sa petite sœur. C'était inconcevable. En bas, la citerne ronflait. Une télévision était allumée quelque part. Un noctambule chantait dans la rue. Chantait !

— Et Finn ? reprit-elle.

— Finn ?

— Finn Tyler. Ils voyageaient ensemble.

La policière ouvrit son calepin et le parcourut.

— Je crains que nous n'ayons aucune information sur lui. Je suis sûre que la police de Bali a été en contact avec lui…

— Je ne comprends rien, murmura Katie. Pouvez-vous… Je… je veux tout savoir. Dites-moi tout.

La policière précisa l'heure et le lieu où le corps de Mia avait été trouvé. Elle ajouta que les secours, arrivés sur place très rapidement, l'avaient déclarée morte aussitôt. Elle expliqua que la dépouille se trouvait à la morgue de Sanglah à Bali. Elle confirma qu'il y aurait une enquête approfondie, mais que pour l'instant la police de l'île estimait qu'il s'agissait d'un accident tragique.

Katie l'écoutait, complètement immobile.

— Voulez-vous que nous prévenions quelqu'un ?

Pensant aussitôt à sa mère, elle s'autorisa la consolation fugace d'imaginer qu'elle était dans ses bras et sentait son pull en cachemire lui effleurer la joue.

— Non, je vous remercie. Je souhaiterais rester seule, s'il vous plaît.

— Bien sûr. Un fonctionnaire du ministère des Affaires étrangères vous appellera demain pour vous tenir au courant des derniers éléments de l'enquête de la police balinaise. Par ailleurs, je voudrais vous revoir. On m'a chargée de m'occuper de vous et je suis à votre disposition pour répondre à toutes vos questions.

Elle sortit de sa poche une carte qu'elle posa près du téléphone. Après avoir exprimé toutes leurs condoléances, les deux policiers partirent.

Ce fut à ce moment-là que ses jambes fléchirent et qu'elle s'écroula sur le parquet. Au lieu de fondre en larmes, elle remonta les genoux contre sa poitrine pour calmer les spasmes qui la secouaient. Pourquoi Mia était-elle à Bali ? Une île dont Katie ignorait tout. Un attentat s'était produit devant une boîte de nuit quelques années auparavant, quoi d'autre ? Il y avait sûrement des falaises, mais elle ne parvint à se représenter que celles, couvertes d'herbe, de Cornouailles où la petite Mia bondissait, ses cheveux sombres flottant derrière elle.

Comment sa sœur avait-elle pu tomber ? Se tenait-elle sur un surplomb dont la terre s'était effondrée ? Une rafale de vent lui avait-elle fait perdre l'équilibre ? L'affolement l'avait-il gagnée alors qu'elle était assise au bord ? Ce genre de chute semblait d'une inconséquence absurde, pourtant des gens périssaient ainsi. On lui avait fourni si peu de faits que rien n'avait de sens. Elle devait appeler quelqu'un. Ed. Bien sûr.

Katie ne réussit à composer le bon numéro qu'à la troisième tentative. Elle entendit le froissement d'une couette, un « Allô » marmonné, auquel succéda un silence tandis qu'il l'écoutait.

Quand il prit la parole, ce fut d'une voix calme.

— J'arrive.

Le trajet de l'appartement d'Ed, à Fulham, jusqu'au sien, situé à Putney, durait au moins dix minutes. Elle ne garda cependant aucun souvenir de ce laps de temps. Lorsque l'interphone bourdonna, Katie, qui n'avait pas bougé, grelottait. Elle se leva en vacillant, les cuisses zébrées de rouge par les lattes du parquet. Elle appuya sur le bouton pour laisser Ed pénétrer dans l'immeuble.

Sitôt que des pas montant quatre à quatre l'escalier retentirent, elle ouvrit la porte. Il s'avança et l'étreignit.

— Ma chérie ! Ma pauvre chérie !

Katie sanglota, le visage enfoui dans le veston d'Ed, la laine rêche grattant sa joue mouillée. Une odeur de déodorant se dégageait de lui ; venait-il de s'en asperger ?

— Tu es gelée, ne restons pas ici.

Il l'emmena dans le salon, où elle se jucha sur le bord du canapé en cuir crème. « On a l'impression de s'asseoir dans de la glace à la vanille », avait déclaré Mia le matin de sa livraison.

Ed enleva son veston. Il le drapa autour des épaules de Katie, dont il massa doucement le dos. Puis il se rendit dans la cuisine ; elle l'entendit ouvrir le placard de la chaudière pour allumer le chauffage, qui gargouilla en se mettant en marche. De l'eau coula, indiquant qu'il remplissait la bouilloire. Il y eut des bruits de tiroirs et le claquement de la porte du frigo.

Ed revint avec une tasse de thé, qu'elle n'eut pas la force de prendre.

— Katie, insista-t-il, s'accroupissant pour être à sa hauteur. Tu es sous le choc. Essaie de boire un peu, ça te fera du bien.

Il porta la tasse à ses lèvres et, docile, elle avala quelques gorgées. Le goût du lait sucré lui donna aussitôt la nausée. La main sur la bouche, elle le bouscula et se précipita dans la salle de bains. La veste glissa de ses épaules et tomba sur le sol.

Penchée sur le lavabo, elle eut des haut-le-cœur. De la salive mouilla la porcelaine blanche.

Ed se tenait derrière elle.

— Désolé...

Après s'être rincé les mains, Katie s'aspergea la figure.

— Chérie, poursuivit Ed en lui tendant une serviette bleue. Qu'est-il arrivé ?

Sans répondre, elle s'enfouit le visage dans le tissu-éponge. Ed lui reprit doucement la serviette. Il décrocha la robe de chambre pendue derrière la porte de la pièce et l'aida à enfiler les manches en coton. Il lui saisit les mains et les frictionna.

— Raconte-moi.

Elle lui répéta tout ce que les policiers lui avaient appris, d'une voix entrecoupée, sûre que si elle se regardait dans la glace elle se découvrirait livide, les yeux vitreux.

Ed posa exactement la question dont elle aurait souhaité connaître la réponse :

— Qu'est-ce que ta sœur faisait à Bali ?

— Je n'en sais rien.

— Tu as parlé à Finn ?

— Pas encore. Il faut que je l'appelle.

Elle composa le numéro d'une main tremblante. Le récepteur collé à son oreille, elle écouta la sonnerie.

— Il ne décroche pas.

— Et sa famille, tu connais le numéro ?

Katie le trouva dans son carnet d'adresses ; l'indicatif des Cornouailles réveilla un vague souvenir, qu'elle n'était pas prête à clarifier.

Finn était le dernier de quatre frères. Sue, sa mère, une femme harassée et cassante, répondit.

— Qui est à l'appareil ?

La jeune femme l'avait manifestement réveillée.

— Katie Greene.

— Qui ?

— Katie Greene, répéta-t-elle avant de se racler la gorge. La sœur de Mia.

— Mia ? répéta Sue, s'empressant d'ajouter : Finn ?

— Il y a eu un accident…

— Finn…

— Non, Mia.

S'interrompant, elle lança un regard à Ed, qui lui fit signe de continuer.

— Des policiers sont passés chez moi. Ils m'ont annoncé que Mia se trouvait à Bali… en haut d'une falaise. Elle est tombée. Elle est morte.

— Oh non…

Katie entendit réagir le père de Finn, un sexagénaire placide qui travaillait pour l'Office des forêts. Après une salve d'exclamations assourdies par une main posée sur le combiné, Sue revint au bout du fil.

— Finn est au courant?

— Je suppose. Mais il ne décroche pas.

— Ça fait quelques semaines qu'il a perdu son portable. Il ne l'a pas encore remplacé. Nous correspondons par mail. J'ai son adresse, si tu veux...

— Qu'est-ce qu'ils faisaient à Bali? la coupa Katie.

— Finn n'y était pas.

— C'est pourtant là qu'on a découvert Mia. Son passeport portait le tampon...

— Mia est allée à Bali sans Finn.

— Quoi? fit Katie, serrant l'appareil plus fort.

— Ils se sont disputés. Désolée, je croyais que tu le savais.

— Quand ça?

— Il y a plus d'un mois. Finn en a parlé à Jack, mon fils aîné. D'après ce que j'ai compris, il y a eu une brouille - à quel sujet? Dieu seul le sait. Et Mia a changé son billet.

Les pensées tourbillonnèrent dans la tête de Katie. Mia et Finn étaient inséparables. Une image d'eux enfants remonta à sa mémoire: Finn coiffé d'une perruque d'algues luisantes, Mia pliée en deux. Rien ne pouvait être assez grave pour briser l'amitié indestructible qui les liait.

Dix jours plus tard, un soleil d'hiver inondait la chambre de Katie. Allongée, les bras le long du corps, elle rassemblait ses forces afin d'affronter un danger lointain dont elle avait oublié la nature. Elle cligna des yeux. Pourquoi ses paupières étaient-elles collées ? Le chagrin déferla sans lui laisser le temps de s'en souvenir.

Elle se recroquevilla, les genoux ramenés sur sa poitrine, les poings pressés contre sa bouche. Elle eut beau refermer les yeux, des images atroces défilèrent dans son esprit : la chute de Mia tombant comme une pierre, les rafales de vent qui écartaient ses cheveux sombres de son visage, un cri rauque, son crâne se fracassant sur du granit.

Katie tâtonna à la recherche d'Ed, mais ses doigts ne trouvèrent que l'empreinte de sa place dans le lit. Elle tendit l'oreille. L'instant d'après, elle fut rassurée par un tapotement en provenance du salon : il envoyait des mails à son bureau. Elle lui enviait cette aptitude – il continuait à fonctionner dans son univers, alors que tout était au point mort dans le sien.

Elle devait se doucher. Ce serait trop facile de rester lovée sous sa couette comme la veille, où elle ne s'était levée qu'après le déjeuner, somnolente et égarée. Elle respira à fond et se força à s'extirper des couvertures.

Comme elle passait devant la chambre de Mia pour gagner la salle de bains, Katie marqua un temps d'arrêt. Les sœurs avaient acheté l'appartement avec le petit héritage qu'elles avaient touché à la mort de leur mère. Katie avait été la première surprise de prendre cette décision qui avait étonné leurs proches car, en raison de leur adolescence orageuse, elle s'était juré de ne plus jamais cohabiter avec Mia. Cela dit, elle craignait que sa sœur ne jette l'argent par les fenêtres si elle n'investissait pas sa part dans la pierre.

Aussi s'était-elle occupée de tout, organisant les visites, traitant avec les agents immobiliers et les notaires, courant sous la pluie avec un parapluie cassé pour signer les documents de leur emprunt en temps et en heure.

Elle tourna lentement la poignée en cuivre. Un léger effluve de jasmin flottait dans l'air froid et confiné. Mia avait poussé son lit sous la haute fenêtre à guillotine afin de voir le ciel à son réveil. Des sacs remplis de vêtements de leur mère y étaient entassés ; la manche d'un manteau en peau de mouton à grand col pendait de l'un d'eux. Durant tout l'hiver, Mia avait mis cette relique des années 1970, qui lui donnait l'air d'une hippie paumée.

À côté du lit, un bureau en pin croulait sous un bric-à-brac : vieille chaîne stéréo débranchée et poussiéreuse ; trois cartons de CD ; une paire de chaussures de marche sans lacets ; une collection de livres de poche écornés ; deux récipients bourrés de stylos. Aucune des photos et peintures qui avaient orné les chambres précédentes de Mia n'était accrochée aux murs. Elle n'avait pas fait la moindre tentative de décoration, comme si l'idée d'une installation permanente ne l'avait pas effleurée.

Katie avait convaincu sa sœur de déménager à Londres, employant des mots comme *occasion* ou *carrière,* que celle-ci n'utilisait jamais. En réalité, Mia avait passé son temps à errer dans les jardins publics ou faire du canoë à Battersea Park, rêvant manifestement d'être ailleurs. Elle avait eu cinq boulots en autant de mois. Elle démissionnait sur des coups de tête, décidant soudain d'aller marcher ou camper, se bornant à glisser un petit mot sous la porte de sa sœur et à laisser un message sur le répondeur de son employeur. Katie avait bien essayé de lui trouver des postes grâce à ses relations, mais Mia était un courant d'air.

Des baskets maculées de boue lui remirent en mémoire le soir où elle lui avait annoncé son départ. Katie préparait un risotto dans la cuisine ; alors qu'elle hachait des oignons et les jetait dans une poêle, Mia avait déboulé, une paire d'écouteurs blancs pendillant sur l'encolure de son tee-shirt. Elle avait rempli sa gourde au robinet.

« Tu vas courir ? avait demandé Katie, essuyant ses yeux ruisselants de larmes sur la manche de son cardigan.

— Oui.

— Et ta gueule de bois ? »

Lorsqu'elle avait pris sa douche avant de partir travailler, elle avait trouvé Mia sur le sol de la salle de bains, vêtue d'une de ses robes.

« Je me sens mieux. »

Tournant le dos à Katie, Mia avait fermé le robinet et frotté ses mains mouillées sur son tee-shirt, qui s'était couvert de gouttelettes argentées.

« Qu'est-ce que tu t'es fait à la cheville ? »

Mia avait jeté un coup d'œil à l'entaille rouge vif au-dessus de la marque des chaussettes.

« J'ai cassé un verre au boulot.

— J'ai des sparadraps, tu en veux un ?

— Ce n'est pas la peine.

— On dîne ensemble ? Je fais un risotto aux courgettes, il ne sera pas prêt avant ton retour.

— J'ai d'autres projets. »

Katie touillait les oignons avec une cuillère en bois. Après les avoir regardés virer du blanc au translucide, elle avait augmenté le feu.

« N'empêche, merci, avait ajouté Mia, s'attardant près de l'évier. À propos, j'ai discuté avec Finn. »

C'était un nom qu'elles prononçaient si rarement que Katie avait marqué le coup.

« Nous avons décidé de partir en voyage. »

Les oignons grésillaient, mais Katie, tombant des nues, n'y avait pas touché.

« Ah bon ? s'était-elle contentée de dire.

— Eh oui.

— Pour combien de temps ?

— Longtemps, un an peut-être.

— Un an !

— Nous avons des billets ouverts.

— Tu as réservé ? »

Mia avait fait signe que oui.

« Quand as-tu pris cette décision ?

— Aujourd'hui.

— Aujourd'hui ? avait répété Katie, qui n'en croyait pas ses oreilles. Dans ce cas, tu n'as pas réfléchi.

— Tu crois ça ? avait rétorqué Mia, en haussant un sourcil.

— Je ne savais pas que tu avais de l'argent.

— Je me débrouillerai. »

L'huile avait crépité.

« Qu'en est-il de Finn ? Il prend une année sabbatique ? Dis donc, sa station de radio va être ravie !

— Il a donné sa démission.

— Voyons, il adore ce travail...

— Qu'est-ce que tu en sais ? » avait répliqué Mia en la regardant droit dans les yeux.

L'atmosphère s'était alourdie.

Puis Mia avait attrapé sa gourde et était sortie en fixant les écouteurs dans ses oreilles.

De la fumée s'échappait de la poêle, Katie avait éteint précipitamment la plaque de cuisson. Soudain furieuse, elle s'était élancée derrière sa sœur. À peine avait-elle entendu ses pas dans le couloir, le bruit du loquet et le claquement de la porte qu'elle s'était aperçue que sa colère était déjà tombée. Elle n'éprouvait pas de chagrin, plutôt du soulagement : Mia n'était plus sous sa responsabilité, mais sous celle de Finn.

Le téléphone sonna au milieu de l'après-midi. Ed leva les yeux de son ordinateur ; Katie refusait de parler à qui que ce soit, laissant le répondeur enregistrer les messages de condoléances d'amis, ponctués d'excuses maladroites et de silences gênés.

Il y eut un déclic : « Bonjour, M. Spire du ministère des Affaires étrangères à l'appareil. »

La paupière de Katie tressaillit. Ed décrocha juste avant la fin du message.

— Ici, le fiancé de Katie. Oui, elle est avec moi.

Il tendit le combiné, lui indiquant de le prendre d'un signe de tête.

Elle le tint à bout de bras comme s'il s'agissait d'un pistolet qu'on lui demandait d'appuyer sur sa tempe. M. Spire avait appelé deux fois depuis la mort de Mia. La première pour demander l'autorisation de procéder à une autopsie, la seconde pour discuter du rapatriement du corps. Au bout d'un instant, elle pinça les lèvres et s'éclaircit la voix. Approchant le récepteur de sa bouche, elle s'exprima avec lenteur :

— Ici, Katie.

— J'espère que je ne vous dérange pas.

— Non, pas du tout.

La chaleur sèche, moisie, du chauffage central lui brûla la gorge.

— Le consulat de Grande-Bretagne à Bali nous a donné des précisions sur la mort de Mia.

Elle ferma les yeux.

— Je vous écoute.

— Dans des affaires telles que la sienne, une analyse toxicologique est parfois requise dans le cadre de la procédure d'autopsie. J'en ai un exemplaire sous les yeux et je voulais vous en parler.

— Très bien.

— Les résultats indiquent que Mia avait un taux d'alcoolémie de 0,13 gramme à l'heure du décès, ce qui signifie que ses réflexes et son temps de réaction étaient sans doute altérés. Et il y a autre chose.

Katie s'agrippa au chambranle de la porte du salon pour ne pas perdre l'équilibre.

— La police balinaise a interrogé deux témoins qui affirment avoir vu Mia le soir de sa mort.

Il s'interrompit, ayant de toute évidence du mal à continuer.

—Je suis vraiment désolé, Katie. Dans leur déposition, ils ont déclaré que Mia avait sauté.

Le sol se déroba sous les jambes de la jeune femme, qui se plia en deux. Un bruit de pas résonna dans le salon, puis la main d'Ed se posa sur son dos. Elle le repoussa avant de se redresser.

— Vous croyez qu'elle…

D'une voix aussi tendue qu'un élastique prêt à claquer, elle poursuivit :

— … que c'est un suicide ?

— D'après les déclarations des témoins et le rapport d'autopsie, on estime désormais que la cause du décès est un suicide.

Katie porta la main à son front.

—Je comprends à quel point ce doit être pénible pour vous…

— Qui sont les témoins ?

—J'ai la copie de leurs dépositions.

Entendant un craquement de chaise, Katie l'imagina en train de se pencher sur son grand bureau pour attraper les documents.

— Ah, voilà. Il s'agit d'un couple de trentenaires qui passait sa lune de miel à Bali. Aux environs de minuit, ils se promenaient sur un sentier au pied de la falaise à Umanuk. Alors qu'ils s'étaient arrêtés pour profiter d'un point de vue, une jeune fille correspondant à la description de Mia les a dépassés en courant, dans un état d'extrême agitation. L'homme lui a demandé si elle avait besoin d'aide et elle aurait répondu que non. Ensuite, elle s'est aventurée sur un chemin menant au sommet, à l'abandon depuis plusieurs années. Au bout de cinq à huit minutes, les témoins ont aperçu Mia debout au bord de l'escarpement. Ils se sont inquiétés, mais elle a sauté avant qu'ils aient eu le temps de réagir.

— Mon Dieu ! souffla Katie, tremblant de tous ses membres.

M. Spire attendit un instant avant de reprendre :

— Selon le rapport du coroner qui fait état des blessures observées, Mia s'est probablement inclinée vers l'avant - ce qui corrobore ces déclarations.

Il donna d'autres précisions sans que Katie l'écoute, son esprit se trouvait déjà au sommet de la falaise.

Il se trompe, Mia, n'est-ce pas ? Tu n'as pas sauté. C'est impossible, tu ne peux pas avoir fait ça. Ce que j'ai dit… mon Dieu, pourvu que cela n'ait pas…

— Katie, continuait M. Spire. Tout est organisé pour le rapatriement du corps de Mia mercredi en huit.

Il demanda des informations sur le funérarium qu'elle avait choisi et raccrocha.

Une douleur lancinante fusa derrière ses yeux, elle appuya le pouce et l'index sur son arcade sourcilière. Un bébé pleurait dans l'appartement du dessous.

Ed la retourna lentement pour qu'elle soit face à lui.

— Ils prétendent que c'est un suicide, mais je n'en crois rien, assura-t-elle d'une petite voix crispée.

Il posa les mains sur ses épaules.

— Tu vas surmonter cette épreuve, Katie.

Comment pouvait-il en être sûr ? Elle ne lui avait pas parlé de sa dispute abominable avec Mia. Ni des horreurs innommables qu'elle lui avait sorties. Ni de la fureur et du ressentiment qui couvaient entre elles depuis des mois. Elle s'en était bien gardée : une relation entre sœurs est traversée de courants souterrains si obscurs qu'il vaut mieux les dissimuler à l'entourage.

Se détournant d'Ed, elle s'éclipsa dans sa chambre. Allongée sur son lit, elle s'efforça de trouver un souvenir agréable. Ses pensées la ramenèrent à leur dernière étreinte à l'aéroport, au corps frêle de Mia, aux muscles noueux de ses avant-bras, à la pression de sa clavicule.

Si elle s'était doutée que c'était la dernière fois qu'elle serrait sa sœur dans ses bras, elle aurait prolongé le moment et aurait été attentive au moindre détail.

2

Mia

(Londres, octobre de l'année précédente)

Mia sentit la douceur veloutée de la joue de sa sœur contre la sienne alors qu'elles se tenaient enlacées. Elle remarqua la rondeur de sa poitrine, la délicatesse de ses épaules, la façon dont elle se dressait sur la pointe des pieds pour être à sa hauteur.

Mia et Katie s'étreignaient rarement. Pendant leur enfance, elles avaient été fusionnelles – elles s'asseyaient dans le même fauteuil, serrées l'une contre l'autre, nattaient de fines mèches de leurs cheveux, ornant les pointes de perles brillantes, s'exerçaient, les doigts entrelacés, à faire l'avion sur le sable chauffé par le soleil. Mia ne savait plus quand elle avait perdu le goût du contact physique. En revanche, Katie, toujours chaleureuse et tactile, accueillait les gens d'une bise ou d'un câlin, s'interrompait au milieu d'une histoire pour poser la main sur le bras d'un interlocuteur.

La dernière fois qu'elles s'étaient embrassées ainsi remontait au matin de l'enterrement de leur mère, un an auparavant. En deuil, elles s'étaient parlé sur le perron de la maison de leur enfance. Katie avait été celle qui avait tendu les bras, alors que Mia aurait dû, en vérité, prendre l'initiative. S'accrochant l'une à l'autre avec un indicible soulagement, elles avaient murmuré des paroles de réconfort et conclu une trêve. Qui avait fait long feu.

Dans le hall de départ de Heathrow, la gorge nouée, les larmes aux yeux, Mia se raidit et s'écarta. Elle évita le regard de Katie tandis qu'elle ramassait son sac à dos et le hissait sur ses épaules, libérant les mèches qui s'étaient coincées.

— Alors, ça y est, dit Katie.

— J'imagine.

— Tu n'as rien oublié ?

— Non.

— Passeport, billets, argent ?

— J'ai tout.

— Finn te retrouve bientôt ?

— Oui.

Mia avait fait en sorte que le chemin de Finn et celui de Katie ne se croisent pas.

— Merci de m'avoir accompagnée, ajouta-t-elle, touchée que sa sœur ait pris sa matinée. Tu n'y étais pas obligée.

— Je voulais te dire au revoir correctement.

Katie portait une robe grise bien coupée, sous une veste légère, couleur caramel. Elle glissa ses mains dans les larges poches.

— J'ai l'impression de t'avoir à peine vue ces derniers temps, constata-t-elle.

Elle baissa les yeux car elle s'était ingéniée à trouver tous les prétextes pour rester à l'écart.

—Mia, reprit-elle, s'avançant d'un pas. Je n'ai sûrement pas l'air ravie... de ton départ. Simplement, c'est difficile pour moi.

—Je comprends.

Katie prit les mains de sa sœur, dont les doigts étaient moites comparés aux siens, secs et chauds, qu'elle venait de sortir de ses poches.

—Je suis désolée que Londres ne t'ait pas convenu, c'est moi qui ai insisté pour que tu viennes.

Katie tripota la bague de pouce de Mia.

—Je croyais que ça nous rapprocherait de vivre ensemble après la disparition de maman. Tu es malheureuse depuis longtemps et je regrette que tu n'aies pas eu envie de te confier à moi.

Le sentiment de culpabilité suffoqua Mia : *Comment l'aurais-je pu ?*

Le jour où elle avait réservé les places d'avion pour le voyage, elle s'était réveillée sur le sol de la salle de bains, la joue sur le carrelage frais qui sentait l'eau de Javel. Sa robe – vert jade, appartenant à Katie – s'était enroulée autour de sa taille, une de ses chaussures gisait sous le lavabo, l'autre était bloquée sur la pédale de la poubelle.

Enveloppée dans une serviette bleue, Katie se tenait dans l'embrasure de la porte.

« Mon Dieu, Mia... »

Des élancements lui vrillaient la tête et un goût aigre d'alcool tapissait sa bouche. Lorsqu'elle s'était redressée, un étau avait enserré ses tempes. Des images de sa soirée de la veille avaient défilé : le box rouge à l'éclairage tamisé, les verres de whisky vides, le tempo minable d'un morceau de R'n'B, l'odeur piquante de sueur flottant dans l'air, une nouvelle tournée, des toasts lancés par des voix masculines, un visage familier, une envie irrépressible de prendre des risques. Elle avait jeté son sac sur son épaule, avalé un dernier whisky et titubé dans un couloir plongé dans l'obscurité. Ce qui s'était passé ensuite était si infâme qu'elle avait décidé qu'il lui fallait partir. S'éloigner de Londres. De sa sœur.

Une annonce par haut-parleur retentit, la ramenant au présent.

— Tu m'inquiètes, insista Katie.

Mia lâcha sa main, feignant d'ajuster les courroies de son sac à dos.

— Ça ira.

Les deux sœurs se retournèrent lorsqu'un couple de quinquagénaires les bouscula. « Nom de Dieu ! » marmonna l'homme, poussant un chariot à bagages derrière sa femme qui trébuchait sur ses talons, des billets serrés dans sa main aux ongles vernis. L'homme jeta un regard à Katie. C'était systématique. Même pressés d'attraper un avion, même en présence de leur femme, les mecs ne pouvaient s'empêcher de reluquer Katie. « Tu les attires comme le miel attire les abeilles ou la merde les mouches », avait fulminé Mia un jour. Outre la silhouette menue de Katie et sa blondeur, ils étaient fascinés par la confiance en elle qui exsudait par tous ses pores.

Katie ne remarqua pas les œillades admiratives, Finn mobilisait toute son attention. Il s'avançait d'un pas élastique, vêtu de son sempiternel uniforme : tee-shirt, jean, Converse. Un vieux sac à dos kaki en bandoulière.

Katie recula un peu pour se retrouver au niveau de Mia et fourra de nouveau les mains dans ses poches.

Le regard de Finn passa lentement de l'une à l'autre, puis les commissures de ses lèvres se relevèrent en un grand sourire.

— Les sœurs Greene !

S'il éprouvait un certain malaise, il ne le montra pas.

— Tu viens avec nous, Katie ?

— Je vais voyager par procuration au rythme des mails que Mia m'enverra.

— Reçu cinq sur cinq, répliqua Mia avec un sourire.

Un véhicule qui remorquait des chariots à bagages klaxonna en s'approchant d'eux et les força à se regrouper.

— Alors, comment va ? demanda Finn à Katie. Ça fait un bail.

— En effet. À merveille, merci. Du boulot jusqu'au cou, mais c'est intéressant. Et toi ?

— Je suis très content de prendre un an de congé.

— Vous devez l'être tous les deux. Vous commencez par la Californie ?

— Oui, quelques semaines de balade sur la côte, puis l'Australie.

— Ça a l'air fantastique, je suis dévorée de jalousie.

L'était-elle ? se demanda Mia. *Est-ce qu'elle aimerait trimballer sa vie sur son dos et se déplacer d'un endroit à l'autre sans projets ?*

— Bon, enchaîna Katie en sortant ses clés de voiture de son sac. Il est grand temps de retourner au bureau.

Le visage empreint de sérieux, elle jeta un coup d'œil à Finn.

— Tu veilleras sur elle, n'est-ce pas ?

— Tu sais que ça revient à demander à un poisson rouge de s'occuper d'un piranha ?

L'expression de Katie s'adoucit.

— Contente-toi de la ramener saine et sauve.

— Promis, assura-t-il, se penchant pour l'embrasser sur la joue. Prends soin de toi, Katie.

Elle fit un bref signe de tête et pinça les lèvres.

— Tu m'appelles, d'accord ? lança-t-elle à Mia. Tu as ton portable ?

— Je ne l'emporte pas.

Voyant la tête de sa sœur, elle ajouta :

— Ça coûte trop cher à l'étranger.

Ce n'était pas la véritable raison : Mia ne voulait pas qu'on puisse la joindre.

— En tout cas, j'ai le mien, intervint Finn. Tu as toujours mon numéro ?

— Oui, je crois.

Un silence tomba. Que ferait Katie du reste de sa journée ? s'interrogea Mia. Un café avec une copine ? Une séance de gym ? Un déjeuner avec Ed ? Elle se rendit compte qu'elle ne savait pas grand-chose sur sa sœur.

— Tu me préviendras de ton arrivée ?

— Bien sûr, répondit Mia, l'air insouciante.

Si forte que soit son envie de dire à sa sœur qu'elle l'aimait ou qu'elle lui manquerait énormément, Mia ne trouva pas plus les mots que d'habitude. Alors, elle se borna à lever la main avant de s'éloigner avec Finn.

Le nez collé au hublot, Mia regarda Londres disparaître sous les ailes blanches de l'avion. L'appareil prit de l'altitude, traversant une couche de nuages qui engloutit la vue. Elle se renversa sur son siège et son pouls ralentit peu à peu. Elle était partie.

Son carnet de voyage était posé sur ses genoux. Elle l'avait acheté dans une échoppe de Camden Market qui vendait des girouettes, des cartes et d'anciennes montres de gousset. Le tissu bleu roi de la reliure et l'épaisseur des pages crème, riches de promesses, l'avaient séduite.

Elle l'ouvrit et écrivit les deux premières lignes.

Les gens voyagent pour une de ces deux raisons : ils sont en quête ou en fuite. Pour moi, les deux sont vraies.

Puis elle le rangea dans la pochette du siège, près des consignes de sécurité plastifiées, et ferma les yeux.

Alors qu'ils survolaient la sierra Nevada, Mia contempla la dérive des nuages. Ils semblaient doux, accueillants, elle s'imagina immergée dans leur masse floconneuse, flottant au gré des courants atmosphériques.

— Ils ne sont pas aussi confortables qu'ils le paraissent, déclara Finn, comme s'il lisait dans ses pensées.

Finn Adam Tyler était son meilleur ami, et ce depuis qu'ils s'étaient rencontrés, à onze ans, dans le bus de l'école. Quatre semaines auparavant, elle l'avait appelé au bureau pour lui annoncer son départ.

Assise sur le plan de travail de la cuisine, elle balançait les talons contre la porte du frigo. À peine avait-il décroché qu'elle avait indiqué :

« J'ai un plan.

— De quoi j'ai besoin ? avait-il répliqué, en rappel de leur adolescence où un projet conçu par l'un devait être approuvé par l'autre.

— De ton passeport, d'une lettre de démission, d'un sac à dos et d'un vaccin contre la typhoïde. »

Un ange était passé.

« Qu'est-ce que tu as fait, Mia ?

— J'ai réservé deux billets pour faire le tour du monde ou tout comme : l'Amérique, l'Australie, la Nouvelle-Zélande, les Fidji, les Samoa, le Vietnam et le Cambodge. Le premier vol est dans quatre semaines, tu m'accompagnes ? »

Un silence était tombé, se prolongeant suffisamment pour que Mia se demande si elle n'avait pas eu tort de céder à son impulsivité, s'il n'allait pas lui interdire de l'appeler au bureau et lui dire que, bien sûr, il ne pouvait pas abandonner son boulot. Mais il s'était contenté de lancer :

« Le vaccin contre la typhoïde, c'est dans le bras ou dans les fesses ? »

Mia l'observa, assis à côté d'elle, un journal étalé sur ses genoux calés contre le dossier devant lui. Les boucles châtaines de l'écolier qu'elle avait connu étaient coupées, une barbe de plusieurs jours bleuissait son menton.

Au bout de leur rangée, une femme plantureuse aux oreilles ornées de pendants d'or détacha sa ceinture. Une fois dans l'allée, elle se dirigea vers les toilettes, s'accrochant aux reposetête pour garder l'équilibre. Mia se tourna vers Finn.

— J'ai quelque chose à te dire.

— Si c'est à propos du plateau-repas, j'ai pensé qu'il valait mieux ne pas te déranger.

Elle sourit.

— C'est important.

Finn plia son journal, tout ouïe.

Un peu plus loin devant eux un enfant se mit à pleurnicher.

Mia glissa les mains sous ses cuisses.

— Ça va peut-être te sembler bizarre, commença-t-elle d'un ton hésitant. Toujours est-il que sitôt les billets achetés je me suis rendu compte que j'avais envie d'ajouter un pays à notre tour du monde.

Elle aurait évidemment dû en parler à Finn plus tôt, mais elle ne l'avait pas fait de crainte que cela ne déclenche des réactions qu'elle n'était pas prête à affronter. Il lui arrivait de ne pas avoir conscience qu'une idée était en gestation jusqu'à ce que celle-ci jaillisse et la pousse à agir instantanément.

— J'ai prévu une autre escale.

— Laquelle ?

— Après San Francisco, nous prendrons un vol pour Maui.

— Maui ? répéta-t-il, l'air interdit. Pourquoi ?

— C'est là que vit Mick.

Mia attendit qu'il reconnaisse le nom qu'il n'avait pas entendu depuis longtemps.

— Ton père ?

Elle acquiesça.

L'enfant geignard avait trouvé son rythme et un public captif; ses pleurs augmentèrent de volume tandis qu'un objet était jeté dans la travée.

Finn la dévisageait.

— Ça fait des lustres que tu n'en parles plus. Tu as envie de le voir ?

— Oui, du moins il me semble.

— Il a... vous avez pris contact ?

— Non. Ni lui ni moi.

Mia et Katie étaient petites lorsque Mick était parti, laissant leur mère les élever seule.

— Pourquoi maintenant ? Je ne comprends pas.

Une bonne question, à laquelle elle n'était pas certaine de pouvoir répondre en ce moment précis. À l'avant de l'avion, les parents du gamin chuchotèrent, exaspérés : « Ça. Suffit. »

Finn s'effleura le menton du pouce, un geste dont il était coutumier quand il était tracassé.

— Qu'en pense Katie ?

— Je ne lui ai rien dit.

Finn, qui n'en revenait manifestement pas, semblait vouloir ajouter des commentaires. Sauf que Mia se tourna vers le hublot pour mettre un terme à la conversation.

Si seulement les pensées qui l'obsédaient – elle avait caché bien d'autres choses à sa sœur – avaient pu flotter avec les nuages !

3

Katie
(Cornouailles/Londres, mars)

Katie était assise très droite sur le banc de l'église, les pieds joints. L'air froid de la mer s'infiltrait par les fissures des vitraux et par-dessous la lourde porte en chêne. La main d'Ed emprisonnait ses doigts qui serraient un mouchoir en papier trempé. Dix-huit mois auparavant, lors des obsèques de sa mère, elle occupait la même place, à ceci près que les doigts enlacés aux siens étaient ceux de Mia.

Elle avait les yeux rivés sur le cercueil. Tout à coup, il lui semblait que rien – l'éclat du bois de peuplier, les poignées de cuivre, la couronne de lis blancs – ne convenait. Pourquoi s'être décidée à enterrer Mia près de la tombe de leur mère, alors qu'elle ne s'y était pas rendue une seule fois ? N'aurait-il pas mieux valu l'incinérer, répandre ses cendres dans une mer démontée ? *Pourquoi est-ce que je ne sais pas ce que tu aurais préféré ?*

Si elle ne s'était pas résolue à voir le corps de sa sœur deux jours auparavant, il lui aurait été impossible de l'imaginer dans le cercueil. Ed l'avait mise en garde : « Tu es sûre ? On ignore l'aspect qu'elle aura après la chute. » C'était le mot que les gens employaient, comme si Mia avait simplement glissé dans la douche ou basculé d'un tabouret.

Katie n'en avait pas démordu. Ce serait à l'évidence une souffrance intolérable, mais, si elle ne le faisait pas, un doute infime subsisterait, qui risquait de se muer en espoir au fil du temps et de lui empoisonner la vie.

Quand Katie s'était retrouvée derrière l'épais rideau violet du funérarium, elle aurait pu se bercer de l'illusion que Mia n'était qu'endormie puisqu'elle reconnaissait son corps mince, la masse de cheveux sombres, le modelé des lèvres. En revanche, la mort se décelait à son teint. Après des mois de voyage, elle avait sûrement été très bronzée, or, la Faucheuse avait imprimé sa pâleur spectrale, si bien que sa peau, d'une étrange couleur, était terne comme du lait renversé sur un sol noir.

L'entrepreneur des pompes funèbres lui avait proposé de choisir une tenue dans laquelle Mia serait enterrée. Katie avait refusé. Habiller sa sœur qui se fichait de la mode lui avait paru présomptueux. Mia tombait amoureuse de vêtements pour leur histoire, achetait une robe-chemisier parce que sa teinte bleu roi lui rappelait la mer ou une paire de chaussures à talons hauts parce que ça lui plaisait d'imaginer les lieux qu'elles avaient foulés.

Le soir fatal, Mia portait un short bleu canard. On l'avait trop remonté à la taille alors qu'elle l'aurait porté descendu sur ses hanches. Une bague en argent ornait le pouce de chacun de ses pieds, les ongles des orteils n'étaient pas vernis.

Sur son buste, une veste crème couvrait un haut de maillot turquoise. Un collier délicat de minuscules coquillages d'où ne pendait qu'une perle, au milieu, entourait son cou. Elle avait l'air trop décontractée pour ne plus être de ce monde.

Katie avait posé la main sur l'avant-bras de Mia, glacial et livide sous ses doigts qu'elle avait lentement promenés jusqu'à la saignée du coude, où s'entrecroisaient des veines bleues qui ne transporteraient plus le sang dans son organisme. Elle avait effleuré la peau soyeuse, comme si la toucher pouvait l'aider à comprendre la nature de l'accident. Elle savait que l'impact avait fracassé la nuque de Mia, sinon le corps ne portait aucune marque apparente. Cela l'avait déçue. En effet, elle espérait découvrir un indice ayant échappé aux autorités, une preuve que la cause du décès de Mia n'était pas le suicide, ce qu'elle avait du mal à supporter.

Après avoir soigneusement défroissé la veste, descendu le short sur les hanches, Katie avait posé sa paume sur la joue de Mia et s'était penchée près de son oreille. Une odeur insolite émanait d'elle : antiseptique et lotion d'embaumement. Fermant les yeux, elle avait murmuré : «Je regrette tellement.»

— Katie ?

Ed lui serrait la main, ramenant ses pensées à l'enterrement.

— C'est à ton tour.

Il la prit par le coude pour l'aider à se mettre debout. Les jambes flageolantes, elle se dirigea tel un fantôme vers le lutrin. Elle fourra son Kleenex dans une poche de son manteau avant de sortir de l'autre une fiche où elle avait noté quelques phrases.

Katie leva les yeux. L'église était bondée. Il y avait trois rangées de gens debout au fond. Elle reconnut d'anciens voisins, des camarades d'école de Mia, un groupe de ses amies qui étaient venues de Londres. Une jeune fille coiffée d'un bonnet de laine noire sanglotait silencieusement, les épaules secouées de spasmes. Deux rangs derrière, un jeune homme fluet se moucha dans un mouchoir jaune qu'il glissa ensuite sous le fascicule de la cérémonie. Elle se doutait que les circonstances de la disparition de sa sœur occupaient les pensées de l'assemblée, mais elle n'avait aucune réponse à leur fournir, d'autant moins qu'elle ne savait que croire.

Katie s'accrocha au lutrin et s'éclaircit la voix à deux reprises avant de commencer.

— Une zone d'ombre plane sur la mort de Mia, en revanche sa vie déclinait toutes les couleurs de l'arc-en-ciel. En tant que sœur, Mia était d'un indigo éblouissant, me proposant de nouvelles perspectives pour considérer le monde et y distinguer une palette différente. Elle était aussi d'un violet profond, qui la poussait à agir selon son cœur, avec passion, spontanéité et courage. En tant qu'amie, elle était d'un orange ardent, pleine d'entrain, d'audace et toujours en quête d'aventure. En tant que fille, notre mère…

Butant sur les derniers mots, la gorge nouée par l'émotion, Katie ferma les yeux et déglutit. Lorsqu'elle les rouvrit, elle aperçut Ed qui lui adressait des signes d'encouragement. Elle prit une profonde inspiration et répéta le début de sa phrase :

— En tant que fille, notre mère aurait assuré que Mia était du rouge de l'amour car sa chaleur humaine et sa joie de vivre la comblaient. Sans oublier le vert de l'océan, où elle a passé son enfance à patauger et jouer dans les vagues. Son rire – contagieux, étourdissant, fréquent – était d'un jaune lumineux, un rayon de soleil réjouissant quiconque s'y associait. À présent qu'elle est partie, un bleu glacial occupe la place où dansait son arc-en-ciel.

Katie laissa la fiche sur le lutrin ; ses jambes réussirent à la porter jusqu'au banc, à côté d'Ed.

On avait mis le cercueil en terre et les membres du cortège funèbre retournaient à leur voiture lorsqu'elle le vit.

Finn ne ressemblait pas à celui à qui elle avait dit au revoir à l'aéroport. Son teint, blanc à l'ordinaire, était hâlé. Le soleil avait doré ses cheveux châtains. Ses joues s'étaient creusées, ce qui le vieillissait. Sa famille n'était parvenue à le joindre que trois jours auparavant. Il avait sauté dans le premier avion pour rentrer à Londres, où il était arrivé la veille. Flanqué de deux de ses frères, le nez rougi, il leva ses yeux injectés de sang et la découvrit. Il s'avança vers elle, l'air méfiant.

— Katie…

Il s'interrompit en remarquant son expression.

— Tu l'as abandonnée, Finn, l'agressa-t-elle d'une voix aussi froide et terne que le temps ce jour-là.

Il déglutit. Des larmes perlaient sur ses cils. Derrière eux, une portière de voiture claqua et un moteur vrombit.

Katie, qui tournait le dos au porche de l'église, fourra les mains dans les poches de son manteau.

— Vous étiez censés voyager ensemble, que s'est-il passé ?

La question parut le faire souffrir, il répondit en fixant un point au-delà d'elle.

— Nous nous sommes disputés, ce qui n'aurait jamais dû arriver. Mia ne voulait pas rester en Australie…

— Elle est donc partie à Bali, dit Katie. Pourquoi ?

Le pied gauche de Finn, chaussé d'un soulier noir mal ciré, tressauta. Un tic dont elle se souvenait : loin d'être un signe d'impatience comme elle l'avait d'abord cru, c'était une manifestation d'angoisse.

— Nous avons rencontré des gens qui y allaient.

— Je ne comprends rien, s'énerva Katie, relevant le menton et serrant les poings car ses mains s'étaient mises à trembler. Qu'est-ce qu'elle fabriquait en haut de cette falaise ?

— Je ne sais pas. Après son départ d'Australie, nous ne nous sommes plus parlé. Elle m'a envoyé un mail…

— Ça ne t'est pas venu à l'esprit de prévenir quelqu'un ?

Katie avait haussé le ton. Elle s'aperçut que les frères de Finn, restés en arrière, échangeaient des regards.

Réduit à l'impuissance par le feu roulant de ses questions, il tourna les paumes vers le ciel plombé.

— Je pensais que Mia aurait averti…

— Tu aurais dû l'en empêcher !

Un coup de vent fit tomber une mèche sur son visage, qu'elle repoussa d'un geste brusque.

— Mia est têtue, expliqua Finn.

— Elle l'était. Elle est morte !

La force de ce dernier mot, sa vérité nue, la poussa à continuer tandis que la colère montait dans sa gorge à la manière d'un venin.

— Tu m'avais promis de t'occuper d'elle.

— Je sais…

— Elle avait confiance en toi, Finn. Moi aussi !

Elle s'avança et lui flanqua une gifle sur la joue gauche.

Les cris de deux mouettes déchirèrent le silence.

Ils se figèrent. Finn, sous le choc, se tenait le visage. Katie sentit un picotement au bout de ses doigts. L'instant d'après, il parut vouloir ajouter quelque chose, mais il n'émit qu'un sanglot. Elle ne l'avait jamais vu pleurer et fut sidérée de la façon dont il se décomposait, comme si les larmes tiraient ses traits vers le bas.

Immobile, elle le dévisagea jusqu'à ce qu'Ed la prenne fermement par l'épaule et l'emmène près de la tombe de Mia, là où on avait déposé des couronnes. Sans faire allusion à la scène, il boutonna son pardessus noir et ramassa les fleurs, lisant les messages un par un.

Katie ne l'écoutait pas. La trace laissée par sa main sur la joue de Finn, comme marquée au fer rouge, l'obsédait. Après coup, Ed lui ferait observer que Finn éprouvait sûrement beaucoup de chagrin et qu'elle aurait dû lui permettre de s'expliquer. Sauf qu'il n'y avait rien à dire, non? Mia était morte. Si elle ne condamnait pas Finn, il ne lui restait plus qu'à s'en prendre à elle-même.

— Tiens, c'est original, indiqua Ed, brandissant une fleur.

Trois labelles blancs s'évasaient tels des éventails de son cœur rouge sang. Il la donna à Katie, qui toucha les pétales veloutés. On aurait dit une orchidée. Elle l'approcha de son visage pour la sentir. La fragrance fit surgir un pays lointain où régnaient douceur de vivre et chaleur, rempli de parfums et de lumière.

Lorsqu'elle releva les yeux, Ed tenait une carte qui accompagnait la plante.

— Qu'est-ce qu'il y a? lui demanda-t-elle, parce qu'il avait changé de mine.

Il la lui tendit sans proférer une parole.

Elle la retourna et constata qu'aucun nom n'était accolé au seul mot écrit: *Désolé.*

Après les funérailles, les participants étaient allés boire un verre au pub. Réunis autour de la cheminée, ils tapaient du pied pour activer leur circulation. Katie avait fait acte de présence une petite heure, veillant à remercier ceux qui étaient venus de loin, avant de s'éclipser.

Elle traversait le parking avec Ed lorsqu'on l'interpella.

— Vous partez?

Ils firent volte-face. C'était Jess, la meilleure amie de Katie, qui autrefois l'emmenait se trémousser dans une boîte d'un quartier mal famé de la ville où elles faisaient leurs études universitaires. À présent, elle avait un poste important, comme directrice commerciale d'un laboratoire pharmaceutique.

— Désolée, je sais qu'on s'est à peine parlé, mais... je...

— Je t'en prie, Katie, dit-elle, jetant sa cigarette.

— Merci d'être venue aujourd'hui. C'est très important pour moi. Et merci pour tes coups de fil.

Jess avait téléphoné tous les jours depuis la mort de Mia, laissant des messages pour l'assurer de son affection et lui transmettre les condoléances d'amis communs.

— Pardonne-moi de ne pas t'avoir rappelée... Je comptais le faire... et puis...

Katie laissa sa phrase en suspens, incapable de s'expliquer. Malgré la reconnaissance qu'elle éprouvait envers Jess – et tous ses amis –, elle ne s'était pas sentie prête à évoquer Mia. Pas encore.

— Tu viens de perdre ta sœur, je comprends.

Jess s'avança et étreignit Katie.

— Plus d'excuses, d'accord? Prends ton temps. Nous serons tous là pour toi quand tu auras besoin de nous.

— Merci.

Katie inspira la fumée de cigarette accrochée à ses cheveux.

Jess lui serra la main avant de s'adresser à Ed, en agitant le doigt.

— Occupe-toi bien d'elle, tu m'entends ?

Il sourit et enlaça Katie.

— J'en ai tout à fait l'intention.

C'était Jess qui avait présenté Katie à Ed, lors d'une réception se déroulant sur un bateau, au fil de la Tamise. Katie, qui venait de vivre une rupture, n'était pas prête à retomber dans les bras de qui que ce soit. Pourtant Ed, un bel homme plein d'humour, avait réussi à la séduire. Ils s'étaient esquivés dès que le bateau s'était amarré, pour se réfugier dans un bar où ils avaient bu une bouteille de merlot, parlé et ri jusqu'à la fermeture de l'établissement. Dix-huit mois plus tard, Ed, ployant le genou, lui avait offert un solitaire et proposé de partager sa vie. Elle avait accepté en souriant.

Le trajet en voiture jusqu'à Londres avait beau être long, Katie ne pouvait rester en Cornouailles, à endurer l'air vif de la mer, les souvenirs murmurés par les vagues. À peine rentrée dans son appartement, elle défit la fermeture Éclair de sa robe noire qu'elle laissa tomber sur le sol, enfila un pull en polaire et un pantalon de jogging appartenant à Mia, mue par le désir de la sentir sur sa peau. L'ourlet tomba sur ses pieds tandis qu'elle s'avançait à pas de loup dans le couloir ; elle n'hésita qu'un instant avant de pénétrer dans la chambre de sa sœur.

Son sac à dos était posé contre le lit. On l'avait expédié par avion quelques jours auparavant, mais Katie n'avait pas eu le courage de l'inspecter. Des étiquettes d'aéroport s'enroulaient autour des courroies et des lanières en cuir indien pendaient à chaque fermeture à glissière. Un badge où figurait une femme en jupe de paille était accroché sur le devant. Une marguerite dessinée au marqueur noir ornait une poche latérale. Katie desserra les cordons.

Plongeant la main dans le sac, elle sortit des affaires, l'une après l'autre, comme si elle jouait à la pêche miraculeuse. Une robe de plage orange brûlé, imprégnée d'une odeur de jasmin mêlée à des effluves de vacances – crème solaire et sel –, qu'elle étala sur le lit après en avoir lissé les plis. Une paire de tongs hawaïennes. Une serviette dans un filet. Un iPod dans son étui. Deux romans d'auteurs qu'elle ne connaissait pas. Une lampe torche couverte de sable. Un pull d'homme, taille L, troué aux manches. À Finn?

Continuant à fouiller, Katie toucha quelque chose de dur qui ressemblait à un livre. On l'avait prévenue de la découverte d'un carnet de voyage. Elle avait toutefois l'impression que les policiers balinais, qui ne le considéraient pas comme une pièce à conviction, s'étaient contentés de le parcourir.

Mia tenait des journaux intimes depuis toujours. Leur contenu intriguait Katie, déconcertée à l'idée que sa sœur préfère confier ses émotions au papier plutôt qu'à un être humain. Du temps de son adolescence, la tentation de lire l'un d'eux était tellement irrésistible que, à deux reprises, elle avait passé au peigne fin la chambre de Mia dans l'espoir de découvrir des informations que seuls ces journaux auraient pu révéler. Peine perdue. Malgré sa propension au désordre, sa sœur veillait à bien les cacher.

Elle sortit le carnet. Recouvert d'un tissu bleu roi, il lui sembla lourd. Elle effleura le dos d'un doigt avant de l'ouvrir avec précaution, comme si les mots de sa sœur étaient des papillons prêts à s'envoler.

Elle tourna lentement les feuilles. Mia avait beau être indolente et négligente dans bien des domaines – son portefeuille était bourré de reçus, ses bouquins écornés et remplis de gribouillis dans les marges –, l'écriture était belle, élégante. Les entrées s'organisaient autour de croquis, de bouts de papier annotés ou de fragments de cartes, de parcelles de souvenirs de lieux visités. Chaque page était une œuvre d'art à part entière.

— Tout va bien ?

Ed était planté dans l'embrasure de la porte.

— Absolument.

— Tu tries ses affaires ?

— J'ai trouvé son journal intime.

Il se redressa, étonné.

— J'ignorais qu'elle en tenait un. Tu vas le lire ?

— Je crois. Je sais si peu de choses sur son voyage.

Et je la connais si mal, ajouta-t-elle en son for intérieur.

Pendant l'absence de Mia, elles s'étaient à peine parlé. Quand ce fossé s'était-il creusé entre elles ? Elles avaient été proches auparavant. Katie soupira.

— Pourquoi est-elle partie, Ed ?

— En voyage ?

— Oui. Elle a décidé ça sur un coup de tête. Il a dû se passer quelque chose qui l'y a poussée.

— Tu as eu une longue journée, Katie, fit-il gentiment remarquer. Il vaudrait mieux ne pas t'y plonger ce soir. Attends au moins jusqu'à demain matin. Pourquoi ne pas me tenir compagnie dans la cuisine ?

— Dans une minute peut-être.

Dès que la porte se fut refermée, elle rouvrit le carnet et choisit une entrée au hasard. Son regard sauta d'une phrase à l'autre – *désert de cendres*, *Finn et moi*, *paysage lunaire* – comme si chaque mot la brûlait. Malgré ses efforts, elle ne parvint pas à se concentrer : son esprit refusait d'assimiler ce qu'elle parcourait.

Frustrée, elle continua à feuilleter le journal intime. Sur une page, on voyait le dessin d'un oiseau prenant son essor ; sur une autre, le texte s'enroulait autour d'une spire invisible, comme aspiré vers le bas. Son cœur battit la chamade lorsqu'elle s'aperçut qu'elle s'approchait de la fin.

À la dernière entrée, Katie marqua une pause. De toute évidence, elle apprendrait des choses qu'elle préférerait ignorer, mais elle était incapable de détourner les yeux, de la même manière qu'un passant attiré par un accident.

Un seul côté de la double page était rempli, l'autre manquait ; les dentelures montraient qu'il avait été arraché. Sur la partie qui restait, un croquis compliqué représentait un profil féminin à l'intérieur duquel on distinguait une déferlante noire, une bouche ouverte en un cri, des étoiles filantes, un pendu suivi de six cases vierges, un combiné pendant d'un fil.

Katie referma brusquement le journal.

Elle n'aurait pas dû l'ouvrir, c'était trop tôt. De nouvelles questions se bousculaient déjà dans sa tête. *Que signifiaient les illustrations ? Pourquoi cette page déchirée ? Qu'est-ce qu'il y avait dessus ?* Elle repoussa le carnet comme si le remettre dans le sac allait empêcher le flot de pensées d'affluer. Dans sa précipitation, elle le lâcha et un bout de papier s'en échappa.

Elle se baissa pour le ramasser : il s'agissait du talon de la carte d'embarquement du premier vol de Mia : de London Heathrow à San Francisco. Elle caressa le carton blanc et pensa à l'enthousiasme de Mia atterrissant dans cette ville. Elle tenta d'imaginer les pays où sa sœur était allée, s'interrogea sur les gens qu'elle avait croisés et les expériences qu'elle avait vécues. Mais le mystère des voyages de Mia restait entier et Katie voulait à tout prix élucider ces six mois perdus. La clé se trouvait dans le journal.

Elle garda la carte d'embarquement à la main : une idée prenait forme.

Katie avait à peine fermé l'œil de la nuit, tandis que l'idée devenait un projet. Le lendemain, elle s'était levée tôt et avait parcouru Putney High Street à la recherche d'une agence de voyages. Sitôt qu'elle en avait trouvé une, elle s'y était engouffrée et avait posé l'itinéraire de Mia sur le bureau d'une femme aux lèvres gercées, enduites de rouge corail.

«Je voudrais réserver des places pour le même voyage.»

Elle aurait pu le faire en ligne, mais c'était une décision trop importante pour la concrétiser par un simple clic. Peut-être s'attendait-elle à ce que la vendeuse hésite, lui déconseille ce voyage, lui démontre que c'était stupide. Au lieu de quoi, la femme avait bu une gorgée de sa tasse de café brûlant et lui avait demandé:

«Quand souhaitez-vous partir?»

Depuis, cinq jours s'étaient écoulés. Assise sur le parquet de sa chambre, Katie essayait de faire ses bagages. Le contenu du sac à dos de Mia était éparpillé à ses pieds et des piles de ses propres vêtements attendaient dans une valise mauve. Katie, si méthodique à l'ordinaire, n'arrivait pas à choisir ce qu'elle devait emporter. Dans quelques heures, elle embarquerait à bord d'un avion à destination de San Francisco, exactement comme sa sœur six mois auparavant.

La porte de sa chambre s'ouvrit et Ed entra, apportant deux tasses de thé. Après lui en avoir tendu une, il s'accroupit à côté d'elle. Le pantalon de son complet remonta sur ses genoux, exposant un bon centimètre de peau au-dessus de ses chaussettes.

Katie but une gorgée de son breuvage. Il le préparait exactement à son goût: pas trop fort, une dose généreuse de lait, une demi-cuillère de sucre.

Ed considéra les piles de linge d'un œil sceptique.

— Il est toujours temps de changer d'avis, je suis sûr qu'on te reprendrait à ton travail.

Elle avait démissionné de son poste de conseillère en recrutement dès qu'elle avait quitté l'agence de voyages. Elle travaillait dans le même cabinet depuis sa sortie de l'université, il lui avait suffi d'un coup de fil de cinq minutes pour se libérer.

— C'est hors de question.

Se retrouver assise à son bureau d'angle sous la bouche du climatiseur qui lui esquintait les yeux et feindre de s'intéresser au placement de candidats, ça lui paraissait complètement grotesque.

— Pourquoi ne pas attendre quelques semaines? Je suis presque certain d'arriver à prendre des congés. On pourrait aller, sinon partout, au moins à Bali. Ainsi, tu verrais…

— Je dois commencer par le début.

L'organisation était le mécanisme de survie de Katie. Après la mort de sa mère, elle avait rempli son agenda de rendez-vous, une façon d'occuper la moindre parcelle de son temps libre pour éviter de basculer dans l'apitoiement sur elle-même. Elle avait déployé autant d'ardeur dans son boulot, travaillant de longues heures avec un tel acharnement qu'elle avait obtenu une promotion au bout de trois mois.

Elle n'avait pas réagi de la même façon à la perte de Mia. Ni le boulot ni les divertissements n'atténuaient le chagrin qui la terrassait. En sorte que la découverte du carnet de voyage de sa sœur lui avait fait l'effet d'une lueur dans l'obscurité, à laquelle elle s'accrochait. Aussi avait-elle décidé de suivre l'itinéraire décrit dans le journal, une entrée après l'autre, un pays après l'autre, dans l'espoir que cela lui permettrait d'élucider le mystère de la disparition de Mia. Pour la première fois depuis que les policiers s'étaient présentés à sa porte, elle avait un but.

— Je sais que nous en avons déjà discuté, ajouta Ed. Il n'empêche que ton projet me paraît toujours irrationnel.

— C'était tendu entre nous avant son départ, répondit-elle, posant sa tasse de thé. Or, je l'ai laissée partir… en fait, j'en étais soulagée.

— Tu n'es pas responsable de la mort de ta sœur.

Vraiment? Mia était malheureuse, et elle l'avait laissée s'égarer. Mia était sa petite sœur, et elle avait manqué à ses devoirs envers elle.

— Il ne me reste que son journal. C'est un lien avec les six mois de sa vie que j'ai ratés.

— Lis-le dans ce cas. Je t'ai déjà proposé de le faire avec toi.

Elle l'avait surpris en train de le feuilleter le lendemain du jour où elle l'avait trouvé, cherchant s'il y avait quoi que ce soit susceptible de la perturber. Sa gentillesse était évidente, mais elle ne voulait pas qu'il la protège, elle voulait qu'il la soutienne.

— Une fois que je l'aurai terminé, je n'aurai pas d'autres souvenirs d'elle, expliqua Katie. Ce sera fini – elle aura disparu à jamais.

Elle se vit parcourir le texte si souvent que les mots en perdaient leur sens, à la manière de photos dont les couleurs passent au fil des années. En revanche, elle était convaincue que lire chaque entrée dans le pays où Mia l'avait écrite, et faire les mêmes expériences que sa sœur, certaines à tout le moins, lui donnerait l'impression de la retrouver. Ainsi, ces six mois ne seraient pas perdus.

— Ed, je dois le faire.

Il se leva et traversa la chambre jusqu'à la fenêtre, qu'il ouvrit. Un air de basse tonitruant s'échappant du lecteur CD d'une voiture parvint aux oreilles de Katie. Les mains sur le rebord, il regarda la rue.

— Ed?

— Je t'aime, déclara-t-il, se tournant vers elle. Cela ne m'empêche pas de trouver que tu as tort. Et tout ce que tu laisses derrière toi? Et notre mariage?

La cérémonie devait avoir lieu en août. Ils avaient réservé une maison de campagne dans le Surrey pour le week-end qu'ils passeraient avec leurs amis intimes et leurs proches. Katie avait consacré ses soirées à chercher un orchestre acceptant de jouer après minuit, à hésiter entre un cheese-cake ou des profiteroles pour le dessert, à rassembler des cadres anciens pour exposer des photos sur le présentoir à gâteaux. L'impatience et l'excitation qui la dévoraient encore récemment lui semblaient désormais faire partie d'une existence qui n'était plus la sienne.

— Mon voyage ne durera pas longtemps.

— Tu traverses une épreuve en ce moment, enchaîna Ed, écartant une lanterne pour s'asseoir. Ma chérie, j'aimerais vraiment pouvoir t'aider, mais la seule chose que j'ai à te dire, c'est que regarder l'avenir plutôt que le passé serait le meilleur moyen de t'en sortir.

Katie acquiesça. Il avait raison.

D'un geste, il désigna la place près de lui et elle le rejoignit. Dès qu'elle s'installa, l'odeur résiduelle de sa mousse à raser mêlée aux effluves d'after-shave lui chatouilla les narines. Son costume lui allait à merveille ; elle lui avait offert la cravate gris ardoise en soie sauvage et aimait l'imaginer en train de la tripoter pendant une réunion, pensant à elle au lieu de se concentrer sur ce qui se passait dans la salle de conférences.

— La réponse ne se trouve pas là, assura-t-il, les yeux rivés sur le journal que Katie tenait toujours à la main.

Elle perçut une note d'humour dans sa voix tandis qu'il poursuivait :

— Voyons, tu détestes prendre l'avion ! Tu n'es jamais sortie d'Europe, ce n'est tout bonnement pas prudent de voyager seule, sac au dos.

Posant la main sur sa cuisse, il la massa doucement.

— Surmontons ça ensemble. Ici.

Ed avait une façon concrète d'évaluer les situations – une des multiples qualités qu'elle admirait chez lui. Elle commettait peut-être une erreur.

C'était injuste envers lui de s'en aller au bout du monde sans fournir la moindre précision sur sa date de retour, elle en convenait.

— Je ne sais plus où j'en suis.

— Katie, tu vas devoir accepter de la laisser partir, conclut-il calmement.

Elle effleura la couverture bleu roi du journal, rêvant au nombre de fois où Mia y avait écrit. Elle la vit se balançant avec indolence dans un hamac, les jambes tendues, un stylo à la main. Ce carnet, qui contenait les pensées les plus intimes de sa sœur, était entre ses mains.

— Je ne le pourrai pas avant de savoir ce qui s'est passé, dit-elle.

Ed soupira.

Katie se demanda s'il avait déjà tranché sur la cause de la mort de Mia. Il l'avait connue à une époque où elle était au plus mal – impétueuse, capricieuse, versatile –, il n'avait jamais vu la véritable Mia, celle qui nageait comme un poisson dans la mer, qui se déchaussait pour danser, qui adorait attraper des grêlons.

— Ce n'était pas un suicide, affirma-t-elle.

— Peut-être.

Et voilà. *Peut-être.*

Katie se leva, attrapa le sac à dos vide et y replaça les affaires de sa sœur qu'elle en avait sorties, avant d'y mettre une pile de ses propres vêtements, sa trousse de toilette, son passeport. Puis elle poussa sa valise dans la penderie, dont elle claqua la porte avec satisfaction : à quoi aurait servi ce genre de bagage là-bas ?

Ed ne dissimula pas sa stupéfaction.

— Alors, tu t'en vas.

— Absolument.

Katie perçut que, blessé, il voulait ajouter quelque chose. Les arguments contre son départ étaient innombrables : elle n'avait jamais voyagé, sa carrière en pâtirait, elle avait du chagrin et besoin d'être entourée. Autant d'objections qu'ils avaient évoquées, Ed prodiguant des conseils frappés au coin du bon sens comme elle l'aurait fait à un autre dans sa situation. Sauf qu'elle n'y était plus réceptive. Détails pratiques, évaluation des risques, bien-fondé d'un choix n'avaient désormais plus lieu d'être. Ce qui comptait, c'était sa sœur.

4

Mia
(Californie, octobre de l'année précédente)

Les jambes de Mia étaient posées sur le tableau de bord de la Chevrolet cabossée qu'ils avaient louée. Elle appuya les orteils sur le pare-brise puis les retira et observa les empreintes qui s'estompaient. À côté d'elle, Finn pianotait sur le volant au rythme d'un morceau de blues que diffusait la radio.

Ils roulaient vers le sud sur la célèbre Highway 1, laissant San Francisco derrière eux. Ils y étaient restés bien plus longtemps que prévu, captivés par son charme, son extravagance. Le premier soir, ils avaient pris une chambre dans un motel et s'étaient débarrassés de leurs sacs avant de descendre dîner dans un restaurant thaï noir de monde, où on servait d'incroyables crevettes au piment doux. Le propriétaire leur avait donné l'adresse d'une boîte en sous-sol, située à deux pâtés de maisons ; malgré le décalage horaire, ils avaient picolé et dansé jusqu'à en avoir mal aux pieds. L'aube pointait lorsqu'ils avaient refait surface. Ils avaient découvert un établissement ouvert très tôt et acheté des bagels à la cannelle et des cafés. Ils s'étaient assis en face de la baie pour contempler l'ascension d'un soleil rose pâle au-dessus d'Alcatraz.

Une brume épaisse les suivait sur la côte, elle se déployait sur la mer comme un manteau, masquant l'horizon. Mia baissa la vitre, tendit la tête.

— Le soleil apparaît.

— Je m'arrête à la prochaine aire de stationnement.

Au bout de quelques kilomètres, ils trouvèrent un point de vue. Effectivement, le soleil dissipait le brouillard et révélait un littoral herbeux, déchiqueté. Des falaises chamarrées de fleurs des champs, sûrement spectaculaires au printemps, tombaient à pic dans une baie sauvage où bouillonnait une eau blanche.

Elle sortit de la voiture pieds nus et, les mains sur la tête, s'étira en inspirant l'air salin. Finn, lui, s'adossa au capot, les bras croisés sur la poitrine.

— C'est magnifique.

— Tu as envie de descendre ? lui demanda-t-elle.

— Et comment !

Ils trouvèrent un étroit sentier qui serpentait jusqu'au pied de la paroi impressionnante, dont les lacets dérobaient à la vue les parties les plus escarpées. Une fois en bas, Mia fut la première à se précipiter dans l'eau pour y tremper ses pieds.

— Salut, Pacifique ! lança-t-elle avant de se tourner vers Finn : On se baigne ?

— Ici ? Ça m'a l'air plutôt agité.

— Dans ce cas, garde un œil sur mes vêtements.

Sur ces mots, Mia se tortilla pour ôter son haut et son short et resta en sous-vêtements dépareillés. Mince et musclée, elle se jugeait trop maigre pour être belle ; elle avait néanmoins fini par accepter ses hanches saillantes et ses petits seins, et n'éprouvait aucune gêne devant Finn. Son corps n'avait pas de secret pour lui et l'inverse était vrai – elle connaissait ses larges épaules, son nombril un peu protubérant, les poils rêches de son torse.

— Quel beau bronzage de Londres, ironisa-t-elle, faisant allusion à la pâleur de son torse lorsqu'il eut enlevé son tee-shirt.

— La couleur d'un flemmard.

Mia éclata de rire. Finn en profita pour la prendre de vitesse et foncer dans la mer. Il sauta par-dessus des petites vagues, perdit pied, s'étala de tout son long et une gerbe de gouttelettes argentées gicla.

Mia riait toujours lorsqu'elle le rejoignit. L'eau glacée enserra ses chevilles puis ses genoux dans un étau ; une petite coupure qu'elle s'était faite en se rasant la picota. Le cri d'une mouette qui planait dans le ciel attira un instant son regard. Tout à coup, le fond se déroba et la mer monta au niveau de sa culotte en coton. Elle rentra le ventre, inspira et plongea.

Quand elle remonta à la surface, ses cheveux bruns, collés sur sa tête, formaient comme un casque huileux. Battant des jambes, elle se mit à nager avec souplesse et régularité.

— Ne t'éloigne pas trop ! cria Finn. Je ne joue les sauveteurs que les jours où les femmes sont en bikini rouge[1].

Les vagues roulaient sous Mia. L'une la surprit et la recouvrit d'une sorte de couverture frangée de blanc. Elle s'essuya les yeux avant de repartir en crawlant, consciente de la contraction de ses muscles qui la propulsaient. Chaque fois qu'elle tournait la tête, tous les deux mouvements, pour respirer, le soleil pâle lui effleurait le visage.

En fin de compte, ses jambes se raidirent sous l'effet de l'exercice et du froid. Aussi évolua-t-elle plus lentement, parallèlement au rivage, observant les falaises sous un nouvel angle. La côte était extraordinaire, battue par les intempéries, déserte. L'espace l'enivrait, lui procurait un soulagement physique, après Londres où elle avait sans arrêt eu l'impression de suffoquer. Loin de la ville, loin du souvenir de ce qu'elle était devenue, Mia se sentit bien pour la première fois depuis des mois.

Ce soir-là, Finn et Mia s'assirent sur un banc, un gobelet de chocolat chaud à la main. Elle entendait le bruit des vagues qui se brisaient, on aurait dit un grondement sourd de camions roulant à une certaine distance. Mia sortit une flasque en argent de sa poche arrière et la déboucha.

---

1. Allusion à la série télévisée américaine *Alerte à Malibu.* (*Toutes les notes sont de la traductrice.*)

— Du whisky ?

— Parfait après le dîner, la félicita Finn, tendant sa timbale.

À force d'avoir campé dans leur jeunesse, ils avaient acquis une maîtrise quasi magique des repas composés d'un seul plat. En l'occurrence, Mia avait proposé de faire la cuisine et leur avait servi des pâtes accompagnées d'épaisses tranches de salami, de petits pois, de champignons, de quelques tomates cerises, le tout parsemé d'herbes provençales.

— C'est toujours meilleur dehors, constata-t-elle tout en versant du whisky dans leurs gobelets. Ça fait des lustres qu'on n'a pas campé ensemble.

— Les jardins publics de Londres n'ont pas tout à fait le même attrait.

— C'est vrai, acquiesça-t-elle, le sourire aux lèvres. Vivre à Londres, ça te plaît ?

Au sortir de l'université, Finn y avait emménagé. Dans l'appartement qu'il louait, situé au-dessus d'une boucherie, derrière une voie ferrée, chaque passage d'un train faisait fuir le robinet.

— Oui. Ça me plaisait. Ça change des Cornouailles.

— Quoi, les vendredis soir n'y étaient pas assez animés pour toi ?

— Non, j'aime les quinquas en peau de léopard et en Lycra, ricana-t-il. Londres n'est pas une ville pour toi, n'est-ce pas ?

— Non, en effet, reconnut Mia.

La mer lui avait terriblement manqué ; plages et horizons sans bornes peuplaient ses rêves.

— C'est pour ça que tu as voulu partir ?

Tirant les manches de son pull sur ses mains, elle serra sa timbale pour les réchauffer.

— J'avais envie de bouger.

— Tu en as bavé cette année. Tu mérites une pause.

Vraiment ? s'interrogea-t-elle. C'était Katie, pas elle, qui était restée stoïquement au chevet de leur mère malade. Flacons de pilules, touffes de cheveux dans la douche, joues de plus en plus creuses, autant d'abominations que Mia avait fuies – incapable de voir s'étioler cette femme forte et compétente. Elle sentit la boule dure de culpabilité lovée dans son ventre et porta la flasque à ses lèvres.

Finn glissa un bras autour de ses épaules.

— Ça va ?

Elle fit signe que oui.

— Mia, écoute-moi, reprit-il d'un ton si sérieux qu'elle leva les yeux. Même si on n'était pas souvent ensemble pendant la maladie de ta mère, tu savais que tu pouvais compter sur moi, n'est-ce pas ?

— Bien sûr, affirma-t-elle, gênée par sa gravité.

Ils n'avaient jamais abordé le sujet des quatre mois tendus où un mur s'était dressé entre eux, composé de briques de ressentiment et cimenté par le silence de Mia. Elle n'était pas certaine d'être prête à le faire.

Finn le perçut et enleva son bras.

— Parle-moi de Mick. Quand as-tu décidé de le rencontrer ?

— J'ai trouvé une photo de lui en vidant l'armoire de maman.

On y voyait Mick sur une scène avec un groupe, devant une banderole arborant l'inscription *Black Ewe*[1]. Les musiciens venaient apparemment de terminer un morceau et leurs visages écarlates luisaient de sueur. Un homme aux cheveux longs d'un noir de jais, mouillés aux tempes, tenait une guitare par le manche et fixait l'objectif. À côté de lui, vêtu d'un costume bien coupé, chaussé de souliers à bout recourbé, Mick avait l'air euphorique. Contrairement aux autres, il n'avait pas d'instrument, aussi pointait-il les doigts à la manière d'un pistolet, la tête penchée d'un côté, clignant de l'œil. C'était un geste plein d'assurance que Mia n'aurait jamais pu faire avec naturel. La photo lui avait cependant plu parce qu'elle y détectait une ressemblance entre son père et elle. Dans la forme du nez, voire dans le modelé des lèvres.

— J'imagine que cette découverte a réveillé ma curiosité.

— Ça ne t'intéressait pas avant ?

— Pas vraiment. Enfin, un peu, concéda-t-elle.

Un commentaire qu'avait fait sa grand-mère s'était gravé dans sa mémoire. Mia prenait un bain, dont l'eau devenait jaunâtre à cause de la boue collée à ses genoux. Comme elle se tortillait et refusait qu'on lui lave les cheveux, sa

1. « Brebis noire » en français.

grand-mère l'avait grondée : « Quel sale caractère, ma parole ! On veut n'en faire qu'à sa tête, hein ? Tout comme ton père », avait-elle conclu tout bas. Le mot tabou était resté en suspens dans la pièce envahie de vapeur, assez longtemps pour que la comparaison s'imprime dans l'esprit de Mia.

Finn termina son breuvage.

— Comment se fait-il que tu n'en aies pas touché un mot à Katie ?

Mia réfléchit une minute.

— Quand les gens donnent leur avis, on finit quelquefois par croire que c'est le sien. Je voulais à tout prix éviter ça.

Une voiture pénétra dans le camping. Le faisceau de ses phares les éclaira avant que le contact soit coupé. Le couple qui en sortit entreprit aussitôt de monter une tente à la lueur d'une lampe de poche.

Mia n'avait jamais avoué à personne, ni à elle-même, ce qu'elle venait de résumer en ces quelques phrases. Pour l'instant, cela suffisait. Elle prit le gobelet de Finn.

— Je vais faire la vaisselle.

Se levant d'un bond, elle se dirigea vers la fontaine et se fondit dans la nuit.

Plus tard, les dents brossées, elle rejoignit Finn sous la tente. Une colline couverte de broussailles s'élevait derrière, et la brise saline de la mer soufflait à l'entrée. Ils s'allongèrent, la tête à l'extérieur, posée sur une serviette de plage, pour contempler les étoiles. Ils avaient passé d'innombrables nuits ainsi, ou serrés comme des sardines dans le lit à une place d'une de leurs chambres respectives. Ils étaient très proches, liés par une amitié qui coulait de source – une grâce pour laquelle Mia éprouvait une reconnaissance infinie.

— Une étoile filante, annonça-t-elle, le doigt tendu.

— Je ne l'ai pas vue.

— C'est compliqué si on ferme les yeux. Tu devrais dormir.

Ils rentrèrent la tête, fermèrent la tente et s'endormirent l'un à côté de l'autre.

Le sol était inégal. Une pointe s'enfonça dans une omoplate de Finn, le forçant à se tourner sur le côté.

Mia avait déjà sombré dans le sommeil. Il écouta son souffle léger et les grillons qui stridulaient dans les buissons. Finn adorait camper, notamment parce que ça ralentissait le cours de la vie. On mettait plus de temps à préparer un repas ; il fallait monter la tente pour la nuit puis la démonter ; se doucher, se changer devenait un luxe, non plus un rituel quotidien ; il consacrait des heures à assimiler les bruits, les odeurs, les vibrations d'un lieu, et s'adonnait à l'introspection.

Mia bougea. Ses mains glissèrent de son ventre et se posèrent sur l'avant-bras de Finn. Il sentit la chaleur de sa peau sur la sienne. Il resta immobile sans s'écarter. Dans l'obscurité, une soirée d'été lui revint en mémoire.

Ils avaient seize ans et assistaient au concert d'un groupe punk américain appelé *Thaw*[1], pour lequel ils avaient obtenu des places après avoir tiré des ficelles des mois durant. Mia portait un jean clair déchiré au niveau des cuisses, qu'elle avait acheté dans une friperie. De l'eye-liner argenté s'étirait au coin de ses yeux et elle avait appliqué un fard qui faisait scintiller ses pommettes saillantes. Elle paraissait plus âgée que la fille pas maquillée que Finn avait aidée le matin même à rembobiner sa ligne pour ramener un maquereau. Il était à la fois séduit et perturbé par cette métamorphose.

Le groupe les combla. La scène vibrait d'énergie. La salle, frénétique, se déchaînait davantage à chaque chanson. Dans un état d'effervescence absolu, Mia dansait, les mains levées vers le ciel. Elle pivota pour crier quelque chose à un type baraqué au cou de taureau qui se tenait derrière eux. Aussitôt, il mit ses mains en coupe, doigts entrecroisés, et, avant que Finn comprenne ce qui se passait, Mia posa le pied sur ses paumes moites et fut projetée en l'air. Les bras déployés comme des ailes, portée par une multitude de mains, elle surfa au-dessus des têtes des gens.

Le tee-shirt noir à l'effigie des Beastie Boys – Finn et Mia le mettaient à tour de rôle, n'ayant pu, faute de moyens, en acheter deux – remonta et exposa son ventre plat. Repérant cette fille sublime aux cheveux sombres qui planait au-dessus de la marée humaine, les éclairagistes

1. « Détente ».

braquèrent les projecteurs sur elle alors qu'on la propulsait vers l'avant de la salle. Une bande de mecs en nage, les poings brandis, sifflèrent et hélèrent l'apparition. Leurs quolibets exaspérèrent Finn. Tendu comme un arc, il rêvait de fendre la cohue pour les réduire au silence.

Il s'efforçait de ne pas perdre Mia de vue au sein de la foule, illuminée par les lasers bleu et blanc, qui continuait à se contorsionner. Contournant un homme dégingandé, Finn aperçut les videurs qui la soulevaient au-dessus de la barrière de sécurité. Il ne la revit qu'au bout de quatre autres chansons hurlées à tue-tête – comment avait-elle réussi à le retrouver? Mystère.

Après s'être faufilée dans une brèche minuscule, elle le rejoignit, les joues écarlates, le front luisant de sueur.

— Mia !

Comme le groupe entonnait l'ultime morceau, la foule les bouscula, plaquant Mia contre lui. Mû par un réflexe, il la saisit par la taille de crainte qu'elle ne soit piétinée. Ils étaient tellement serrés l'un contre l'autre que Finn perçut la chaleur de Mia à travers son tee-shirt humide. Indifférente à la masse des spectateurs qui braillait sous une épaisse fumée, elle entoura le visage de Finn de ses mains et posa un baiser sur ses lèvres.

Lorsque la foule recula, elle se dégagea, se tourna vers le groupe et recommença à se trémousser. Finn, lui, resta cloué sur place alors que des milliers d'autres personnes dansaient toujours.

Dans l'histoire de chaque être, il existe des événements fondateurs – pivots autour desquels peut tourner l'axe d'une existence –, et un acte en apparence insignifiant est susceptible d'infléchir le cours d'un destin. Pour Finn, le baiser changea tout : Mia, son amie de toujours, devint une énigme en l'espace d'une nuit. Le lendemain en classe, ce désir tout neuf anima le moindre échange, si banal qu'il soit : lui tendre une éprouvette pour qu'elle y ajoute du nitrate de magnésium, s'asseoir avec elle sur un banc sous un sycomore pour manger un sandwich au jambon, partager des écouteurs dans le bus qui les ramenait chez eux. Il avait la sensation d'être sorti de son corps et entré dans celui d'un autre. Cela le chamboula au point qu'il sécha les deux derniers jours du trimestre pour réfléchir.

Les vacances d'été avaient à peine commencé que Mia vint à vélo chez Finn, apportant sa tente, un sac de couchage, une bouteille de vodka achetée par Katie, qu'elle avait soudoyée. Elle lui annonça qu'ils allaient camper dans la forêt à proximité des falaises. Aucune excuse valable ne lui venant à l'esprit, il prit ses affaires et la suivit.

Ce soir-là, ils se réfugièrent sous la tente avant le crépuscule à cause d'une averse imprévue. Pendant qu'ils jouaient aux cartes en buvant de la vodka, Finn jetait des regards furtifs à Mia et s'étonnait de n'avoir jamais remarqué la couleur vert émeraude de ses yeux. Dès que la pluie cessa, ils allèrent se promener dans la forêt sombre, saturée de lourdes senteurs de terre. Ivres, exaltés, ils foulèrent la bruyère détrempée qui mouilla le bas de leurs pantalons. La lune – un disque argenté parfait – était d'une telle splendeur qu'elle donna envie à Finn de hurler comme un loup. Mia l'imita en riant.

Soixante-douze heures s'étaient écoulées depuis le baiser qui obsédait Finn. Une question le taraudait : s'il l'embrassait vraiment, qu'éprouverait-il ? Il s'approcha d'elle d'un pas incertain.

— Mia.

Elle le regarda avec un sourire. Son visage sans aucun maquillage rayonnait sous le clair de lune.

— Comme tu es belle !

Puis il lui toucha la joue et se pencha vers elle. Juste avant que ses lèvres touchent les siennes, Mia recula.

— Qu'est-ce qui te prend, Finn ?

Elle rigola et le tapa sur le torse.

— J'ai cru une seconde que t'étais sérieux ! Ne me fous pas les boules !

Plié en deux, il fit mine de s'esclaffer avec elle malgré son impression d'avoir reçu un coup en plein cœur.

Le lendemain, il partit avec sa famille pour le nord de la France sans l'avoir revue. Au cours de ces vacances de trois semaines, Ambre, une fille de dix-sept ans qui faisait le ménage au camping où ils séjournaient, le dépucela. Nue sous son uniforme à l'exception d'un soutien-gorge rose, elle invitait Finn dans sa caravane tous les après-midi, au moment de sa pause de 15 heures. Quel que soit le plaisir que lui procuraient ces ébats, il n'en prit que davantage conscience de ses sentiments pour Mia. Outre l'envie de la caresser, de l'embrasser et de lui faire les mêmes choses qu'à Ambre, il regrettait son rire, sa manie de se ronger l'ongle du pouce lorsqu'elle se concentrait ou la fermeté de sa voix quand elle lui assurait : « J'en suis capable. » L'amitié de Mia lui manquait – il n'était pas prêt à la mettre de nouveau en péril.

À son retour en Cornouailles, Mia et lui reprirent leurs vieilles habitudes sans faire la moindre allusion à la nuit dans la forêt. Au fil du temps, une succession de filles puis de femmes calmèrent le feu de sa passion. Et leur amitié perdura pour son plus grand bonheur.

Aujourd'hui, toutefois, lorsque Mia s'était déshabillée sur la plage, révélant la beauté de son corps mince, le désir de Finn s'était réveillé en sourdine et il ne le laissait pas en paix. Connaissant le risque qu'il courrait s'il le laissait s'amplifier, Finn dégagea prudemment son bras et roula sur le côté. À contrecœur.

5

Katie
(Californie, mars)

Katie tira le store beige du hublot pour cacher la vue. Elle ne tenait pas à découvrir qu'ils survolaient les nuages, ni que l'océan se trouvait à trente mille pieds en dessous d'eux, ni que seules les ailes blanches du Boeing 747 les empêchaient de tomber en vrille.

Lors de son premier voyage en avion, Katie avait agrippé les accoudoirs avec une telle force que ses jointures avaient blanchi. Assise à côté d'elle, Mia écarquillait les yeux, les pupilles dilatées par ce que Katie avait d'abord pris pour de la peur. Or, à en juger par le sourire qui se dessinait sur les lèvres de sa sœur, elle était impressionnée. Que ce qui lui tordait les entrailles fascine à ce point Mia l'avait dépassée. Cette terreur l'habitait depuis toujours, aucun adulte angoissé ne la lui avait transmise et elle ne provenait pas de films d'horreur à la télévision, ni d'histoires abominables racontées par ses amis. À l'époque, elle avait neuf ans – un voyage en avion aurait dû être une aventure.

Katie en avait fait deux autres après son baptême de l'air. Chaque fois, des semaines avant le décollage, son effroi s'était intensifié, échappant à tout contrôle. Elle avait fini par comprendre que le seul moyen de le combattre était l'évitement : quand l'université organisait un séjour dans une station de ski, elle ne s'inscrivait que lorsqu'elle était sûre que le trajet s'effectuerait en car. Quand leur mère avait touché une somme d'argent inattendue et voulu emmener ses filles en voyage, Katie avait soutenu qu'elle préférerait avant tout faire une croisière. Quand Ed avait parlé d'un tour à Barcelone, elle l'avait convaincu d'aller à Paris en empruntant le tunnel sous la Manche.

Et voilà qu'elle se retrouvait en train de tortiller la manche de son cardigan, de la lâcher, de la retordre. Elle n'avait pas peur d'une panne de moteur ni d'une défaillance du pilote ; ce qui lui serrait la gorge et la paniquait, c'était le confinement de la cabine, le siège étroit aux accoudoirs inamovibles, les deux passagers – l'un endormi, l'autre plongé dans un livre – qui lui bloquaient le passage, la ceinture de sécurité attachée à sa taille et les onze heures de vol. Coincée dans l'appareil, sans distraction, elle n'avait aucune échappatoire pour la première fois depuis l'affreuse nouvelle. Du coup, elle ne put s'empêcher de réfléchir à ce qu'elle s'était efforcée d'occulter jusqu'à présent : le suicide.

Dans son esprit, le terme était associé aux aliénés, à des êtres atteints de maladies épouvantables et incurables – non à une jeune fille saine de corps et d'esprit à mi-chemin d'un tour du monde avec son meilleur ami. Aussi peu rationnel que cela paraisse, c'était pourtant arrivé, ainsi que l'attestaient la déposition des témoins, le rapport d'autopsie, le compte-rendu de la police.

Lorsqu'elle avait cherché ce mot sur Internet, Katie avait été bouleversée d'apprendre que c'était une des dix principales causes de mortalité – avant l'assassinat, la cirrhose ou la maladie de Parkinson. Elle avait lu qu'un million de personnes mettaient fin à leurs jours chaque année, qu'un être humain sur sept songeait sérieusement à se supprimer à un moment donné. Elle avait découvert le rôle de l'abus d'alcool ou de drogues dans soixante-dix pour cent des suicides d'adolescents.

Sauf que ni Internet, ni les témoins, ni le coroner, ni les policiers balinais ne connaissaient sa sœur. C'était impossible que Mia ait sauté. Imprévisible, sans aucun doute, elle passait de l'euphorie au désespoir en un tournemain et était d'une telle sensibilité que son cœur donnait parfois l'impression d'être à fleur de peau. Cela ne l'empêchait toutefois pas de faire preuve d'un courage indomptable. Mia était une battante – les battantes ne faisaient pas le grand saut.

Katie le croyait de toutes ses forces. Il le fallait, sinon elle serait laminée par une souffrance intolérable : sa sœur avait décidé de l'abandonner.

L'aéroport international de San Francisco semblait avoir la taille d'une ville. Katie se perdit dans la foule, se laissant entraîner pour monter des Escalator, emprunter des couloirs placardés de publicités, descendre des escaliers brillamment éclairés, avant d'arriver enfin dans la zone de livraison des bagages. Elle repéra une place devant le carrousel numéro trois et se posta un peu en retrait afin de laisser les voyageurs impatients récupérer leurs affaires et s'égailler.

En attendant que le sac de Mia passe sous les lourdes dents en plastique du tapis roulant, Katie s'amusa à repérer les propriétaires des bagages. Un jeu d'enfant pour les premiers – le sac de hockey sur glace noir, rembourré, appartenait à l'adolescent baraqué aux cheveux blond-roux, arborant un motif d'éclair sur sa nuque rasée ; les deux valises imprimées de coccinelles furent remises aux jumelles vêtues de manteaux bleus identiques. En revanche, cela l'étonna un peu que le gentleman coiffé d'un panama fatigué tende le bras non vers la valise en cuir fauve, mais vers une autre, argentée. Il est vrai qu'elle n'avait pas prévu non plus que la blonde élégante en blazer ajusté et bottines noires s'empare d'un sac à dos en piteux état.

Attrapant une lanière usée, Katie tira le sien à deux mains. Ce ne fut pas facile de le hisser sur son dos, elle glissa les bras dans les courroies en se contorsionnant et sautilla pour qu'il se mette en place. Ployant sous le poids, elle se courba afin d'équilibrer la charge.

À pas lents, elle se dirigea vers la sortie, devant laquelle un attroupement attendait fébrilement les arrivants ; les gens l'effleuraient des yeux avant de les poser derrière elle. Un homme costaud portant un pull à l'effigie des Giants se faufila sous la barrière et étreignit l'ado à la crosse de hockey. Katie ne se dépêcha pas de quitter l'aéroport, à la différence sans aucun doute de Mia et Finn, qui avaient dû avoir hâte de découvrir San Francisco ; elle rejoignit la foule et, se délestant de son sac, elle s'assit dessus. Un poste d'observation idéal.

Le temps fila à tire-d'aile tandis que Katie, immobile, mains croisées sur les genoux, commençait à capter le rythme des arrivées, à prévoir les intervalles entre les vols en fonction de l'affluence derrière les barrières, qui dépendait des annonces sur les écrans. En cas de retard d'un avion ou d'une perturbation d'un autre ordre – manque de personnel au contrôle des passeports ou absence d'escalier au pied de l'appareil, imaginait Katie –, celle-ci voyait débarquer deux groupes de passagers simultanément, si bien que les cordes des barrières se tendaient sous la pression de ceux qui patientaient.

Des pères étaient venus chercher leurs filles, des amants leurs maîtresses, des maris leurs femmes, des grands-parents radieux leurs petits-enfants. En fait, Katie s'intéressait surtout aux retrouvailles entre sœurs. Même s'il n'était pas toujours évident de distinguer ces dernières de simples amies, elle se trompait rarement. La décontraction de leur étreinte, leurs sourires fendus jusqu'aux oreilles dès qu'elles s'apercevaient, ou qu'une plaisanterie lancée par l'une suscitait un petit rire chez l'autre, étaient autant d'indices. Sans oublier l'angle de leurs nez, un geste qu'elles ébauchaient de conserve ou leur façon de s'en aller bras dessus, bras dessous.

Une femme dont la chevelure rousse flottait sur les épaules de son caftan porta une main à sa bouche lorsqu'elle reconnut sa sœur. Une écharpe de soie violette avait beau dissimuler en partie la calvitie de celle-ci, sa pâleur et ses traits tirés révélaient sa maladie. La rousse serra les doigts de sa sœur, effleura la naissance de cheveux inexistants, renonçant à la contenance qu'elle s'efforçait de garder, l'enlaça longuement, sanglotant sur son épaule.

Aurait-on deviné leur lien de parenté si on les avait détaillées du regard ? Katie, très blonde, le teint clair, formait un contraste frappant avec Mia, une brune saisissante ; un observateur attentif n'aurait cependant pas manqué de remarquer la similitude de leurs lèvres pleines ou du dessin de leurs arcades sourcilières. S'il les avait bien écoutées, il aurait perçu la sécheresse de leur élocution due à des années de bonne éducation, mais aurait aussi entendu qu'elles prononçaient mal le mot « irascible », plaçant l'accent sur la troisième syllabe au lieu de la deuxième.

Des souvenirs très nets remontèrent à sa mémoire. Autant d'épisodes oubliés de leur enfance : les heures qu'elles passaient allongées dans des flaques chauffées par le soleil, qui sentaient l'algue cuite ; les poiriers qu'elles faisaient dans la mer, le nez rempli d'eau salée ; les virées sur leur première bicyclette rouge cerise, Katie pédalant et Mia perchée sur le guidon blanc ; leurs bagarres en costume de pirate, des plumes de mouettes coincées derrière les oreilles, sur les plages désertes de l'hiver.

Katie avait adoré son rôle de sœur aînée, l'arborant comme une distinction honorifique. *À quel moment nous sommes-nous éloignées l'une de l'autre ? Est-ce que c'est à cause de nos disputes pendant l'agonie de maman ? À moins que ça n'ait commencé bien avant ? Il ne s'agit peut-être pas d'un incident en particulier, plutôt d'une succession de broutilles, un délitement, à la manière d'une robe préférée qui s'use avec le temps – le col s'élime, puis la taille se desserre et, enfin, un fil décousu devient une déchirure.*

— M'dame ?

Un porteur en uniforme bleu marine, aux dreadlocks cachées sous une casquette, se matérialisa devant elle.

— Vous êtes ici depuis que j'ai pris mon service.

Elle regarda l'heure affichée au bas du tableau des arrivées. Trois heures s'étaient écoulées sans qu'elle s'en rende compte.

— Je peux faire quelque chose pour vous ?

Katie se leva brusquement, les genoux ankylosés par son immobilité.

— Tout va bien, merci.

— Vous cherchez quelqu'un ?

Elle jeta un coup d'œil à deux jeunes femmes enlacées. La plus grande recula, prit la main de l'autre et la porta à ses lèvres.

— Oui, ma sœur, répondit-elle.

Plus tard ce jour-là, Katie balança le sac à dos sur le lit de la chambre du motel, qu'elle examina, les mains sur les hanches. Deux tableaux représentant des tulipes décoraient les murs beiges ; les fenêtres ne s'ouvraient pas, de sorte que l'odeur des clients précédents imprégnait l'air. La télécommande du poste de télévision était cadenassée au bureau en Formica, tandis qu'une bible et un annuaire s'empilaient sur la table de chevet – bref, la pièce n'avait rien d'accueillant. Il n'était cependant pas question de faire la fine bouche puisque Mia y avait séjourné.

Son premier mouvement fut de déballer ses affaires, sauf qu'elle était désormais une routarde sur les traces de sa sœur et qu'elle ne passerait jamais plus d'une nuit dans le même établissement. Optant pour un compromis, Katie emporta sa trousse de toilette dans la salle de bains sans fenêtre, où elle la posa près de la savonnette fournie par l'hôtel. Épuisée par le voyage, elle mourait d'envie de se reposer, mais il n'était que 17 heures. Si elle se laissait aller, elle se réveillerait au cœur de la nuit et devrait lutter pour tenir à distance des souvenirs cauchemardesques. Aussi décida-t-elle d'aller manger un morceau. Après s'être rincé le visage, avoir remis du mascara et changé de haut, elle attrapa son sac, le journal de Mia et sortit.

La réceptionniste lui indiqua le chemin du restaurant thaï où, d'après le carnet de voyage, Mia et Finn avaient pris leur premier repas. Katie se dirigea lentement vers les quais de San Francisco. Le soleil se couchait. Elle s'arrêta pour appeler Ed et lui dire qu'elle était bien arrivée.

Une brume semblable à de la fumée s'accrochait à la mer. Serrant sa veste autour de ses épaules, elle regretta de ne pas avoir emporté un pull. San Francisco est un *melting-pot d'artistes, de musiciens, de banquiers et d'esprits libres,* avait noté Mia, manifestement transportée par la *vibration électrique du centre-ville.* En d'autres temps, Katie aurait pu ressentir la même chose, être soulevée d'enthousiasme par l'originalité de l'architecture, les rues sinueuses, les devantures éclectiques. Ce soir-là, cependant, elle pressa le pas.

Elle arriva au restaurant, un endroit animé où des clients installés autour de tables rondes riaient, mangeaient, buvaient. Quand un serveur la conduisit à une place près d'une fenêtre, un groupe d'hommes la reluqua. Ils ne reprirent leur conversation que lorsqu'elle s'éloigna.

Katie suspendit sa veste au dossier de la chaise et le serveur enleva le deuxième couvert. Des haut-parleurs fixés aux coins de murs ocre diffusaient du jazz, une musique qui ne l'empêcha pas de distinguer un brouhaha ponctué d'accents américains. Aux odeurs d'épices et de riz parfumé qui l'assaillirent, elle se rendit compte que la faim la tenaillait, d'autant qu'elle n'était pas parvenue à avaler quoi que ce soit dans l'avion. Elle commanda un verre de vin blanc sec. Lorsque le serveur le lui apporta, elle avait choisi un plat de crevettes géantes de Penang.

Sans la carte, plus rien ne mobilisait son attention, et elle prit vaguement conscience que sa solitude ne passait pas inaperçue. Ce serait un des nombreux inconvénients qu'elle aurait à subir chaque jour de ce périple et, soudain, l'ampleur de son entreprise la démoralisa. Croisant les jambes, elle les allongea sous la table avant d'aplatir les mains sur ses cuisses, s'appliquant à se détendre. Au fond, elle pouvait se féliciter : non seulement elle était montée à bord d'un avion pour la première fois depuis des années, mais elle dînait seule au restaurant dans un pays qu'elle ne connaissait pas. *Je m'en sors très bien.* Elle but la moitié de son verre de vin puis posa le journal de Mia sur la table.

Au cours du vol, elle n'avait lu que la première entrée, apprenant ainsi où Mia et Finn s'étaient logés et avaient dîné. Elle s'était promis de savourer chacune des phrases, d'y insuffler de la vie en les découvrant dans les lieux où ils étaient allés. Aussi étrange que cela puisse paraître, les mots de sa sœur la réconfortèrent dès qu'elle eut ouvert le carnet, comme si elle était assise en face. *Finn a rougi quand le garçon lui a donné une cuillère pour remplacer les baguettes,* lut-elle, ce qui lui arracha un sourire. *Même pas une fourchette, une cuillère !* Elle imagina les reliefs du plat de Finn sur la nappe blanche amidonnée et Mia s'esclaffant, sa bouche s'élargissant pour laisser échapper ces gloussements contagieux que Katie adorait.

Elle pensa aux crises de fou de rire de Mia et Finn, qu'elle entendait à travers le mur de sa chambre, hennissements qui duraient des minutes entières, l'hilarité de l'un faisant repartir celle de l'autre. Si elle se postait devant la porte, il lui arrivait de trouver Finn, un pantalon remonté au-dessus du ventre, en train de faire une imitation troublante de vérité d'un de leurs professeurs, à moins qu'ils ne se soient l'un et l'autre grimés le visage au feutre noir : moustaches en guidon de vélo et lunettes à monture métallique. Quel qu'ait été son désir d'entrer dans la pièce et de s'associer à leur gaieté, elle restait la plupart du temps clouée sur place, les bras croisés.

Non qu'elle ait été jalouse de leur amitié – elle avait un groupe de copines sur qui compter en cas de problème. En fait, ce qui la contrariait, et il lui avait fallu du temps pour le définir, c'était l'attitude de Mia. Elle riait plus fort et plus souvent avec Finn. Ils discutaient des heures de tout et de rien, alors que Mia n'ouvrait pas la bouche à la maison, et il avait le don de dissiper ses humeurs noires, contrairement à Katie qui ne savait, apparemment, que les provoquer.

— Excusez-moi, ce siège est libre ?

Interloquée, elle leva les yeux. Un homme en polo jaune indiquait la chaise en face d'elle.

— Oui.

Elle s'attendait à ce qu'il la déplace, aussi fut-elle décontenancée lorsqu'il s'y assit, posa une chope de bière sur sa table et tendit la main.

— Mark.

Il avait des doigts courts, moites. Elle ne se présenta pas.

— Je suis avec mes copains de squash, précisa-t-il, désignant de la tête la table d'hommes devant laquelle elle était passée en traversant la salle. Mais j'ai une fois de plus perdu, alors ça ne me dit rien de participer au débriefing. Je ne vous dérange pas, j'espère ?

Oh que si ! Énormément. Dans d'autres circonstances, Katie aurait expliqué qu'elle n'était pas disponible, atténuant le rejet par une flatterie quelconque qui aurait permis au type de partir sans perdre la face. Sa lassitude pesait toutefois tellement sur ses épaules que ses bonnes manières lui firent défaut.

— D'où venez-vous ? demanda Mark, prenant son silence pour un acquiescement.

De la main gauche, elle entoura le pied de son verre afin de mettre en évidence sa bague de fiançailles.

— Londres.

— Big Ben. Madame Tussauds. Covent Gardent, énuméra-t-il avec un petit rire. J'y suis allé il y a deux ans. Un froid de canard. N'empêche que c'est une belle ville. Très belle.

Elle prit une gorgée de vin.

Le type remarqua le journal.

— Un carnet de notes ?

— Un journal intime.

— Vous écrivez ?

— Ce n'est pas le mien.

Il tourna la tête pour mieux voir l'objet. Ses yeux incroyablement proches l'un de l'autre lui donnaient un aspect reptilien.

— À qui appartient-il ? s'enquit-il.

— Ma sœur.

— Vous lui faites une vacherie, c'est ça ?

Le type avait une haleine chargée d'alcool, un regard vitreux. Il était ivre. Katie lança un regard circulaire dans l'espoir d'apercevoir le serveur avec son plat.

— Dites-moi… poursuivit-il, agitant la main.

— Katie.

— Eh bien, Katie, qu'est-ce que vous faites avec le journal de votre sœur ?

L'allusion désinvolte de cet inconnu au carnet de Mia la fit tressaillir. L'envie la tenaillait de le refermer et de se débarrasser de ce pantin suffisant, bourré.

— C'est personnel.

— Je parie que votre sœur pensait ça aussi quand elle l'écrivait !

Le type brandit sa bière avant de boire une rasade, écrasant sa lèvre sur le bord de la chope.

— Désolée, mais je vous prie de me laisser tranquille.

À en juger par son expression dépitée, on aurait dit qu'il estimait que la conversation avait jusqu'alors pris une tournure satisfaisante.

— Vous êtes sérieuse ?

— Absolument.

Lorsqu'il se leva, ses genoux cognèrent la table, qui trembla. Katie eut le réflexe d'attraper son verre avant qu'il se renverse, en revanche elle ne fut pas assez rapide pour la chope. Un liquide doré, pétillant, se répandit sur le carnet ouvert. Horrifiée, elle l'épongea avec sa serviette, mais la bière coulait déjà sur les pages crème, qui s'assombrissaient et se gondolaient. Consternée, elle regarda s'effacer l'écriture précise et déliée de Mia.

— Espèce d'imbécile !

Les deux femmes de la table voisine se retournèrent.

Le type leva les mains en l'air.

— Tout doux, ma p'tite dame. Je suis simplement venu vous tenir compagnie.

Il repoussa sa chaise.

— J'imagine que c'est à l'eau, conclut-il non sans malice, montrant le journal mouillé.

— Allez vous faire foutre !

L'injure roula sur sa langue, lui procurant un plaisir exquis. Quant au type, il rejoignit ses amis.

Se mordillant la lèvre, Katie lutta pour garder son sang-froid. Peine perdue, ses yeux s'embuaient. Le carnet abîmé dans une main, elle prit son sac et sa veste.

Le temps que le serveur dispose un dîner pour une personne, elle était déjà à la porte du restaurant. Katie avait abandonné son foyer, son travail, son fiancé et ses amis, mue par le désir impérieux de comprendre ce qui était arrivé à sa sœur. Pourtant, à peine sortie sur le trottoir, où l'air humide la happa tel un souffle glacé, elle se demanda si elle ne s'était pas complètement fourvoyée. *Pardonne-moi, Mia. Je crois que c'est au-dessus de mes forces.*

6

Mia

(Maui, octobre de l'année précédente)

Finn laçait ses chaussures de montagne dans l'obscurité, un pied posé sur la roue du véhicule de location. Il avait réglé la sonnerie de son réveil à 4 heures du matin et conduit Mia sur des routes à virages en épingles à cheveux jusqu'au point culminant de Maui, le volcan Haleakalā, pour contempler le lever du soleil. Le froid était mordant à une altitude de trois mille mètres, mais on les avait prévenus qu'il ferait une chaleur étouffante à midi et qu'il n'y aurait presque pas d'ombre où se mettre à l'abri.

— Tu as quelle quantité d'eau ? demanda Mia, d'une voix encore enrouée par le somme qu'elle avait piqué dans la voiture.

— Suffisamment pour nous deux.

Il remonta la fermeture Éclair de son blouson, verrouilla les portières et resserra les courroies de son sac.

Ils se dirigèrent vers le cratère, s'éclairant avec une lampe frontale. Finn ouvrait la marche car il tenait à repérer un chemin praticable. Une randonnée de nuit pouvait être dangereuse, les accidents de terrain étant difficiles à évaluer, mais le sentier se révéla aisé et la pente régulière.

Aucun des deux ne parlait, le silence n'était rompu que par le crissement des cendres éparses sous leurs pieds.

L'aube n'était pas encore là, l'air sec était glacé. Finn avait l'impression que la peau de ses joues était tirée à l'extrême. Comme il se retournait pour s'assurer que Mia le suivait, le faisceau de sa lampe illumina son visage. Les cheveux attachés en un chignon lâche, sa veste polaire noire fermée jusqu'au cou, elle affichait une expression déterminée.

— Ça va?

— Oui.

Ils continuèrent à avancer tandis que le ciel virait du noir à un violet sombre et que des volcans et des cônes de scories commençaient à se profiler. En forme, solide, Mia marchait d'un bon pas; elle avait confié à Finn que c'était la simplicité avec laquelle on se déplaçait d'un endroit à l'autre qui était à l'origine de sa passion pour la randonnée. Depuis leur arrivée à Maui, elle s'était promenée des heures sur les plages. Pour penser à son père, avait deviné Finn. Ils avaient beau être là depuis une semaine, elle ne lui avait toujours pas rendu visite. Finn s'était bien gardé de lui demander pourquoi: elle irait quand elle serait prête.

Au fil du temps, il avait appris à décrypter les humeurs de Mia en fonction de petits indices qu'elle lui fournissait. Par exemple, s'ils étaient engagés dans une conversation et qu'elle le regardait du coin de l'œil en se mordillant la lèvre inférieure, cela signifiait souvent qu'elle souhaitait aborder un sujet important et qu'il devait ralentir son débit pour lui permettre de le faire. Au bout de treize ans d'amitié – nombre de mariages ne duraient pas aussi longtemps –, il s'était habitué à ce genre de signaux ; en revanche, aucun ne lui révélait ses sentiments envers lui.

— On devrait regarder de là-bas, proposa-t-il après s'être arrêté, le doigt tendu vers un promontoire dressé près de la piste, d'où ils auraient une vue superbe.

Le ciel était devenu indigo, aussi Finn retira-t-il sa lampe frontale. Posant son barda par terre, il s'y adossa. Mia s'assit à côté de lui, les genoux remontés contre son buste. Elle bâilla. Il admira la légère cambrure de son dos.

Puis elle sortit de son sac une fine couverture empruntée à l'hôtel dont elle les enveloppa tous deux. L'odeur de son shampoing – pêche et avocat – parvint aux narines de Finn, qui en fut bouleversé. Il ferma les yeux. C'était dangereux de se laisser envahir par des sensations pareilles.

— Finn, murmura-t-elle à son oreille.

— Oui ?

— Merci… d'être venu à Maui.

— Si ton père vivait au Kazakhstan, ç'aurait été une autre histoire, ironisa-t-il, un sourire contraint aux lèvres.

— Je suis sérieuse, insista-t-elle, l'examinant avec une attention soutenue. Ta présence compte beaucoup pour moi.

Elle s'appuya sur lui, leva le menton et posa un baiser sur sa joue.

Il avait seize ans de nouveau et se retrouvait dans la salle de concert bondée, le creux des reins ruisselant de sueur, le goût des lèvres de Mia sur les siennes.

La vérité le frappa de plein fouet comme lors de cette soirée du passé : il était amoureux d'elle.

En hawaïen, *Haleakalā* signifie « Maison du Soleil ». Les premières lueurs diaprèrent l'horizon, zébrant le ciel de rose et cuirassant d'argent les nuages.

— Mon Dieu ! s'exclama Mia, qui se redressa.

Le premier rai d'un soleil rouge éblouissant apparut derrière le sommet du volcan, un dieu majestueux dans toute sa gloire. L'astre se levait. Il illumina le paysage lunaire, teintant d'ocre les cendres. Finn distinguait à présent les cônes de scories imposants et le cratère, dont l'aspect était tellement aérien qu'il ne put que les comparer à des photos de la lune. En l'espace de quelques minutes, le soleil fleurit autour du volcan comme un sourire et ils sentirent les premiers rayons sur leurs visages.

Un spectacle incroyable, d'un autre monde, l'un des nombreux auxquels ils assisteraient au cours de ce voyage. Finn se réjouit des semaines et mois à venir – des heures qu'il passerait en compagnie de Mia – et pressentit la torture exquise qui le fouaillerait. Il aurait tout loisir de s'allonger à côté de la jeune fille, d'écouter son souffle s'apaiser tandis qu'elle s'endormait, en revanche il ne pourrait pas la serrer dans ses bras. Il dînerait avec elle au coucher du soleil, sans jamais s'autoriser à lui prendre la main. Il écouterait toutes les pensées qui occuperaient son esprit, mais ne partagerait pas les siennes.

Voyager ensemble dans une telle proximité serait intenable, voire déloyal. Aussi Finn résolut-il de lui avouer son amour : il n'avait pas le choix.

Mia envoya valser ses chaussures de marche avant d'enlever ses chaussettes humides ; ses pieds étaient rouges et gonflés ; une croûte de poussière recouvrait ses mollets jusqu'à la marque laissée par les chaussettes. Vu les coups de soleil sur ses épaules, son nez, ses pommettes, elle fut trop heureuse de se retrouver sous la douche, dont l'eau froide la soulagea.

Ils s'étaient installés à l'auberge de jeunesse Pineapple, sur la côte nord de Maui. Les dortoirs multicolores plaisaient à Mia, ainsi que le coin potager du jardin. Un autre soir, elle aurait sans doute profité des hamacs ou se serait assise avec un livre à l'ombre d'un palmier. En ce moment, toutefois, elle avait l'esprit ailleurs : au cours de la balade, elle avait décidé de rendre visite à Mick.

Elle appliqua du déodorant sous ses aisselles, puis tressa ses cheveux mouillés en une natte d'un noir aussi brillant que de la réglisse. Elle enfila un tee-shirt propre qu'elle glissa dans un short et attrapa son sac.

Dans la cuisine communautaire, Finn préparait des pâtes tout en bavardant avec un groupe de planchistes qui venaient d'arriver à l'auberge.

— Désolée de t'interrompre, s'excusa-t-elle en lui effleurant le bras. Je vais voir Mick.

— Maintenant ?

— Oui.

— J'en ai pour une seconde, lança Finn en lui emboîtant le pas alors qu'elle sortait de la pièce. Attends, Mia. Tu es sûre ? Je pourrais t'accompagner.

— Non, je préfère faire ça seule.

— Tu connais le chemin ?

— Le propriétaire de l'auberge me l'a indiqué, c'est à dix minutes d'ici à pied.

— La nuit tombe.

— Je rentrerai en taxi.

Finn se frotta le menton avec une jointure.

— Dans ce cas, j'espère que tout se passera au mieux.

Mia partit aussitôt pour ne pas changer d'avis. Elle traversa Paia, une petite ville singulière, jalonnée de boutiques de produits diététiques, de cafés végétariens, de magasins de planches de surf et tenues de plage. Les champs de canne à sucre qui l'entouraient imprégnaient l'air d'une odeur suave. Tout était vert et luxuriant, comme si Mia était sortie juste après une grosse averse.

Deux garçons aux cheveux mouillés, pieds nus, une planche de surf sous le bras, surgirent d'un sentier. Au lieu de bifurquer à droite dans la rue où se trouvait la maison de Mick, Mia s'engagea sur ce chemin. Après avoir traversé un terrain planté de palmiers et de papayers, elle déboucha sur une grande plage.

Il y flottait une senteur de pétales écrasés. Mia ôta ses tongs pour fouler le sable tiède teinté de rose par le soleil couchant. Elle avait mal aux muscles des mollets et à l'arrière de ses cuisses à cause de la randonnée. Dès qu'elle eut trouvé un coin adéquat sur la plage, elle s'y laissa tomber.

Les vagues de l'océan roulaient avec la régularité d'une armée liquide. Chacune s'élevait gracieusement, formant une crête fluide, et se brisait en une gerbe mousseuse, éclaboussant le rivage d'une eau blanche, bouillonnante.

Derrière les rouleaux, un surfeur solitaire attira l'attention de Mia. Il pagayait vite tandis qu'une puissante houle enflait, qui finit par le soulever. Il se mit debout et glissa le long de la surface lisse de la lame. Il effectua deux virages harmonieux, découpant les embruns avec la queue de la planche, puis sauta derrière la vague quelques instants avant qu'elle s'écrase furieusement en un jaillissement d'écume. Mia s'aperçut qu'elle avait retenu son souffle.

Sortant son journal intime de son sac, elle l'étala sur ses genoux. Les quatre lignes de l'adresse de son père étaient griffonnées sur un bout de papier qu'elle avait coincé au milieu d'une double page et autour duquel elle avait commencé à écrire des commentaires ou des questions.

L'écriture permettait à Mia de réfléchir. Lorsqu'elle voyait les mots se former sur une page, elle identifiait les bribes de sentiments ou d'émotions qu'elle avait laissées mijoter sans les élucider. N'ayant jamais été douée pour s'exprimer, elle admirait la façon dont Katie s'écroulait sur un siège et, les mains autour du visage, s'épanchait, quel que soit le sujet de ses griefs. Outre les conseils que Mia ou leur mère lui prodiguaient, parler l'aidait à éclaircir ses idées, de la même manière qu'une bonne marche par un matin glacial libère les sinus. Et elle repartait toujours revigorée.

Mia encercla les deux questions qui se détachaient des autres notes sur la double page. La première était simplement : *Qui est Mick ?*

Elle connaissait des éléments de sa biographie : Mick avait vingt-huit ans lors de sa rencontre avec leur mère, qui avait sept ans de plus que lui. Ils s'étaient mariés quatre ans après et avaient acheté une petite maison dans le nord de Londres, où Katie et Mia étaient nées. Mick, qui travaillait dans l'industrie de la musique, avait créé trois maisons de disques indépendantes ; les deux premières avaient fait faillite et il avait retiré un bénéfice confortable de la vente de la troisième avant de prendre sa retraite à Maui quatre ans plus tôt (ce dernier détail, elle l'avait trouvé sur Internet, ainsi que son adresse actuelle). Sa mère ne s'était jamais appesantie sur ces faits, tant elle répugnait à parler d'un homme qui s'était si peu intéressé à ses filles. Si on la poussait dans ses retranchements, elle le décrivait comme un être charismatique doué pour les affaires, sans se priver d'ajouter que, profondément égoïste, il avait refusé d'assumer les responsabilités de la paternité.

La seconde question était plus complexe. Même dans leur enfance, elle percevait les différences entre Katie et elle. Les professeurs louaient l'ardeur au travail de sa sœur, sa popularité parmi ses camarades ; en revanche, ils se plaignaient de sa mauvaise conduite et de sa paresse. Katie était devenue le point de référence à l'aune duquel on l'évaluait, l'inverse ne se produisait jamais.

Les comparaisons auxquelles se livraient les gens n'étaient rien par rapport à celles que les sœurs établissaient entre elles. Mia s'était parfois demandé si, en un sens, le fait qu'elles soient nées le même jour – le 11 juin – à trois ans d'écart ne renforçait pas leur dissemblance. L'année où Mia avait eu douze ans et Katie quinze, la première avait voulu un barbecue sur la plage tandis que sa sœur aînée, qui terminait le collège, tenait à une fête. Leur mère avait trouvé la solution : une fête sur la plage.

Katie invita une douzaine de camarades d'école ; les garçons se précipitèrent dans l'eau et les filles se prélassèrent dans le soleil vespéral. Quant à Mia, elle explora une anse voisine avec Finn, le seul à qui elle avait demandé de venir. Ils s'amusèrent à déterrer des arénicoles ou à se poursuivre en balançant des algues au-dessus de leurs têtes. Ils ne se mêlèrent aux autres que lorsqu'ils sentirent l'odeur des hamburgers en train de cuire, et encore juste le temps de remplir leurs assiettes. Ensuite, ils les emportèrent et s'assirent sur des rochers pour les vider, non sans jeter quelques débris aux mouettes effrontées qui rôdaient près d'eux.

Mia observait Katie. Elle s'occupait gentiment d'un ami après l'autre, vérifiant qu'ils avaient suffisamment à manger et à boire et qu'ils profitaient de la fête. Les filles s'épanouissaient dès que Katie les rejoignait tandis que le regard des garçons s'attardait sur elle. Une des invitées, toute petite, qui s'était laissé surprendre par une vague, laquelle avait trempé le bas de son jean, s'était installée à l'écart – visiblement abattue par l'incident –, son assiette en carton sur les genoux. À peine Katie l'eut-elle remarqué qu'elle s'éloigna du groupe avec lequel elle bavardait pour s'asseoir à côté de la fille et, touchant la partie mouillée du pantalon, elle lui chuchota quelques mots à l'oreille qui la firent rire si fort qu'elle en oublia sa mésaventure. Katie se leva. La fille prit la main qu'elle lui tendait et elles allèrent retrouver les autres.

Mia fut impressionnée. Contrairement à la plupart des adolescents, mal dans leur peau et lunatiques, Katie savait intuitivement mettre les gens à l'aise. De son poste d'observation sur les rochers, elle vit sa sœur rejoindre leur mère qui, devant le barbecue, empilait des saucisses brûlées sur une assiette. Katie était le portrait craché de leur mère, cela frappa Mia lorsqu'elles approchèrent leurs têtes blondes et regardèrent la mer. C'était plus qu'une ressemblance d'ordre physique, elle était gravée dans leurs personnalités. Sociables, elles avaient le don de comprendre les autres, de deviner le sens de leurs gestes et expressions d'une manière qui faisait complètement défaut à Mia.

Cette prise de conscience la perturba, mais elle n'en comprit la raison que des années plus tard, alors que le cancer de leur mère était en phase terminale. Mia, venue lui rendre visite, déboula dans l'allée – avec trois heures de retard par rapport à l'emploi du temps que sa sœur lui avait envoyé par mail. Un mal de crâne lui martelait les tempes et l'alcool exsudait par tous ses pores.

Lorsque Mia se décida à entrer dans la maison, Katie descendait l'escalier, un sac de week-end en cuir à la main.

« Maman dort.

— Bien. »

Katie posa le pied sur la dernière marche et s'arrêta. De près, Mia s'aperçut qu'elle avait les paupières rouges et gonflées.

« Tu es en retard », lui reprocha sa sœur.

Elle haussa les épaules.

« Une excuse serait bienvenue.

— À quel propos ? »

Katie écarquilla les yeux.

«J'ai perdu trois heures à cause de toi. J'avais des projets.

— Ton petit ami comprendra, j'en suis persuadée.

— Cela n'a rien à voir avec nous, ça concerne maman. »

Elle baissa la voix.

« Elle se meurt. Je ne voudrais pas que tu aies des regrets quand il sera trop tard.

— Comme je regrette que tu sois ma sœur, c'est ça ? »

Mia ne fut pas fière de sa remarque infantile, odieuse.

Katie passa devant elle et lui lança :

«Je ne sais pas qui tu es. »

La flèche atteignit le cœur de ce qui tourmentait Mia depuis toujours : si elle ne tenait pas de sa mère à l'instar de Katie, elle ne pouvait s'orienter que dans une direction. Mick. Et comme sa désertion était la seule chose qu'elle connaissait de lui, la deuxième question encerclée était : *Qui suis-je ?*

Elle s'aperçut que les ombres des palmiers griffaient la plage comme si elles recherchaient avidement la mer après une longue journée torride. Elle se leva et épousseta le sable collé derrière ses cuisses – l'heure de trouver des réponses à ses questions avait sonné.

Le surfeur solitaire qui pagayait en direction d'une lame attira de nouveau son regard. Il chevaucha la montagne liquide avec la grâce d'un danseur, se cambrant et tournant les hanches pour exécuter la figure requise. Le spectacle fascina Mia, qui resta immobile lorsqu'il revint vers le rivage, se laissant porter par une vaguelette crêtée de blanc pratiquement jusqu'à la plage. Là, il glissa de la planche, qu'il coinça sous son bras, et sortit de l'eau.

L'homme qui semblait juste un peu plus âgé qu'elle, avait le crâne rasé et un tatouage noir sur la face interne de l'avant-bras. Il appuya le pouce et l'index au coin de ses yeux pour en chasser l'eau salée. Après avoir détaché la laisse[1] de sa cheville et posé la planche sur le sable, il se tourna vers la mer, où un ultime flamboiement ourlait l'horizon. Les bras croisés sur sa poitrine, il relevait le menton – la posture, stoïque et résolue, avait en même temps un côté contemplatif. Mia

1. Cordon d'un mètre cinquante fixé d'un côté à une extrémité de la planche et de l'autre à la cheville du surfeur.

fut intriguée par l'intensité de son regard, on l'aurait dit en communion avec l'océan.

Les minutes s'écoulèrent, le ciel vira de l'écarlate à l'orange sans qu'il fasse le moindre mouvement. Mia savait qu'elle devait partir. Cependant, à peine eut-elle avancé d'un pas qu'il pivota brusquement.

Il la dévisagea avec une expression scandalisée, comme si elle avait violé son intimité. Aucun soupçon de sourire ne s'esquissa sur ses lèvres, aucun haussement de sourcils n'indiqua qu'il prenait acte de sa présence. Des cils épais ombrageaient les yeux sombres qu'il plongea dans ceux de Mia, qui sentit le rouge lui monter aux joues. L'espace d'un instant, elle crut qu'il s'apprêtait à lui adresser la parole, mais il baissa la tête puis se retourna vers l'horizon.

Mia se remit en route, abandonnant la plage à sa surveillance. Elle suivit un sentier qui déboucha sur une rangée de villas en front de mer. Grâce à des systèmes d'arrosage automatique, les pelouses impeccables étaient vertes. De grosses voitures à vitres teintées étaient garées dans des allées goudronnées. La maison de Mick, le numéro 11, avait un étage, un toit ocre, des murs chaulés et des fenêtres à volets bleus. De magnifiques plantes tropicales jaillissaient de plates-bandes qui bordaient le chemin menant à la porte et la fragrance suave de frangipaniers flottait dans l'air.

Pleine d'appréhension, le cœur battant la chamade, Mia s'attarda au bord du chemin, les mains dans ses poches pour en atténuer le tremblement. Chaque minute qui passait décuplait son angoisse : la curiosité n'était pas le véritable motif de cette visite, d'une importance cruciale à ses yeux. Mia, qui avait toujours eu le sentiment d'être une étrangère dans sa famille, s'était consolée avec l'idée que son père, un homme à qui elle ressemblait, vivait quelque part dans le monde. Elle était venue à Maui pour tendre un miroir à ce géniteur, lui renverrait-il son reflet ?

Elle respira un bon coup puis posa un pied devant l'autre. Une fois devant la porte, elle appuya sur la sonnette et rassembla son courage.

7

Katie
(Californie, Maui, avril)

Katie lança un coup d'œil au panneau lumineux de l'aéroport international de San Francisco. Des passagers poussant des chariots à bagages se bousculaient autour d'elle. Des taxis, des minibus, des cars s'arrêtaient dans les aires de stationnement et en repartaient. Deux coups de Klaxon. Des appels de phares. Un claquement de portière. Le vrombissement d'un avion en train de décoller.

Elle sortit son téléphone de sa poche, composa le numéro et entra dans le bâtiment.

Ed répondit. De l'eau coulait d'un robinet en fond sonore, elle l'imagina enveloppé d'une serviette, étalant de la mousse à raser sur son visage.

— C'est moi.

En deux jours, elle n'avait parlé à personne et la faiblesse de sa voix la sidéra. Elle s'éclaircit la gorge.

— Je suis à l'aéroport.

— Où ?

— À San Francisco.

Elle hésita.

— Je rentre.

Elle l'entendit fermer le robinet.

— Que s'est-il passé ? Ça va ?

Lorsqu'elle avait organisé ce voyage, Ed avait mis en question le bien-fondé de sa décision. C'était une chose que Mia parcoure le monde, mais Katie n'était pas taillée dans la même étoffe et il doutait qu'elle puisse tenir le coup après la perte de sa sœur.

— C'est trop dur, reconnut-elle.

— Katie...

— Ce n'est pas faute de l'avoir voulu, simplement je ne supporte pas...

Elle s'interrompit, des larmes roulaient sur ses joues.

— Ce n'est pas grave, ma chérie.

Katie essuya son visage du dos de la main. Si, ça l'était. Elle n'était restée que douze jours aux États-Unis. À son départ d'Angleterre, elle était persuadée que suivre l'itinéraire de sa sœur lui permettrait de comprendre ce qui lui était arrivé, or plus elle s'éloignait, moins elle se sentait proche de Mia. Elle n'avait pas dansé jusqu'à l'aube dans des boîtes de San Francisco, ni nagé en sous-vêtements dans le Pacifique ; elle n'avait pas eu l'énergie de monter voir les chutes d'eau vertigineuses du parc national de Yosemite ou les séquoias centenaires ; elle n'avait pas eu le courage de s'installer dans les auberges de jeunesse pittoresques où Mia et Finn avaient séjourné, ni de dresser une tente sous un ciel criblé d'étoiles. Non seulement Katie ne comprenait pas sa sœur, mais elle était incapable de voyager comme elle. En fait, elle était allée d'un hôtel à l'autre, avait commandé des plats tout prêts ou appelé le service d'étage, afin de ne pas être obligée de sortir, et regardé des films très tard pour ne pas s'endormir. Elle avait passé ses journées à rouler sur des routes côtières désertes, à se garer et à écouter, une couverture sur les épaules, les vagues frangées d'écume s'écraser sur des rochers.

Mia l'obsédait. Elle convoquait des souvenirs dans l'espoir d'y puiser du réconfort, comme si elle pouvait s'y abîmer pour ne pas sentir la béance creusée par l'absence de sa sœur. D'autres surgissaient inopinément, charriés par l'odeur du vent, réveillés par une chanson que diffusait la radio ou déclenchés par le geste d'un inconnu.

— Tu es partie trop tôt, reprit Ed doucement, sans lui faire le moindre reproche.

Il avait raison. Et ce, depuis le début.

— Tu as acheté ton billet ?

— Non.

— Réserve une place sur le prochain vol pour l'Angleterre. Tant pis pour la dépense, je m'en charge. Tout ce qui m'importe, c'est que tu rentres.

— Merci.

— C'est fou ce que tu m'as manqué ! Et si je prenais quelques jours de congé ? Nous resterons chez moi. Je te mijoterai des petits plats. Nous regarderons des vieux DVD. Nous ferons de grandes promenades – le printemps s'annonce.

— Ah bon ? fit-elle, d'un ton distrait.

— Tes amis vont être ravis. Tout le monde s'inquiétait à ton sujet. Ma boîte de réception n'a jamais été aussi pleine. Dès que tu seras ici, tu te sentiras mieux. Je le promets.

Retourner en Angleterre, se retrouver chez Ed, dans ses bras, voilà ce dont elle avait besoin. Et d'être dans une ville où ses amis étaient à une station de métro, où consulter un plan pour dénicher un supermarché était superflu, où elle connaissait les horaires des théâtres, des cinémas et des salles de sport, de façon à occuper le moindre temps libre. Le monde qu'elle avait découvert à sa descente d'avion était trop vaste, trop différent du sien.

— Appelle-moi dès que tu auras réservé ta place. Je viendrai te chercher.

Il marqua une pause.

— Katie, je meurs d'envie de te revoir !

— Moi aussi.

À peine eut-elle raccroché, toutefois, qu'un malaise indéfinissable l'envahit.

Elle hissa le sac de Mia sur son dos, maîtrisant désormais la technique pour l'ajuster sur ses épaules. Devant le bureau de vente des billets, une queue interminable serpentait dans un dédale de barrières. Elle se planta derrière un couple dont l'enfant dormait sur la pile de valises entassées sur un chariot.

La file avança, Katie suivit le mouvement. Quand elle fut de nouveau à l'arrêt, Katie ouvrit la poche latérale du sac à dos, d'où elle sortit le journal de Mia. Elle en effleura les coins abîmés et le dos usé. La bière avait épaissi et assombri les pages crème qu'elle feuilleta.

La découverte du carnet de voyage avait été un cadeau tellement extraordinaire que Katie avait accordé du prix à chaque mot. Elle avait lu une entrée par jour ; maintenant qu'elle s'écartait du chemin de Mia, cela n'avait plus de sens. Aussi tourna-t-elle la page où elle s'était interrompue – Mia et Finn traversaient en voiture la fournaise de la Vallée de la Mort – et se plongea-t-elle dans la lecture.

Elle apprit que le barrage Hoover, une réalisation humaine, était d'une beauté à couper le souffle. Que Mia n'avait jamais goûté de meilleurs tacos au bœuf que dans une petite gargote du bord de la route. Que Mia et Finn avaient partagé une bière tiède en regardant un vautour aura décrire des cercles au-dessus du Grand Canyon. Qu'ils avaient marché dans le parc national de Joshua Tree et escaladé de gros rochers rouges pour avoir les vues les plus belles.

Mia, tu semblais heureuse : qu'est-ce qui a changé ? Malgré toutes ces aventures incroyables que tu vivais avec Finn, tu t'es retrouvée seule à Bali. Pourquoi étais-tu sur cette falaise au plus profond de la nuit ? Tu pensais à ce que je t'avais dit ? Tu l'as fait, Mia ? Tu as sauté ? Mon Dieu, qu'est-ce qui t'est arrivé ?

Les yeux rivés sur le journal, elle en tournait rapidement les pages. Il lui semblait ouvrir la poitrine de Mia, écarter les os et la chair, pour sonder son cœur. Toutes les émotions et expériences de sa sœur étaient mises à nu. Indifférente au poids du sac à dos sur ses épaules, elle parcourut une phrase après l'autre, dévorant des passages entiers dans sa hâte de comprendre. À un moment, elle tomba sur un nom qui la stupéfia tellement qu'elle porta une main à sa bouche pour étouffer un cri.

Mick.

Mia avait écrit qu'elle comptait rendre visite à leur père. Ni l'une ni l'autre ne l'avaient vu depuis plus de vingt ans. Le nom de Mick était lourd de tant de déconvenues pour leur mère que les deux sœurs n'avaient jamais souhaité prendre contact avec lui. Jusqu'à présent. Katie continua sa lecture avec l'espoir que cette idée n'avait été qu'une lubie.

Sauf que les détails concrets ne manquaient pas. Mia avait glissé un bout de papier au milieu d'une double page, où figurait apparemment l'adresse de Mick. Des mots, faits, songeries l'entouraient. Katie remarqua deux questions entourées de noir : *Qui est Mick ? Qui suis-je ?* La dernière la titilla jusqu'à ce qu'un souvenir lui revienne à l'esprit.

Deux mois avant son départ, Mia avait réveillé Katie à 3 heures du matin. « Perdu mes clés », avait-elle ânonné d'une voix pâteuse. Du khôl avait coulé sous ses yeux. Une paire de talons hauts éraflés pendillait d'une de ses mains.

« Oh, Mia, avait soupiré Katie, l'aidant à franchir la porte. Pourquoi tu te mets dans des états pareils ?

— Parce que je suis nulle. »

Mia l'avait bousculée pour entrer en titubant dans le salon.

Katie l'y avait laissée et s'était rendue dans la cuisine. S'accrochant au bord froid de l'évier, elle avait fermé les yeux. Ces nuits de nouba se produisaient plusieurs fois par semaine et Katie en découvrait inéluctablement les preuves – claquement de la porte, fouilles dans sa pharmacie, disparition de comprimés contre les maux de tête, reliefs de collations sur le plan de travail. Ces saouleries et les humeurs noires qui s'ensuivaient étaient une réaction à la mort de leur mère, aussi Katie n'évoquait-elle jamais son sommeil interrompu, ni le désordre qu'elle rangeait le lendemain.

En tant que sœur aînée, il lui semblait naturel de se sacrifier pour Mia. Lorsque, à six ans, celle-ci avait refusé de jouer dans la pièce de l'école représentant la Nativité, Katie était montée sur scène et, tenant sa sœur par la main, elle avait récité le texte à sa place. Lorsque, à dix-sept ans, Mia s'était crue enceinte, Katie était accourue de l'université, ratant le bal de fin d'année. Lorsque Mia n'avait pu payer son loyer – elle avait dépensé son prêt d'étudiant pour faire un voyage à Mexico –, Katie lui avait avancé l'argent, même si elle était fauchée. On aurait dit que leurs personnalités oscillaient sur une balançoire : Mia revendiquait le droit d'être projetée en l'air, tandis que Katie restait sur le sol. L'amour passionné qu'elle vouait à sa sœur ne l'empêchait pas de lui en vouloir, notamment ces derniers temps.

De la musique à plein tube avait soudain retenti dans le salon. Katie avait aussitôt pensé à leurs voisins du dessous, un jeune couple rangé avec un bébé.

« Mia... » avait-elle soupiré en se précipitant dans le salon.

Elle s'était interrompue. Mia dansait entre le canapé et la table basse, les cheveux flottant dans son dos. Les paupières closes, elle tourbillonnait au rythme du blues d'un des vieux disques de leur mère et agitait les doigts comme si elle cherchait l'inspiration dans le flot des notes. Elle avait virevolté, la jupe de sa robe s'était soulevée. Elle avait relevé les paupières. À la vue de Katie, elle avait souri et tendu la main.

L'image de Mia à huit ans, dansant dans le jardin sous une pluie d'été, maculée de boue et trempée, avait traversé l'esprit de Katie. Elle s'était sentie aspirée par la musique, par sa sœur. Ses épaules s'étaient détendues, ses hanches avaient oscillé sous la soie de sa chemise de nuit. Mia lui avait pris l'autre main et, levant le bras, l'avait fait tournoyer.

Les sœurs avaient rivalisé de mouvements plus extravagants les uns que les autres qui les avaient fait rire aux éclats. Mia avait sauté sur le canapé, dont elle s'était servie comme d'un podium, les pieds nus fichés dans les coussins de cuir, les orteils pointés vers le plafond. Katie s'était remémoré les pas d'une danse qu'elles avaient apprise enfants devant la glace de sa chambre et les avait exécutés avec le même sérieux que si elle avait eu dix ans. Elles s'étaient écroulées sur le sofa, pliées en deux. Mia avait enlacé Katie qui s'était laissé faire sans être dupe – cette manifestation de tendresse était due à l'alcool.

À la fin du morceau, le silence avait régné de nouveau. Elles étaient restées dans les bras l'une de l'autre, le cœur battant sous l'effet de l'effort physique. La pièce était plongée dans le noir.

« Tu me rappelles beaucoup maman, avait dit Mia tout à coup.

— Vraiment ? avait murmuré Katie, soucieuse de ne pas briser l'intimité qui les nimbait comme un rayon de soleil.

— Vous auriez dû être sœurs. »

Le silence était retombé et s'était prolongé, jusqu'à ce que Mia le rompe :

« Ça t'arrive de te demander pourquoi Mick nous as abandonnées ? »

La question avait étonné Katie, qui s'était redressée.

« Parce qu'il est égoïste, voilà tout.

— Ce n'est peut-être pas la seule raison.

— Si, c'est un taré. »

La lueur bleue du gyrophare d'une voiture de police avait clignoté devant la fenêtre.

« D'ailleurs, ça rime à quoi de parler de lui ? avait ajouté Katie. Il ne s'est jamais intéressé à personne d'autre qu'à lui-même.

— Qu'est-ce qu'on en sait ?

— Il nous a abandonnées, ça veut tout dire », avait assené Katie en se levant.

Mia avait replié ses pieds sous elle. Katie avait remarqué qu'ils étaient crasseux.

« Bois un verre d'eau avant d'aller te coucher », lui avait-elle conseillé.

Comme elle sortait du salon, Mia avait lancé :

« Et si je lui ressemblais ? »

N'étant pas sûre d'avoir bien entendu, Katie s'était arrêtée. Mia n'ajoutant rien, elle s'était dirigée vers sa chambre sans prendre la question au sérieux. C'était un délire d'ivrogne, non l'expression d'une véritable peur.

Impatiente de découvrir la suite au sujet de Mick, Katie regarda au verso. Le talon d'un billet pour Maui était collé sur la page vierge. Finn et Mia avaient pris un vol le lendemain du jour où l'entrée avait été écrite.

— Je peux vous aider ?

Derrière le comptoir, une hôtesse qui portait un foulard jaune noué sur son chemisier lui souriait. Katie était arrivée en tête de la file d'attente.

— Je souhaiterais réserver une place, s'il vous plaît ?

— Certainement, madame. Pour quelle destination ?

Katie jeta un regard au carnet, se demandant si la décision de Mia d'aller voir Mick avait un rapport quelconque avec l'accident survenu à Bali. Si elle rentrait à Londres, elle n'aurait d'autre choix que d'accepter la version des autorités sur la mort de sa sœur.

Elle ferma soigneusement le journal.

— Je voudrais un billet pour Maui.

L'aube s'était levée lorsque Katie descendit de l'avion. L'atmosphère gorgée d'humidité et de parfums l'enveloppa. Des tour-opérateurs passaient des colliers de pétales d'hibiscus autour du cou des nouveaux arrivants. Katie fendit calmement la foule odorante et entra dans un taxi.

Elle baissa la vitre. Ses épaules et son cou se détendirent dès que l'air tiède s'engouffra. Le taxi la déposa à l'auberge de jeunesse Pineapple, au nord de l'île. Le propriétaire, la lèvre inférieure percée de trois anneaux, l'accueillit.

— Le dortoir numéro quatre est libre. Traversez le vestibule, montez l'escalier et tournez à droite. La salle de bains est en face. Bienvenue. *Mahalo.*

Après l'avoir remercié, Katie s'engagea dans le couloir peint d'une couleur vive. Elle remarqua des photos de surfeurs chevauchant de gigantesques vagues, sous lesquelles le nom de Maui figurait en lettres blanches. C'était surréaliste de se trouver sur cette île dont elle ne savait quasiment rien alors que, si elle avait pris une autre décision quelques heures auparavant, elle serait en train de débarquer dans les frimas de Londres.

C'était la première fois qu'elle mettait les pieds dans une auberge de jeunesse et elle fut rassurée par la propreté du dortoir, spacieux, meublé de quatre lits superposés recouverts de draps verts. Elle posa son sac à dos sur le plus proche de la porte, s'appropriant machinalement la couche du bas.

Lorsque Katie avait neuf ans et Mia six, elles avaient demandé des lit superposés jaune canari pour Noël. Même si elles n'étaient pas obligées de partager une chambre – il y en avait deux autres inoccupées dans la maison –, l'idée de ne pas s'endormir seule plaisait à Katie, tandis que Mia se réjouissait de grimper l'échelle en bois. Le choix du lit n'avait déclenché aucune dispute. Katie voulait celui du bas afin de pouvoir accrocher un drap aux coins du matelas de celui du haut, lequel représenterait le ciel d'une chambre de princesse. Quant à Mia, elle était ravie de pouvoir se raconter qu'elle était sur le pont supérieur d'un bateau. Elle avait collé des étoiles sur le plafond et déployé le tapis de bain bleu en guise de mer. Elle invitait Katie, qui montait les échelons non sans appréhension ; assises en tailleur, les deux sœurs décrivaient ce qu'elles voyaient dans l'eau.

Katie alluma son portable. Il sonna aussitôt, l'avertissant qu'il y avait trois messages d'Ed.

Elle s'assit au bord du lit pour l'appeler.

— Katie ! Où es-tu ? Je me suis fait du souci pour toi.

— Mon avion a décollé presque immédiatement. Je n'ai pas eu le temps…

— Tu as déjà atterri à Heathrow ?

— Non. Écoute, Ed, poursuivit-elle, la main sur le front. Réflexion faite, j'ai changé d'avis et résolu de continuer le voyage.

— Où es-tu ?

— À Maui.

— Nom de Dieu, qu'est-ce que tu fiches là-bas ?

— Ça m'a semblé une erreur de renoncer.

— Voyons, tu ne peux pas partir n'importe où sans prévenir qui que ce soit ! Ce n'est pas prudent. Tu te comportes comme Mia.

Bien que la comparaison soit volontairement blessante, elle fit plaisir à Katie. Ôtant ses bottines d'une main, elle posa les pieds sur le plancher, d'une fraîcheur merveilleuse.

— Nous devrions prendre ce genre de décisions ensemble. Il aurait fallu que tu m'en parles.

— Je suis désolée. Tu as raison. Notre séparation me pèse beaucoup. C'est juste que je me suis rendu compte à quel point c'était important pour moi de le faire.

— Il y a quelques heures, tu m'as téléphoné pour m'annoncer ton retour. Et te voilà à Maui. Franchement, je ne suis pas sûr que tu sois en état d'entreprendre ce genre de choses.

— Ce qui signifie ?

— La Katie que je connais n'est pas une girouette, c'est une femme pondérée.

— En effet. Sauf qu'elle vient de perdre sa sœur et a droit à un peu de liberté.

— Je ne te reproche rien, Katie.

— Alors, montre-moi que tu me soutiens.

— Bien sûr, simplement j'ai du mal à croire que voyager seule soit la meilleure chose à faire en ce moment. Tu cours après des fantômes, je le crains.

— Et moi j'ai peur de laisser tomber Mia si je rentre maintenant, riposta-t-elle d'un ton uni.

Un silence pesant tomba. Elle tripota sa bague de fiançailles, dont le diamant scintilla sous la lumière.

— Les faire-part sont partis hier, reprit Ed.

Katie les avait commandés à une société de design qui avait conçu un modèle à fleurs par découpe numérique. Elle avait oublié qu'ils avaient prévu de les envoyer si tôt.

— Le mariage est dans trois mois, poursuivit Ed.

— En effet.

— Tu seras rentrée à temps ?

— Évidemment.

— Parce que, si ce n'est pas le cas, je ne saurais que faire de cents bougies chauffe-plat Cath Kidson.

Un sourire se dessina sur les lèvres de la jeune femme.

— Ne t'inquiète pas, je serai là.

Sitôt qu'elle eut raccroché, elle s'allongea sur le drap vert, le journal de Mia entre les mains. Malgré les remarques d'Ed, elle avait l'impression d'avoir les idées claires pour la première fois depuis son départ d'Angleterre.

Elle ouvrit le carnet à la page où se trouvait l'adresse de Mick. Imaginer son père à proximité lui faisait un drôle d'effet ; elle se représenta une grande maison moderne, un homme aux cheveux argentés, une penderie bourrée de costumes élégants.

Dans leur enfance, Katie et Mia parlaient parfois de lui à voix basse, dans le noir. Mia se penchait au bord de son lit, tendant la tête sous le baldaquin de princesse : « Il était comment, papa ? » Katie trouvait malin d'improviser des comparaisons abstraites qui plongeaient sa sœur dans la confusion pendant des jours. « Il ressemble à Moby Dick » ou « Les chansons du disque de David Bowie de maman me font penser à lui ». Lorsque Mia insistait pour savoir ce qu'elle voulait dire, Katie lui conseillait de lire le bouquin ou d'écouter le disque.

Si elle évitait de donner une réponse précise, c'est qu'elle n'en avait pas. Ses souvenirs étaient des éléments de deux puzzles différents qui ne s'imbriquaient pas. Il lui en restait quelques-uns, merveilleux – tel celui ayant pour cadre la vieille cuisine de leur maison au nord de Londres, où les tommettes étaient glacées sous les pieds, même en été. Katie aurait dû dormir, mais elle était descendue réclamer un verre de lait. Comme aucun de ses parents n'était dans le salon, elle s'était dirigée vers la cuisine, d'où s'échappait de la musique. Sa mère tournoyait dans les bras de son père, riant aux éclats. Katie les avait regardés : la montre en or de son père brillait à son poignet ; elle avait senti l'odeur de son after-shave mêlée à de puissants effluves de whisky ; les cheveux de sa mère s'étaient détachés d'une pince en écaille. Dès qu'il avait aperçu Katie, son père s'était arrêté de danser. De peur qu'il ne la gronde d'être sortie de son lit, elle avait bâillé, mais il lui avait pris la main et l'avait fait virevolter. Elle avait ri comme sa mère, la tête renversée en arrière, la bouche grande ouverte.

Il y en avait d'autres, qu'elle avait veillé à garder pour elle. À deux ans, Mia avait eu besoin de sept points de suture sur la tempe droite. Katie et sa mère s'étaient rendues à un spectacle de ballet. Katie faisait des pirouettes dans le foyer pendant l'entracte quand on avait appelé sa mère au haut-parleur. Au guichet, le directeur de l'établissement avait demandé : « Grace Greene ? Votre mari au téléphone. » Katie avait vu sa mère pâlir et ses yeux s'agrandir d'une manière effrayante tandis qu'elle collait l'appareil à son oreille.

Les réminiscences qu'elle gardait de la suite de la soirée ressemblaient à des illustrations de BD. Un trajet en taxi dans la nuit. Un bureau d'accueil d'hôpital dont elle ne voyait pas l'autre côté, même en se dressant sur la pointe des pieds. Sa sœur couchée dans un lit à barreaux métalliques. Sa mère parlant à son père, ses mains blanches crispées sur son sac.

Il avait expliqué que Mia avait trébuché et était tombée dans l'escalier. Au fil du temps toutefois, d'autres indices étaient remontés à la surface, suggérant un accident bien différent. Une infirmière avait fait allusion à une moto ; un voisin avait traité son père d'irresponsable.

Au retour de l'hôpital le lendemain, elles avaient découvert que les affaires de leur père avaient disparu. En outre, leur mère était devenue apathique, absente, et lorsqu'elle prenait son bain le soir Katie l'entendait pleurer malgré le bruit de l'eau.

Même petite, elle avait établi un rapport entre l'accident de Mia et le départ de leur père. Une fois, plantée sur le seuil de la chambre de leur mère, elle l'avait regardée appliquer du cache-cernes sous ses yeux ourlés de noir et lui avait demandé : « Papa est parti à cause de Mia ? » Laissant tomber le pot doré, sa mère s'était précipitée vers Katie, lui avait attrapé le bras d'une main et donné une fessée de l'autre. Trois mois plus tard, elles avaient plié bagage et pris un car pour les Cornouailles.

À présent, Katie avait l'impression désagréable que l'entrevue avec Mick avait eu des répercussions sur le reste du voyage de Mia. Étendue sur le lit, elle se plongea dans une lecture attentive du journal. Elle ne remarqua pas les allées et venues de deux routards, ni la pluie tropicale qui se mit à fouetter la vitre. Rien ne réussit à la distraire du récit de Mia décrivant ce qui s'était passé le soir où elle s'était présentée au domicile de leur père.

8

Mia

(Maui, octobre de l'année précédente)

Mia attendait devant la porte. La chaleur persistait malgré le crépuscule, de sorte qu'un filet de sueur coulait sous la ceinture de son short. Elle l'écarta pour laisser entrer un peu d'air. Ses aisselles étaient moites. Des gouttes perlaient entre ses seins.

Le souffle court, Mia guetta un bruit de pas, qu'elle finit par entendre. Reculant un peu, elle verrouilla les bras sur sa poitrine puis les desserra.

Mick était exactement de sa taille. Il portait une chemise blanche, flottante, et un short noir auquel un portable était accroché. Il avait un visage plus rond que sur la photo, des bajoues, des cheveux gris fer, très courts, qui se clairsemaient aux tempes. Et ses yeux, noisette, frangés de cils clairs, ressemblaient à ceux de Katie.

Ils se dévisagèrent. Que pouvait-il penser de la jeune femme silencieuse qui se tenait sur le pas de sa porte ? se demanda Mia. N'aurait-il pas mieux valu mettre une robe et des sandales, tenue que sa mère ou Katie auraient sûrement privilégiée ?

Le premier mot que prononça Mick lui fit l'effet d'une gifle.

— Oui ?

Il ne savait pas qui elle était.

Mia détourna les yeux et les posa sur le paillasson, où se débattait une mouche piégée dans le tressage. Quand elle s'était représenté cette rencontre – ce qu'elle avait fait à de multiples reprises – elle avait imaginé une étreinte. Mick la prenait instinctivement dans ses bras, un premier geste de tendresse entre père et fille pour sceller un lien tacite. Elle s'était aussi préparée au rejet, à ce que Mick lui explique que trop de temps s'était écoulé ou qu'il dérobe à ses regards une seconde femme ignorant son existence. Qu'il ne la reconnaisse pas ne figurait, en revanche, dans aucun des scénarios. Son visage ne lui rappelait rien ? Ne sentait-il pas qu'elle était sa fille ?

Lorsqu'elle releva les paupières, Mick, toujours immobile, haussait les sourcils et penchait légèrement la tête sur le côté. Une des commissures de ses lèvres frémissait, esquissant un demi-sourire. Une invite pour qu'elle prenne la parole ou le signe de sa perplexité face à son mutisme ?

— Je m'appelle... commença-t-elle, fouillant sa physionomie dans l'espoir d'y lire une reconnaissance qui lui épargnerait cette humiliation. Je m'appelle Mia.

Il demeura impassible.

Faudrait-il qu'elle précise qu'il était son père ? Heureusement que Finn ne l'avait pas accompagnée, elle n'aurait pas supporté la présence d'un témoin à cette scène.

En désespoir de cause, elle lança :

— Je suis votre fille.

Le demi-sourire disparut, tandis que le sang se retirait de son visage. Il battit des paupières et la scruta, sans doute à l'affût de traits qui lui auraient échappé.

— Désolé, je... Je n'avais pas compris qui...

Mia resta clouée sur place en face de lui. Au bout d'un instant, il s'effaça.

— Entre, je t'en prie.

Elle le suivit dans un couloir blanc menant à une cuisine conçue avec goût. Un plan de travail en forme de L bordait la grande pièce tapissée et un buffet vitré laissait voir de jolis verres à vin. La plupart des appareils étaient en inox : bouilloire sans fil, four, réfrigérateur brillant. Rien ne décorait les murs, blancs ici aussi, hormis une guitare électrique transformée en horloge et quatre haut-parleurs Boose diffusant un morceau de Neil Young.

Mick prit une télécommande posée sur la table en verre, jonchée de magazines, de partitions et de courrier, et éteignit la musique. Il semblait ébranlé.

— Pour une surprise, c'en est une.

Toujours incapable de retrouver sa voix, Mia sentait le rouge lui monter aux joues.

— Va t'asseoir sur la terrasse, enchaîna-t-il, indiquant des portes-fenêtres. Un cocktail... je vais nous préparer un cocktail.

Mia sortit et s'avança jusqu'au bout du jardin. Un simple muret en pierre le séparait de la plage. Le fond de l'air était frais, elle inspira profondément. Dans le clair-obscur, elle distinguait à peine l'horizon, dont le bleu délavé s'assombrissait et se diaprait de mauve. Des vagues se brisaient au loin, elle se concentra sur leur rumeur.

— Magnifique, n'est-ce pas? dit Mick en la rejoignant.

Il lui tendit un grand verre rempli d'un liquide clair. Il la regarda boire une première gorgée. La boisson, sucrée, alcoolisée et glacée, correspondait à tout ce qu'elle désirait.

Ils retournèrent sur la terrasse, où Mia prit place devant une table en teck pourvue d'un parasol. Mick détacha son portable, le posant devant lui avant de s'asseoir. Un signal lumineux bleu clignotait toutes les deux ou trois secondes. Il sortit un paquet de cigarettes et un briquet de sa poche.

— Tu fumes? demanda-t-il, lui en offrant une.

Ses doigts tremblaient.

Il alluma la sienne et inhala, fermant les yeux. Cela permit à Mia de l'examiner. Quel changement spectaculaire par rapport à l'homme svelte et élégant de la photo! Les muscles de ses bras étaient devenus flasques, une bedaine tendait sa chemise. Sans parler de la rougeur de l'arête de son nez et de ses paupières tombantes.

Mick exhala la fumée dans la nuit, recouvrant son sang-froid grâce au tabac.

— Alors, dit-il, se penchant pour secouer la cendre dans un bol en bois. Tu es venue seule à Maui ou Katie est-elle avec toi?

Elle fut un peu étonnée que le nom de sa sœur soit prononcé si vite.

— Non, je voyage avec un ami.

Son hochement de tête exprimait-il de la déception ou du soulagement ?

— Où loges-tu ?

— À l'auberge de jeunesse Pineapple.

— Je la connais. Elle est tout près d'ici.

Mick posa le bras gauche sur le dossier de son siège.

— Tu comptes rester longtemps ou c'est juste une escale ?

De toute évidence, il la sondait : Qui l'accompagnait ? Combien de temps durerait son séjour ? Qu'attendait-elle de lui ?

— Je fais un voyage de quelques mois, répondit-elle. Nous avons commencé par la Californie, puis décidé de passer par Maui, d'où nous partirons pour l'Australie et la Nouvelle-Zélande.

C'était la plus longue phrase qu'elle proférait depuis qu'elle était arrivée. La gorge sèche, nouée, elle prit son verre et laissa un glaçon fondre sur sa langue.

— Nous ?

— Finn, mon meilleur ami, et moi.

Un long silence s'installa entre eux. Mia fixa le contenu de son verre. Elle avait imaginé que sa parole se libérerait en face de lui – une conversation ininterrompue pour rattraper le temps perdu. À présent cependant, les mots se bousculaient tellement qu'elle ne savait par où commencer.

Ils terminèrent leurs cocktails sans ouvrir la bouche. Après avoir écrasé son mégot, Mick se rendit à la cuisine pour les resservir. Il revint avec les boissons, apportant en plus deux bougies à la citronnelle dont le parfum flotta autour d'eux. Il but à toute vitesse – le premier point commun entre eux qu'elle repéra.

—J'ai appris la mort de ta mère.

Comment la nouvelle lui était-elle parvenue?

— Ça a dû être dur pour Katie et pour toi.

— Oui.

Elle ne pouvait penser à sa mère en ce moment. C'était déjà une épreuve d'être là.

— Comment va Katie?

— Bien. Nous habitons dans le même appartement à Londres.

— Ah bon?

— Elle est conseillère en recrutement.

Il sourit, ce qu'elle considéra comme un encouragement.

— Et toi?

— Oh, j'ai fait des tas de petits boulots – serveuse dans des bars entre autres. Je ne sais pas encore ce qui m'intéresse.

—J'ai suivi une formation de chef avant de travailler dans l'industrie de la musique.

C'était le premier fait nouveau qu'elle apprenait à son sujet. Leur avait-il préparé des petits plats? Avait-elle hérité d'un talent culinaire quelconque? Elle n'en avait pas l'impression.

Mick lui décrivit la façon dont sa carrière avait débuté dans un restaurant français de l'ouest de Londres. L'un des jeunes serveurs avait une voix extraordinaire, mais son manque d'assurance l'empêchait de monter sur scène. Mick l'avait mis en contact avec un guitariste fantastique qu'il avait connu à l'université et avait commencé à

Mick interrompait leur entrevue alors que rien n'avait été dit.

—J'ai été ravi de te voir.

Il s'éloigna de la table pour allumer un projecteur, qui illumina la terrasse et éblouit Mia.

Lorsqu'elle leva les yeux, Mick traversait la cuisine en direction du couloir. Elle le suivit, décidant que d'autres occasions se présenteraient. Il n'avait peut-être pas tort de remettre à plus tard les sujets importants.

Devant la porte, Mick ajouta:

— Merci de ta visite.

—Je reste ici quinze jours.

— Tu vas adorer l'île.

Aucune allusion à une nouvelle rencontre, ce n'était pas intentionnel, n'est-ce pas?

—Je suis libre demain, lança-t-elle.

—Moi pas, je passe la journée avec mon avocat.

Elle attendit, persuadée qu'il proposerait une autre solution. Peine perdue. Le minuteur d'un désodorisant d'intérieur se déclencha et une odeur artificielle de pin se répandit, qui irrita sa gorge.

— Après-demain? insista-t-elle.

Mick se frotta la nuque, perdant un peu contenance. Il se dressa sur la pointe des pieds et balaya le plafond du regard.

—Je ne peux pas faire ça, Mia.

— Quoi donc? dit-elle, tripotant le bord de ses poches.

— Te revoir. Être celui que tu veux que je sois. Ce serait injuste pour l'un comme pour l'autre. Il y a beaucoup de choses que tu ignores.

— Pourquoi ne pas m'en parler ?

— C'est le passé, tout ça. Restons-en là.

Il posa la main sur la poignée.

— Désolé, je dois vraiment y aller.

Mia le fixa, incapable d'accepter qu'ils en soient déjà à ce stade. Saisie d'un vertige, elle eut la sensation d'être vidée de toute substance, comme si le choc de la déception l'avait désintégrée.

— Pardonne-moi de n'avoir pas été à la hauteur de tes espoirs, conclut-il avec sincérité, avant d'ouvrir la porte sur la nuit.

Abasourdie, Mia s'éloigna à pas lents. Elle secoua la tête : *Qu'est-ce que ça signifiait ?* Et leurs points communs, ou le lien qu'elle avait été si sûre de percevoir ? L'humiliation lui brûlait les joues : elle avait pris l'avion pour Maui, rendu visite à son père, bu un verre avec lui tout en l'écoutant, alors qu'il ne songeait qu'à gagner du temps jusqu'au moment où il la prierait de s'en aller.

Si seulement Katie l'avait accompagnée ! Sa sœur n'aurait pas accepté d'être congédiée de la sorte. Sa sœur l'aurait cuisiné, refusant ses excuses. Enhardie un instant par cette image, Mia eut envie de rebrousser chemin. Mais dans son for intérieur elle savait qu'elle n'en avait pas le courage.

Le sentier déboucha sur la plage où elle avait observé le surfeur solitaire. Une odeur saline imprégnait l'air. Au loin, elle aperçut les courbes sombres des vagues, aux dos argentés par le clair de lune.

Elle jeta son sac par terre, envoya balader ses tongs et entra pieds nus dans la mer. L'eau froide animée de puissance et de vie lava le sable sur ses orteils. Prenant une profonde inspiration, elle prêta l'oreille au clapotement. Mick cessa peu à peu d'occuper ses pensées, à la manière d'un dessin sur le sable qui s'efface.

Elle avança. Une vaguelette se brisa sur ses cuisses, mouillant l'ourlet de son short. Une deuxième l'éclaboussa sans qu'elle recule pour autant. Exaltée par sa solitude au bord de l'océan, elle se laissa entraîner plus loin, comme envoûtée par la lune. L'eau monta jusqu'à sa taille et elle rentra le ventre, se contractant à cause du froid.

Avec souplesse, elle plia les genoux et se propulsa en avant, portée par la houle. D'un coup de pied, elle prit son élan et s'éloigna du rivage en faisant des mouvements réguliers, son tee-shirt collé à sa peau.

La mer lui fit l'effet d'un baume. Elle plongea. Sa tête disparut et elle flotta, les bras étirés, les doigts joints. Elle remonta à la surface pour reprendre sa respiration, puis replongea, plus profondément, l'eau s'engouffrant dans l'encolure de son tee-shirt.

Elle cessa de battre des pieds et resta immobile, à plat ventre, les membres écartés comme une étoile de mer. C'était quelque chose que Katie et elle faisaient dans leur enfance : les cheveux déployés, elles écoutaient le chant des sirènes. Elle entendit la rumeur de la mer et imagina que des poissons-anges jaune vif, silencieux et pleins de curiosité, nageaient sous elle. Ses poumons la brûlaient de plus en plus à mesure que croissait son besoin d'air. Elle s'obligea à ne pas bouger, tandis que les lames la soulevaient et la laissaient retomber comme si elle était un bout de bois flotté.

Il y eut du mouvement sous l'eau, elle perçut un nouveau son dominant la douce mélodie. Il ne s'agissait pas du ressac, c'était plutôt comme des giclées s'écrasant sur un mur. Comme elle s'efforçait de déterminer sa provenance, une douleur fusa dans sa nuque. Le bruit s'intensifia, sa tête se renversa brutalement en arrière tandis qu'on la remontait à la surface. Haletante, elle inspira de grandes bouffées d'air.

Un cri lui parvint, puis elle se sentit couler ; de l'eau salée remplit sa bouche, remonta dans ses narines. Ses vêtements gonflèrent, l'entraînant vers le bas, et elle se débattit, désorientée.

Elle finit par remonter à la surface, à bout de souffle. D'autres cris retentirent et elle retourna vers le rivage en battant des bras et des jambes. Dès que ses pieds touchèrent le sable, elle pataugea dans l'eau peu profonde.

Un homme se précipita vers elle.

— Ça va ?

— Fous le camp ! hurla-t-elle, se retournant brusquement, le cœur cognant à grands coups dans sa poitrine.

Il s'arrêta.

— Désolé ! J'ai cru… Merde, j'ai cru que tu te noyais.

— Je nageais.

— Tu étais habillée… Tu flottais. On aurait vraiment dit que…

Il ne termina pas sa phrase.

— Tu me regardais nager ?

— Non, répondit-il, une expression étonnée dans ses yeux écarquillés. Je pagayais lorsque j'ai vu une silhouette dans l'eau. Tu flottais, à plat ventre.

Elle remarqua la planche qu'il tenait sous le bras.

— Je suis désolé, répéta-t-il d'un ton sincère. Je ne voulais pas t'effrayer.

Mia écarta ses cheveux mouillés de son visage, croisa les bras sur sa poitrine, avant de lui demander :

— Alors, tu surfes la nuit ?

— Quelquefois.

L'image du jeune homme seul au creux des lames noires la traversa.

— Ce doit être dangereux.

— La lune est un excellent projecteur.

Qu'est-ce qui le poussait à affronter l'océan, à risquer sa vie pour le frisson que procurait une vague ?

Comme il levait la main pour s'essuyer les yeux, elle remarqua le tatouage sinueux sur la face interne de son avant-bras.

— Tu étais ici plus tôt, dit-elle, se rappelant l'avoir aperçu sur la plage, abîmé dans la contemplation de l'horizon. Je t'ai vu pagayer.

La tête inclinée, il la dévisagea.

— En effet. Je m'en souviens.

Sa voix était grave, rocailleuse. Avait-elle entendu un accent ?

— Tu as froid, constata-t-il.

Elle ne s'était pas rendu compte qu'elle grelottait.

— J'ai une serviette.

Il passa devant Mia, qui le suivit. Il avait laissé un sac plus haut sur la plage, d'où il sortit la serviette promise. Elle se sécha les cheveux puis s'en enveloppa les épaules.

Le jeune homme s'agenouilla dans le sable devant une pyramide de branches et de brindilles.

— Tu l'as préparé à l'avance ?

Il hocha la tête avant de gratter une allumette, dont Mia capta l'odeur de soufre. Les mains en conque, il alluma le tas de petit bois en plusieurs endroits et souffla doucement sur les flammes, qui éclairèrent son visage. Elle remarqua les gouttes d'eau brillantes sur ses sourcils, le regard sérieux de ses yeux sombres.

Une fois le feu parti, il alla chercher un pull dans ses affaires.

— Tiens, mets ça.

Mia aurait pu refuser et rentrer à l'auberge. Nul doute que Finn l'y attendait, se demandant comment s'étaient passées ses retrouvailles avec Mick. Mais elle n'était pas prête à partir. Pas encore.

— Merci.

Lui tournant le dos, elle ôta son tee-shirt et son soutien-gorge trempés et enfila le pull. Elle tira les manches usées sur ses mains, enfonçant ses pouces dans des trous.

Elle resta près du feu tandis qu'il se changeait. Une fois qu'il eut terminé, il s'approcha et lui tendit une bouteille de bière.

— À la tienne, dit-elle en la décapsulant. À propos, je m'appelle Mia.

Il répéta son nom à voix haute, une fois, comme si c'était la seule façon de s'en souvenir.

— Moi, Noah.

Les bras autour de ses genoux, il lui coula un regard en coin.

— Ça t'arrive souvent de nager tout habillée ?

Elle haussa les épaules.

— Les courants peuvent être très forts par ici. Quelqu'un aurait dû te surveiller.

— Et toi, qui te surveillait ?

Il sourit.

—Je me croyais seule, finit-elle par expliquer. C'était un jeu auquel ma sœur et moi nous amusions dans notre enfance – flotter et écouter la mer.

Cela remontait à des années, avant que Katie se mette à avoir peur de l'océan, avant qu'elles s'éloignent l'une de l'autre. Mia regrettait leurs après-midi d'été à la plage, où elles plongeaient des rochers ou cherchaient des coquillages dans le sable. On les avait surnommées les Sœurs de la Mer.

—J'ai simplement eu envie de le refaire.

Noah la fixa de ses yeux sombres. La trouvait-il idiote ? Quoi qu'il en soit, il ne fit aucun commentaire.

Ils burent en silence, contemplant le vacillement fascinant des flammes. L'odeur lourde du bois imprégnait l'air. De temps à autre, Mia lui jetait un regard, remarquant des petites choses : les poils noirs de ses jambes qui se clairsemaient au niveau des chevilles, une déchirure de deux centimètres sur un côté de son tee-shirt, ses doigts qui tenaient le goulot de la bouteille sans le serrer.

— Quand as-tu commencé à surfer ? voulut-elle savoir.

— J'étais petit. Nous habitions près de la plage, alors j'y allais à bicyclette après la classe pour regarder des vieux mecs exécuter des figures sur des planches longues.

— Tu as appris tout seul ?

— Non, il y avait un type, Reuben. Malgré son âge, il était là dès que la houle se levait. Il ne recherchait ni les grosses vagues ni les prouesses, mais personne ne se tenait sur l'eau comme lui. Il glissait. Je traînais sur la plage chaque fois que je pouvais.

Il but une lampée de bière.

— J'ai fini par trouver le courage de lui demander de me donner une leçon, lui proposant de laver son pick-up en échange. On a conclu un marché. Il m'emmènerait surfer dès qu'une bonne houle s'annoncerait, à condition qu'il conduise la camionnette la plus propre de Melbourne. Il a vanté mes talents de laveur de voitures à la ronde. Cinq mois plus tard, j'avais ma première planche.

— Ça me plaît, déclara Mia. Tu la méritais.

Elle passa la main dans ses cheveux, démêlant quelques nœuds.

— Qu'est-ce qui t'amène à Maui ? Tu te balades ?

Il acquiesça.

— Avec des potes ?

— Mon frère.

— Vraiment ? Vous devez bien vous entendre.

Il haussa les épaules.

— Il est où ce soir ?

— Dans un bar en ville.

— Pourquoi pas toi ?

Il réfléchit une seconde.

— J'aime bien être seul de temps en temps.

Mia sourit, elle le comprenait parfaitement. Dépliant les jambes, elle les tendit vers le feu pour se réchauffer les orteils. La lueur des flammes s'accrocha à ses mollets, que Noah ne manqua pas de reluquer.

— C'est quoi votre prochain pays ? enchaîna-t-elle.

— On rentre en Australie pour deux mois. Après, je ne sais pas trop. On suivra la houle.

Il jeta un bout de bois dans le feu.

— Et toi, d'où tu viens ?

— De Cornouailles. C'est au sud-ouest de l'Angleterre.

— Les houles de l'Atlantique sont puissantes là-bas. Mais glaciales.

— On s'y habitue.

Il finit sa bière, en sortit deux autres et en offrit une à Mia.

— Tu habites où maintenant?

— Londres, depuis presque un an. Ma sœur et moi y avons acheté un appartement.

Elle effleura du pouce la bouteille, pensant aux grandes fenêtres à guillotine dont l'ouverture ne dépassait pas dix centimètres, de sorte qu'elle manquait toujours d'air.

— Tu n'y étais pas bien? lança-t-il, l'ayant sans doute deviné à son expression.

— Je ne suis pas une citadine.

Il la fixait comme s'il attendait qu'elle poursuive.

— Ce déménagement était une erreur, ajouta-t-elle. Notre mère venait de mourir et je crois que nous voulions nous prouver quelque chose en vivant ensemble.

— Que vous formiez toujours une famille.

— Oui, exactement.

La pertinence de la remarque l'étonna. Ce type qui surfait la nuit et préférait un feu de camp à un bar l'intriguait. Il avait un besoin d'indépendance semblable au sien.

— Ta sœur est restée à Londres?

— Katie. Oui. Elle y est heureuse.

— Et toi, où es-tu heureuse?

Mia entendit la berceuse que chantaient les vagues, on aurait dit des mots doux chuchotés par un amant.

— Au bord de l'océan.

Ils continuèrent à parler, à échanger leurs histoires sur la mer. Mia découvrit que des requins-bouledogues infestaient celle de Noah, la mer de Tasman, d'un bleu transparent et agitée de grosses vagues, et elle lui expliqua que la sienne était l'Atlantique, impétueux, bordé de falaises de granit et d'ardoise peuplées de goélands argentés.

Il l'écouta attentivement sans la quitter des yeux. Sa concentration lui donna confiance au point qu'elle éprouva une sorte de libération, comme si une petite porte s'entrebâillait dans sa gorge. Elle décrivit le cancer de sa mère, le rôle d'infirmière que Katie avait joué pendant qu'elle faisait l'école buissonnière. Elle lui raconta que, le week-end de son installation à Londres, elle s'était allongée dans Hyde Park et avait regardé entre les branches d'un érable, essayant de se persuader qu'elle était ailleurs. Elle lui confia qu'elle était venue à Maui pour voir son père, qui l'avait reçue une heure puis congédiée. Le feu se consumait. Ses cheveux raidis par le sable séchèrent en formant des crans.

Soudain, elle s'interrompit.

— Excuse-moi, j'ai trop parlé.

Noah la scrutait de ses yeux sombres et solennels. Que révélaient-ils ? Plus de maturité que les autres traits de son visage. Il attirait Mia.

— Pas du tout, assura-t-il, avec un gentil sourire.

Il ramassa une branche et tisonna les braises rougeoyantes. Le regard de Mia s'attarda sur ses doigts, sur son poignet et, enfin, sur le tatouage qui s'étirait jusqu'à la saignée du coude.

— Quand t'es-tu fait faire ton tatouage ?

— Il y a dix mois.

Il jeta la branche dans le feu. Des étincelles orange jaillirent. Comme il tendait le bras vers les flammes, elle remarqua que la vague, admirablement tatouée, rendait fidèlement la force de l'eau déferlant de la crête. En dessous, il y avait six chiffres discrets.

Mia était intriguée. Cela ne ressemblait pas aux mots d'arabe que ses camarades de fac, en mal de révolte, arboraient sur leurs dos pâles.

— C'est très beau, dit-elle, effleurant la courbe de la vague du bout des doigts.

L'atmosphère devint aussitôt électrique, et elle sentit qu'une chaleur émanait de l'endroit où leurs peaux se touchaient.

Noah regarda Mia, qui fut surprise d'avoir tellement envie de l'embrasser. Il lui semblait le connaître depuis toujours alors qu'ils venaient de se rencontrer. Envahie par un désir irrésistible, elle lui toucha la joue, dont la barbe naissante gratta sa paume.

Il tressaillit comme si la caresse le prenait au dépourvu. Elle crut qu'il allait s'écarter, mais il se pencha. Ses lèvres étaient douces, chaudes, elle baissa les paupières tandis qu'il la serrait contre lui et l'embrassait passionnément. Il explora sa bouche avec sa langue, qui avait un goût de sel.

Elle glissa les mains sous le tee-shirt de Noah, palpant les lignes musculeuses sous ses omoplates.

Il se redressa sur un genou et, lui tenant la tête, la renversa en arrière, si bien qu'elle se retrouva allongée sous lui, les cheveux répandus sur le sable. Il fit courir sa langue de la clavicule de Mia à sa gorge. La tête lui tourna.

Un ciel criblé d'étoiles s'étirait au-dessus d'elle, la brûlure du feu se propageait le long de son flanc. Ses pensées se dispersèrent au point que la déception infligée par son père se volatilisa sous la pression du corps de Noah, la chaleur de sa peau, la sensation de ses lèvres sur son cou. Elle s'unit, avec un bonheur ineffable, à cet inconnu.

9

Katie
(Maui, avril)

Katie repoussa le journal qu'elle venait de fermer. Elle appuya les mains sur son front où une migraine menaçait. Sa colère envers Mick supplantait sa consternation par rapport au risque que Mia avait pris avec un inconnu.

Mia savait si peu de chose sur leur père qu'elle avait pu projeter nombre de fantasmes sur cette toile vierge. Sa désillusion était profonde : huit pages bien remplies le prouvaient. Katie reprit le carnet et retrouva la phrase qui lui avait brisé le cœur : *Si seulement Katie m'avait accompagnée.*

Comme elle regrettait de ne pas l'avoir fait ! Si seulement elle avait écouté sa sœur lorsque celle-ci avait essayé d'évoquer Mick, au lieu de lui couper la parole. La douleur sourde se répandit jusqu'à ses tempes. Elle chercha des comprimés dans le sac à dos. Elle trouva un tube de crème solaire, un paquet de Kleenex, puis une poche intérieure où, glissant les doigts, elle palpa une sorte de feuille. Elle la sortit : une photo.

Sous l'effet de la stupéfaction, ses yeux s'écarquillèrent, puis de la bile remonta dans sa gorge.

Le cliché avait été pris des années auparavant lorsque Mia avait sept ans et Katie dix. Leur mère les avait conduites dans la ville la plus proche. Portant serviettes et maillots de bain, elles s'étaient baladées sur la promenade, se bourrant de bonbons au Coca-Cola. Mia avait été la première à repérer le manège qui étincelait au soleil ; sa musique était portée par la brise marine.

Il arrivait tous les ans, au printemps, restait trois semaines, puis disparaissait en une nuit, ne laissant que feuilles et poussière dans son sillage. À la place de poneys peints, les enfants enfourchaient des hippocampes. Chacun de ceux-ci, qui semblaient avoir été plongés dans un océan différent, arborait une des couleurs de la mer – bleu cobalt, céruléen, marine, azur. Les deux sœurs suppliaient toujours leur mère de les laisser monter.

La préposée, une dame enjouée, les accueillait chaleureusement : « Ah, voilà les Sœurs de la Mer ! » Elle les avait surnommées ainsi à force de les voir jouer des heures dans l'eau, après leurs tours de manège, pendant que leur mère lisait sur la plage et buvait du café dans un gobelet en plastique.

« Ma parole, qu'est-ce que c'est que ça ? » avait-elle lancé ce jour-là.

Elle avait brandi un petit coquillage qu'elle venait d'enlever de derrière l'oreille de Mia, avant de s'adresser à Katie :

« Et toi, qu'est-ce que tu as là ? »

Jetant un coup d'œil à sa robe bain de soleil rouge, Katie avait découvert une plume blanche dans sa poche.

Les sœurs s'étaient juchées sur deux hippocampes à côté l'un de l'autre. Katie, les pieds dans les étriers imaginaires de celui, bleu saphir, qu'elle avait choisi, mimait le trot enlevé ; Mia, elle, chevauchait une monture azur, en périphérie, afin de sentir le vent sur son visage.

« Regardez-moi, les filles », avait crié leur mère, braquant son appareil sur elles.

La photo les montrait bras tendus, mains entrelacées, souriantes, avec la mer miroitante à l'arrière-plan. Elle était restée longtemps punaisée sur un mur de la chambre de Mia en Cornouailles. Cela faisait des lustres que Katie ne l'avait pas vue. Au dos, Mia avait tracé de son écriture enfantine les mots *Sœurs de la Mer,* qui s'étaient décolorés au fil du temps.

Katie effleura les bords du cliché, déchiré en deux à présent : la partie où elle se trouvait avait disparu.

Mia, comment as-tu pu ? Tu avais perdu espoir en ce qui nous concernait ? Notre éloignement l'une de l'autre était-il aussi définitif ? Ou m'as-tu arrachée après notre dernière dispute, parce que tu me détestais à cause de ce que je t'avais dit ? Les questions tournoyaient tels des vautours fondant sur elle pour fouailler son chagrin. Elle fourra la photo lacérée dans le journal, trouva enfin les cachets, en avala deux. Après quoi, elle se changea, enfila une robe de coton et sortit de l'auberge.

La colère lui nouait l'estomac tandis que, éblouie par la lumière de la mi-journée que réfléchissaient les murs chaulés, Katie s'approchait de la villa de Mick. Elle attendit après avoir appuyé sur la sonnette, comme Mia six mois auparavant.

Quand la porte s'ouvrit, elle était prête à ce que Mick ne la reconnaisse pas ou la congédie avec des excuses boiteuses. Le grand sourire qui s'épanouit sur son visage la sidéra.

— Katie !

Elle n'avait pas oublié sa voix. Chaude et grave. Il laissa flotter la deuxième syllabe de son prénom, comme pour exprimer l'importance qu'il lui accordait. Elle le scruta, cherchant des caractéristiques qu'elle pourrait reconnaître, et en trouva – son menton rond, ses yeux noisette. Il faisait plus vieux qu'elle ne s'y attendait, les années s'étaient gravées dans les rides profondes de son front, sans parler de ses lèvres qui avaient perdu leur modelé et n'étaient plus que deux traits fins.

— Tu es absolument ravissante ! s'exclama-t-il. C'est fou ce que tu lui ressembles.

Croyant qu'il parlait de Mia, Katie sentit sa fureur s'apaiser un peu et s'interrogea sur les points communs qu'il avait repérés. Katie ne se maquillait plus depuis qu'elle était à l'étranger, laissait ses cheveux flotter. Mick tendit la main pour les toucher.

— Ils ont exactement la couleur de ceux de ta mère.

Katie eut un mouvement de recul.

La main de Mick retomba.

— Je peux entrer ? finit-elle par demander.

— Bien sûr.

Il s'écarta pour la laisser passer, mais il la suivit du regard lorsqu'elle s'engagea dans le couloir, ses sandales claquant sur les dalles.

Une odeur de viande flottait dans la cuisine où un sandwich au bacon entamé refroidissait sur une assiette. Katie se planta devant l'évier, les bras croisés sur la poitrine. Elle sentit l'inox froid à travers sa robe.

Mick se tint en face d'elle. Il portait un pantalon d'été beige et une chemise en coton, froissée à la taille. C'était difficile de l'associer au jeune homme qui faisait tournoyer sa mère sur les tommettes rouges de leur cuisine.

— La nouvelle du décès de Mia m'a atterré. C'est tragique, effroyable, déclara-t-il. Je comprends à quel point ce doit être difficile pour toi.

— Ça m'étonnerait.

— Je veux simplement dire que…

— Tu n'es même pas venu à l'enterrement.

Elle avait hésité à annoncer la mort de sa sœur à Mick, d'autant que leur mère avait refusé qu'on le prévienne de la sienne. Mais Ed considérait que ça n'avait aucun rapport : Mia était sa fille. Aussi Katie avait-elle fini par tomber d'accord avec son fiancé, et pris contact avec la dernière société de Mick, laquelle lui avait fourni son numéro actuel. Elle lui avait téléphoné et laissé un bref message sur son répondeur. L'avait-il écouté ? Elle n'était pas sûre d'y attacher de l'importance.

— Je suis désolé, dit-il. Cela ne m'a pas paru opportun. Les fleurs te sont parvenues ?

— Oui.

Une énorme gerbe d'arums était arrivée le matin des obsèques. Une carte l'accompagnait. C'était la première fois que son père lui écrivait depuis vingt ans : *La perte des deux êtres qu'on aime le plus au monde est de l'ordre de l'insoutenable. Je suis de tout cœur avec toi.* Elle avait balancé les fleurs à la poubelle, coupant les tiges pour qu'elles tiennent dans le cylindre en plastique.

Une autre fleur envoyée en hommage lui revint à l'esprit : une simple orchidée. *Désolé* était le seul mot figurant sur la carte qui y était épinglée. Katie ne connaissait toujours pas l'identité de l'expéditeur et elle trouvait le message bizarre : on aurait dit des excuses, non des condoléances. Ed l'avait photographiée avec son portable pour la montrer à sa mère – une passionnée de jardinage –, qui l'identifierait peut-être. Elle se concentra à nouveau sur Mick à qui elle avait beaucoup de choses à dire. Pendant le trajet à pied jusqu'ici, elle les avait classées par ordre d'importance, comme elle le faisait dans ses entretiens avec des candidats : elle commençait par mettre à l'aise avant d'en venir aux questions pertinentes et personnelles.

À peine ouvrit-elle la bouche que Mick lui coupa la parole.

— Si nous buvions un verre ? Qu'est-ce que tu veux ? Quelque chose de frais ?

Malgré son envie de refuser, elle avait la gorge parcheminée.

— De l'eau.

Il sortit une carafe du frigo et remplit deux verres – la lumière s'accrocha au liquide qui coulait. Il en tendit un à Katie et lui suggéra d'aller sur la terrasse. Elle fit signe que non. La proposition ressemblait trop à celle qu'il avait faite à Mia. Aussi but-elle rapidement une gorgée et posa-t-elle son verre sur l'égouttoir derrière elle.

— En réalité, je m'attendais presque à avoir de tes nouvelles plus tôt… après la visite de Mia.

Ne voulant pas lui révéler qu'elle n'était au courant que depuis la veille, Katie garda le silence.

— Désolé si ça t'a causé un choc, ajouta-t-il.

— C'est la façon dont tu l'as traitée qui m'a bouleversée.

La colère de Katie se déchaînait, elle la contrôla.

— Mia a parcouru des milliers de kilomètres pour te voir, elle méritait un accueil plus chaleureux.

— Elle m'a pris complètement au dépourvu.

Il tourna les paumes vers le plafond.

— Je ne l'ai même pas reconnue…

— Je sais.

— J'aurais préféré que les choses se passent autrement…

— Mia aussi, je n'en doute pas.

Mick baissa la tête. Des gouttelettes de sueur perlaient à la naissance de ses cheveux.

Dans sa précipitation, elle le mettait en porte-à-faux et l'empêchait de s'exprimer. Elle devait se calmer, se concentrer sur la raison du voyage de

Mia à Maui : découvrir qui était leur père. Pour y parvenir, Katie avait besoin d'une réponse à une question qui la tenaillait.

— Mick, reprit-elle d'un ton plus doux pour le rassurer. Qu'est-ce qui est arrivé à Mia le soir où tu nous as abandonnées ?

Il haussa un sourcil.

— Ta mère ne te l'a pas raconté ?

— Non.

— Tu te souviens de ce soir-là ?

— Je me rappelle que Mia a eu un accident. Je me rappelle que tu t'occupais d'elle.

Mick tapota les poches de son pantalon ; il cherchait une cigarette, devina-t-elle, et s'énerva de n'en trouver aucune. Il s'approcha de la table en verre, tira une chaise sur laquelle il s'écroula. Il croisa les mains et les posa devant lui. Lorsqu'il prit la parole, il fixait le vide entre ses bras, si bien que sa tête pendouillait. Un homme déjà vaincu.

— Tu veux savoir ce qui est arrivé ce soir-là ? Pourquoi je suis parti, comment j'ai pu rester absent toutes ces années ? Eh bien, je vais te répondre – tu y as droit. Mais il faut d'abord que tu comprennes qu'une situation ne se résume pas à un seul événement, ni à la décision d'une seule personne.

Katie attendit la suite.

— Je n'ai jamais eu envie d'être un père.

Il leva les yeux, guettant sa réaction. Comme elle restait impassible, il continua.

— J'aimais trop ma vie pour y renoncer. Lorsque Grace est tombée enceinte de toi, elle a dû croire qu'elle arriverait à me changer. En un sens, je l'espérais peut-être.

Alerté par le bruit d'une tondeuse à gazon, il jeta un coup d'œil à la porte-fenêtre.

— Le soir de l'accident, ta mère et moi nous étions disputés au sujet de Mia. J'étais rarement là, je travaillais dans l'industrie de la musique, tu le sais ?

— Oui.

— Mon boulot servait parfois de prétexte à mes absences. Je ne m'intéressais pas assez à vous. Notamment à Mia, précisa-t-il, se grattant la nuque.

La remarque parut bizarre à Katie, qui joignit néanmoins les mains et le laissa poursuivre.

— Ta mère avait prévu que je garderais Mia... Vous deviez aller quelque part toutes les deux.

— À un ballet.

— C'est ça. Ta mère et moi, on s'était chamaillés avant son départ et Mia - Seigneur, elle était hypersensible ! - s'est mise à hurler dès que ta mère a claqué la porte. Tu vas peut-être me trouver ridicule, mais on aurait dit qu'elle sentait que je n'avais aucune envie d'être là.

Mick but une gorgée.

— Et alors ?

— Je n'ai pas réussi à la calmer. J'ai essayé de la bercer, de lui donner un biberon, de lui lire une histoire. Peine perdue. J'ai décidé de la coucher, dans l'espoir qu'elle s'arrêterait de pleurer toute seule. Puis j'ai pris une bouteille de whisky, que j'ai emportée au fond du jardin, le seul endroit tranquille.

Katie le regarda sortir une cigarette oubliée de la poche de sa chemise et s'empresser de l'allumer d'une main tremblante. Il inhala et se dirigea vers la porte-fenêtre, l'ouvrit et exhala.

— Je ne comprendrai jamais comment elle s'est débrouillée – pour l'amour du ciel, elle n'avait que deux ans ! –, toujours est-il que Mia est sortie de son petit lit. Je n'avais pas fermé la porte de service et elle a trouvé le chemin du jardin. À ma grande honte, j'avoue avoir descendu plus d'un verre de whisky. Je ne l'ai même pas remarquée. On pouvait longer notre ancienne maison pour aller dans la rue, tu t'en souviens peut-être ?

Katie acquiesça.

— C'est ce que Mia a fait. Il est possible qu'elle ait essayé de prendre la direction de la voiture de Grace, qui sait ?

Autant de détails que Katie entendait pour la première fois. Le pire avait beau être arrivé, l'inquiétude au sujet de Mia la taraudait. Elle posa les mains sur ses cuisses.

— Un motocycliste a déboulé, le type s'est révélé être le mari de la dentiste de ta mère, ou quelque chose dans ce goût-là. D'après la police, il roulait vite. Il ne l'a sans doute aperçue qu'au dernier moment et a fait une embardée. Il est tombé. En tournoyant, sa moto a ricoché sur Mia.

Katie ferma les yeux, se souvenant de sa sœur dans son lit d'hôpital, un pansement de gaze blanche fixé sur l'estafilade de sa tempe. La cicatrice formerait un croissant.

— Les policiers se sont présentés à la maison.

Mick éteignit sa cigarette sur le chambranle de la porte et, d'une chiquenaude, jeta le mégot sur la terrasse, puis le poussa du talon dans une fente entre deux lattes.

— Un brusque rappel à la réalité, enchaîna-t-il. J'ai ressenti... enfin, il est difficile de décrire ce qu'on éprouve en apprenant qu'on a mis la vie d'un enfant en danger. Un sentiment de culpabilité monumental.

Le bacon frit n'embaumait plus, son odeur aigre donnait des haut-le-cœur à Katie.

— Les policiers m'ont emmené à l'hôpital, mais je n'ai pas eu le courage d'entrer dans la chambre de Mia. Je suis resté dans le couloir, où je vous ai vues arriver, ta mère et toi.

Il baissa les paupières, comme happé par le souvenir.

— Vous vous êtes collées de part et d'autre du lit de Mia, le plus près possible. Pendant tout le temps où je suis resté, tu lui as tenu la main.

Katie se souvint soudain de l'aiguille plantée dans la peau fine du dos de la main de Mia ; elle avait dû faire attention de ne pas la toucher.

— Quand ta mère est sortie me parler dans le couloir – même avant qu'elle ait prononcé un mot – j'ai compris que tout était fini entre nous. Elle avait été une femme généreuse, elle avait passé l'éponge sur nombre de mes écarts. Avec le temps, je crois qu'elle aurait pu me pardonner l'accident, mais jamais que je ne sois pas allé au chevet de Mia. « Si Katie avait été couchée dans ce lit d'hôpital, tu aurais été près d'elle. » Ses paroles sont restées gravées dans ma mémoire.

Sans bouger de la porte-fenêtre, il lança un regard à Katie.

— Elle avait raison.

Stupéfaite, elle porta la main à sa bouche. Il avait formulé sa préférence, qu'elle soupçonnait depuis sa petite enfance. Elle avait perçu le manque de tendresse de Mick envers sa sœur. Ainsi, il permettait à Katie de regarder un match de cricket avec lui, alors que Mia était toujours tenue à distance. Il arrivait à Katie de le faire rire s'il était de bonne humeur, alors que les gazouillis et sourires de Mia ne l'émouvaient jamais. Sans oublier à quel point sa mère s'efforçait de protéger sa petite sœur, qu'elle serrait dans ses bras, à qui elle répétait que tout le monde l'aimait, comme si un doute persistait.

— C'est un aveu très grave.

Mick épongea son front moite du dos de la main.

— Peut-être qu'un homme meilleur que moi aurait surmonté sa jalousie. Mon vœu le plus cher était de vous aimer autant l'une que l'autre, assura-t-il d'un ton implorant. Mais je n'ai jamais réussi à accepter que Mia ne soit pas ma fille.

L'univers mental de Katie se rétrécit, il n'y subsista que les derniers mots de son père.

Livide, les jambes flageolantes, Katie s'agrippa au bord de l'évier.

— Je ne com…

En réalité, elle comprenait parfaitement. Tout s'éclaircissait à présent.

— Tu n'es pas le père de Mia.

Il fut aussi surpris qu'elle.

— Tu ne le savais pas ?

Elle fit signe que non.

— Pourtant tu… tu m'as dit que Mia t'avait parlé de sa visite.

— Je l'ai lu. Dans son journal intime. Elle a écrit qu'elle s'était pointée… et que tu l'avais renvoyée.

Mick écarquilla les yeux.

— Elle est revenue quelques jours plus tard. Nom de Dieu, j'étais sûr que tu le savais ! s'exclama-t-il, posant les mains sur sa nuque.

Il arpenta la terrasse puis s'approcha à nouveau de la porte-fenêtre, comme s'il ne savait où se mettre.

— À ce moment-là, elle était en colère. Elle voulait des réponses. Soit je la flanquais une fois de plus à la porte, soit je les lui donnais.

Une vague de nausée souleva le cœur de Katie. Elle pivota du côté de l'évier et respira lentement par le nez. La sonnerie stridente du téléphone retentit dans la maison. Ils restèrent cloués sur place. Quand le silence se rétablit, elle se tourna vers Mick.

— Et moi, je suis ta fille ?

— Oui.

La vérité avait un goût amer. Elle imagina l'état de Mia lorsqu'elle avait fait cette découverte qui jetait à bas les fondations de sa famille. Katie méprisa soudain Mick, elle ne supportait plus sa présence. Oppressée, elle avait besoin d'espace pour réfléchir.

—Je regrette profondément tout ça, dit-il, sincère de toute évidence.

Elle sortit de la cuisine et s'engagea dans le couloir, pressée de s'en aller.

—Katie…

Elle s'arrêta, mais ne se retourna pas.

D'une voix timide, il demanda :

—Je te reverrai ?

Elle fit volte-face et le regarda. Ce n'était plus l'homme exubérant quoique distant de ses souvenirs d'enfance ; il frisait la soixantaine, ce père absent pendant la plus grande partie de sa vie. Katie avait grandi entre sa mère et sa sœur qu'elle adorait. C'était trop tard. Elle fit signe que non.

Mick se mordilla les lèvres.

Katie, qui ne songeait plus qu'à comprendre ce qu'avait ressenti Mia, poussa la porte et, une fois dans l'allée, prit ses jambes à son cou.

Au pas de charge, elle se dirigea vers l'auberge de jeunesse. Elle passa devant une femme qui promenait deux chiens gris tirant sur leur laisse rouge, un magasin de surf où des planches rangées dans un casier attendaient d'être louées, un touriste parlant au téléphone - dans une cabine publique - dans une langue inconnue. La chaleur s'abattit sur elle. Ses pieds se couvrirent de sueur dans ses sandales et sa robe se plaqua sur ses cuisses. Une fois arrivée, elle se précipita dans le dortoir, sans tenir compte du jeune homme qui discutait, un casque sur les oreilles, devant son ordinateur.

Dès qu'elle eut ouvert le carnet de voyage de Mia, elle le feuilleta jusqu'à la page qu'elle avait lue le matin et écarta la photo déchirée. Elle continua, sautant les paragraphes sur un dîner que Mia et Finn avaient partagé, une virée à l'aéroport où ils n'avaient pas eu de quoi changer leurs billets, et tomba sur une petite phrase entourée : *Il faut que je le revoie.*

Le cœur battant la chamade, Katie se dit que cela changeait tout. La vérité que Mia allait découvrir était de nature à ébranler les plus forts. Dans ce cas, n'était-il pas possible qu'elle catapulte une jeune fille vulnérable qui avait perdu sa mère, d'une telle sensibilité que la moindre émotion transparaissait sur son visage, dans une spirale infernale, sans aucune issue.

10

Mia

(Maui, octobre de l'année précédente)

Mia avait la sensation que la pièce était remplie d'eau et qu'elle sombrait, à bout de souffle. Elle tenta d'aspirer un peu d'air, mais ne parvint qu'à avaler les mots de Mick : *Tu n'es pas ma fille.*

Une demi-heure plus tôt, elle mangeait du pain perdu avec Finn dans un café et ils évoquaient leurs projets pour l'Australie. Au milieu d'une phrase, elle s'était interrompue : elle avait aperçu Mick de l'autre côté de la rue. Chargé d'un carton de provisions, il s'était arrêté pour aborder un homme à la maigre queue-de-cheval. Son père avait dit quelque chose et l'homme avait éclaté de rire, puis ils s'étaient séparés. Mia avait observé Mick qui traversait et prenait le chemin de sa villa.

Finn avait suivi son regard.

« C'est lui ?

— Oui.

— Tu devrais lui parler. »

Étonnée par la fermeté de son ton, elle s'était retournée et avait remarqué qu'il serrait les mâchoires.

« Je ne peux pas.

— Dans ce cas, je m'en charge, avait-il déclaré en se levant.

— Qu'est-ce que tu fais ?

— Ce mec est un connard, Mia. Tu es venue de très loin pour lui.

— Non, Finn, je t'en prie », l'avait-elle supplié, la main sur son bras.

Il l'avait dévisagée longuement, puis son expression s'était adoucie.

« Désolé, ce n'est pas mon rôle. C'est juste que je déteste te voir bouleversée comme ça. »

Depuis quatre jours, Mia repassait sans arrêt dans sa tête des conversations imaginaires avec son père. Il était temps d'agir, elle se le devait.

« Tu as raison, j'y vais. »

Laissant tomber couteau et fourchette dans son assiette, elle avait ajouté :

« Je te retrouve à l'auberge. »

D'un pas léger, la nuque picotée par le soleil, elle avait couru chez Mick. Une fois devant sa porte, elle avait gratté trois fois au lieu de sonner. Il avait ouvert aussitôt, une barquette de tomates à la main.

« Mia, l'avait-il accueillie, sans avoir l'air étonné, comme s'il était résigné à l'idée d'affronter ce qu'il avait tenté d'éviter. Je crois que nous avons des choses à nous dire. »

Ils étaient entrés dans la cuisine où la caisse de légumes trônait sur le plan de travail à côté d'un paquet de pâtes et de deux courgettes. Mick avait posé la barquette et lui avait fait face.

Cette fois, Mia n'avait pas perdu contenance.

«Je veux que tu saches que, si je suis venue à Maui, ce n'est pas pour te demander d'être un père pour moi, avait-elle dit d'une voix forte et calme. Je cherche seulement à comprendre pourquoi tu es parti. J'ai au moins droit à une explication.

— Absolument, avait-il acquiescé, la scrutant. Sauf qu'elle ne te plaira pas, j'en ai peur.»

Elle avait attendu.

«Nous devrions peut-être nous asseoir.

— De quoi s'agit-il?» avait-elle demandé sans bouger.

Mick s'était pincé l'arête du nez.

«Je regrette, Mia, mais tu n'es pas ma fille.»

Ce fut ainsi qu'il le formula.

— Viens, enchaîna-t-il, la prenant par le coude. Tu as besoin d'air.

Il l'emmena sur la terrasse et l'aida à s'installer sur un siège. Elle se pencha en avant, la tête entre ses genoux. Mick ouvrit le parasol fixé au milieu de la table pour qu'elle soit à l'ombre.

Il alla chercher un verre d'eau, qu'il posa devant elle. Elle se redressa tant bien que mal et le porta à ses lèvres.

Mick approcha une chaise.

— Katie? souffla-t-elle.

Sa véhémence et son courage l'avaient abandonnée.

— Elle, c'est ma fille.

Katie est sa fille, moi pas. Mick creusait entre elles un fossé impossible à combler.

— J'étais sûr que ta mère te l'avait dit.

Celle-ci savait, évidemment. Comment avait-elle pu le lui cacher ?

— L'autre jour, j'ai été sidéré que tu croies que j'étais ton père.

Elle se rappela qu'il avait eu l'air sous le choc quand elle s'était présentée ainsi : « Je suis ta fille, Mia. »

— Je m'en suis beaucoup voulu de t'avoir mise à la porte. Je m'étais persuadé que ce n'était pas à moi de te le révéler si ta mère avait décidé de ne pas le faire. C'est pitoyable, je sais.

Si seulement elle n'était pas venue chez lui ! Si seulement elle n'avait pas pris l'avion pour Maui ! Enfin, on ne remontait pas le temps. Elle n'avait plus le choix.

— Qui est-ce ?

Croisant les jambes, Mick posa les mains sur ses genoux.

— Il s'appelait Harley.

— Vous étiez pourtant mariés, maman et toi…

— En effet.

— Elle a eu une aventure ?

— Oui.

Voilà quelque chose que Mia n'aurait jamais imaginé.

— Tu étais au courant ?

— Pas sur le moment, répondit-il. Même si je m'en doutais.

Mia regarda par-dessus l'épaule de Mick, une brise légère ridait la mer qui étincelait sous le soleil.

— Ton père était musicien, précisa-t-il, le leader d'un groupe dont j'étais le manager : les Black Ewe.

Elle se redressa, se souvenant d'une photo trouvée dans les affaires de sa mère – Mick à côté des membres de ce groupe. Sa mère avait écrit leurs noms au dos : Harley se trouvait au milieu – un homme aux cheveux noirs, qui fixait l'objectif. Non, plutôt celle qui tenait l'appareil.

— Alors, tu le connaissais. Vous étiez... amis ?

— C'était mon frère.

Le feu monta au visage de Mia.

— Nous avons rencontré ta mère un soir, après un concert. On nous l'a présentée dans un bar. J'ai été le premier à lui offrir un verre – et c'est moi qui l'ai épousée quatre mois plus tard... Sauf que Harley était tombé amoureux d'elle, lui aussi.

— Qu'est-ce qui les a poussés l'un vers l'autre ?

— L'indifférence et la désillusion. À cause de ma carrière, je négligeais Grace, qui était déçue par son mari.

Mick alluma une cigarette, dont le bout rougeoya lorsqu'il tira une longue bouffée.

— Quand les Black Ewe ont décollé, reprit-il, la musique et le succès m'ont tourné la tête et ma vie de famille est passée au second plan. J'enchaînais les tournées, j'étais plus souvent à l'extérieur qu'à la maison, où Grace était coincée avec un bébé. À mon avis, elle se doutait que je menais une vie dissolue – drogue, alcool, sans compter les autres femmes.

— Elle est donc tombée dans les bras de Harley ?

— Oui. Je ne leur ai rien reproché. Après tout, j'avais été un mauvais mari, un mauvais frère.

— Il l'aimait ?

— Infiniment, répondit Mick sans hésiter. Mais d'un amour exclusif, obsessionnel. Grace n'éprouvait pas les mêmes sentiments pour lui, je crois que sa passion l'effrayait.

Mick porta à nouveau la cigarette à ses lèvres. Elle se déplaça un peu pour éviter les volutes de fumée et remarqua les paquets d'écume qui se formaient sur la crête des vagues.

— Quand maman est tombée enceinte, tu savais que son bébé n'était pas de toi ?

— Oui. En revanche, Harley l'ignorait.

Il secoua la cendre de sa cigarette.

— Grace s'est engagée à rompre avec lui si je reconnaissais le bébé de Harley. L'alternative - qu'elle me quitte pour lui - m'a fait réfléchir. La jalousie et l'orgueil sont de puissantes émotions. J'ai retiré les Black Ewe de mon label et je suis resté.

Mia s'interrogea sur les répercussions que cette décision avait pu avoir sur sa vie.

— Cela s'est révélé bien plus dur que prévu. Tu me rappelais en permanence la liaison de Grace avec Harley. Tu n'étais qu'un tout petit bébé - tu n'étais responsable de rien –, il n'empêche que chaque fois que je te regardais je voyais mon frère, expliqua-t-il en la dévisageant. Tu lui ressembles beaucoup. Tes yeux, mon Dieu ! J'aurais dû m'en apercevoir dès ta naissance. Ceux de Harley étaient du même vert émeraude, ta mère les trouvait extraordinaires. Tu as aussi ses cheveux, mais le sourire de ta mère.

— Tu es parti à cause de moi?

— J'étais incapable d'être un bon père pour toi, alors ça m'a fait fuir.

Le souvenir de ce dénouement se refléta dans le regard de Mick, qui le garda cependant pour lui. Mia respecta son silence.

Il écrasa son mégot.

Mick avait abandonné Katie et sa mère parce qu'il ne l'aimait pas assez. Mia eut l'impression d'avoir été jetée dans l'océan et ballottée par les vagues jusqu'à l'épuisement. Malgré sa hâte de s'en aller, il lui restait une question à poser.

— Harley, dit-elle, le nom semblant étranger sur sa langue. Tu sais où il vit maintenant?

— Désolé, Mia. Il est mort depuis longtemps.

Encore un fait nouveau parmi la multitude de ceux qu'elle avait appris aujourd'hui. Les émotions se bousculaient - elle savait qu'elles allaient la submerger. Pour l'heure, elle les laissa la traverser et demanda:

— Quand?

— Ça fait très longtemps, il avait vingt-quatre ans.

Mia haussa les sourcils.

— Si jeune, que lui est-il arrivé?

— Cela remonte à loin, se contenta-t-il de répliquer, comme si ça suffisait.

— Que lui est-il arrivé? répéta-t-elle.

— Je suis désolé, Mia.

En proie à une anxiété indéfinissable, elle insista.

— J'ai besoin de savoir.

— Écoute, mon frère était un être complexe. C'était un auteur-compositeur exceptionnel – un véritable poète. Je n'ai jamais entendu de paroles comparables aux siennes. Ses fans voyaient un homme qui se déchaînait sur scène, se précipitait dans la foule ou dansait comme un possédé, mais aucun ne se doutait de ce qu'il devait boire avant le spectacle.

Le vent agita le bord du parasol et fit tomber une pluie de cendres sur la table. Mick les balaya, maculant le bois de traînées grisâtres.

— Ce n'était pas toujours facile de s'entendre avec lui. Il était cyclothymique. Ce qui glisse d'ordinaire sur les gens le rongeait. Il passait son temps à ruminer. Du coup, il avait tendance à s'isoler et à rester des jours sans adresser la parole à qui que ce soit. Il devenait fou à certains moments, ne se contrôlait plus.

Mick s'interrompit un instant.

— À dire vrai, je crois qu'il ne s'aimait pas du tout.

Un frisson parcourut la nuque de Mia : Mick l'avait décrite en quelques phrases.

— Après sa rupture avec Grace, il s'est désintéressé de tout, même de sa musique. Le groupe s'est séparé, je suis parti, et il a dilapidé son fric en alcool et en drogues. Au bout de quelques mois, il ne lui restait plus rien. C'était une épave. Nous avions été très proches. Il avait beau être un musicien extraordinaire, ça ne lui convenait pas d'être le leader d'un groupe – c'est moi qui l'y avais poussé. À défaut de talent, j'avais le sens des affaires. Cela dit, j'étais jaloux de lui.

Il restait quelques cendres, Mick les essuya.

— Le connaissant mieux que tout le monde, je me doutais qu'il souffrait profondément de sa séparation avec Grace. Or, le jour où j'ai appris qu'il avait touché le fond, je ne l'ai même pas appelé.

Mick regarda un point derrière Mia comme si elle n'était plus là et qu'il était seul avec ses souvenirs.

— J'étais son frère. Je savais qu'il était hypersensible, poursuivit-il, les yeux vitreux. La responsabilité de m'occuper de lui m'incombait, mais mon orgueil me l'a interdit. Je le regretterai pour le restant de mes jours.

— Que s'est-il passé ? demanda-t-elle, les nerfs à vif à présent.

Le visage qu'il tourna vers elle était empreint de tristesse.

— On a retrouvé Harley mort dans une chambre d'hôtel.

D'une voix brisée, il précisa :

— Il s'est pendu.

Abasourdie, Mia retourna à l'auberge par le même chemin. En revanche, tout avait changé dans sa vie.

Elle n'était pas la fille de Mick.

Son père s'était suicidé.

Sa mère le lui avait caché.

Katie était sa demi-sœur.

Le soleil tapait sur le sommet de son crâne, tandis qu'elle marchait vite sur le trottoir, les yeux baissés. Le souffle saccadé, elle sentait le sang lui marteler les oreilles. Tout ce qu'elle avait cru n'était que mensonge.

Elle devait téléphoner à Katie. Il lui fallait entendre le son de sa voix. Pressée d'arriver à la cabine située au bout de la ville, elle se mit à courir. Les jambes comme déconnectées de son cerveau, elle esquiva deux adolescents qui buvaient bruyamment des milk-shakes puis traversa la rue, jetant à peine un coup d'œil à la circulation.

Une de ses tongs se coinça dans une fissure, si bien qu'elle trébucha et s'écrasa les orteils. Du coup, elle se déchaussa et repartit au pas de charge sur le ciment brûlant.

Une fois à destination, elle pêcha des pièces de un dollar dans sa poche. *Parle à Katie. Raconte-lui tout.* Elle décrocha le combiné et glissa la monnaie dans la fente.

Lorsqu'elle entendit la tonalité, elle s'efforça de se rappeler l'indicatif du Royaume-Uni. À peine l'eut-elle retrouvé qu'elle tapota le numéro avec des doigts tremblants.

Katie ne mit que quelques secondes à répondre.

— Allô ?

Il y avait une telle friture sur la ligne que la voix de Katie semblait lointaine, comme si elles étaient déjà séparées.

Demi-sœurs.

Demi.

Elle abhorrait ce mot définissant la relation de parenté entre Katie et elle, il mettait en évidence la scission au sein de ce qui lui restait de sa famille.

L'envie de laisser couler les larmes accumulées au fond de sa gorge tenaillait Mia. Ainsi que celle d'entendre sa sœur qui, pragmatique et tendre, la réconforterait et l'assurerait de son affection. Mais le doute s'insinua. Et si Katie l'aimait juste un peu moins ? N'avait-elle pas toujours été consciente que Mia ne lui ressemblait pas ? N'était-ce pas à cause de Mia que Mick les avait abandonnées ?

— Allô ? répéta Katie.

Mia serra les dents sur les mots qu'elle était incapable de prononcer et remit le combiné sur le support. Se confier à sa sœur était au-dessus de ses forces.

Elle avait eu besoin de venir à Maui pour voir si elle ressemblait à son père. Désormais, il lui faudrait vivre avec ce qu'elle avait découvert.

11

Katie

(Australie-Occidentale, mai)

Malgré la chaleur inexorable et la férocité des mouches, le paysage désertique des vastes étendues de l'Australie-Occidentale était d'une beauté sauvage. Depuis un mois, Katie se dirigeait vers le sud en car, suivant les entrées du journal intime de Mia. Elle avait fini par puiser du réconfort dans les routes plates et interminables, la tête posée sur la vitre chauffée par le soleil, se laissant bercer jusqu'à atteindre un état d'indifférence hébétée.

Elle était arrivée à Lancelin, une petite ville de la côte, située au nord de Perth, où les langoustiers s'amarraient à l'embarcadère tous les après-midi pour décharger leurs casiers. Katie était allongée au bord d'une piscine à l'ombre d'un parasol, le carnet ouvert devant elle. Même s'il n'était pas encore 10 heures, il faisait déjà très chaud car le vent ne s'était pas encore levé.

Un avion traça un trait dans le ciel azur sans nuages, laissant de la vapeur blanche dans son sillage. Katie la regarda jusqu'à ce qu'elle s'estompe. Mia lui avait affirmé un jour que les traînées de condensation étaient des nuages avalés par les avions, qui les expulsaient ensuite.

Katie ne l'avait pas corrigée. Les lieux magiques où vagabondait l'imagination de sa sœur l'intriguaient et elle espérait en avoir un aperçu si elle adhérait suffisamment à ses fantasmagories.

Demi-sœurs. Comment est-ce possible alors que nos vies sont mêlées d'une façon inextricable ? Cette dénomination me déplaît, se dit-elle en relevant une mèche rebelle. Mia et elle ne s'étaient jamais ressemblées – et voilà qu'on mettait une étiquette sur leurs différences. Elle aurait tant aimé discuter avec Mia, chacune pelotonnée à un bout du canapé de leur salon, une tasse de thé à la main. Ensemble, elles auraient trouvé un sens à tout cela et auraient peut-être fini par en rire. Sauf que Mia n'était plus, et il lui semblait que d'apprendre ça maintenant les éloignait davantage.

Promenant un doigt sur une phrase, Katie s'efforça de sentir le relief des mots de sa sœur. Au lieu d'être truffées de descriptions des lieux qu'elle traversait, comme lorsqu'elle voyageait en Californie, les entrées étaient désormais sous-tendues par une rage contenue. Elle en voulait surtout à leur mère de lui avoir menti au sujet de Harley. Les principes qu'elle avait inculqués à ses filles reposaient sur la vérité et l'honnêteté, aussi ses transgressions ulcéraient-elles Mia.

La fixation croissante de sa sœur sur Harley inquiétait cependant Katie encore davantage. La page qu'elle lisait comportait les paroles d'une chanson que Mia avait trouvée sur un site Internet obscur, et elle avait encerclé des vers dans l'espoir d'y déceler un lien avec le père qu'elle n'avait jamais connu. Des questions couvraient la page attenante : *Comment était-il ? Qui aimait-il ? Où se considérait-il chez lui ?* Pour Katie, elles gravitaient autour d'une interrogation inexprimée : *Est-ce que je lui ressemble ?* Harley s'était suicidé à vingt-quatre ans, un fait qui avait sûrement taraudé Mia de la même manière qu'il tourmentait Katie. Malgré ses efforts pour réduire au silence la petite voix qui lui soufflait que l'histoire se répétait, la symétrie n'en était pas moins indéniable.

Tout à coup, des pieds martelèrent le ciment puis des doigts glacés la pincèrent à la taille. Elle poussa un cri lorsqu'on la souleva, et le journal lui glissa des mains, tomba au bord de la piscine, où il resta en équilibre comme une tente montée à la hâte.

Le rire d'Ed résonna près de son oreille, tandis que, la plaquant contre son corps mouillé, il courait vers la plage. Du sable gicla et picota les jambes pendantes de Katie. La hanche d'Ed, qui la serrait trop fort, rentrait dans ses cuisses. Le haut de son maillot s'entortilla, exposant le bout rose foncé de ses mamelons à la lumière crue.

La grève ne se trouvait qu'à quelques mètres. Katie se débattait, se contorsionnait, ce qui fit encore plus rire Ed, enchanté de sa résistance. Il entra dans l'océan, dont l'odeur salée coupa le souffle de Katie. De l'eau jaillit, l'éclaboussa. Soudain, on la renversa en arrière et le monde chavira. Un soleil éblouissant ricochait sur la mer, elle cligna des yeux, désorientée. Les pointes de ses cheveux se mouillèrent.

— S'il te plaît, Ed ! murmura-t-elle, la gorge nouée de peur.

Un rouleau ourlé de blanc se précipitait sur eux, les aspergeant. Katie ferma les yeux, guettant la gifle de l'eau sur son visage, le goût saumâtre dans sa bouche. L'instant d'après, Ed la redressa, la porta jusqu'à la plage et la posa doucement sur le sable.

La main sur la poitrine, elle inspira de grandes goulées d'air.

— Ça va, Katie ? demanda Ed. Tu savais que c'était pour rire, n'est-ce pas ?

Elle acquiesça sans le regarder, pour lui cacher ses larmes. Elle ne lui avait jamais avoué sa terreur de la mer.

Il lui serra légèrement l'épaule.

— Excuse-moi, ç'a été plus fort que moi : tu étais tellement superbe, tranquillement allongée au bord de la piscine, que j'ai eu envie de te kidnapper.

— Ce n'est pas grave. Je rêvassais, tu m'as prise au dépourvu, voilà tout.

Ed était arrivé en Australie cinq jours auparavant, ayant réussi à se libérer pour deux semaines. Elle était allée le chercher à l'aéroport de Perth, où il l'avait soulevée de terre tant il était heureux de la revoir.

— Si on faisait une balade pour se sécher ? proposa-t-il.

Katie lui lança un coup d'œil ; le visage ruisselant, il avait les yeux brillants d'expectative. Il serait content qu'elle l'accompagne, ils avaient besoin de moments d'insouciance. Sauf que le journal de Mia était abandonné ! Elle imagina des grains de sable s'incrustant dans les plis de chaque feuille, le soleil délavant sa couverture.

— Je vais plutôt prendre une douche, répondit-elle, avec un petit sourire.

Sur ces mots, elle alla ramasser le carnet et souffla entre ses pages pour enlever le sable.

Katie s'enveloppa dans une serviette crème, moelleuse, puis de sa paume essuya la buée sur le miroir d'un mouvement circulaire. Elle examina son visage humide. L'arête de son nez était constellée de taches de son, en revanche le soleil n'avait pas réussi à masquer ses joues creuses ni ses cernes. Depuis l'arrivée d'Ed, elle se maquillait de nouveau – une habitude qui ne lui procurait toutefois plus le même plaisir.

— Chérie ?

Ed était étendu sur le lit, un journal plié à côté de lui, les chevilles croisées.

Ils logeaient dans un hôtel, non dans la modeste pension pour routards que Mia avait décrite. Katie y avait emmené Ed le premier soir, mais, épuisé par le décalage horaire, il n'avait pas apprécié le grattement d'une guitare s'échappant du dortoir contigu jusqu'à 2 heures du matin.

— Viens ici.

Elle traversa la pièce. Lorsqu'elle s'assit près de lui, elle remarqua des bouchons en mousse sur la table de chevet.

— Tu as entendu d'autres clients ?

— Il ne s'agit pas de ça, répondit-il, haussant un sourcil. C'est la mer, les vagues déferlent sans cesse.

— Le tintamarre de la circulation ne t'empêche pas de dormir à Londres…

— Ah, la mélodie des villes ! répliqua-t-il. À propos de Londres, sais-tu que tes amis veulent que tu rentres avec moi ? Tu inquiètes tout le monde.

— C'est ridicule.

— Vraiment ?

— Absolument, affirma-t-elle, passant les doigts dans ses cheveux mouillés.

Katie se doutait que ses amis trouvaient que sa conduite ne lui ressemblait pas. Tant pis. Elle devait être ici.

— Ça fait un moment que je veux te poser la question, tu te souviens de l'orchidée que quelqu'un a envoyée à l'enterrement de Mia ? Tu as montré la photo que tu as prise à ta mère ?

Le lit grinça lorsqu'il se redressa.

— Oui. Elle a fait des recherches. D'après elle, il s'agit d'une orchidée papillon.

— Une orchidée papillon, répéta-t-elle lentement. Qu'est-ce qu'elle sait sur cette fleur ?

— Elle est originaire des tropiques, expliqua-t-il, détournant les yeux.

— Quoi ? Elle a donné d'autres indications ?

— Je ne crois pas que ce soit important, fit-il avec un soupir, mais c'est l'emblème de Bali.

Étonnée, Katie cligna des yeux.

— De Bali ?

— Exactement.

Elle se frotta la lèvre inférieure.

— Ça ne te paraît pas bizarre que des gens aient choisi cette fleur-là ?

— Pas vraiment. Ils l'ont sans doute trouvée belle, sans avoir d'autres informations sur elle.

— Pourquoi cet envoi anonyme ? Pourquoi juste écrire : *Désolé* ?

Il ouvrit les paumes.

— Aucune idée. Ils sont peut-être passés par un fleuriste qui n'a noté qu'une partie du message.

— Peut-être.

Katie ne s'en demandait pas moins si cela avait un sens particulier et à quoi rimait l'excuse.

— Pourquoi tu ne t'allonges pas ?

Il lui fit de la place et elle s'étendit ; ses cheveux trempèrent l'oreiller.

Ed s'appuya sur un coude pour la scruter.

— Je n'arrive pas à croire que nous serons mariés dans deux mois.

Katie eut beau sourire, la remarque la plongea dans une angoisse sur laquelle elle refusa de s'appesantir.

D'un index, il suivit la ligne de sa clavicule.

— Mme Katie Louth, prononça-t-il comme pour en vérifier la sonorité. Plutôt sexy.

— Je n'ai pas encore décidé de prendre ton nom.

— Ah bon ?

— J'ai simplement besoin d'y réfléchir. Ce n'est pas une obligation.

— Ne me dis pas que tu as envie d'un de ces horribles patronymes à rallonge ? Greene-Louth, ce n'est vraiment pas beau.

— D'accord, pas de nom à rallonge !

Il la dévisagea.

— Tu es la dernière Greene, n'est-ce pas ?

Elle fit signe que oui, la gorge serrée par une émotion soudaine.

— Dans ce cas, garde ton nom. Ça m'est égal. La seule chose qui m'intéresse, c'est la certitude de dormir avec toi tous les soirs le restant de mes jours.

Il détacha le nœud de la serviette humide et l'enleva, comme s'il déballait un cadeau. Il l'embrassa dans le cou avec lenteur. Ses lèvres étaient tièdes. Elle avait envie qu'il l'enlace et reste immobile, la serrant dans ses bras.

La bouche d'Ed descendit sur son épaule, s'ouvrant un chemin à force de baisers jusqu'à ses seins, mordillant ses mamelons. Katie ne bougea pas. Il continua à l'embrasser plus bas, sa langue se promena sur sa cage thoracique et son ventre, évitant son nombril, frôlant ses hanches. Fermant les yeux, elle essaya de se détendre, de se concentrer sur les caresses d'Ed.

Avant la mort de Mia, ils faisaient souvent et passionnément l'amour. En ce moment toutefois, elle n'éprouvait aucun désir.

La bouche d'Ed effleura le haut de son pubis.

— Ed, souffla Katie.

Il murmura des paroles inaudibles sous le drap sans cesser de l'embrasser. Elle se dégagea.

— Il faut que je m'habille, on ne doit pas tarder à partir, se justifia-t-elle, sensible à la déconvenue qui s'affichait sur le visage de son amant.

Il repoussa les couvertures, se leva et, tirant une chaise, ouvrit son ordinateur.

Katie lui tourna le dos pour enfiler ses vêtements. Ils allaient dans les Slade Plains, où Mia et Finn avaient fait du saut en chute libre six mois auparavant. Bien que Katie n'ait aucune intention de les imiter, elle tenait à voir où sa sœur avait eu le courage de descendre en piqué dans le ciel avec un parachute pour tout filet de sécurité.

Elle avait renoué avec l'habitude de lire une entrée du journal par matin, ce qui structurait sa journée et lui donnait un but. Ainsi, elle percevait de mieux en mieux le voyage de sa sœur. Le carnet était devenu son compagnon, d'une honnêteté sans faille, d'une loyauté indéfectible.

Une fois prête, Katie s'adressa à Ed, qui n'avait pas bougé.

— C'est l'heure si on veut attraper le car.

— Je ne viens pas.

— Tu as promis de m'accompagner.

— Ça ne me dit rien de traîner dans le désert pour regarder une bande d'accros à l'adrénaline se jeter d'un avion. Je préférerais passer l'après-midi à boire du vin dans un bon restaurant avec ma fiancée.

— Je dois le faire, c'est dans le carnet.

— Tu n'as pas conscience de l'absurdité de tout ça ? Merde, c'est un journal intime, pas un règlement !

— La question n'est pas là : j'y tiens, s'énerva-t-elle, réagissant à la provocation. Ne me rabaisse pas, Ed. C'est important pour moi.

Prenant son sac sur la table de chevet, elle attrapa les bouchons et les fourra dans sa poche. *Il n'a qu'à écouter la mer !*

Elle était à la porte lorsque Ed ajouta :

— Quel est l'intérêt de payer pour sauter d'un avion ? Ce n'est pas naturel, c'est contraire à l'instinct de survie.

— Voilà précisément ce que je cherche à comprendre.

Katie avait regardé la vidéo des consignes de sécurité et signé la décharge avant d'enfiler une combinaison d'un bleu délavé, effilochée aux genoux. À présent, elle était assise dans un avion à six places, un harnais compliqué autour de la taille. Elle n'avait encore avoué à personne qu'elle ne comptait pas se lancer.

Le pilote cria quelque chose. Aussitôt, un instructeur se dirigea vers la porte, dont il débloqua le loquet et qu'il fit coulisser.

Le bruit était incroyable, assourdissant, comme s'ils plongeaient dans une déferlante. Les rafales d'air froid mettaient à vif toutes les terminaisons nerveuses. Katie s'efforça de nouer ses cheveux qui volaient autour de sa figure.

Devant elle, un homme mince au visage grêlé par l'acné se leva, tandis que le moniteur s'attachait à son harnais et vérifiait à plusieurs reprises boucles et courroies. Le couple s'approcha de la porte ouverte, traînant les pieds à la manière de prisonniers. Sans doute ne détourna-t-elle les yeux qu'une seconde, quoi qu'il en soit, ils avaient disparu lorsqu'elle porta à nouveau le regard de leur côté.

On lui tapota fermement l'épaule.

— À votre tour, s'égosilla son moniteur, un jeune homme aux cheveux blonds frisés et aux incisives de travers.

— Je ne saute pas.

Il la mit en position, s'accrocha à son dos et tira sur chaque boucle pour vérifier la sécurité. À cause du vacarme, il ne l'avait pas entendue.

— Je ne saute pas ! répéta-t-elle en hurlant.

— Vous n'aimez pas les taupes ?

Le sourire aux lèvres, il ajusta les lunettes de Katie. À l'évidence, il la taquinait, sauf qu'il s'avançait vers la porte de l'avion.

— Non ! protesta-t-elle, tendant les bras. Je. Ne. Saute. Pas !

— Libre à vous. Malgré tout, je veux que vous découvriez la vue avant de prendre une décision.

Katie sentit son pouls s'accélérer. Elle respira un bon coup et se dit qu'elle en était capable. Elle fit signe au moniteur.

— D'accord.

— Nous allons nous accroupir, la prévint le moniteur.

Docile, elle s'installa entre ses jambes puis ils se déplacèrent tant bien que mal sur le sol de l'avion en direction de l'ouverture. Le vent souffla avec plus de violence, engloutissant paroles, pensées, respiration.

— Posez le bras sur la poignée, cria-t-il. C'est plus sûr.

Katie rassembla son courage et s'exécuta. Le bruit ! Son cœur tambourinait dans sa poitrine. Un damier de champs roussis s'étirait en bas, la mer chatoyait au loin.

— Vous voyez l'échelon sur le support de la roue ? Je vais y mettre mon pied droit, puis vous ferez pareil.

— Je ne peux pas.

La bouche si près de son oreille qu'on aurait dit que sa voix provenait d'elle, il insista :

— Bien sûr que si.

Le pouvait-elle ? Ce n'était pas dans sa nature de se jeter d'un avion, mais la violer avait quelque chose d'exaltant. *Que penserait Ed s'il me voyait ?* L'idée de lui lancer un défi la grisait. Alors, elle tendit très lentement le pied vers le support. La jambe de sa combinaison claqua au vent, ce qui la fit frissonner.

— Vous avez décidé ? vociféra le moniteur.

— Je n'en sais rien ! Je n'en sais rien !

— Croisez les bras sur la poitrine.

Elle obéit. Il lui sembla que son corps se métamorphosait en prière. L'instant d'après, elle sentit qu'il se penchait en avant pour attraper une poignée. Le vent arracha son bandeau et ses cheveux tombèrent sur ses lunettes.

— Non ! Non !

Son estomac remonta dans sa poitrine. Tous ses muscles se bandaient pour qu'elle s'éloigne de la sortie.

Puis elle s'aperçut qu'il se penchait davantage, si bien que son corps était suspendu sous le sien.

Il lâcha prise.

Sous l'effet du choc, Katie ouvrit la bouche. L'intérieur de ses lèvres devint aussi sec que la terre en dessous d'eux. Elle fendit des courants d'air froid et des petits nuages. Le sang tambourina dans ses oreilles.

Un long cri inaudible brûla sa gorge. La perspective d'un défaut dans le parachute, d'un emmêlement des sangles ou d'une blessure à l'atterrissage la pétrifiait – mais elle hurlait surtout parce que sa chute lui permettait d'imaginer avec une clarté affolante la terreur de sa sœur à l'instant où elle avait basculé du haut de la falaise.

12

Mia

(Australie-Occidentale,
novembre de l'année précédente)

Les pieds de Mia se décollèrent du bord, et elle bascula. Le mugissement du vent, le claquement de ses vêtements, ses battements de cœur l'assourdirent. De l'air froid s'engouffra dans sa bouche qui formait un O parfait. La décharge d'adrénaline était si forte qu'on aurait dit que la vie ne courait dans ses veines qu'aux portes de la mort.

Une saccade, soudaine et brutale, lui donna l'impression qu'on la hissait. Elle entendit la voilure de son parachute jaune se gonfler quand il s'ouvrit comme un bouton-d'or.

Elle prit une bouffée d'air.

— Ça va ? cria son moniteur, harnaché sur son dos.

Les lunettes lui faisaient mal aux pommettes. La sensation d'apesanteur disparaissait à mesure que les sangles en plastique de son harnais s'enfonçaient dans le haut de ses cuisses et dans sa taille.

— Oui, finit-elle par répondre. Très bien.

Et elle éclata d'un rire que les bourrasques avalèrent. Son sourire lui fendait le visage si bien que le vent se glissa sous ses lunettes, lui embuant les yeux. Son corps frissonna de plaisir, tandis qu'ils descendaient doucement vers la terre.

Plus bas, un parachute écarlate portait Finn. Le premier à sauter, il avait ajusté ses lunettes et esquissé un salut avant de poser les pieds sur le support de l'aile. Sitôt que Mia l'avait vu s'élancer dans le vide, manifestement aux anges, elle n'avait plus hésité : s'il l'avait fait, elle aussi.

Après une courte prière pour qu'il atterrisse sans encombre, Mia regarda sa voilure se dégonfler, tel un tas rouge soyeux qui faisait penser à un poumon palpitant. Elle l'imagina se libérer de son harnais et, les mains en visière sur les yeux, la chercher dans le ciel.

Comme ils approchaient du sol, le moniteur lui rappela les consignes. Elle remonta les genoux contre son ventre. La terre arriva plus rapidement qu'elle ne s'y attendait, de sorte qu'ils se posèrent brutalement, soulevant un nuage de poussière. À peine son harnais détaché, elle se précipita vers Finn en se débarrassant de ses lunettes.

Le visage en feu, des gouttes de sueur à la naissance des cheveux, il exultait.

— Alors ? lui lança-t-il.

— Extraordinaire ! J'ai cru que mon cœur allait se décrocher comme dans une grande roue, mais j'ai eu l'impression de voler, pas de tomber.

Mia jeta les bras autour du cou de Finn et sentit la chaleur de son corps à travers sa combinaison.

— Merci ! s'écria-t-elle.

Finn lui avait fait la surprise. Il avait tout organisé et ne lui en avait parlé que dans le car qu'ils avaient pris pour se rendre au centre de saut en chute libre.

— Je t'en prie.

— C'est exactement ce qu'il me fallait.

Finn le savait. Un mois auparavant, à Maui, il l'avait trouvée adossée à une cabine téléphonique, la tête entre les mains. Il l'avait enlacée et ramenée à l'auberge, où il avait fait du thé et écouté son récit sur Harley.

Pendant le périple en Australie-Occidentale, Mia avait eu l'impression de n'être qu'une ombre assise à côté de Finn ou une présence muette allongée la nuit, les yeux ouverts, dans leur tente. Des heures durant, il l'avait aidée à chercher des bribes d'informations au sujet de son père sur des sites Internet, veillant à la laisser seule lorsqu'elle voulait réfléchir – comme s'il pressentait ses besoins avant elle.

— Je n'ai pas été une compagne de voyage marrante, hein ?

— Si tu n'avais pas sauté, je t'aurais poussée.

Elle éclata de rire puis, soudain, les larmes coulèrent sur ses joues.

— Mia ? Je plaisantais...

— Seigneur ! dit-elle, se détournant, gênée.

Elle s'essuya le visage du dos de la main. Peine perdue, les pleurs continuèrent. La décharge d'adrénaline avait libéré des émotions.

— Franchement, je ne t'aurais jamais poussée, reprit Finn. J'aurais coupé les sangles à la place, comme ça il n'y aurait pas eu de témoins.

Voilà qu'elle riait à moitié et pleurait à moitié.

— Désolée. Ne fais pas attention à moi. Je suis naze.

— Ce n'est pas rien ce qui t'arrive.

Mia haussa les épaules.

— Allez, raconte-moi.

Elle regarda le ciel, clignant des yeux pour refouler ses larmes, les poings serrés.

— C'est nul. Tout l'est dans cette histoire.

— Il s'agit de Harley ?

Elle acquiesça, puis tira les manches de la combinaison sur ses mains.

— Faire la connaissance de Mick. Comprendre qui il était.

Elle marqua une pause.

— Et peut-être voir si je lui ressemblais. C'était la seule raison de mon voyage à Maui.

— Or, tu as découvert que ton père, c'était Harley. Pas lui.

— En effet. Maman nous a menti en permanence. Elle ne nous a même pas révélé la vérité lorsqu'elle a appris qu'elle allait mourir. Et je n'arrête pas de me demander pourquoi, expliqua Mia en reniflant. Soit elle voulait nous cacher sa liaison et le fait que nous étions demi-sœurs, soit elle ne supportait pas que je sache que Harley était mon père.

Finn garda le silence.

— Quand Mick m'a décrit Harley, j'ai pensé : *On dirait qu'il parle de moi.* C'était surréaliste. Nous avons énormément de points communs.

La tête inclinée vers elle, Finn l'écoutait attentivement.

— Et il s'est pendu.

Elle déglutit.

— Mon père avait exactement mon âge quand il a mis fin à ses jours.

Un autre petit avion décolla dans un nuage de poussière rouge.

— Mia ?

D'une petite voix d'où toute colère avait disparu, elle ajouta :

— J'ai tellement peur de lui ressembler !

Finn s'approcha de Mia et l'obligea à croiser son regard.

— Je ne vais te le dire qu'une fois, alors ne l'oublie pas.

Elle ne détourna pas les yeux.

— Tu n'es pas Harley. Ni Grace ni Katie. Tu es Mia Greene, un être unique.

— Je ne suis pas sûre de savoir qui c'est.

Il passa un bras autour de ses épaules.

— Moi, si.

Après un passage à l'auberge pour se doucher et se changer, ils décidèrent d'aller à la Tavern. Finn attaqua la montée de la dune, Mia sur ses talons.

— Pour moi, ce sera un steak, annonça-t-il, l'image d'une épaisse tranche de viande nappée d'une sauce au bleu dans la tête.

— Et pour moi un cheeseburger avec une portion supplémentaire de bacon.

— N'essaie pas de m'impressionner !

La pente devint plus escarpée, Mia le dépassa en courant.

— Le dernier arrivé paye la tournée.

S'élançant à sa poursuite – des gerbes de sable cascadèrent derrière lui – il s'agrippa à la poche de son short et la tira en arrière. Mia éclata de rire, lui tapa sur le bras, se dégagea. En quelques foulées, elle arriva au sommet.

Lorsque Finn la rejoignit, il découvrit la plage, noire de monde. De la musique beuglait de haut-parleurs installés à l'arrière d'un pick-up, devant lequel une foule dansait. Un feu de camp rougeoyait, tandis que des gens assis en tailleur tambourinaient sur des bongos et soufflaient dans des didgeridoos[1]. La fumée du bois et des effluves de marijuana flottaient dans l'air.

— Ça te dit de jeter un coup d'œil ? proposa Finn.

Ils dévalèrent la dune ensemble. Une fois en bas, ils se faufilèrent à travers les gens agglutinés autour d'un barbecue. Le faisceau des phares d'une vieille camionnette Bedford garée sur la plage éclairait des hommes qui faisaient du bodysurf dans des paquets d'eau s'écrasant sur le rivage. Les deux amis s'enfoncèrent davantage dans la cohue, Mia balançant des hanches au rythme de la musique.

Ils s'arrêtèrent devant un cercle éclairé par les flammes où une fille enduite de peinture argentée s'entraînait au hula hoop. Elle leva gracieusement un bras, le cerceau sembla remonter jusqu'au bout de ses doigts. D'un simple mouvement de poignet, elle le fit tomber sur le sol. Elle sautilla

1. Instrument à vent d'origine aborigène.

dedans et recommença à le faire tourner autour de sa taille.

— Elle est sensationnelle, déclara Mia.

— Du porno pour hippies.

Mia rigola et passa son bras sous celui de Finn. Ce geste l'électrisa aussitôt, accélérant son rythme cardiaque.

— Mia…

Il l'entraîna un peu à l'écart.

— … J'ai quelque chose à te dire.

Dès le début du voyage, il avait eu envie de lui révéler ses sentiments : l'occasion ne s'était jamais présentée. Depuis leur conversation de l'après-midi, elle était gaie, de nouveau insouciante. C'était le moment.

— De quoi s'agit-il ? le pressa-t-elle.

— Tu te souviens du concert du groupe Thaw au Guildhall où nous sommes allés à seize ans ? Tu as surfé au-dessus des spectateurs.

Les yeux de Mia brillèrent.

— Quelle soirée géniale ! Qu'est devenu ce groupe ?

— Quand tu m'as rejoint, tu m'as embrassé.

— Ah bon ?

Elle s'immobilisa et dégagea son bras.

Des questions se bousculèrent dans la tête de Finn, sur les charbons ardents. Avait-elle pressenti la suite ? Était-ce évident depuis toujours ? Il attendit, le cœur battant la chamade.

Comme elle se taisait, il l'observa. Elle avait les pupilles dilatées. Il suivit la direction de son regard rivé sur un homme qui s'avançait vers eux. Pieds nus, il portait un short et un tee-shirt noir qui moulait ses épaules baraquées. Il s'arrêta à leur niveau.

— Mia ?

La main sur la poitrine, elle s'exclama :

— Mon Dieu, Noah ! Qu'est-ce que tu fais ici ?

— Une grosse houle se forme. On va au sud pour ne pas la rater.

— Je n'arrive pas à croire que ce soit toi, poursuivit-elle, le visage fendu d'un grand sourire.

N'ayant pas été présenté, Finn tendit la main.

— Je m'appelle Finn.

Pour la première fois, Noah détacha son regard de Mia. Ils se serrèrent la main. La poigne de Noah était à la fois forte et douce, constata Finn.

— Alors, comment vous vous êtes connus ? demanda-t-il.

— On s'est rencontrés à Maui, expliqua Mia, fixant ses pieds.

Maui ? Elle n'y a jamais fait allusion, pensa Finn. L'appréhension qui le tenaillait l'instant d'avant s'évanouit, cédant la place à une anxiété d'un tout autre genre.

— Vous allez au nord ou au sud ? reprit Noah.

— Au sud. Nous venons de Broome.

— Il fait chaud là-haut. Ça se rafraîchira plus bas.

— Tu es australien ? voulut savoir Finn, remarquant l'accent.

— De la côte sud. Près de Melbourne.

— D'accord.

Finn rompit le silence qui se prolongeait :

— Faudrait filer à la Tavern. À plus peut-être, Noah.

— Ça t'ennuie si je te rejoins dans cinq minutes ? lança Mia.

Que répondre ? Que ça l'ennuyait ? Que la façon dont son visage s'illuminait quand elle posait les yeux sur Noah lui faisait le même effet que s'il recevait un coup dans le ventre ? Il pensa à la conversation qu'ils auraient dû avoir, celle où il lui aurait dit qu'il n'avait jamais rencontré de fille aussi merveilleuse qu'elle, celle qui se serait terminée par un baiser.

— Bien sûr. Un cheeseburger. Une portion supplémentaire de bacon, c'est ça ?

— Tout à fait.

Finn suivit des yeux Mia et Noah qui marchaient, séparés par quelques centimètres. Deux hommes au torse nu surgirent en s'esclaffant, et du sable jaillit sous leurs pieds. Noah passa instinctivement un bras autour de Mia pour l'écarter d'eux, exactement ce que Finn aurait fait – mais Noah laissa son bras.

Mia s'était interdit de s'appesantir sur la nuit de sa rencontre avec Noah, où elle avait ressenti un épanouissement au plus profond de son être. À présent, elle décida de ne plus refouler ses souvenirs : le regard sombre plongé dans le sien, le frôlement de ses lèvres sur sa clavicule, le goût salé de sa peau.

Ils s'éloignèrent de la fête sans parler, écoutant la ligne de basse de la musique qui s'estompait. Le clair de lune illuminait le sable ridé par le vent. Si je jetais un coup d'œil par-dessus mon épaule, je verrais nos empreintes formant comme un chemin, pensa Mia.

— J'imagine que tu veux récupérer ton pull ? finit-elle par dire, un petit sourire aux lèvres.

Il lui tombait sur les cuisses lorsqu'elle s'était faufilée, à l'aube, dans l'auberge Pineapple, se rappela-t-elle. Des odeurs de fumée et de sel étaient incrustées dans ses fibres. Depuis ce jour-là, elle ne l'avait porté qu'une fois, lors d'une nuit fraîche à Geraldton. Incapable de trouver le sommeil, elle était sortie de la tente. Elle s'était assise à même le sol, emmitouflée dans le vêtement délavé, les pouces dans les accrocs de la manche.

— Garde-le, il te va mieux qu'à moi.

Sur la dune, le bout incandescent d'une cigarette accrocha le regard de Mia. Elle distingua une silhouette - un fêtard, sans doute, resté à la traîne du troupeau. À part lui, ce bout de plage était désert et avait quelque chose d'ensorcelant.

— Tu comptes rester combien de temps sur la côte ouest ?

— Quelques semaines. Une basse pression se forme à Margaret River.

— La région viticole ?

— Oui. C'est exceptionnel qu'il y ait une houle à cette époque de l'année, alors on a envie de voir ce qui va se passer.

— C'est notre prochaine destination.

— Ah oui ?

Mia espéra que ça lui faisait plaisir.

Alors qu'ils continuaient à avancer, elle aperçut quelque chose de scintillant dans le sable.

Se baissant, elle ramassa un coquillage. Ovale, de la taille de sa main, dur et rugueux. Elle le leva vers le clair de lune : une couche de nacre irisée tapissait l'intérieur.

— Quel mollusque vit à l'intérieur ?

— Un ormeau - c'est un genre d'escargot des mers. On l'appelle aussi oreille de mer. C'est caoutchouteux, mais très apprécié en Asie.

— Vraiment ?

— Il a fait l'objet d'une surexploitation comme tout ce qui est recherché. Les bons jours, un pêcheur d'ormeaux peut gagner une fortune.

— Le coquillage est magnifique.

— Tu as eu de la chance d'en trouver un aussi grand.

Mia s'aperçut que l'homme qui s'était tenu sur la dune se dirigeait vers eux. Ses vêtements sombres se fondaient dans la nuit. Il s'arrêta au bord de l'eau et leur fit face. Son regard insistant la mit mal à l'aise. Il porta un joint à sa bouche et inspira profondément ; le vent charria une odeur entêtante de marijuana. Il les aborda.

— Une nuit superbe, n'est-ce pas ?

Mia et Noah s'immobilisèrent.

— Vous allez où ? Un endroit chouette ?

— On se promène, répondit Noah, d'une voix tendue. Je croyais que tu étais toujours à la fête.

— Je ne suis pas d'humeur.

L'inconnu s'approcha de Mia, qui sentit la fumée qu'exhalait son haleine. Il était mal rasé et débraillé.

— Et toi, t'es qui ?

Elle serra les doigts sur le coquillage.

— Mia.
— Tu viens d'où, Mia ?
— D'Angleterre.
— C'est charmant, proféra-t-il, se grattant soudain le haut d'un bras comme si un moustique l'asticotait. Vu le manque de savoir-vivre de Noah, il vaut mieux que je me présente : Jez, son frère.

Son frère !

Il ficha le joint dans sa bouche pour tendre la main. Ses doigts, décharnés, étaient calleux. Mia chercha des ressemblances qui avaient dû lui échapper. Ses cheveux blonds clairsemés se dressaient en petites touffes. Il avait une bouche plus mince que celle de Noah, en revanche le même front bombé.

— Alors, tu es une copine de Noah ?

Elle hésita avant de répondre :

— Oui.
— Qu'est-ce qui t'amène en Australie ?
— Je voyage.
— Tu fumes ? Une petite défonce, ça te dit ?
— Non, intervint Noah. On doit y aller. À plus.

Ils se remirent en route sans proférer une parole. Mia tripotait le coquillage, attendant que Noah lui parle de Jez. Au bout de quelques minutes de silence, elle se lança :

— C'est donc avec ton frère que tu voyages ?
— En effet.
— C'est l'aîné ?
— Il a trois ans de plus.

— La même différence qu'entre Katie et moi. Il est comment ?

— Il fume trop d'herbe, murmura-t-il.

Elle coula un regard en coin à Noah. Il avait l'air tourmenté. Comme elle s'apprêtait à poser d'autres questions, il déclara :

— Je te raccompagne à la Tavern.

Mia ne voulait pas que la soirée se termine ainsi. À Maui, elle avait abandonné Noah près des braises sans parler de numéros de téléphone ni d'adresses mail. Ce n'était pas son genre. Son envie d'en savoir davantage sur lui ne s'était manifestée qu'au réveil le lendemain matin, après qu'elle avait enfoui son visage dans le pull de Noah. Du coup, elle s'était mise à faire du jogging sur la plage, dans l'espoir de le retrouver. Peine perdue. Puis Finn et elle avaient quitté l'île.

Il était hors de question de le laisser partir.

Elle s'arrêta.

— À Maui, commença-elle, le cœur tambourinant dans sa poitrine. J'ai senti… qu'il y avait une sorte de lien entre nous.

— Mia…

Un frisson glacé la parcourut, comme si elle pressentait que ce qu'il se préparait à dire ne lui ferait pas plaisir. Elle ne lui en laissa pas le temps et l'embrassa.

— Non, protesta-t-il. Ce n'est pas ce que tu veux.

Sauf que, lorsqu'elle toucha sa peau du bout de ses doigts, toutes les fibres de son être lui soufflèrent qu'elle ne désirait rien d'autre.

13

Katie
(Australie-Occidentale, juin)

Ed conduisait le coude sur le rebord de la vitre, si bien que son avant-bras virait au brun rougeâtre sous le soleil de l'après-midi. Katie regardait défiler les vignobles, d'un vert luxuriant, de Margaret River. La brise qui entrait dans la voiture faisait voler ses cheveux.

— Une exploitation viticole organise un tour – de la vigne à la mise en bouteilles, dit Ed, sortant d'une poche près du levier de frein un prospectus qu'il tendit à Katie. Regarde, c'est là-dedans. Nous en buvons tellement que ce serait peut-être intéressant de comprendre comment on le produit. Qu'en penses-tu ? La visite se termine par une dégustation. Je réserve ?

Katie estimait que Mia était la raison de leur virée à Margaret River, non pas la découverte d'une exploitation vinicole. Elle n'en répondit pas moins :

— Bien sûr.

Elle avait décidé que la fin du séjour d'Ed – il ne lui restait plus que trois jours – se passerait le mieux possible.

— J'ai réfléchi aux vins pour notre mariage. Comme blanc, le sommelier de Highdown a suggéré un pinot grigio. De Californie, j'imagine. J'en ai commandé une bouteille pendant ton absence et je reconnais que je ne m'attendais pas à ce qu'il soit aussi bon. En plus, pas de gueule de bois.

— C'est parfait.

Jetant un coup d'œil à l'accotement, elle aperçut une carcasse de kangourou. Sa poche abdominale était gonflée. Un essaim de mouches vibrionnait autour de ses yeux vitreux.

— Par ailleurs, Jess m'a prévenu que la robe de la demoiselle d'honneur était arrivée. Aucune retouche n'est nécessaire. Elle a proposé de chercher les chaussures au cas où tu serais prise par le temps.

— Elle devait être une des deux demoiselles d'honneur.

Ed lança un regard à Katie, qui avait parlé à voix haute sans s'en rendre compte.

— Tu veux toujours que le mariage ait lieu ?

Le brusque changement de sujet la perturba.

— Bien entendu.

— Mais ?

Katie roula le prospectus sur le domaine viticole, en fit un tube, le déplia.

— Ma sœur va énormément me manquer.

Elle avait imaginé leurs préparatifs. Mia l'aurait taquinée sur son emploi du temps minuté, ménageant des créneaux pour tout – petit déjeuner, manucure, brushing, maquillage. Leurs différends oubliés pour la journée, elles auraient bu des flûtes de champagne en l'honneur de leur mère. Mia l'aurait aidée à enfiler sa robe de mariée, l'aurait admirée avant de maudire les trente petits boutons en ivoire à fermer un à un.

—Je m'en doute, ma chérie. Je me suis longuement interrogé : ne valait-il pas mieux reporter la cérémonie ? Mais si on se mariait... disons, dans un an ça changerait quoi ? Mia ne serait pas revenue parmi nous. J'en ai conclu que nous devrions nous en tenir à notre décision, d'autant que c'est une façon d'être positifs. La vie doit continuer, n'est-ce pas ? Ce sera un premier pas.

Voilà précisément où le bât blessait : Katie n'était pas prête à tourner la page. La vie sans Mia n'avait pas de sens.

Ed bifurqua pour entrer dans une station-service.

—Je vais faire le plein.

Après avoir coupé le contact, il embrassa Katie sur la joue. Le sujet était clos.

Sans l'air conditionné, la chaleur s'engouffra dans la voiture. Elle tira sur sa robe, gênée par la doublure qui se collait sur son ventre. Elle avait hâte d'être à l'hôtel pour se mettre sous le jet puissant d'une douche bien froide. Les trajets en voiture l'énervaient, elle se sentait poisseuse à cause du cuir des sièges sous ses cuisses et du sucre enrobant ses dents à force d'avaler des confiseries. Baissant la vitre, elle inspira les fortes vapeurs d'essence.

Un pick-up rouillé s'arrêta de l'autre côté de la pompe, une musique tonitruante s'échappait des fenêtres ouvertes. Des planches de surf s'empilaient à l'arrière, tandis qu'une fille de l'âge de Mia occupait le siège du passager, les pieds sur le tableau de bord, les ongles des orteils vernis en bleu électrique. Un homme descendit, chaussé de tongs éculées, les talons fendillés et crasseux. Il déboucha le réservoir à carburant pour le remplir. Ressemblait-il à Noah, l'énigme du journal intime de Mia autour de laquelle gravitaient désormais toutes les entrées ?

Katie avait beau se sentir un peu voyeuse lorsqu'elle lisait les descriptions de l'idylle, elle ne parvenait pas à s'arrêter à mesure qu'elle découvrait les sentiments de plus en plus profonds de sa sœur. Ainsi, le lendemain de ses retrouvailles avec Noah, Mia était montée dans la camionnette de celui-ci, imprégnée d'odeurs de Néoprène et de cire de surf. Après avoir cahoté sur une piste en soulevant des nuages de poussière, ils étaient arrivés à une plage déserte. Ils avaient nagé jusqu'à un îlot et là, ils avaient enlevé leurs maillots et s'étaient séchés, allongés sur des rochers brûlés par le soleil. Noah avait raconté à Mia que, un jour où il pêchait au fusil sous-marin, un banc de maquereaux espagnols avait ondulé au-dessus de sa tête comme une tornade argentée trop belle pour être harponnée. Mia avait parlé de sa passion pour les voyages et pour l'océan, et des romans d'Hemingway qui en étaient à l'origine.

Mia consacrait nombre de pages à Noah, décorant les entrées d'arabesques qui s'épanouissaient depuis les marges. Elle détaillait le moindre échange. Une conversation sur la musique était notée mot pour mot. Le doute transparaissait à d'autres endroits : Mia se demandait pourquoi Noah préférait dormir seul, ou interprétait son silence comme le signe d'un refroidissement envers elle. Finn n'était évoqué que de temps à autre. Katie se rendit compte qu'elle le regrettait.

Ed se pencha à la fenêtre.

— Tu as envie de quelque chose ?

— Non merci.

Elle le regarda entrer dans la boutique, tenant d'un doigt les clés de voiture. L'instant d'après, elle sortit le carnet de voyage, le posa sur ses genoux et l'ouvrit à la dernière page qu'elle avait lue. La date retint son attention : Noël.

Ce jour-là, elles s'étaient parlé. Katie s'apprêtait à sortir lorsque le téléphone avait sonné ; elle s'était précipitée dans l'entrée, son sac rebondissant sur sa hanche. Malgré sa joie d'entendre sa sœur, la conversation avait rapidement viré à l'aigre. L'opinion de Mia à ce sujet figurerait sûrement dans le passage que Katie avait sous les yeux. Pleine d'appréhension à l'idée de la découvrir, elle se mordilla les lèvres, d'autant que ce coup de fil n'avait été que le prélude à leur ultime dispute, catastrophique, qui se produirait quelques semaines plus tard.

Ed revint et posa une poignée de bonbons à la menthe sur le tableau de bord.

— D'après le type, nous ne sommes qu'à deux kilomètres de l'hôtel, déclara-t-il.

— Très bien.

Dès qu'il eut démarré, il jeta un coup d'œil au carnet ouvert.

— Qu'est-ce qu'il y a ?

— Rien, répondit-elle en le refermant.

— Katie ?

Elle déglutit.

—Je crois que la prochaine entrée de Mia décrit une de nos querelles. Elle m'avait téléphoné de Margaret River.

Ed sortit de la station-service et accéléra pour se faufiler entre deux voitures dans le flot de véhicules. Lorsqu'il se fut rabattu sur sa voie, il reprit :

— Et tu as peur de le lire ?

— Peut-être.

— Pourquoi vous vous étiez chamaillées ?

— Une histoire de sœurs.

— Quand a-t-elle eu lieu ?

— À Noël.

—Juste après ma demande en mariage, constata-il, haussant les sourcils.

— Ah oui ? fit-elle, d'un ton qu'elle espéra léger.

Ils gardèrent le silence pendant le reste du trajet.

Ed ralentit devant un grand manoir dont la porte d'entrée, majestueuse, s'ornait d'un heurtoir en cuivre. Un établissement où il n'y aurait ni lits superposés ni accords de guitare.

—Je vais remplir la fiche et monter les valises. Pourquoi ne pas te balader pour t'éclaircir les idées ?

—Je vais plutôt prendre une douche. Me détendre.

— Ça te ferait du bien de marcher. Et puis tu pourrais chercher le restaurant où tu aurais envie de dîner ce soir.

— D'accord, finit-elle par acquiescer, détachant sa ceinture.

— Si ça te facilite les choses, on n'aura qu'à lire ce passage ensemble à ton retour, d'accord ?

Katie sourit, bien que ce soit hors de question. Comment aurait-ce été possible alors qu'Ed avait été la cause de l'altercation ?

Katie se promena dans la petite ville de Margaret River en faisant du lèche-vitrines. La chaleur irradiait des trottoirs et des carrosseries de voitures en stationnement. Elle sentit le picotement d'un filet de sueur derrière ses genoux.

Elle passa devant une galerie d'art à la devanture élégante, peinte en bleu marine. Les tableaux exposés représentaient des voiliers blancs. Elle admira la courbe fière des voiles gonflées par le vent et l'habileté avec laquelle l'artiste avait su rendre le reflet de la lumière du soir dans l'eau.

Une clochette annonça son entrée. Un homme aux cheveux roux, en train de lire, leva les yeux.

— Bonjour, dit-il d'un ton aimable avant de se replonger dans son bouquin.

Les murs blancs étaient tapissés de toiles. Elle se plaça sous une bouche de climatiseur pour en regarder une, soulagée par l'air frais sur sa nuque. Il s'agissait d'une main de femme. À en juger par les plis des jointures, les stries des ongles, elle appartenait à une quinquagénaire, voire à une sexagénaire. La main serrait un vulgaire Bic, dont le bout mordillé paraissait incongru au regard de la grâce avec laquelle elle tenait le stylo au-dessus d'un papier à lettres de qualité. Le peintre avait oblitéré la plupart des mots, si bien qu'une seule phrase attirait le regard : *Du temps où nous étions jeunes.*

Mia était une grande épistolière. Katie l'avait oublié. Elle avait pourtant reçu beaucoup de lettres d'elle en fac. Face à face, les sœurs se chamaillaient, et leurs coups de fil étaient catastrophiques. En revanche, elles arrivaient à communiquer par écrit. Mia avait un style primesautier, sautait d'une idée à l'autre, et ses digressions amusaient énormément Katie. Elle lui répondait, évoquant ses amours, décrivant les boîtes de nuit où elle avait dansé, brossant un portrait pittoresque de l'université avec l'espoir de susciter l'enthousiasme de sa sœur. Pourtant, dès qu'elles se retrouvaient, même au lendemain d'une lettre chaleureuse et intime, le naturel revenait au galop.

Katie continua à examiner les œuvres l'une après l'autre avec beaucoup de plaisir. Au fond de la petite galerie, trois étagères croulaient sous les fournitures ; à sa grande surprise, elle prit un tube de peinture acrylique, saisie d'une envie soudaine de plonger dedans un pinceau neuf et de l'appliquer sur une toile vierge. À l'école, elle avait manifesté un certain talent artistique, une audace sur des feuilles de papier qu'elle ne possédait pas dans la réalité. Elle aimait le silence de l'atelier, meublé de tables carrées, et l'odeur de white-spirit. Mia avait été furieuse lorsqu'elle avait abandonné cette matière, décidant que l'histoire lui donnerait plus de chances d'entrer à l'université. Elle avait refoulé son don, rangé ses créations, et n'y avait plus pensé.

Après avoir choisi une boîte de douze couleurs, un bloc et deux pinceaux, Katie s'approcha de la caisse. Posant son livre, le galeriste compta ses articles. Elle rentra à l'hôtel, ses achats sous le bras comme si elle voulait les dissimuler.

À la réception, on lui tendit la clé de sa chambre.

— Votre mari est déjà monté, madame.

Interloquée, elle cligna des yeux.

— Désolée, j'ai fait une erreur ?

— Non, non, pas du tout, répondit Katie, touchant sa clavicule. Merci.

Elle poussa une porte massive en chêne. Un lit en fer forgé trônait dans la pièce, spacieuse et lumineuse. Un chemisier couleur pêche sortait de son sac à dos aux courroies défaites, posé par terre, tout près. Pourquoi Ed avait-il commencé à déballer ses affaires ? Le dos tourné, les épaules voûtées, il paraissait s'emparer de quelque chose.

Elle entra et claqua la porte.

— Katie ! s'exclama-t-il, pivotant sur ses talons.

À présent qu'il se trouvait de biais par rapport à elle, Katie devina qu'il tentait de dérober un objet à ses regards. À peine eut-elle aperçu un bout de tissu bleu roi qu'elle comprit : le journal intime de Mia.

L'image devint plus nette. Il tenait le carnet dans une main et une liasse de feuilles crème dans l'autre.

— Bon sang, qu'est-ce que tu fabriques ? demanda-t-elle.

Un coup brutal à la porte la fit sursauter. Elle l'ouvrit non sans violence comme si les deux événements étaient liés et tomba sur une femme de chambre qui portait deux gros oreillers blancs.

— C'est pour vous, madame.

Katie n'esquissa pas un geste pour les prendre et ne s'écarta pas pour lui permettre d'entrer.

L'instant d'après, la voix d'Ed s'éleva :

— Oui, merci. Pourriez-vous les laisser dehors ?

L'air offusqué, l'employée obtempéra. Katie entendit le bruit mou des coussins sur le sol du couloir avant que le battant se referme.

Elle se tourna vers Ed. Il croisait les bras derrière le dos, tel un gamin chapardeur.

— Je t'ai posé une question.

Il eut beau ouvrir et refermer la bouche, aucun mot ne franchit ses lèvres.

Katie se débarrassa du sac en papier de la galerie et traversa la pièce. Une fois devant lui, elle tendit les mains.

Il secoua la tête.

— Je refuse de te le donner.

— Tu refuses ?

— Désolé, je sais que ça semble…

— Donne-moi ce foutu journal, Ed.

Il déglutit.

— Katie, tu as confiance en moi ?

Elle se rappela qu'il avait feuilleté le carnet de Mia quelques heures après qu'elle l'avait découvert. Elle avait cru qu'il y cherchait ce qui était susceptible de la perturber.

— Avant que j'entre dans cette chambre, c'était le cas. Depuis ? Non, sûrement pas.

— Tu en as déjà assez bavé.

— Tu as raison. Alors je te demande une fois de plus de me rendre le journal et les feuilles que tu as déchirées.

Il hésita.

— Tout de suite.

Il s'exécuta à contrecœur.

Les pages abîmées fendirent autant le cœur de Katie que si Ed avait arraché des cheveux de la tête de Mia.

— Qu'est-ce que tu as fait ? lança-t-elle d'une voix étranglée.

Comme il ne répondait pas, elle s'assit sur le lit, étala les feuillets sur ses genoux et les lissa avec le plus grand soin.

— Ne les lis pas, je t'en prie, la supplia-t-il.

14

Mia

(Australie-Occidentale,
décembre de l'année précédente)

— Joyeux Noël, dit Mia, le téléphone calé entre l'oreille et l'épaule.

— Mia ! Dieu merci, je ne t'ai pas ratée ! J'étais littéralement en train de franchir le seuil. Attends une seconde ! s'exclama Katie, criant à Ed : C'est ma sœur, chéri. Rentre... j'en ai pour quelques minutes.

Il y eut un bruit de pas, le déclic d'une porte qui se fermait, suivi par un chuchotement de Katie : « Préviens ta mère que nous serons en retard, d'accord ? Je ne veux pas qu'elle nous trouve impolis. »

Du Katie tout craché : attentionnée, organisée, ponctuelle.

Mia entendit Ed avancer dans le vestibule et pénétrer dans le salon. Elle se le représenta vêtu d'un pardessus sombre au-dessus d'un pull à col en V d'une marque de qualité, Ralph Lauren ou peut-être John Smedley, fin prêt pour le déjeuner de Noël avec ses parents. Même si elle n'avait jamais mis les pieds chez ces derniers, les descriptions de Katie lui permettaient d'imaginer la couronne de houx entrelacée de lierre accrochée à une solide porte en chêne, un jeu de couverts en argent déjà disposé sur la table, trois par place, et des bouteilles de vin rouge, débouchées, sur le manteau de la cheminée.

— Où es-tu ? voulut savoir Katie.

— À Margaret River, sur la côte ouest de l'Australie.

— Et en ce moment précis ?

— Devant une auberge de jeunesse, dans une cabine téléphonique. Ça va te faire rigoler ; elle est rouge comme en Angleterre. L'empreinte coloniale a la peau dure.

— Qu'est-ce que tu vois ?

Mia jeta un coup d'œil par les vitres sales.

— Un ciel bleu. Des eucalyptus.

S'écartant du téléphone, elle sortit la tête pour regarder les branches des arbres.

— Et deux martins-chasseurs géants.

— L'oiseau qui rit ?

— Tout juste.

— Ça doit être extraordinaire, tu en profites ?

Mia repoussa ses cheveux. Elle pensa à Maui. À l'atroce vérité fichée au creux de son ventre. Au mois cafardeux succédant à sa découverte. À sa mollesse et à son inertie. Il ne fallait cependant pas oublier le saut en parachute, la nage dans le Pacifique, l'amour avec Noah devant un feu de camp sur la plage.

— C'est plus génial que ce que j'imaginais, répondit-elle.

— Tant mieux, j'en suis ravie. Oh, Mia, c'est triste d'être séparées pour Noël, si tu savais comme tu me manques !

La facilité avec laquelle sa sœur se livrait réchauffa le cœur de Mia. Cette éloquence qui la gênait quand elle était plus jeune suscitait à présent son admiration.

— Tu me manques aussi, parvint-elle à sortir.

— Où sont toutes les cartes postales promises ?

— J'en ai acheté. Deux. Une en Californie et une autre à Perth la semaine dernière. Mais je n'ai encore rien écrit dessus.

— Eh bien, dépêche-toi. J'adore recevoir du courrier de toi.

Chaque fois qu'elle décidait de s'y mettre, son stylo restait en suspens parce qu'elle ne savait par où commencer. Elle avait une myriade de choses à raconter sur son voyage, mais c'étaient celles qu'elle ne pouvait confier qui lui trottaient dans la tête.

— Il est quelle heure en Australie ? Tu as pris un déjeuner de Noël ?

— 18 heures. Et j'ai eu droit à une saucisse brûlée fourrée dans un petit pain en guise de déjeuner.

— Non ? Voyons, Mia ! Ce n'est pas du tout digne de ce jour.

— Je suis d'accord.

Sauf que ça lui convenait très bien. Dans leur famille, on avait toujours accordé beaucoup d'importance à Noël. L'année précédente, le premier sans leur mère, Katie avait renoncé à le passer avec Ed et sa famille pour rester avec Mia. Un tablier noué autour de la taille, une expression résolument optimiste sur le visage, elle s'était efforcée de créer une atmosphère de fête. En vain.

Le chagrin les avait accablées, intensifié par le vin qu'elles avaient descendu pour meubler le silence. Sans compter la dispute qui avait éclaté après le déjeuner, si bien qu'elles avaient passé la fin de la journée chacune dans sa chambre.

— Finn a tout de même insisté pour qu'on échange des cadeaux dans des chaussettes, enchaîna Mia.

— La sienne était propre cette année?

— Il l'a prétendu. Cela dit, il n'en a emporté que deux paires et n'a rien lavé depuis quinze jours. Le jury délibère.

Katie pouffa.

— Il y avait quoi dedans?

— Comme il n'a pas trouvé de mandarines, il y a fourré une banane. Du coup, je me suis retrouvée avec un jeu de cartes, un guide sur Samoa et un bracelet – le tout parfumé à la banane.

Levant la main, Mia admira le gros cercle vert qui entourait son bras.

— Comment va-t-il?

Katie demandait rarement des nouvelles de Finn, peut-être que la distance facilitait les choses.

— Très bien. Il se fait des amis partout. Mercredi, il a organisé une fête pour les clients de l'auberge: punch fait maison et limbo sous une ceinture qu'il avait tendue entre deux poteaux.

Mia était arrivée à la fin et avait regretté d'avoir raté ça. Lorsque Finn avait voulu savoir où elle avait disparu, elle avait répondu, gênée: «J'étais avec Noah.»

— Il va falloir que je raccroche, Ed m'attend, reprit Katie, mais j'ai une nouvelle…

— Bien…

— Ed et moi sommes allés dîner à l'Oxo Tower vendredi dernier. On y avait emmené maman pour ses cinquante ans, tu te souviens ?

— Là où le serveur croyait que nous étions trois sœurs.

— Si bien que maman lui avait laissé vingt pour cent de pourboire.

— Il a dû retenter le coup tous les soirs.

— Ce n'était pas le même serveur. N'empêche qu'il a eu droit à un pourboire encore plus royal.

— Pourquoi ? Il t'a dit que tu ressemblais à Scarlett Johansson ?

— Mieux que ça… au milieu de l'assiette à dessert qu'il m'a apportée, décorée de volutes de chocolat fondu, il y avait un écrin. Ed m'a demandée en mariage, Mia ! À genoux par-dessus le marché !

Le soleil inonda la vitre de la cabine et éclaira les doigts que Mia pressait sur sa bouche. Katie et Ed étaient fiancés. La chaleur lui irritait la peau. Elle cala le pied dans la porte pour laisser entrer de l'air.

Sa réaction était essentielle – le moindre instant d'hésitation serait comptabilisé. Un gouffre s'ouvrit entre elles, tandis que le silence se prolongeait.

Ce fut Katie qui le rompit.

— Mia ?

— Oui.

— Je suis fiancée.
— J'ai compris.
— Tu n'as rien à ajouter ?
— Si... excuse-moi... j'y réfléchissais justement.
— L'usage est de féliciter.
— C'est vrai, félicitations !
— Tu n'es pas heureuse pour moi ?
— Bien sûr que si.
— C'est bizarre parce qu'on dirait que tu es déçue.
— Désolée, ça m'a prise au dépourvu. Je ne m'étais pas rendu compte que c'était si sérieux entre vous.
— Comment le pourrais-tu puisque tu n'as pas appelé en sept semaines ?
La riposte de Katie cingla comme un coup de fouet.
Mia ouvrit davantage la porte, coinçant le genou dans la fente.
La voix de Katie devint un murmure, comme si elle collait sa bouche au combiné.
— Tu ne l'as jamais aimé, n'est-ce pas ?
— Mon avis n'a aucune importance.
— Ce n'était pas le cas pour mon dernier petit ami en date.
Frappée en plein cœur par la remarque, Mia s'exclama :
— C'était le jour et la nuit !
— Ah bon ?
— Tu essayais délibérément de me faire souffrir.
Katie soupira.

— Il faut toujours que tu sois le centre du monde.

— Pas du tout…

— J'avais envie que tu sois heureuse pour moi, c'est possible ?

Mia avait beau avoir envie de s'associer au bonheur de sa sœur, de lui dire qu'elle l'aimait, le souvenir de ce qu'elle avait fait coinçait les mots dans sa gorge.

— Joyeux Noël, assena Katie, avant de raccrocher.

Mia resta dans la cabine. L'estomac noué par la crampe familière de la culpabilité. Katie rêvait de se marier depuis toujours – et voilà qu'elle était fiancée. La plupart des sœurs auraient sauté de joie, posé un feu roulant de questions sur la bague, la date du mariage, les projets pour la cérémonie. Or, rien de tout cela ne lui était venu à l'esprit ; elle était hantée par le souvenir de ce qui était arrivé dans un couloir obscur le soir où un goût de vodka lui desséchait la bouche.

Une bande de routards, exubérants et bronzés, passa devant elle. Finn se trouvait parmi eux et son rire faisait tressauter le pompon blanc de son chapeau de père Noël.

— Finn ! s'écria-t-elle, poussant la porte.

Il s'arrêta net.

— Qu'est-ce qu'il y a ? Ça va ?

Les autres se retournèrent. Elle se sentit tellement ridicule sous leurs regards curieux que son besoin impérieux de réconfort s'évanouit.

— Je viens de parler à Katie.

— Elle est en forme ?

— Absolument. Ed et elle se sont fiancés.

— Génial ! Une bonne nouvelle, hein ?

Mia acquiesça.

— C'est pour quand les noces ?

— Je ne le lui ai pas demandé.

Il la dévisagea.

— Tu es sûre que ça va ?

— Oui.

— On va dîner au pub. Tu viens ? Nous boirons un verre pour fêter ça.

Elle aurait adoré tout oublier avec les routards, s'amuser, enchaîner les demis, jouer au billard, danser des rocks des années 1980 diffusés par le juke-box – sauf qu'elle n'avait pas le cœur à ça.

— Je ne crois pas…

— Allez, c'est Noël ! Cela fait une éternité qu'on n'a pas pris un pot ensemble.

La critique était implicite : Noah occupait tout son temps. Mia se frotta le bras ; le soleil accrocha son bracelet qui étincela comme la mer.

— Ça me ferait plaisir, mais je ne suis pas d'humeur à picoler, expliqua-t-elle, avec l'espoir qu'il en conclurait qu'elle avait envie d'être seule avec lui.

— D'accord. À plus.

Une fois dans sa chambre, Mia glissa son carnet de voyage et un petit paquet dans son sac. Puis elle ressortit chercher Noah. Elle croisa Zani, une des filles du groupe avec lequel les deux frères voyageaient. Assise en tailleur devant l'auberge, elle fumait ; les cheveux très courts, d'un blond décoloré, elle portait un pantalon large multicolore, aux bords effrangés.

— Tu sais si Noah est à la plage ?

— Ils font tous du surf sur la plage Reds.

Elle tendit son joint.

— Une taffe ?

— Non merci.

Mia repartit. Grillons et cigales stridulaient dans les buissons le long de la piste menant à la plage Reds. Ce nom provenait de rochers rouges qui ressemblaient à d'énormes baleines échouées, parmi lesquels elle se fraya un chemin après avoir enlevé ses tongs. La mer chargeait l'air d'humidité. Des lignes d'une houle puissante se brisaient et l'eau blanche reformait des vagues plus petites qui se fracassaient sur les rochers.

À peine aperçut-elle Noah que la conversation avec Katie lui sortit de l'esprit. Sa planche sous le bras, il se tenait à quelques pas du bord. Le soleil déclinait à l'ouest et des rais de lumière moiraient sa silhouette. Des années de surf lui avaient donné un corps d'athlète, mince, tout en muscles. Comme elle ne distinguait pas son expression, elle se figura qu'il fixait les vagues avec gravité. Mia avait fini par comprendre que le surf était pour lui un besoin aussi élémentaire que la faim ou la soif.

Était-ce la passion que Noah vouait à l'océan qui l'attirait avec cette force déroutante ? Elle avait eu d'autres petits amis – il s'agissait de brèves liaisons au fil des saisons –, mais elle n'avait jamais éprouvé de tels sentiments.

— Salut, lança-t-elle, une façon de s'annoncer.

Il se retourna et lui sourit.

— Je te cherchais pour te souhaiter un joyeux Noël.

Il relâcha sa prise sur sa planche, sans toutefois la poser par terre.

— Joyeux Noël, Mia.

Elle ne l'avait pas vu de la journée ; l'envie la tenaillait de poser ses lèvres sur son torse nu, de sentir la chaleur de sa peau.

— J'ai quelque chose pour toi.

Elle toucha son sac où se trouvait son cadeau.

— Bon, je te le donnerai plus tard, ajouta-t-elle après s'être rendu compte qu'il n'aurait nulle part où le mettre.

— Désolé, je ne t'ai rien acheté. J'avais oublié…

— Ce n'est pas un cadeau de Noël, juste quelque chose que j'ai trouvé.

En fait, c'était le roman de Hemingway qu'elle préférait : *Le Vieil Homme et la Mer.* Elle l'avait pris sur une étagère dans la dernière auberge où ils avaient séjourné, laissant son guide Lonely Planet à la place. Sur la page de garde, elle avait écrit : *À Noah, le texte le plus extraordinaire sur la mer… Avec toute ma tendresse, Mia.* Elle l'avait enveloppé dans des pages déchirées d'un magazine gratuit, qu'elle avait attachées avec une ficelle.

— On se rattrapera plus tard dans ce cas.

Noah se pencha pour l'embrasser. Lorsqu'il se redressa, il porta de nouveau le regard sur le ressac, où les brisants se déroulaient avec régularité et puissance.

— Tu devrais y aller.

Il retourna au bord des rochers, guettant un creux entre une série de rouleaux. Sitôt qu'il en vit un, il lança la planche et plongea, traversant le dos d'une lame. Il lui fallut plusieurs mouvements vigoureux pour rattraper sa planche sur laquelle il se glissa, avant de pagayer vers les montagnes liquides.

Mia attacha ses cheveux en un petit chignon sur la nuque, puis elle s'assit, les bras autour des genoux. Elle adorait le regarder surfer ; grâce au temps qu'elle avait passé sur les plages de Cornouailles, elle était consciente de son talent. Il avait un style souple, fluide. Elle remarqua qu'il restait à l'écart des autres surfeurs qui sautaient tels des phoques dans la *lineup*[1]. Il attendait dans une section extérieure, se positionnant sur la crête d'une vague qui se brisait ou sur celles que les autres abandonnaient. Elle connaissait les risques qu'il prenait, mais il s'était beaucoup entraîné à l'apnée. La pêche au harpon l'avait aidé, lui avait-il expliqué, sans compter d'autres exercices comme de porter des pierres sous l'eau pour développer sa capacité pulmonaire. L'image de Noah au fond de la mer, les mains autour d'un rocher, un jet de bulles argentées s'échappant de ses lèvres, la poursuivait.

Comme il pagayait, Mia se rappela ces mêmes bras de part et d'autre de son corps la nuit précédente. Il se tenait au-dessus d'elle, les poings enfoncés dans le drap blanc de son lit, les veines

1. Zone où les surfeurs attendent la vague.

de ses avant-bras saillantes. Elle avait léché la peau délicate de l'intérieur de son coude et il s'était abaissé, couvrant chaque parcelle de son corps du sien.

Une ombre s'allongea devant Mia qui, levant les yeux, découvrit Jez, qui la regardait d'un air interrogateur.

— Ça va ?

Elle piqua un fard comme s'il avait pu lire dans ses pensées.

Jez s'accroupit sur le rocher, à quelques centimètres derrière Mia. Ce qui la désavantageait car elle devait se retourner pour le voir de face.

Le teint buriné, le front sillonné de rides profondes, des taches brunes sur le nez, il faisait davantage que son âge. Plus maigre que son frère, il avait cependant des épaules aussi larges. Ils s'étaient croisés à deux ou trois reprises dans l'auberge depuis le soir où Mia avait fait sa connaissance. Même si elle lui avait souri, elle avait été soulagée qu'il ne l'aborde pas. Sa façon de la suivre des yeux comme s'il la surveillait la déroutait.

— Le père Noël t'a comblée ? lui lança-t-il.

— Il ignore mon adresse. Et toi ?

— Ce dont j'ai envie n'est pas emballé dans une pochette cadeau.

Sortant de sa poche un paquet de tabac, il se roula une cigarette. Il avait des ongles en deuil, des jointures parsemées de marques roses.

— C'est quoi ta prochaine destination ?

— La Nouvelle-Zélande. Dans quinze jours. Tu connais ?

— J'ai autant voyagé qu'un avion en papier. Le bourlingueur, c'est Noah.

Il alluma sa roulée, dont la fumée suave flotta vers Mia.

L'espace d'une minute, peut-être de deux, ils contemplèrent les surfeurs en silence. Noah chevaucha une vague d'une taille bien supérieure à celle d'un homme, se propulsant d'avant en arrière en faisant jaillir une gerbe d'écume.

— Il est extraordinaire, hein ?

— Oh oui ! s'exclama-t-elle, sans quitter l'eau des yeux. Il ne fait jamais de compétitions ?

— Il a été dans le circuit professionnel pendant cinq ans. On le payait pour surfer dans les meilleurs sites du monde.

— Il ne m'en a jamais parlé.

— Noah est un taiseux.

— Il avait des sponsors ?

— Oui. La marque Quiksilver l'a gentiment soutenu, jusqu'à ce qu'il abandonne le circuit.

— Pourquoi ?

— Il faudra lui poser la question.

Mia jeta un regard en coin à Jez, ne sachant pas trop ce qu'il entendait par là. Noah lui avait raconté qu'ils surfaient beaucoup ensemble dans leur enfance, passant chaque instant de loisir à chevaucher les vagues.

— Et toi, ça ne t'a pas intéressé d'être professionnel ?

Il s'esclaffa et de la fumée s'échappa de sa bouche.

— Disons que l'occasion ne s'est jamais présentée, répondit-il.

— Ce doit être sympa de prendre du temps pour voyager ensemble.

— C'est l'absence d'obligations qui est géniale. On peut se remettre en route quand ça nous chante. Noah a toujours aimé ça, précisa-t-il, la regardant bien en face. L'absence de liens.

Ses derniers mots planèrent. Il se leva.

— À bientôt, Mia.

Il laissa tomber son mégot dans une cavité entre les rochers. Un filet de fumée traîna dans son sillage.

Déçue par ce Noël sur la plage, Mia fut submergée par un sentiment de solitude. Que faisait Katie en ce moment ? Partageait-elle un déjeuner de fête avec la famille d'Ed, tandis que des chants de Noël servaient de fond sonore ? En étaient-ils encore à l'apéritif ? Une flûte de champagne à la main, Katie portait-elle sa bague de fiançailles qui brillait de tous ses feux sous le lustre ? Nul doute qu'elle avait acheté une nouvelle robe pour l'occasion. Mia imagina sa sœur, les cheveux tirés en arrière, une chaîne en argent autour du cou, sa main dans celle d'Ed. Son sang se glaça. Étant donné ce qu'elle savait, comment laisser sa sœur épouser ce type ?

Elle prit son journal, l'étala sur ses genoux et se mit à écrire sur une page vierge. Son stylo, d'abord hésitant, ne tarda pas à se déplacer rapidement et la feuille à se couvrir de mots. La vérité jaillissait d'elle dans toute son atrocité, cependant qu'elle couchait sur le papier ce qu'elle n'avait pas eu la force d'avouer à Katie : *Tu ne peux pas épouser un homme qui t'a trompée. Avec ta sœur.*

15

Katie
(Australie-Occidentale, juin)

Katie tenait les pages arrachées du journal entre ses doigts tremblants. Sa lecture terminée, elle leva les yeux.

Ed s'était arrimé à la coiffeuse en cerisier, les paumes à plat sur la surface luisante, la tête baissée. Le miroir renvoyait le reflet de son crâne dont les cheveux se clairsemaient. Il en était conscient. Aussi s'ébouriffait-il dès son réveil pour recouvrir cette calvitie naissante ; ce geste émouvait Katie car il révélait sa vulnérabilité, le défaut de sa cuirasse.

— Tu as couché avec ma sœur ?

Ed fit volte-face. Ses lèvres formaient un contraste avec la pâleur de son visage.

— Pardonne-moi, dit-il, s'effleurant la mâchoire. J'ai commis une énorme faute.

— C'était comment ? lança Katie, telle une joueuse de poker n'ayant plus rien à perdre.

— Quoi ? Je… bredouilla-t-il.

En six pages, Mia avait exhumé un pan enseveli du passé d'Ed qui remettait en question les certitudes de Katie. Elle avait appris que son fiancé et sa sœur avaient baisé dans le couloir obscur d'un bar de Camden. Ils avaient fait tomber un tableau du mur et un bris de verre avait écorché la cheville de Mia.

— C'était n'importe quoi, mais nous étions bourrés. Tu dois le comprendre.

— Tu ne m'as rien dit.

— En effet, reconnut-il. Je l'ai tellement regretté que je n'en ai parlé à personne. Je ne voulais pas te faire souffrir, Katie.

— N'empêche que tu t'es pointé au bar où travaillait ma sœur. Tu lui as offert une quantité astronomique de verres et tu l'as sautée dans un couloir.

— C'est sa version.

— Je ne demande qu'à entendre la tienne, riposta-t-elle, croisant les bras pour dissimuler le tremblement de ses mains.

Il prit une profonde inspiration.

— Le jour de l'anniversaire de Freddy, je t'avais dit que je retrouvais des copains après le bureau, tu te rappelles ? On a d'abord picolé à l'Embankment, puis on a échoué – comment ? mystère – dans un bar à vins de Camden. J'ignorais que Mia y bossait. Vu le nombre de ses petits boulots je n'arrivais pas à suivre.

Il agita les doigts, sa façon d'évoquer Mia : instable, frivole.

— Si je l'ai remarquée, c'est parce qu'elle portait une de tes robes. J'ai dû littéralement y regarder à deux fois.

Veillant à ce que son expression ne la trahisse pas, Katie continua à l'écouter sans desserrer les dents.

— Quand Mia a fini son service, je l'ai invitée à se joindre à nous. Ça *paraît* ridicule à présent, mais je me souviens avoir pensé : *Katie sera contente.* Je savais que ça t'ennuyait qu'on ne s'entende pas bien.

Il avait raison. Les univers d'Ed et de Mia étaient incompatibles, au point qu'elle se sentait écartelée entre les deux. Dès qu'Ed parlait affaires, Mia accrochait le regard de Katie, faisait mine de s'assoupir et de se réveiller en sursaut, adressant chaque fois un sourire d'encouragement à Ed. Un jour, il l'avait surprise au beau milieu de son numéro : « Tu veux que j'inclue le boulot de serveuse et l'endettement étudiant la prochaine fois ? » Mia lui avait fait un bras d'honneur avant de sortir de la pièce.

— Lorsque Mia nous a rejoints, poursuivit Ed, on était beurrés. Elle était bien décidée à nous rattraper et Freddy, comme tu peux l'imaginer, l'y poussait. On a tous beaucoup trop bu. À la fermeture, j'ai proposé à Mia de la mettre dans un taxi, sachant que son habitude de traîner dans les rues à n'importe quelle heure t'inquiétait. La suite ne m'a laissé qu'un vague souvenir. Apparemment, on n'est pas arrivés jusqu'au taxi…

Il s'éclaircit la voix.

— C'était absurde, nous n'avions rien prémédité. Et je suis submergé par la honte.

Lors d'un séminaire, Katie avait appris le pouvoir du silence, aussi le laissa-t-elle s'installer à la fin de l'explication d'Ed, qui décroisa les jambes, se redressa et fourra les mains dans ses poches.

— La description de Mia diffère un peu, c'est intéressant. Tu avais tellement hâte de déchirer les pages que j'imagine que tu ne les as pas lues jusqu'au bout. Je vais te rafraîchir la mémoire.

Le cou d'Ed vira à l'écarlate et la couleur se propagea à ses joues.

— D'après Mia, tu t'es aussitôt mis à flirter avec elle, sans compter ton insistance à la faire boire. Lorsque tu l'as accompagnée au taxi…

Katie feuilleta le carnet pour trouver le passage.

— … Ah, voici ce qu'elle a écrit : *Ed a posé la main au creux de mes reins et chuchoté : « Tu es très sexy dans cette robe, mais qu'est-ce que tu portes en dessous ? » J'ai répondu : « Regarde ! » Et il ne s'en est pas privé.*

Interrompant sa lecture, elle observa Ed. Il avait croisé les mains sur sa nuque et ses coudes formaient une équerre.

— J'avoue que cette image me plaît. Quel souvenir !

— Ce sont les faits qui comptent : je t'ai trompée. L'ivresse n'est pas une excuse, et je ferai tout ce qui est en mon pouvoir pour réparer ma faute.

Katie fixa ses mains qui tenaient toujours les feuilles arrachées. Son masque d'impassibilité se craquelait. Ed était son fiancé. Elle l'aimait. Elle n'avait plus personne d'autre au monde. Des larmes roulèrent sur ses joues.

— Ne pleure pas, ma chérie, je t'en prie, dit Ed, s'approchant d'elle.

Des pas résonnèrent dans le couloir, suivis par un bruit de roulettes de valise et celui d'une clé tournée dans la serrure. Katie aurait aimé être à la place du client : se glisser dans une autre chambre, dans une autre vie.

Ed s'assit près d'elle. Son poids la fit basculer sur le lit, de sorte qu'elle se pencha vers lui. Il veilla à ne pas la toucher tandis qu'il poursuivait à voix basse.

— Mon amour pour toi est infini. Nous avons passé tellement de moments merveilleux ensemble que je ne suis pas prêt à renoncer à notre avenir commun à cause d'une épouvantable erreur. Ma famille t'adore. Si je gâchais tout, je suis presque sûr qu'elle me renierait. Tu sais à quel point je t'aime – je suis venu te retrouver au bout du monde – alors pardonne-moi, Katie, je t'en supplie.

Le pouvait-elle ? C'était beaucoup demander. Même s'il était vrai qu'ils avaient été heureux, une relation ne se résumait pas à un tableau répertoriant les expériences, les bonnes opposées aux mauvaises. Elle exigeait confiance et loyauté. Peut-être fallait-il ajouter la compréhension et le pardon.

—Je vais te chercher des Kleenex, annonça Ed.

Katie le regarda traverser la pièce, et soudain une image de Mia lui revint à l'esprit. Elle gisait sur le carrelage noir et blanc de la salle de bains de leur appartement londonien, tel un pion renversé sur un échiquier. Sa robe vert jade – appartenant à Katie – était entortillée autour de sa taille. Quand elle avait levé la tête et aperçu sa sœur dans l'embrasure de la porte, Mia avait détourné les yeux.

Ed revint avec une boîte de mouchoirs.

— La nuit où tu as sauté Mia, elle s'est évanouie dans notre salle de bains, déclara-t-elle d'un ton implacable. Je l'ai découverte le lendemain matin.

Ed ne réagit pas.

— Elle devait être très saoule, non ?

— Nous l'étions tous les deux.

Katie jeta un coup d'œil par la fenêtre. Loin d'admirer le lac nimbé de lumière vespérale ou les vignobles qui s'étendaient derrière, elle fut happée par un autre souvenir de ce jour-là. Mia avait déboulé, en tenue de jogging, dans la cuisine où elle préparait un risotto. Elle lui avait demandé comment allait son mal de crâne et si elle avait besoin d'un sparadrap pour l'écorchure de sa cheville. C'est alors que sa sœur lui avait annoncé son départ.

— Après avoir couché avec toi, Mia a réservé un billet de voyage autour du monde pour foutre le camp !

Sa grossièreté ne le fit pas tressaillir ; peut-être s'était-il habitué à cette nouvelle Katie, qui passait des larmes à la colère avec la rapidité de l'éclair.

— Je me suis précipitée chez toi. Dans tous mes états.

Elle avait laissé en plan une poêle d'oignons brûlés dont l'odeur avait imprégné son appartement pendant des jours.

— Et tu te souviens de ce que tu m'as dit? « Changer d'air lui fera le plus grand bien. » Je croyais que tu te montrais compréhensif, en réalité ça t'arrangeait qu'elle s'en aille.

— Katie...

Elle était lancée, rien ne l'arrêterait.

— Sans toi, reprit-elle, haussant le ton, elle ne serait jamais partie de la sorte. Il y avait une raison, je le pressentais. J'ai même essayé de t'en toucher un mot après l'enterrement, mais tu as invoqué son impulsivité, sa jeunesse, sa frivolité.

La fureur lui brûlait la gorge et contractait ses mâchoires.

— Si tu ne l'avais pas sautée, elle n'aurait jamais fait ce voyage. Elle ne se serait jamais retrouvée à Bali. Elle ne serait jamais montée sur cette falaise. Tout est de ta faute, Ed !

— Voyons, je ne l'ai pas obligée à coucher avec moi. Et je ne l'ai pas poussée à partir ni à se jeter d'une crête.

Katie écarquilla les yeux.

— Qu'est-ce que tu viens de dire?

— C'est l'avis de la police, des témoins et du coroner. Ça me suffit amplement.

— Et le mien alors? Je suis sa sœur ! Personne ne la connaissait mieux que moi.

— Tu ne savais pas qu'elle était à Bali.

La remarque lui fit le même effet qu'un coup de poing.

— Nom de Dieu ! s'exclama Ed. Tu te rends compte à quel point cette obsession est devenue malsaine? Tu t'es précipitée au bout du monde, t'accrochant à ce journal comme à une bouée de sauvetage. Mia est morte. Elle s'est suicidée. J'en suis vraiment désolé, mais tu dois accepter la réalité.

Katie s'empara de ce qui était à sa portée : l'ordinateur portable d'Ed.

— Bon sang, qu'est-ce qui te prend ?

Elle le souleva au-dessus de sa tête.

— Au nom du ciel, Katie, calme-toi !

Elle sentit le poids de la machine dans ses doigts et ses poignets.

— Tous mes contacts sont dedans, s'indigna Ed. C'est très important pour moi.

Elle regarda les pages déchirées, éparpillées sur le lit.

— Le journal de ma sœur l'était autant à mes yeux. Tu m'as menti pendant tout ce temps pour essayer de brouiller les pistes…

— Je voulais te protéger.

— Qu'est-ce que tu racontes ? Tu m'as proposé une promenade le matin où je t'ai découvert en train de le feuilleter. C'était de la manipulation.

— Je suis sérieux, Katie ! Pose-le avant de faire quelque chose que tu regretteras.

Ce fut peut-être son ton, ou l'insinuation qu'elle ne se maîtrisait plus, qui la piqua au vif. Quoi qu'il en soit, elle rejeta ses bras en arrière puis balança l'ordinateur de toutes ses forces.

Elle entendit le souffle précipité d'Ed avant le fracas, plus que satisfaisant, de l'appareil s'écrasant contre le mur. Une pluie d'éclats de verre et de bouts de plastique tomba sur la moquette et l'écran se détacha du clavier. Il resta une éraflure sur la peinture.

— Nom de Dieu !

Ramassant calmement le journal, Katie ajusta son sac à dos.

Ed la dévisageait.

— Tu n'es plus celle dont je suis tombé amoureux.

Elle aperçut son reflet dans la glace. Ses cheveux flottaient autour de son visage, dont le maquillage s'était effacé. La colère flamboyait dans ses yeux. Le vieux sac aux courroies usées, riche de promesses d'aventure, ne paraissait plus aussi incongru sur son dos.

— En effet, Ed. Je ne le suis plus.

Elle suivit les panneaux indiquant l'office de tourisme. Là, un employé bénévole sortit un plan, entoura une auberge de jeunesse avec un surligneur orange et lui précisa :

— C'est à un quart d'heure à pied d'ici.

Katie mit dix minutes. On l'emmena dans un dortoir où trois jeunes filles se changeaient. Chaussures de marche et socquettes raidies de sueur traînaient sur le sol de la pièce, où régnait une puissante odeur de déodorant. Ne voulant surtout pas marquer de pause ni penser, elle engagea la conversation et découvrit que les filles – deux Néo-Zélandaises, une Québécoise – faisaient une randonnée de dix jours. Elles venaient de parcourir une partie de la « piste de cap à cap[1] ». Elles lui décrivirent les impressionnantes falaises tombant à pic dans l'océan et les grillons qui, fusant des buissons tels des pétards, sautaient sur leurs mollets.

Une demi-heure plus tard, Katie se retrouva avec elles dans un troquet où on servait de gigantesques pizzas. Les randonneuses les dévorèrent, contrairement à Katie, incapable d'avaler quoi que ce soit. Elle but du vin, qui lui remonta autant le moral qu'un rayon de soleil. Elles poursuivirent la soirée dans un autre bar, en picolant et en jouant au poker. Katie fut décrétée joueuse-née lorsqu'elle battit ses nouvelles copines en s'inspirant de leurs astuces.

Dans le bar suivant, bondé, elles durent crier pour dominer le groupe rock qui jouait sur une estrade de fortune. Elles avaient réussi à se caser autour d'une table maculée de ronds. Katie posa son verre vide ; la tête lui tournait, comme si elle n'était que vaguement reliée à son corps.

— J'ai vérifié, disait Jenny, l'une des filles, aux cuisses musclées et au sourire malicieux.

— C'est impossible qu'il soit célibataire, objecta la Québécoise, se penchant en avant pour être entendue. Il fait au moins, quoi ?... dix à vingt expéditions par an ? Ma main à couper qu'il s'est dégoté une nana au cours de l'une d'entre elles.

1. Piste du parc national Leeuwin-Naturaliste situé au sud de Perth, devant son nom aux deux villes qui se trouvent à son entrée et à sa sortie : Cap Leeuwin et Cap Naturaliste.

— Il va en trouver une autre dans celle-ci, assura Jenny avec un clin d'œil, faisant rire tout le monde.

La bague de fiançailles de Katie projeta un éclat sur la table et la lueur vacilla lorsqu'elle bougea les doigts. Elle avait été très émue le jour où Ed la lui avait offerte, brillant de tous ses feux dans un écrin en cuir noir : un diamant princesse monté sur un anneau en platine. Elle était tombée amoureuse de son raffinement et de ce qu'elle symbolisait.

— Tu as l'intention de la garder ? demanda Jenny.

— Tu devrais t'en débarrasser, suggéra la Canadienne. Fais-le comme un rituel – tu la balances sous un train, un ultime geste chargé de sens : *va te faire foutre !*

— Non, vends-la ! s'écria Jenny. Et dépense le fric à quelque chose qu'il déteste. Drogue. Alcool. Strip-teaseurs.

Katie pouffa. Ses lèvres lui donnèrent l'impression d'être glacées. Elle enleva la bague, qu'elle fourra au fond de son sac.

— C'est ma tournée.

Les guitares du groupe hurlaient toujours quand elle s'approcha du comptoir devant lequel s'agglutinaient énormément de clients. Une serveuse se pencha en avant, la main en conque autour de l'oreille pour capter la commande d'un consommateur qui, après avoir crié deux fois, se contenta de montrer la bouteille et de lever quatre doigts.

Le même vacarme régnait, Mia, dans ton minable bar à vins? Tu as dû te coller à Ed pour l'entendre? Il a senti une odeur de jasmin sur ta peau et d'alcool dans ton haleine? Ou lui as-tu lancé un de tes regards durs qui l'exaspéraient sauf que, cette fois, un sourire provocant s'est esquissé sur tes lèvres: Et alors?

Tu portais ma robe. Tu ne m'avais pas demandé de te la prêter. Elle était trop courte pour toi. Même si je ne te l'ai jamais dit, je la trouvais vulgaire. C'est peut-être ce qui a plu à Ed. Tu as dû faire beaucoup d'effet à ses copains, une bande de cadres sup reluquant une serveuse buvant comme un trou et dansant comme une allumeuse.

Tu étais peut-être saoule – plus que je ne le suis en ce moment? –, mais tu savais ce que tu faisais quand tu as senti mon fiancé te serrer de près. Je vois ses doigts tripoter les bretelles de ma robe, les faire tomber de tes épaules. Il a commencé par t'embrasser, ou est-ce que c'était trop intime pour toi? Tu as pensé à moi, ne serait-ce qu'une fois? Tu as pris une seconde pour te demander ce que je pourrais ressentir?

Poussée par la foule, elle se retrouva coincée entre des corps en nage. Elle imagina Ed et Mia plaqués l'un contre l'autre, la bouche de son fiancé sur la nuque de sa sœur, son nombril percé, l'intérieur de ses cuisses. Préférait-il ses longues jambes, son ventre plat? Trouvait-il Mia plus jolie qu'elle? Ou avait-il eu envie d'explorer sa sauvagerie – comme on goûte à un autre plat?

Qu'éprouvais-tu en grandissant comme tu l'as fait, Mia? Sans freins ni limites? Sans le poids d'espérances excessives sur tes épaules? Un jour, tu m'as qualifiée de gentille sœur aux cheveux d'or, toujours enjouée, qui tressait des colliers de pâquerettes avec ses amies. Tu te donnais le rôle de la brune aux idées noires, marchant seule sur la plage. Je ne nous ai jamais vues ainsi. Pour moi, tu incarnais la liberté, comme la mer. Et je t'enviais.

Katie défit maladroitement les premiers boutons de sa robe et réajusta son soutien-gorge pour mettre ses seins en valeur. Elle lissa ses cheveux, s'humecta les lèvres.

L'homme à côté d'elle – ses bras bronzés saillaient de son tee-shirt coupé – lui décocha un clin d'œil. Un sourire étira ses lèvres tandis qu'elle lui coulait un regard entre ses cils. Quand une place se libéra devant lui, il lui fit signe de la prendre. Elle se faufila dans la brèche et, comme la foule se pressait autour d'eux, elle sentit la chaleur du type dans son dos.

— C'est quoi ton nom? souffla-t-il à son oreille.

— Mia, répondit Katie avec un sentiment de libération.

— Putain, qu'est-ce que t'es sexy, Mia!

— Alors, tu devrais peut-être me rejoindre plus tard.

Katie commanda des doubles doses qu'elle rapporta sur un plateau argenté, poisseux. Après les avoir descendues d'un trait, elles posèrent brutalement les verres sur la table et s'avancèrent sur la piste, où flottaient des relents de bière et de transpiration, trouvant un coin où danser. Grisée par l'alcool et la musique, Katie roula des hanches au rythme de l'orchestre. Ses nouvelles copines riaient et plaisantaient, mais elle avait l'impression d'être ailleurs. Des voix s'entrecroisaient, des corps luisants virevoltaient, tandis qu'elle ondulait, prenant des poses pleines de sensualité, et, même quand les autres retournèrent s'asseoir, elle ne s'arrêta pas.

Des gens la regardaient se trémousser, yeux fermés, mains levées. *Tu dansais comme ça ce soir-là ? C'est ce qu'Ed désirait ?* Katie continua avec frénésie, se fichant de ce que les autres pensaient, se fichant d'être ivre.

L'homme au tee-shirt coupé se planta devant elle, lui entourant la taille de ses paluches.

— Salut, Mia.

Elle éclata de rire, renversant sa tête en arrière. Une boule à facettes pendue au plafond diffracta son reflet en mille fragments.

L'inconnu glissa un genou entre les siens. Ils se serrèrent l'un contre l'autre, elle l'enlaça pour se remettre d'aplomb. Puis il plaqua sa bouche, avide, sur la sienne. Un goût de sel et de whisky imprégnait son haleine.

Il la fit tournoyer, encore et encore, si bien que les lumières de la piste devinrent floues. Elle transpirait sous sa robe, un mal de tête s'annonçait.

Elle se dégagea.

—Je vais aux toilettes.

—Je t'accompagne.

Elle le laissa la prendre par le bras et l'emmener. Il resta devant la porte. La cabine puait l'urine et le vomi. Elle batailla pour fermer la porte, trébucha en baissant sa culotte et s'accrocha au distributeur de papier-toilette pour ne pas tomber.

— Ça va, ma belle ? cria une femme dans la cabine d'à côté.

— Très bien, parvint-elle à répondre, saisie d'un vertige.

Des serviettes en papier bouchaient le lavabo où elle se lava les mains, sûre que l'homme l'attendrait. Elle s'enverrait en l'air avec ce gros bras, aux baisers voraces. Elle le ferait parce qu'elle était saoule, parce qu'elle n'était plus la femme dont Ed était tombé amoureux, parce qu'elle n'y attachait pas assez d'importance pour refuser.

Elle sortit des toilettes en titubant. On lui encercla fermement les poignets et on l'entraîna.

Des voix résonnaient derrière la cloison de la pièce où Katie était couchée. Elle entrouvrit les paupières et changea de position tandis que l'environnement se précisait. Le soleil entrait à flots par la fenêtre, elle leva la main pour se protéger les yeux. Où était-elle ?

Elle déglutit. Sa bouche était sèche, sa langue pâteuse. Elle avait bu. L'image d'Ed serrant une liasse de feuilles s'imprima dans son esprit. Ils s'étaient disputés. Ils avaient rompu leurs fiançailles. Elle chercha sa bague : disparue.

Elle se redressa et vit des lits superposés vides. Ah oui, elle était dans une auberge de jeunesse. Elle avait fait la connaissance de randonneuses et picolé toute la soirée avec elles. L'instant d'après, le souvenir d'une bouche d'homme sur la sienne refit surface. Submergée par la nausée, elle se leva précipitamment. Le cœur battant à grands coups, elle prit plusieurs profondes inspirations.

Bon sang, que s'était-il passé ? Avait-elle couché avec lui ? Sa seule certitude : ils s'étaient rencontrés dans le bar. Elle lui avait dit s'appeler Mia. Ils avaient dansé. Elle était allée aux toilettes... avec lui ?

Soudain, elle s'aperçut qu'elle ne s'était pas déshabillée ; une tache de bière maculait sa robe de la veille, remontée sur son ventre. Elle aurait voulu rentrer sous terre. *C'est ce qu'on ressent quand on est toi ?*

Elle tira sur la robe, la déboutonna brutalement et l'enleva par la tête. Après l'avoir jetée sur le sol, elle resta debout, haletante, en sous-vêtements. *Qu'est-ce que j'ai fait ?* Elle s'écroula, cogna une table, renversa une bouteille en plastique. Celle-ci roula jusqu'à un bout de papier où figurait son prénom.

Katie,

J'ai pensé que ça te serait utile. (Un croquis représentant deux flèches indiquait de l'eau et une boîte de comprimés.) *J'espère que tu ne m'en veux pas d'avoir joué au chaperon. Ce type n'était manifestement pas ton genre.*

Bisous,

Jenny

P-S : N'oublie pas de vendre la bague ! Offre-toi un billet pour la Nouvelle-Zélande. Tu es la bienvenue chez moi.

C'était Jenny qui l'avait attrapée par le bras et fait sortir des toilettes du pub. Désormais, Katie se souvenait de l'homme. Furibard, une veine palpitant sur son front, il avait protesté et clamé qu'il raccompagnerait Katie. Il n'avait manifestement pas eu gain de cause.

Le soulagement l'envahit. Elle avala deux cachets avant de se diriger vers la salle de bains, enveloppée dans une serviette. Elle entra dans une cabine de douche vide et tourna le mitigeur du côté rouge. De l'eau brûlante lui martela le crâne. Son buste se marbra de rose. La vapeur se condensa et elle l'aspira, s'emplissant les poumons. Elle se lava les cheveux, se savonna, se rinça.

Tout à coup, des larmes inondèrent son visage. De gros sanglots – noyés par le bruit de la douche – la secouèrent. Elle appuya le plat de ses mains sur ses paupières; sa tête l'élançait car elle prenait la mesure de l'étendue de la catastrophe. Il faudrait annuler le mariage, décommander les réservations, prévenir les invités. Mais il y avait plus grave encore. Outre son fiancé, elle perdait la vie qu'ils avaient projetée: la maison qu'ils comptaient construire, les enfants qui y auraient joué.

Regarde ce que tu m'as fait, Mia! Je suis toute seule en Australie, en train de sangloter sous une douche. Mes fiançailles sont rompues. Je n'ai plus personne à présent. Tu as tout gâché! Et pour quoi, bordel? Un coup vite fait dans un couloir?

Avec un mouvement brusque, elle passa à l'eau froide, laquelle coula, glaciale, sur sa tête, le long de sa colonne vertébrale. Aussitôt alerte, le souffle coupé, la peau parcourue de frissons, elle ouvrit les yeux. Elle ferma le mitigeur, reprit sa respiration, alors que sa colère se dissipait.

Ruisselante, Katie se remémora la page du journal. *Tu as rempli six pages pour décrire en détail cette fameuse nuit. À la fin, tu t'es posé la question : « Pourquoi ai-je couché avec Ed ? »*

Ta réponse s'est résumée à une phrase au bas d'une page : « Parce que je suis une garce. »

Sauf que je commence à mieux te comprendre, Mia. Le personnage de brune aux idées noires que tu jouais pour nous n'avait rien à voir avec toi. Je sais pourquoi tu as couché avec Ed : tu voulais me piquer l'être auquel je tenais le plus au monde.

Comme je t'avais piqué Finn.

16

Mia

(Australie-Occidentale, février)

Mia plongea à nouveau, son corps pareil à une flèche, orteils tendus, doigts joints, cheveux formant une traînée sombre. Elle fendit la mer comme un poisson, les yeux ouverts picotés par les flots salés et troubles, les oreilles assourdies par le clapotement et les échos. Puis, les bras le long du corps, elle remonta à la surface et le soleil caressa son visage.

Aucune brise ne soufflait, une mer étale l'entourait. La côte était déserte ; derrière, les eucalyptus de la forêt étaient immobiles. Elle fit la planche, sentant la chaleur qui alourdissait l'air. Si seulement Katie avait pu flotter près d'elle ! La force de ce regret la prit de court car elles ne nageaient plus ensemble depuis une éternité.

Elle se tourna sur le ventre pour regagner le rivage. Dégoulinante, elle sortit de l'eau, tordit ses cheveux, secoua sa serviette et s'en enveloppa.

Elle rentra à l'auberge de jeunesse. Ses pieds laissèrent des traces de sable, tandis qu'elle se dirigeait vers la chambre de Noah. Comme on n'annonçait pas de houle, elle espérait passer la journée avec lui. Zani lui avait parlé d'une crique à vingt kilomètres au nord, fréquentée par une colonie de dauphins. Par mail, elle avait envoyé un lien sur le chemin à emprunter pour y parvenir ; Mia comptait bien y emmener Noah.

Elle frappa à sa porte, tenaillée par l'envie de se dénuder et de se pelotonner contre le corps tiède de Noah. Faute d'obtenir une réponse, elle entra.

Ses affaires avaient disparu de la pièce où le lit était défait.

Elle pressa le pas dans le couloir jusqu'à la chambre de Jez. Là encore, seul le silence succéda à ses deux coups. Dans la pièce inoccupée, elle vit une rangée de lits superposés. Elle déglutit. Il y avait sûrement une explication.

Nouant la serviette autour de sa poitrine, elle sortit et parcourut le pourtour de l'auberge jusqu'au garage. Une fois à l'intérieur, plongé dans une pénombre saturée de poussière, elle attendit que ses yeux accommodent. Le casier ne contenait que l'immense planche de surf de l'auberge, à laquelle il manquait une dérive.

Puis elle vérifia si la camionnette de Noah était toujours garée sur le terrain gravillonné, sous les eucalyptus.

Volatilisée.

Elle retourna en courant à la réception. Karin, la Hollandaise qui tenait l'établissement avec son mari, lui lança :

— Qu'est-ce qui se passe ?

— Où est Noah ? Il occupait la chambre 4.

Karin ferma un œil et fixa le plafond de l'autre.

— Il a réglé sa note, répondit-elle, ouvrant les deux yeux à présent. Et les types du dortoir numéro 7 aussi.

— Comment ça ? Quand ?
— Ce matin.
— Ils sont allés où ?
— Aucune idée, dit Karin, qui prit une tasse de café et souffla dessus. Ils discutaient d'une prévision météo favorable. Comme d'hab, pas vrai ?
— Ils reviennent ?
— Si c'est le cas, ils n'ont pas réservé de piaule.
D'une main, elle attrapa le classeur bleu et feuilleta les transparents.
— C'est bien ça, rien pendant un mois.
Noah ne pouvait être parti. Alors qu'ils étaient allongés dans l'herbe l'avant-veille, il lui avait décrit ses voyages – îles vierges, vagues se brisant sur des forêts de varech, poissons ailés, chant des baleines. Et elle avait imaginé de nouvelles aventures sur des rivages qu'ils fouleraient en laissant deux jeux d'empreintes différentes.
— Il y a un message pour moi ?
Karin tourna ses paumes vers le ciel.
— Navrée, ma belle. Aucun.
— Mia !
Elle pivota sur ses talons, pleine d'espoir. Mais c'était Finn. Il s'avançait vers elle, un bout de toast à la main, le pouce couvert de confiture.
— Tu as bien nagé ? demanda-t-il, avant de se lécher le doigt.
— Noah a réglé sa note. Il n'est plus là.

Finn scruta son amie. Ses cheveux mouillés étaient lissés en arrière, ses cils collés formaient des petits triangles noirs. Le haut de sa serviette était serré autour de sa poitrine, des gouttes d'eau perlaient sur sa clavicule, son poignet et sous son menton.

Elle faisait si jeune ! On aurait dit la Mia de son adolescence, qui l'avait attendu devant la salle de son cours de maths pour lui annoncer que son BMX avait été fauché. Ce jour s'était gravé dans sa mémoire. Elle était tellement désespérée qu'il était allé à la décharge, où il avait trouvé un vieux vélo avec un passage de roue tordu qu'il avait passé le week-end à réparer. Il avait gratté la rouille, changé les leviers de frein et l'avait repeint en bleu ciel – la couleur préférée de Mia. Quand il l'avait fait rouler jusqu'à chez elle le dimanche soir, elle avait sauté de joie, les larmes aux yeux. Finn avait été ravi de régler le problème. En revanche, face à celui-ci, il se sentait démuni.

— Tu l'as vu ? Il t'a dit quelque chose ?

La note d'espoir qui vibrait dans la voix de Mia lui fendit le cœur. Quelle réponse lui donner ? Que Noah avait déboulé dans la cuisine alors qu'il faisait du café et annoncé leur départ pour Bali ? Que lorsqu'il avait demandé : « Mia est au courant ? » Noah avait répliqué : « Je ne l'ai pas trouvée. Tu la préviendras de ma part ? »

Sa désinvolture était insultante. Incapable de rapporter les paroles de Noah, Finn mentit.

— Non, désolé.

Mia fixa le sol.

Le soleil avait semé quelques taches de rousseur sur l'arête de son nez. Finn eut envie de la prendre dans ses bras, mais ce n'était pas lui qu'elle voulait.

— C'est à cause du surf qu'il s'est cassé, lâcha-t-elle, se mordillant la lèvre inférieure.

Finn n'aurait pas supporté qu'elle pleure.

— Il aurait dû me le dire. Je n'en reviens pas qu'il ait fait ça.

Moi non plus, pensa Finn.

Depuis des semaines qu'ils suivaient Noah, il avait assisté à l'éclosion de leur histoire d'amour sans intervenir. La nuit, allongé dans le dortoir, il écoutait le va-et-vient des autres routards tout en guettant le retour de Mia. La porte s'ouvrait, un triangle de lumière se déversait dans la pièce, puis elle marchait à pas de loup sur le linoléum. Il voyait sa silhouette monter l'échelle menant à son lit et l'entendait remuer au-dessus de lui, tapoter les oreillers, tirer sur les draps. Chaque fois, il s'interrogeait : Comment Noah a-t-il pu la laisser s'en aller ?

Il avait trouvé des passe-temps et rejoint un groupe d'Européens qui passaient une saison à Margaret River. Pendant quinze jours, il avait fait les vendanges avec eux dans un vignoble de la région et doublé ses gains en jouant au poker le soir. Éviter Noah n'était pas compliqué – il restait sur l'eau toute la journée et ne rentrait pas de la plage avant le crépuscule.

Un après-midi où Finn randonnait, il s'était arrêté sur un promontoire pour contempler les rouleaux qui déferlaient sur un fond rocheux ; une camionnette s'était garée et Noah en était sorti. Il lui avait adressé un signe de tête, avait pris sa planche et dévalé la pente jusqu'au spot[1]. Pendant quelques minutes, Finn l'avait observé qui chevauchait les vagues. Si son talent était incontestable, il se démarquait surtout par une audace incroyable. Malgré l'admiration qu'il inspirait à Finn, celui-ci savait qu'il ne l'aimerait jamais. Non pas tant parce qu'il était l'amant de Mia, mais parce qu'il ne la chérissait pas. Lorsqu'il revenait en pagayant et retrouvait Mia sur le rivage, les bras noués autour des genoux, un grand sourire aux lèvres, Noah n'avait pas conscience d'être l'homme le plus veinard de la terre. Lorsqu'il entrait dans une pièce et que Mia levait les yeux, Noah n'avait aucun geste de tendresse pour elle. Lorsqu'il s'était envolé pour Bali, Noah ne s'était même pas rendu compte qu'il abandonnait une fille formidable.

Couchée à plat ventre sur son lit, Mia écrivait :

Six jours. Aucun signe de lui. Nous partons pour la Nouvelle-Zélande demain. D'un côté j'en suis ravie, de l'autre je voudrais rester pour être ici au cas où il reviendrait. C'est pitoyable, mais c'est la triste vérité.

Un couple s'est installé dans la chambre numéro 4. Le type accroche son horrible short à la balustrade du balcon où Noah faisait sécher son gilet en Lycra. L'envie me démange de l'arracher et de le piétiner dans la poussière. Sa petite amie m'insupporte encore plus : à présent, c'est elle qui s'allonge

1. Lieux où les surfeurs pratiquent leur activité.

dans le grand lit et sent les ressorts grincer sous ses fesses quand on lui fait l'amour. Si seulement je pouvais les foutre dehors, condamner la chambre et les empêcher de saccager mes souvenirs.

Il est peut-être temps de changer d'air.

Fermant le carnet, Mia le glissa sous l'oreiller et, se mettant sur le dos, elle fixa la peinture écaillée du plafond. À l'âge de sept ans, elle s'était étendue sur le lit de Katie, avec son ciel chatoyant, essayant de s'imaginer en princesse. Sans jamais y parvenir. La grâce de la démarche, les révérences, les robes splendides étaient hors de sa portée. Aussi avait-elle grimpé l'échelle pour retourner dans sa tanière, satisfaite de jouer à l'exploratrice sous le plafond décoré d'étoiles.

La porte s'ouvrit. Elle entendit le claquement de tongs, le craquement du sommier tandis que Finn montait deux échelons. Sa tête apparut. Les yeux pétillants, il souriait.

— J'ai un plan.

Mia mit une fraction de seconde à proférer la réponse rituelle :

— De quoi j'ai besoin ?

— Seulement de ton sac de couchage.

Elle se redressa.

— Ça te dit ?

— Oui.

Mia se secoua et descendit.

Au sortir de l'auberge, ils prirent la direction de la plage Reds. Finn ouvrait la marche. La brise sur sa peau, le bonheur d'être dehors, les stridulations des grillons dans les buissons, l'odeur d'eucalyptus firent un bien fou à la jeune fille. La nuit était tombée quand ils arrivèrent aux rochers et ils avancèrent à la lueur d'une lampe de poche. Les pieds nus de Mia s'accrochaient aux aspérités des pierres.

Le vent qui soufflait du large entortilla sa robe bain de soleil autour de ses cuisses. Elle dénoua son pull attaché à sa taille et l'enfila. Ils continuèrent jusqu'à ce que Finn choisisse un rocher assez large pour y dérouler leurs sacs de couchage.

— On n'a pas encore regardé les étoiles en Australie, j'ai pensé qu'il fallait combler cette lacune.

— Bonne idée, approuva-t-elle, en s'asseyant.

Finn extirpa une bouteille de rhum de son sac à dos.

— Très bonne idée, renchérit-elle.

Ils écoutèrent le fracas des vagues tout en buvant et en levant de temps à autre les yeux vers l'immense voûte céleste. Mia savourait l'alcool sucré qui émoussait sa tristesse.

Elle finit par s'allonger, sa cage thoracique se dilata tandis qu'elle faisait un oreiller de ses bras. Le ciel était criblé d'astres scintillants.

— Il y en a combien à ton avis ?

Finn avala une gorgée avant de s'étendre à côté d'elle.

— J'ai lu qu'il y en avait plus dans l'univers que de grains de sable.

— Je ne les regarde jamais à Londres.

Les lampadaires, les faisceaux des phares, les éclairages des immeubles de bureaux et de millions de foyers les estompaient. Le jour était levé là-bas ; Mia imagina sa sœur le nez sur son écran, le visage sérieux.

— Si seulement Katie pouvait voir ça !

Finn se releva, s'appuyant sur le coude.

— Elle te manque ?

— Quelquefois, répondit-elle, étonnée de son pincement au cœur.

— Tu comptes lui parler de Harley ?

Le simple fait de secouer la tête l'étourdit : le rhum.

— Je ne veux pas qu'elle sache que nous sommes des demi-sœurs.

— Pourquoi ?

— Ça édulcore notre relation.

— Qu'est-ce que tu veux dire ?

L'alcool s'insinuait toujours dans la chambre close de ses émotions et lui permettait de les exprimer plus facilement.

— Maman a eu une liaison. Tu crois que ça ferait plaisir à Katie de l'apprendre ? Que nous n'ayons pas le même père distend les liens de ce qui subsiste de notre famille. Sans compter qu'elle voudrait tout savoir sur Harley, conclut Mia en soupirant.

— Et alors ?

— Il faudra que je lui raconte tout : sa tendance à picoler et à se droguer, sa cyclothymie, la perte de confiance en lui de ses amis et de sa famille. Du coup, elle me comparera à lui.

— Cesse d'être obnubilée par ça, Mia. Tu ne ressembles absolument pas à Harley.

— Tu crois ça ? lança-t-elle, pensant qu'ils avaient commis le même forfait. Harley a eu une liaison avec la femme de son frère.

— Justement ! Tu…

— J'ai couché avec Ed.

— Quoi ? s'exclama Finn, stupéfait, se relevant. Quand ça ?

— Un mois avant notre départ.

— Vous… vous tenez l'un à l'autre ?

— Non !

— Katie est au courant ?

Elle fit un signe de dénégation.

— Tu comptes le lui dire ?

Mia se redressa aussi. La tête lui tourna. Elle pressa la main sur son front, comme pour calmer son tumulte intérieur.

— Elle l'aime.

Un ange passa.

— Dans ce cas, pourquoi l'as-tu fait ?

— J'étais en colère.

— Mais encore ?

— J'en voulais à Katie. Et à toi.

— Explique-toi, Mia.

Elle bouillait d'une rage contenue.

— Avoir Katie comme sœur aînée, tu te rends compte de ce que c'est ? Cela revient à être toujours au second plan. À l'école, tous les types en étaient amoureux. La fille populaire, l'intelligente, celle qui faisait les bons choix, c'était elle.

— Voyons, ce n'est pas…

— Tu te rappelles Marc Haynes ? Il était deux classes au-dessus de nous et avait obtenu une bourse de sport pour Ranford Manor.

— Oui.

— Il est sorti avec moi quatre mois simplement pour venir mater Katie à la maison. Et je l'ai laissé faire.

Finn resta muet.

— Tu étais le seul à me regarder la première quand tu entrais dans une pièce.

Une rafale soufflant de la mer souleva les pointes de ses cheveux.

— Et puis tu es devenu le petit copain de Katie.

Il fixa ses mains.

— Tu es mon meilleur ami. Katie est ma sœur. N'empêche que ni l'un ni l'autre ne me l'avez dit. Pendant un mois.

— Je suis désolé, on ne…

— Je l'ai haïe à cause de ça, voilà la vérité.

Un souvenir remonta à la mémoire de Mia. Elle venait d'apprendre que leur mère avait un cancer et était assise sur le canapé tendu de tissu écossais, dans leur maison de famille. Katie pleurait à chaudes larmes, inondant le paquet de Kleenex qu'elle avait sorti de son sac. Mia, elle, avait les yeux secs. Puis Finn avait débarqué. Il s'était planté devant le poêle à bois – troisième membre de leur trio bizarre – et, lorsqu'il avait écouté le diagnostic, son pied avait tressauté. Un silence était tombé au cours duquel il les avait regardées tour à tour, ne sachant laquelle consoler d'abord : Katie au visage ruisselant de larmes ou Mia au regard à l'éclat dur et glacé.

Il n'avait pas eu à choisir : Mia avait filé en claquant la porte avec une violence qui avait fait trembler les tableaux.

Pour l'heure, Finn se tournait vers elle.

— Quand j'entre dans une pièce, tu es toujours la première que je remarque.

Il était sincère, la gravité de son ton le révélait. Elle comptait bien davantage pour lui qu'elle ne voulait le reconnaître.

Plongeant ses yeux dans les siens, elle fut saisie d'une nostalgie qui lui donna le vertige, comme si leur enfance était à portée de main et qu'elle pouvait effleurer les années de souvenirs communs, en ressentir le bonheur insouciant.

Les vagues se brisaient, les étoiles brillaient, la terre tournait, les continents étaient à la dérive. Mia serra le bras de Finn, se raccrochant à ce qui lui semblait stable et solide. Elle se pencha et chercha ses lèvres.

— Mia…

Elle perçut le désir de Finn dans sa voix – il en avait envie, cela avait nourri nombre de ses fantasmes. Elle l'embrassa passionnément, comme si l'union avec lui était un tremplin vers une meilleure connaissance d'elle-même.

Ils s'allongèrent sur le sac de couchage. Elle le couvrit de son corps, ses cheveux tombèrent sur ses épaules, balayant le visage de Finn. Comme elle tendait la main vers la ceinture du short de celui-ci, il l'attrapa.

— Non, Mia. Sauf si tu es sûre de toi.

Le rhum la désinhibait, elle en avait conscience. Il n'empêche que le lien entre eux existait. Quelle était sa nature ? Elle voulait en avoir le cœur net.

17

Katie
(Australie-Occidentale, juin)

Katie lisait le journal, la tête penchée, la main droite sur sa bouche, la gauche accrochée à la table. Elle apprit ce qui s'était passé entre Mia et Finn sur un rocher rouge, tandis que les vagues roulaient dans la nuit et que les étoiles, suspendues dans le ciel, ressemblaient à des globes d'or. L'amour qu'ils avaient fait sur un sac de couchage avait chamboulé leur amitié.

Elle finit par lever les yeux : le café était vide, hormis une serveuse qui consultait son portable avec un petit sourire. Katie prit son cappuccino : il était froid. Le percolateur aux boutons argentés rutilants ne ronronnait plus et, derrière la fenêtre, la circulation avait ralenti. Tout paraissait différent. Désormais, elle comprenait la profondeur de la colère de Mia à son endroit. Katie n'en regrettait pas pour autant sa liaison avec Finn car ces quelques mois avec lui avaient été les plus merveilleux de sa vie.

Katie se cala sur sa chaise : *Ai-je été aussi heureuse avec Ed ?* Cela faisait trois semaines qu'il était retourné en Angleterre. Il l'appelait plusieurs fois par jour pour laisser des messages d'excuse. À deux reprises, le sentiment de solitude l'avait poussée à composer son numéro, mais elle avait changé d'avis à la dernière minute et téléphoné à Jess, qui n'avait pas manqué de lui rappeler la raison de la rupture de leurs fiançailles. Elle s'était crue amoureuse d'Ed, n'était-ce pas plutôt l'idée de leur relation qui lui avait plu ? Ed avait beau être intelligent, charmant, réussir dans sa carrière, il ne l'avait jamais étonnée ni stimulée. Il n'avait jamais passé de nuits blanches à discuter avec elle. Il ne l'avait jamais fait rire à en avoir mal au ventre.

Elle n'avait vécu cela qu'avec un seul être.

La lecture des écrits de Mia sur Finn avait ravivé les souvenirs qu'elle gardait pressés sur son cœur comme un médaillon. Voilà qu'elle remontait le temps…

Katie ouvrit le couvercle du barbecue en train de refroidir et renversa les aliments enveloppés de papier alu dans une assiette. Elle souleva un coin : les épis de maïs étaient dorés. Elle en proposa un à sa mère.

— Je ne peux plus rien avaler, assura celle-ci, la main sur son estomac.

— Mia ?

Celle-ci refusa d'un signe de tête. Assise en tailleur, les yeux protégés par des lunettes noires, elle ne buvait que du thé, au grand dam de Katie. La table de jardin était encore couverte de hamburgers au piment, de kebabs de poulet et tomates cerises, de pommes de terre au romarin et d'une cruche de Pimm's à moitié pleine. Grace avait fait la cuisine toute la matinée pour accueillir ses deux filles venues passer le week-end. Si elle était déçue que Mia soit toujours en pyjama, elle ne le montrait pas.

Katie étala une noix de beurre sur un des épis, où elle planta ses dents ; le goût de noisette, suave, emplit sa bouche.

— Comment va ta tête ? demanda leur mère à Mia.

— Elle est toujours en place.

— Finn et toi, vous étiez où ?

— Dans la vieille carrière. Pour une rave party.

— Ah, d'accord, fit leur mère.

Des centaines de personnes fréquentaient ces rassemblements, où il y avait des groupes électrogènes et des caisses de bière, et qui se terminaient par une balade sur la plage à l'aube.

— Si seulement j'avais la migraine à cause d'une fête ! reprit leur mère. Je crains, hélas, d'avoir attrapé un microbe. Je vais me reposer.

Katie n'arriva pas à absorber plus de la moitié de l'épi de maïs, elle essuya ses lèvres luisantes de beurre avec une serviette.

Mia attrapa la main gauche de sa sœur, l'approchant pour examiner les ongles.

— Tu t'es fait faire une manucure ?

— On m'a donné un bon.

— Ça te va bien.

Les lunettes empêchèrent Katie de voir son expression.

Mia retroussa son pantalon de pyjama et étendit ses longues jambes sur le banc.

— Seigneur, c'est bon de sentir enfin le soleil.

Katie eut soudain envie de se déshabiller, de s'allonger en sous-vêtements à côté de sa sœur, de se piquer le nez à coups de cocktails. Elle avait le sentiment qu'elles ne prenaient plus le temps de se parler depuis des mois.

Elle alla chercher un tapis de pique-nique sur la véranda et l'étala sur l'herbe.

— Et si je nous préparais des mojitos ? Maman a une bouteille de rhum blanc. Il y a de la menthe fraîche dans le frigo.

— Je ne vais pas tarder à retourner à la fac en voiture.

— Déjà ? Tu n'es arrivée qu'hier soir. C'est férié demain. Je croyais que tu passais le week-end ici.

— J'ai mes exams de dernière année.

— Tu rentres réviser ? Un dimanche soir ?

— Pour assister à un concert.

Déçue, Katie se mit à débarrasser, à vider les restes dans un bol et à empiler les couverts.

Manifestement exaspérée par le bruit et l'activité, Mia se laissa glisser du banc sur le tapis. Elle remonta son tee-shirt et garda ses bras le long du corps.

— Ce serait gentil de m'aider.

— J'essuierai la vaisselle, plus tard.

— Tu seras partie.

— Avant.

— Non, maintenant.

Mia se redressa.

— C'est quoi ton problème ?

— Maman a fait la cuisine toute la matinée alors qu'elle ne se sent pas…

— Je ne lui ai rien demandé.

— Ce serait sympa de proposer de donner un coup de main de temps en temps.

— Je peux t'offrir un badge portant l'inscription *Fille parfaite.* Ça t'irait ?

— Tu auras peut-être une ristourne si t'en commandes un avec *Sœur exécrable.*

Elles se fusillèrent du regard. Puis Katie remarqua que les commissures des lèvres de sa sœur se relevaient.

— Tu as des grains de maïs entre les dents, lâcha Mia.

Elles éclatèrent de rire.

Katie posa les assiettes et rejoignit sa sœur qui lui fit de la place sur le tapis pour qu'elle s'allonge. Des odeurs de laine et de terre humide chatouillèrent ses narines. Se roulant sur le côté, elle montra ses dents.

— Il n'y en a plus ?

— Non.

Des nuages mouchetaient le bleu de la voûte céleste, et Katie en conclut que le soleil aurait disparu dans une heure.

— Tu reviendras cet été après tes exams ?

— Mes colocs préparent un master. Je resterai peut-être aussi.

— Pour quoi faire ?

— Me droguer. Me prostituer. Voler. Je n'en sais rien. Aucun projet grandiose à l'horizon.

Mia se passa les doigts dans les cheveux, des effluves de bois brûlé flottèrent jusqu'à Katie.

— Si tu veux que je recherche des postes à pourvoir dans nos dossiers, c'est facile. Sauf que ce serait en ville.

— Nom de Dieu, Londres en été - complets, bureaux, métros bourrés de gens en nage –, très peu pour moi.

— Sept millions de Londoniens le supportent.

— J'irai peut-être en Europe cet été.

Katie s'esclaffa.

— Qu'est-ce qu'il y a?

— Comment comptes-tu t'offrir ça? Tu es à la limite de ton découvert autorisé et tu me dois toujours cinq cents livres.

— Merci pour tes conseils dans la gestion de mes finances.

— Sérieusement, Mia, j'aimerais récupérer mon fric bientôt.

— Ah bon, ton salaire considérable ne suffit pas à payer tes calendriers et tes surligneurs?

Un nuage masqua le soleil.

— Ce que tu peux être vache parfois!

— Et toi, prévisible.

Katie se leva, lissa sa robe, traversa la pelouse. Elle ramassa la pile d'assiettes et le plat de pommes de terre.

— Tu vas tout ranger pour que j'aie l'air d'une salope.

Si Mia était la plupart du temps maussade lorsqu'elle avait la gueule de bois, il lui arrivait d'être méchante. Dans ce cas, Katie se gardait de réagir. Elle entra dans la maison. Ses yeux s'accommodèrent à la pénombre. La cuisine sentait l'ail et le romarin. La radio diffusait une pièce à plein volume. Après avoir jeté les restes dans le compost, elle chercha le flacon de liquide vaisselle sous l'évier.

Mia déboula et posa brutalement un plat. Elle arracha ses lunettes de soleil, ouvrit le lave-vaisselle et tenta d'encastrer des assiettes dans les casiers pleins.

— C'est propre. Il faut le vider.

Avec un soupir, Mia enleva les assiettes, qu'elle mit de côté sans se soucier du bruit.

— Maman dort.

— Ça y est, j'ai merdé. Une fois de plus.

Katie fit couler de l'eau chaude dans l'évier avant d'ajouter une goutte de produit.

— On est trop vieilles pour ça, Mia.

— Pour quoi ?

— Se disputer à propos de tout et de rien. On est si rarement ensemble – je ne le supporte pas.

— Moi, je ne supporte pas que tu me dises ce que je devrais faire de mon fric et de ma vie.

Katie secoua la tête en riant, ce qui fit enrager Mia davantage encore.

— Nom de Dieu, tu te crois supérieure, hein ?

On frappa à la porte de service. L'instant d'après, Finn entra, lançant un joyeux « Bonjour ». Son arrivée ne calma pas Mia qui continua à fulminer :

— Ça te botte sûrement que je sois en rouge à la banque, que je n'aie pas de projets d'avenir. Mais tu sais quoi, Katie ? Je crache sur ton boulot de cadre, ton salaire mirobolant, tes dîners mondains prétentiards. Je n'ai aucune envie de te ressembler parce que la seule idée qui me traverse l'esprit quand je te regarde, c'est : sécurité.

Le mot, lourd de connotations – prudence, prévisibilité, conformisme –, blessa Katie.

— Tu ne réponds pas ? la harcela Mia, les yeux incandescents. Tu ne me traites pas de garce ?

Katie ferma le robinet et fit face à sa sœur.

— Ça ne sert à rien.

Après lui avoir décoché un regard furibard, Mia poussa la porte de service et la claqua derrière elle.

Sentant des larmes lui picoter les paupières, Katie se tourna vers le bac et plongea les mains dans l'eau savonneuse.

— Je suis désolé, dit Finn dans son dos. Elle ne le pense pas.

— Qu'est-ce que tu en sais ?

Au fond de la cuisine, le lave-linge enclencha le cycle d'essorage. À chaque rotation, un bouton ou une fermeture Éclair cognait contre le tambour.

— Malgré toute l'affection que j'éprouve pour ma sœur, poursuivit calmement Katie, j'ai parfois l'impression qu'elle est une étrangère. Aussi affreux que ce soit de l'admettre, c'est la vérité.

Elle eut beau lever les yeux vers le plafond, ça n'empêcha pas les larmes de ruisseler sur ses joues.

Elle sentit la main de Finn sur son épaule. Il la fit doucement pivoter et la prit dans ses bras.

Katie le connaissait depuis qu'il avait onze ans ; ils s'étaient cachés dans le placard de la chaudière, accroupis sur un tas de serviettes, attendant que Mia les trouve ; il l'avait portée sur son dos pour la ramener à la maison quand elle s'était foulé la cheville en poursuivant le cerf-volant de Mia ; ils s'étaient embrassés le jour des vingt et un ans de Mia. En revanche, c'était la première fois qu'il l'enlaçait ainsi. Katie, qui l'avait toujours considéré comme un gamin, l'ami de sa petite sœur, eut le sentiment que sa perception changeait alors qu'elle posait la tête sur son torse, nouait ses mains savonneuses dans son dos musclé.

Le cœur de Finn battait contre le sien. La désirait-il ? L'idée que Mia les découvre l'électrisa. Elle huma l'odeur qu'il dégageait puis, très lentement, leva son visage vers le sien.

Le baiser fut tendre, une découverte. Leurs lèvres s'effleurèrent avant qu'ils explorent la douceur de leurs bouches respectives.

Dans le train qui la ramena à Londres le lendemain, Katie regarda disparaître les Cornouailles, un camaïeu de verts et de bleus, habitée par le souvenir du baiser. Elle téléphona à Finn dans la semaine, et ils se retrouvèrent pour boire un pot au sortir du bureau. La chaleur était caniculaire ce jour-là, aussi s'installèrent-ils à une terrasse d'un café de Covent Garden. Katie but du vin blanc tout en grignotant des olives, tandis que Finn descendait des bières fraîches. Ils observèrent les employés qui flânaient en bras de chemise, la cravate dénouée. Exaltée par l'éclat du début de l'été, Katie riait de bon cœur, sans arrière-pensée. Lorsque le soleil plongea derrière les immeubles, ils commandèrent du poulet accompagné de patates douces, qu'ils dégustèrent à l'intérieur.

Au cours du mois suivant, ils se virent régulièrement. Finn l'emmena dans des quartiers de Londres où elle n'avait jamais mis les pieds. Ils pique-niquèrent sous un araucaria dans Battersea Park. Ils suivirent une visite guidée gratuite de demeures hantées. Ils mangèrent des sushis dans un restaurant en sous-sol de Bank. Quand ils faisaient l'amour dans l'appartement que Finn louait, Katie était sidérée de la façon dont elle se cambrait et désirait qu'il la touche.

Et Mia ? Depuis leur dispute, elle n'avait repris contact ni avec sa sœur ni avec son meilleur ami. Ce n'était pas étonnant, elle avait toujours du mal à présenter des excuses. Pour le coup, son silence arrangeait Katie car cela lui épargnait une confrontation à propos de sa relation avec Finn.

Un dimanche après-midi où ils se promenaient les doigts entrelacés dans Hyde Park, se demandant quoi faire pour le dîner, Mia appela Finn.

— Salut, répondit-il, d'un ton très naturel, lâchant la main de Katie. Quel plaisir de t'entendre !... Très bien, merci... Désolé, j'ai été débordé... Non, bien sûr que non !... À Hyde Park, je me balade... Oui, il fait chaud. Je suis en short... Personne n'est encore tombé dans les pommes... Non, je suis avec Katie.

Quand Finn regarda autour de lui, Katie s'aperçut qu'une rougeur envahissait son cou.

— Non, c'était prévu, précisa-t-il, la main autour de son oreille pour couvrir le tapage d'un groupe d'étudiants qui les croisaient. On se voit un peu… En un sens… je ne plaisante pas… environ un mois… Eh bien, oui… j'imagine.

Mia dut se répandre en invectives car Finn se borna à protester de temps en temps.

— Ce n'est pas ça… Voyons, Mia… Tu es injuste…

En fin de compte, il tendit le téléphone à Katie.

— À ton tour.

Elle appuya l'appareil sur son oreille et entendit la voix de Mia, basse, implacable, vibrante d'indignation.

— C'est une plaisanterie ?

— Non, assura Katie d'un ton uni. Absolument pas.

— Finn et toi, vous êtes quoi… un couple ?

En entendant ce mot, Katie fut parcourue d'un frisson d'excitation.

— Exactement.

— Je n'y crois pas !

Jetant un coup d'œil par-dessus son épaule, elle s'aperçut que Finn veillait à rester en arrière.

— Il se trouve qu'on – comment dire ? – s'entend bien.

— C'est mon meilleur ami.

— Alors, réjouis-toi pour lui.

— C'est pour te venger de moi, nous le savons toutes les deux.

Si ce sentiment avait existé au début, Katie n'en tirait plus aucune satisfaction.

— Je tiens à lui.

Elle le formulait ainsi pour la première fois.

— N'importe quoi ! Tu l'as traité de con pendant toute notre adolescence.

Là encore, Mia avait raison. Il lui avait servi de bouc émissaire pour tout ce qui clochait entre elles.

— Nous étions des gamines. Les choses ont changé.

— C'est grotesque !

Six semaines s'écoulèrent sans que Mia se manifeste. Ce fut une très mauvaise nouvelle qui finit par les réunir. Leur mère les convoqua pour leur annoncer que les vertiges et maux de tête qu'elle attribuait à l'épuisement étaient, en fait, les symptômes d'un cancer.

Mia ne supporta pas la maladie de leur mère. Elle lui rendit encore moins souvent visite, picola, fit la fête avec un regain d'énergie. En outre, toujours folle de rage, elle ne décrochait pas quand sa sœur l'appelait. Finn n'arrivait pas à la joindre non plus : Katie savait qu'il lui envoyait un mail par semaine, auquel elle ne répondait pas. Sans lui, Mia ressemblait à une boussole privée d'aiguilles, tournoyant dans tous les sens.

En fin de compte, Katie se persuada qu'elle n'avait pas le choix : Mia, sa sœur, passait en premier. Aussi rompit-elle avec Finn quatre mois et huit jours après le début de leur liaison. Elle décida de le lui dire dans un bar de Clapham pour qu'il n'entende pas sa voix trembler lorsqu'elle lui mentirait : « On s'est bien amusés, mais je crois qu'il faut en rester là. »

Dès que Finn se leva de leur table et se précipita hors de l'établissement, visiblement blessé, elle comprit sa terrible erreur. Elle l'aimait. Il la rendait heureuse. Le sacrifice lui coûtait trop.

Elle attrapa son manteau et courut derrière lui. Lorsqu'elle arriva dans la rue, il avait disparu.

Mia et Finn redevinrent vite bons amis, tandis que les sœurs concluaient une sorte de trêve – même si elles ne se réconcilièrent vraiment que le jour de l'enterrement de Grace. À l'arrivée du corbillard, Katie chercha Mia, qu'elle trouva à l'étage, sur le palier, les doigts serrés sur le cadre d'une photo. On y voyait leur mère vêtue d'une robe sans manches rose saumon, dont le vent soulevait l'ourlet jusqu'à ses genoux. Elle regardait par-dessus une épaule, le sourire aux lèvres, une main en visière pour se protéger du soleil. Deux rides de rire à peine creusées formaient comme des fossettes de chaque côté de sa bouche.

— Elle était belle, déclara Katie.

Mia se retourna. Son air égaré était accentué par ses traits tirés, ses cheveux sombres, sa robe noire flottante.

— J'aurais dû lui demander où cette photo avait été prise. Ce qui la faisait sourire.

Alors, Katie ouvrit les bras et Mia s'y jeta. Elles restèrent enlacées jusqu'au moment où elles entendirent le chauffeur du corbillard se racler la gorge au rez-de-chaussée.

— Je veux juste vous prévenir que je ferme dans dix minutes, dit la serveuse, qui fit sursauter Katie, plongée dans ses réminiscences.

— Oui. Bien sûr. Désolée.

Elle referma le journal et bondit sur ses pieds. Fouillant dans son portefeuille, elle dénicha un billet de cinq dollars – un pourboire pour s'excuser auprès de la fille de l'avoir retenue.

Il faisait nuit et la chaleur la surprit après la fraîcheur du café climatisé. Elle s'avança dans la rue, le carnet de voyage sous le bras, les pensées toujours occupées par Finn.

Quand elle avait accompagné Mia à l'aéroport, c'était la première fois qu'elle le revoyait depuis des mois. Elle s'était efforcée de le fuir, ainsi que tout ce qui le lui rappelait. Elle n'écoutait plus Radio Capital, la station où elle l'avait aidé à trouver un premier poste de producteur. Elle ne marchait plus dans l'allée de Battersea Park qui menait à l'araucaria sous lequel ils s'étaient assis un jour.

Katie s'était félicitée du succès de ses efforts, mais sitôt qu'elle l'avait vu s'approcher de Mia, son sac à dos en bandoulière, elle avait compris qu'elle était perdue. Et ce, à cause de détails infimes : ses pattes-d'oie toutes fines qui dessinaient comme des rayons de soleil dès qu'il souriait ; le ton léger avec lequel il lui avait demandé : « Tu viens avec nous ? » ; l'odeur de savon de sa peau quand il l'avait embrassée pour lui dire au revoir.

Lorsqu'elle avait quitté les lieux, avec le siège du passager vide, son portable avait sonné. L'espace d'un moment absurde, elle avait imaginé que Mia ou Finn l'appelait pour lui dire de faire demi-tour et de les rejoindre. Mais c'était Ed. Elle avait fourré le téléphone dans la boîte à gants et poussé la musique à fond. Au lieu de prendre la route de son appartement, elle avait quitté la M25 et suivi les panneaux indiquant l'ouest.

Elle avait conduit cinq heures d'affilée. À son arrivée en Cornouailles, les bras ankylosés, sentant un début de migraine à cause de la tension, elle s'était garée devant leur maison de famille. Heureusement, les nouveaux propriétaires étaient absents, ainsi, personne ne la verrait se promener dans l'allée, effleurer des doigts les buissons de lavande plantés par leur mère.

Ensuite, elle était allée à Porthcray et avait marché – gênée par ses chaussures à talons – sur le sentier de la falaise, creusé d'ornières, balayé par le vent. Et là, elle avait pleuré. De gros sanglots entrecoupés de hoquets, emportés par la brise marine.

Au bout d'un moment, elle avait essuyé ses yeux, fait le plein d'essence et était rentrée à Londres. À l'heure pour dîner avec Ed.

Katie s'arrêta dans la rue, s'assit sur un muret de briques pour se reposer. Où était Finn ? À Londres, en Cornouailles ? Voire dans un autre pays ? Avait-il trouvé un nouveau travail ? Pensait-il à Mia tous les jours comme elle ? Pensait-il à elle ?

Elle regrettait sa conduite à l'enterrement. Inexcusable. En réalité, elle l'avait agressé et giflé non parce qu'il était revenu sans Mia, mais parce qu'il l'avait abandonnée, elle.

18

Mia
(Australie-Occidentale, février)

La chaleur du soleil sur sa joue, un agréable clapotis dans le lointain, une odeur saline charriée par la brise. Mia releva les paupières une fraction de seconde. Une palette de couleurs dansa devant ses cils. Elle leva une main pour s'abriter de la lumière, clignant des yeux le temps que le monde se précise. Un ciel bleu. La mer. Un horizon vide. Des blocs de pierre rouge.

Elle avait dormi sur les rochers.

Avec Finn.

Elle tourna un peu la tête, sentit une raideur dans sa nuque. Il était pelotonné près d'elle dans son sac de couchage, un bras sur le côté. Les lèvres entrouvertes, il respirait lentement. Le soleil oblique éclairait les pores de son nez, sa barbe naissante marron clair, qui se nuançait d'ambre autour de sa bouche.

Une image s'imposa soudain à elle : les lèvres de Finn sur l'intérieur de son bras. D'autres défilèrent : sa bouche sur celle de Finn ; le dos de Finn sous ses mains ; la langue de Finn sur ses mamelons ; ses dents sur la chair tendre de l'épaule de Finn.

Elle s'extirpa en se tortillant du sac de couchage. Elle était nue. Il faisait frais. Elle s'empressa d'enfiler ses sous-vêtements puis, par la tête, sa robe, sans se préoccuper qu'elle soit à l'envers. Comme elle se penchait pour attraper ses tongs, son pied heurta la bouteille de rhum vide. Mia se figea, tandis qu'elle roulait bruyamment sur les blocs de pierre et s'arrêtait dans une fissure, intacte.

Finn bougea. Il se mit sur le dos, replia un bras sur son visage, mais ne se réveilla pas. Après l'avoir observé un instant, Mia pivota sur ses talons et se fraya un chemin dans les rochers, ses chaussures à la main. Sautant sur le sable tassé, elle s'élança sur la plage. Malgré la douleur qui lui vrillait le crâne, elle s'obligea à continuer, tentant d'occulter son profond malaise.

Elle entra dans la mer, éclaboussant ses jambes et sa robe. Elle courait si vite qu'il lui semblait que sa tête allait exploser. S'éloignant du bord de l'eau, elle se précipita sur une piste qui serpentait dans la lande et menait à la ville.

Les broussailles qui lui égratignaient les pieds l'obligèrent à mettre ses tongs. Lorsqu'elle se redressa, elle jeta un coup d'œil en arrière : Finn endormi ne formait plus qu'un point dans le paysage désert. C'était cruel de l'avoir laissé ; il s'inquiéterait en ne la voyant pas à son réveil, mais comment aurait-elle pu rester ?

Elle se rappela leur nuit, la dureté de la pierre dans son dos, sa langue se déliant et sa logorrhée. L'extrême attention de Finn, muet, si bien qu'elle n'entendait que sa voix et les vagues. À la fin, il lui avait dit : « Quand j'entre dans une pièce, tu es toujours la première que je remarque. »

Pas Katie. Elle.

L'envie de l'embrasser et qu'il lui fasse l'amour avait été irrésistible. Il l'avait caressée, gravant la moindre parcelle de son corps dans sa mémoire comme si elle était un mirage qui risquait de se dissiper. L'infinie tendresse des baisers de Finn lui avait fait comprendre qu'il la désirait depuis toujours.

Le désirait-elle ?

Elle parcourut la lande jusqu'à ce que le soleil apparaisse au-dessus de la cime des arbres ; une ampoule se forma entre ses orteils. Elle finit par arriver à la lisière de la ville et emprunta une rue conduisant au centre, où certains commerçants ouvraient leurs magasins, d'autres sortaient des chaises. C'était impossible de rentrer dormir à l'auberge de jeunesse – Dieu sait si elle en rêvait ! – car Finn ne tarderait pas à s'y pointer. Or, ils prenaient l'avion dans quelques heures pour la Nouvelle-Zélande et elle avait besoin de temps pour réfléchir.

L'enseigne d'un cybercafé attira son attention, elle y entra uniquement pour s'asseoir et fuir le soleil. L'odeur fade des appareils électriques flottait dans cet endroit bizarre, éclairé par un néon, rempli d'écrans tremblotants. Des panneaux gris disposés autour de la pièce rectangulaire affichaient listes de prix et consignes d'utilisation d'Internet sur des feuilles de papier jauni. Malgré l'heure matinale, elle dénombra une douzaine de personnes aux yeux rivés sur les écrans, aux doigts pianotant sur les claviers.

Fouillant dans sa poche, elle trouva assez de monnaie pour dix minutes de navigation et un express. Elle s'assit dans un box, se connecta et ouvrit sa boîte de réception : cinquante-deux messages. Elle les parcourut avec indifférence, la plupart étaient des mails transférés ou des envois groupés. Elle espérait vaguement en trouver un de Katie et fut déçue de n'en découvrir aucun. Elle cliqua sur « tout » puis « supprimer ». Dans la fraction de seconde avant que les mails disparaissent, elle aperçut un nom : Noah.

Lui en avait-il envoyé un ? Comment était-ce possible puisqu'elle ne lui avait pas donné son adresse ? Son cœur battit la chamade. Il devait y avoir un moyen de le récupérer. Elle essaya de se rappeler le mode d'emploi pour annuler une action – il fallait appuyer sur la touche « Ctrl » et une autre en même temps. Elle tapota sur le clavier, essayant plusieurs combinaisons. En vain.

— Excuse-moi, lança-t-elle, dérangeant un adolescent installé dans le box contigu au sien.

Il se cala sur son siège et souleva un écouteur de son casque.

— Je viens de supprimer un message que je veux retrouver. Il y a un moyen de le récupérer ?

— Dans la corbeille, peut-être ? répondit-il, haussant les sourcils avant de retourner à ses occupations.

— Espèce de connard, marmonna Mia.

Jetant un coup d'œil à l'écran, elle remarqua plusieurs dossiers : « Boîte de réception », « Envoyés », « Brouillons », « Corbeille ».

Et voilà ! Elle cliqua sur le dernier : cinquante-deux messages s'affichèrent en caractères gras. Elle les fit défiler jusqu'à celui de Noah. La case objet n'était pas remplie, elle retint son souffle tandis que le courrier s'ouvrait.

Mia, c'est Zani qui m'a donné ton adresse. Désolé de n'avoir pas eu l'occasion de te prévenir qu'on partait pour Bali. Je le regrette. C'était une décision de dernière minute, j'imagine que Finn te l'a dit. On loge dans une auberge de jeunesse minable, mais elle est située à deux minutes du break[1] *de Nyang. Les prévisions météo sont bonnes – une houle arrive dans deux jours. Si Bali est sur ton chemin, préviens-moi. Noah.*

Il était à Bali.

Elle parcourut le message de nouveau, s'arrêtant à une phrase : *C'était une décision de dernière minute, j'imagine que Finn te l'a dit.*

Elle la relut deux fois pour être sûre.

Finn savait où Noah avait disparu.

Elle avala son express et sortit précipitamment du cybercafé, sans même fermer sa messagerie.

Mia poussa la porte avec sa paume. Il faisait très chaud dans le dortoir, confiné et désert. Son sac de couchage bien roulé était rangé près de son

1. Site où se cassent les vagues.

sac à dos. Elle attrapa sa serviette et son bikini accrochés derrière la porte, les fourra dans son bagage, qu'elle boucla.

Elle trouva Finn dans la cuisine communautaire. Il faisait passer un croque-monsieur, brûlant, d'une main à l'autre; il finit par le poser sur une assiette et par le couper en deux. Du fromage fondu coula.

À peine l'eut-il aperçue que son visage s'illumina.

— Où tu étais passée?

— Je me suis baladée.

— Tu en veux la moitié? proposa-t-il.

Elle refusa d'un signe de tête.

— Il faut qu'on parle.

— Bien sûr.

Ils retournèrent au dortoir. Mia ferma la porte, tandis que Finn s'asseyait au bord de son lit. Il mordit dans son croque-monsieur avec un plaisir évident. Un bout de tomate tomba dans l'assiette, la peau rouge se détacha de la chair. Il le prit avec ses doigts et le porta à sa bouche.

— Ta robe est à l'envers, tu sais ça? lança-t-il, avec un grand sourire, malgré la nervosité qui se dégageait de lui.

Mia lui faisait face, adossée au mur.

— Noah t'a averti qu'il partait pour Bali?

Finn cessa de mastiquer. Son pied se mit à tressauter, si bien que sa tong claqua un peu contre son talon. Après avoir avalé sa bouchée, il répondit:

— Je l'ai vu le matin de son départ. Tu nageais.

— Qu'est-ce qu'il a dit?

— Qu'il prenait l'avion pour Bali avec les autres. La météo était bonne. Il m'a demandé de te prévenir.

Le ton de Mia devint tranchant.

— Merde, pourquoi tu ne l'as pas fait ?

Finn repoussa son assiette.

— Parce que j'étais certain que ça te ficherait en l'air. Il ne t'avait même pas cherchée, Mia, précisa-t-il gentiment. Je me suis trouvé par hasard dans la cuisine au moment de son départ. Il ne me l'a annoncé que parce que je le lui ai demandé.

— Tu t'es bien gardé de m'en parler.

— C'est vrai.

— Ça m'a rendue folle, Finn.

— Pardonne-moi.

Les mains de Mia tremblaient.

— Je n'arrive pas à croire que tu m'aies menti.

Il se leva et s'approcha d'elle.

— Mia, c'était trop facile pour lui de s'en aller.

— Et trop facile pour toi de prendre sa place.

Une expression horrifiée se peignit sur les traits de Finn.

— Quelle occasion rêvée ! Mia se bourre la gueule comme d'hab, et Finn lui propose une épaule sur laquelle pleurer.

— Comment peux-tu ne serait-ce que suggérer…

La porte du dortoir s'ouvrit, deux jeunes Européens entrèrent. Ils les saluèrent et déballèrent leurs affaires, indifférents à la tension ambiante.

— Sortons, lâcha Finn.

Ils passèrent devant un groupe de filles qui se doraient au soleil sur l'herbe roussie et s'avancèrent jusqu'à la clôture que des eucalyptus ombrageaient en partie. Finn croisa les mains sur sa nuque.

— Tu te trompes, Mia. Tu as tout faux. Jamais je ne profiterais de toi.

Une des filles leva la tête et laissa filtrer son regard au-dessus de ses lunettes de soleil. Finn baissa la voix.

— Merde, tu me traites comme si j'étais un salaud qui se serait servi de toi. Ce qui est arrivé hier soir n'avait rien de prémédité, tu le sais très bien.

Elle garda le silence. Le soleil tapait sur son crâne, parcouru de picotements sous l'effet de la chaleur. Elle n'avait pas bu la moindre goutte d'eau. Sa gueule de bois la terrassait.

— Je suis désolé de ne pas t'avoir transmis le message de Noah. Nous avons toujours été honnêtes l'un envers l'autre, alors je le regrette. Vraiment. Mais notre nuit n'a aucun rapport avec Noah, elle correspond à mes sentiments. Au cours de notre voyage, je me suis rendu compte à quel point je tiens à toi, Mia.

— La ferme !

— Tu veux la vérité, la voici : je suis amoureux de toi.

— Non, protesta-t-elle.

Elle avait envie de se boucher les oreilles. Son cœur tambourinait dans sa poitrine et l'express tournait à l'aigre dans son estomac.

—Je suis amoureux de toi, répéta-t-il, le visage grave. Depuis très longtemps.

Mia détourna les yeux. Même si c'était vrai, elle ne supportait pas de l'entendre, parce que ça changeait tout.

—Je me doute que c'est difficile pour toi, Mia. À moi aussi, ça flanque la trouille. L'idée que cela menace notre amitié me fait horreur. N'empêche que c'est ce que je ressens, je n'y peux rien. Hier soir…

— … n'aurait jamais dû avoir lieu.

Il écarquilla les yeux.

— Tu m'as menti au sujet de Noah. Comment avoir confiance en toi désormais ?

— Tu me connais.

—J'ai besoin d'air, dit-elle, s'éloignant.

— Voyons, ne te taille pas comme ça.

—Je n'ai pas le choix.

— Mia, l'appela-t-il.

Elle s'arrêta.

— N'oublie pas, c'est à 14 heures.

Pivotant sur les talons, elle le fixa d'un regard vide.

— Notre avion. La Nouvelle-Zélande.

Parviendrait-elle à rester des heures assise à côté de lui comme si de rien n'était ? Comment pourraient-ils débarquer dans un pays inconnu et voyager ensemble après ce qui s'était passé entre eux ?

— Tu seras là ?

—Je n'en sais rien, répondit-elle franchement.

—J'ai foiré, j'en suis conscient. N'empêche que tu ne peux pas me larguer. On doit résoudre ce problème. Tu avais envie de découvrir la Nouvelle-Zélande, eh bien, allons-y ensemble.

Sa tête l'élançait. Elle avait besoin d'eau. D'ombre. D'espace. De réfléchir.

—Je serai à l'aéroport avec nos billets. 14 heures ! cria-t-il.

Mia ne répondit pas. Elle fila chercher ses affaires au dortoir et quitta l'auberge. Pour aller où ? Elle n'en avait aucune idée.

Finn attendait, mains dans les poches, sac à dos à ses pieds. Un flot de gens le contournait, poussant des chariots à bagages, tirant des enfants par la main, scrutant le tableau des départs, le menton levé. Il s'était placé devant les portes à tambour du milieu, qui procuraient une vue d'ensemble de l'aéroport. Il résista à l'envie de consulter à nouveau sa montre car il ne s'était écoulé que cinq minutes depuis la dernière annonce pour leur vol.

Il essuya la pellicule de sueur de son front. « Du calme », s'admonesta-t-il.

Hier soir n'aurait jamais dû avoir lieu, lui avait assené Mia. De toute façon, il le savait déjà. Il l'avait compris dès qu'il s'était réveillé sur les rochers. Il avait entendu la bouteille de rhum rouler, mais il avait gardé les paupières closes, feignant le sommeil, pour que Mia puisse s'enfuir. Il la connaissait mieux que personne : lorsque la vie la cernait, elle se cabrait. Il n'aurait pas dû laisser les choses aller si loin. Il s'était bercé d'illusions en croyant qu'elle le désirait autant que lui. Il avait eu tort. De même qu'il avait eu tort de mentir à propos de Noah. Il ne lui restait plus qu'à attendre Mia, furieuse, effrayée.

À cet instant, elle franchit la porte située à droite, au fond du bâtiment, son sac à dos sur les épaules, les cheveux relevés.

Elle lança un regard circulaire, le cherchant. Elle avait l'air paumée dans cet immense hall. Finn ramassa son bagage et se dirigea vers elle, zigzaguant dans la foule. S'ils se dépêchaient, ils avaient le temps d'attraper l'avion.

Mia, qui ne l'avait pas encore vu, s'avança du côté opposé, vers un comptoir d'enregistrement.

— Mia ! appela-t-il.

Elle était trop loin pour l'entendre. Il jeta un coup d'œil à sa montre. Quatre minutes. Ils avaient encore quatre minutes.

Il traversa l'aéroport au pas de charge, s'excusant auprès des passagers qu'il esquivait. Comme il se faufilait au milieu d'un groupe de touristes, il distingua Mia qui posait son sac à dos sur le tapis roulant. Cela ne rimait à rien : il avait son billet, sans compter qu'elle n'était pas dans la zone d'embarquement pour la Nouvelle-Zélande.

Il s'approcha et lut sur l'écran : Vol JQ 110. Perth/Denpasar.

Enfin, il comprit. Mia partait retrouver Noah à Bali.

Elle l'abandonnait.

Finn la regarda prendre son billet et gagner le secteur de sûreté. Il lui sembla que le volume des sons augmentait à lui transpercer les tympans – raclement de roulettes de valises, chuintement de baskets, friture de haut-parleurs, hurlement d'une annonce, bip lointain d'un véhicule de l'aéroport.

Consterné, il la vit tendre son passeport à un fonctionnaire qui l'examina et lui fit signe de passer.

— Mia ! s'écria-t-il en agitant la main.

Elle fit volte-face.

Une mèche rebelle était tombée sur sa joue. Elle portait la robe verte dans laquelle elle lui avait fait l'amour la veille. La même odeur de jasmin l'imprégnait-elle ?

Lorsqu'elle l'aperçut, sa main voltigea vers son cœur puis se posa sur son bracelet.

Elle sourit. Un sourire triste, poignant, qui ne se refléta pas dans ses yeux, signifiant à Finn qu'elle réalisait la portée de sa décision. L'instant d'après, elle se détourna et disparut.

Une scène qu'il rejouerait maintes et maintes fois dans son esprit, se reprochant de l'avoir laissée partir. Ce jour-là, au demeurant, il resta cloué sur place, sûr de vivre l'instant le plus douloureux de son existence, sans se douter qu'il y en aurait de bien pires.

19

Katie
(Bali, juillet)

L'air sentait la cigarette aux clous de girofle, le poisson frit et les gaz d'échappement. Les trottoirs grouillaient d'Occidentaux sollicités par des Balinais au sourire enjôleur. Katie se fraya un chemin dans la foule, ployant sous le poids de son sac, tandis qu'un flot de voitures passait devant elle, dont des taxis, aux rétroviseurs ornés de colliers de perles ou de fleurs, qui manœuvraient en klaxonnant.

Elle marqua une pause à l'ombre d'une porte pour consulter le plan : l'auberge de jeunesse était tout près, à deux rues. Elle avait demandé au chauffeur de taxi de la déposer avant d'y arriver – les bouchons lui donnaient la nausée, d'autant que les vitres ne s'ouvraient pas à l'arrière. Elle le regrettait, anéantie par la fatigue et la chaleur.

Après avoir rangé le plan, soulevé le bas de son sac à deux mains pour soulager ses épaules du pincement des courroies, elle se remit en route, se glissant parmi un groupe de touristes bruyants qui marchandaient des bijoux en argent. Elle tourna à droite, puis tout de suite à gauche, et se retrouva dans une ruelle remplie de sacs-poubelle qui débordaient.

Le Nyang Palace était indiqué par un panneau jaune délavé, posé sur une chaise en plastique devant la porte. Katie entra dans un hall obscur, enjambant un panier rempli de fleurs d'oranger fanées et de grains de riz.

Il y régnait une odeur d'huile de friture. Des routards traînaient autour d'un canapé avachi, parlant une langue qu'elle ne reconnut pas. Une femme corpulente, assise sur un tabouret au bureau de la réception, mangeait du riz avec les doigts. Derrière elle, un homme allongé sur un matelas, portant des lunettes noires, regardait la télévision.

— Bonjour, l'accueillit la femme, suçant ses doigts. Vous voulez une chambre ?

— Oui, s'il vous plaît.

Katie garda son bagage sur le dos ; elle espérait que la transaction se passerait rapidement. Sinon, elle devrait le poser et craignait de n'avoir pas l'énergie de le ramasser.

— Dortoir ? Single ? Double ?

— Une single, s'il vous plaît.

— Quinze dollars.

Katie avait changé la moitié de son argent en roupies à l'aéroport. On le lui avait conseillé comme un moyen d'avoir de meilleurs prix.

— En roupies, s'il vous plaît.

— Non, non. Seulement dollars.

Trop épuisée pour marchander, elle tendit les billets.

La femme se leva et s'avança en traînant les pieds, chaussés de sandales ornées de bijoux. Le vernis de ses orteils était d'un violet sombre, brillant. Jetant un coup d'œil à ses mains boudinées, aux ongles rongés, Katie s'interrogea sur le petit plaisir qu'elle prenait à soigner ses pieds de la sorte.

Elle la précéda dans un escalier puis un couloir aux murs lézardés dont la peinture s'écaillait. Après avoir ouvert une porte, elle remit à Katie la clé attachée à une cordelette grisâtre.

Les indications furent sommaires.

— Toilettes, précisa-t-elle, montrant une porte verte sans poignée visible, avant de tendre le doigt vers le plafond. Terrasse pour fumer. Interdit dans chambre.

Les talons de ses sandales claquèrent lorsqu'elle s'éloigna.

La chambre, minable, était plongée dans la pénombre par des rideaux marron au bord effrangé. Katie les tira, dérangeant un moustique qui zigzagua vers le plafond en bourdonnant. La fenêtre aux vitres sales donnait sur un bâtiment délabré au-dessus duquel apparaissait un copeau du soleil de début de soirée. D'un coup d'épaules, Katie se débarrassa de son sac avant de s'effondrer sur le lit, évitant de penser au nombre de gens qui y avaient dormi.

Dans le silence de la pièce, Katie songea que tous les pays qu'elle avait visités les mois précédents l'avaient conduite ici : l'ultime escale de Mia.

Elle sortit le journal et le feuilleta : il ne lui restait qu'une soixantaine de pages. En quelques heures, elle aurait fini. Pourquoi ne pas le faire maintenant ? Elles étaient sous le bout de ses doigts, ne demandant qu'à être tournées.

Mais il lui était impossible de les lire d'une traite. Pas encore. Pendant les mois où elle avait voyagé dans le sillage de Mia, elle en était venue à comprendre sa sœur grâce à ce que celle-ci avait écrit. Si elle se plongeait dans les derniers feuillets maintenant, tout serait terminé. Elle devrait quitter Mia, pour toujours.

Katie mit le carnet de côté, décidant de ne plus l'ouvrir jusqu'au lendemain matin. Ce soir, elle avait une chose à faire, une chose qu'elle repoussait depuis bien trop longtemps.

Elle lissa ses cheveux derrière ses oreilles, prit son sac à main et sortit.

Il n'y avait pas de réseau pour son portable. Elle trouva une cabine à deux rues de l'auberge, près d'un bar animé où des routards riaient et buvaient en groupe comme des animaux agglutinés autour d'un point d'eau. Un morceau de musique se déversa dans la rue et un jeune couple se mit à se trémousser ; la fille balança les hanches sous son sarong, tandis que le garçon en tongs exécutait des pas glissés, faisant rire sa compagne. Leurs mains se rejoignirent, leurs doigts s'entrelacèrent, leurs paumes se touchèrent.

Katie entra dans la cabine et hésita. *Est-ce le téléphone dont tu t'es servie, Mia, quand tu m'as appelée la veille de ta mort ? Appréhendais-tu de me réclamer de l'argent ? Ou étais-tu sûre que je m'empresserais d'accepter ? Le moindre mot de cette conversation – la dernière – résonne encore en moi.*

Elle m'obsède. Ce que je t'ai dit me hantera jusqu'à la fin de mes jours.

Elle respira à fond avant de composer le numéro des parents de Finn pour leur demander celui de leur fils, espérant que son père décrocherait ; si c'était sa mère, il y aurait trop de questions. Elle s'éclaircit la gorge avant d'approcher le combiné de son oreille.

— Oui, allô ?

Elle le reconnut aussitôt, le sang afflua à ses joues.

— Finn ?

Il y eut une pause avant qu'il reprenne :

— Qui est-ce ?

Katie entendit une note d'espoir, incontestable. La tonalité étrangère, le léger décalage sur la ligne, sa voix si semblable à celle de sa sœur : s'était-il laissé aller à imaginer que ce pouvait être Mia ?

— C'est Katie.

Elle perçut sa déception dans le soupir qu'il poussa.

— Katie.

Continuerait-elle toujours à analyser la moindre réaction de l'homme qu'elle aimait en se demandant s'il lui avait préféré sa sœur ? Les lèvres pincées, elle s'accorda un instant pour recouvrer son sang-froid.

— Katie, répéta-t-il, d'un ton plus enjoué. Je suis content que tu aies appelé.

— Je ne m'attendais pas à ce que tu répondes. Je téléphonais à tes parents pour qu'ils me donnent ton numéro.

— Je séjourne en Cornouailles en ce moment.

— Ah, d'accord, dit-elle, étonnée qu'il ne soit pas retourné à Londres. Qu'est-ce que tu y fais ?

— Je bosse de nouveau au Smugglers Inn. J'ai été promu, je tire des pintes.

Katie sourit. Il s'agissait du pub du village, situé près du port, où Finn avait débarrassé et nettoyé les tables pendant sa dernière année de lycée.

— Pour un bond en avant, c'en est un ! Tu es sûr d'avoir la main ?

— La rareté des pourboires prouve le contraire.

— Il y a toujours les mêmes habitués ?

— En grande partie. Ils demandent tous de tes nouvelles. Spinney Jackson a souhaité avoir ton adresse pour t'écrire.

— C'est gentil.

— Je n'ai pas su laquelle lui donner.

Il s'interrompit.

— Où es-tu, Katie ?

Elle tripota la fermeture Éclair de son portefeuille.

— À Bali.

— Tu es vraiment là-bas ? On m'a parlé de ce que tu faisais – suivre l'itinéraire de Mia en fonction de ce qu'elle a écrit dans son carnet de voyage.

— Ah bon ?

— Je suis allé à Londres il y a deux mois et j'ai essayé de te joindre. Tu as changé de numéro ?

— Oui, depuis un certain temps.

— J'étais inquiet. Je suis passé à ton bureau.

Il s'est inquiété pour moi? L'idée que Finn avait posé des questions à son sujet au bureau lui procura un plaisir absurde. Il y était venu une fois la chercher pour le déjeuner, et avait bavardé avec le garde chargé de la sécurité pendant qu'elle se remettait du rouge à lèvres devant l'écran de son ordinateur.

— Une de tes collègues m'a dit que tu avais démissionné et m'a donné le numéro de Jess, qui m'a raconté le reste.

Katie avait oublié que Finn et Jess s'entendaient très bien. Ça lui plut qu'ils aient discuté ensemble.

— Je regrette de ne pas t'avoir prévenu. Je suis partie si précipitamment que ça m'a paru irréel jusqu'à ce que je me retrouve dans l'avion.

— J'ignorais que Katie Greene prenait l'avion.

— Elle aussi.

— Ed t'a rejointe?

— Il est venu en Australie.

Elle marqua un temps d'arrêt.

— En fait, nous sommes séparés. J'ai découvert ce qui s'était passé entre Mia et lui.

— Oh...

— Mia t'en avait parlé, n'est-ce pas?

— Oui, une fois, reconnut-il. C'est horrible pour toi.

— Ça n'a pas été une année géniale.

— Comment te sens-tu? Vraiment?

Katie réfléchit. Si sa rupture avec Ed l'avait terrassée au début, la douleur ne la fouaillait plus lorsqu'elle pensait à lui. Au fil des semaines, elle avait même commencé à éprouver un étrange soulagement.

— Pas trop mal, au fond. Mia m'a peut-être rendu service.

— Qu'est-ce que tu veux dire ?

— Ed et moi n'étions pas faits l'un pour l'autre. Ce qui est arrivé m'a obligée à en prendre conscience.

— Ç'a été un genre de choc thérapeutique ?

— Exactement.

— Donc, tu es toute seule à Bali ?

Une motocyclette pétarada dans la rue, infligeant à Katie la pestilence de ses gaz d'échappement.

— Oui, fit-elle.

— Cela te plaît de voyager ?

— C'est exaltant, même si ce n'est pas toujours évident. Je me sens seule.

L'envie de lui confier qu'il lui manquait la démangeait, mais elle résista.

— C'était intéressant de suivre vos traces, enchaîna-t-elle.

— Comment as-tu trouvé l'Australie-Occidentale ?

— Magnifique. Désertique. Une immensité écrasante. Dans le car, on roulait des heures sans croiser d'autre véhicule, c'en était presque sinistre.

— Et Bali ?

La nuit tombait. Une légère angoisse étreignit Katie. Peut-être que Bali représenterait toujours pour elle le lieu des ultimes semaines de Mia.

— Je ne sais pas trop encore.

De sa main libre, elle se lissa les cheveux.

— Bon, parle-moi de toi, maintenant. Comment tu t'en sors ?

— Honnêtement ? Pas très bien, répondit-il. Parfois, je n'arrive pas à croire qu'elle n'est plus là. Quand je vais à pied à Porthcray, je l'imagine qui me rejoint en courant.

Le jour surréaliste de mars où on avait enterré Mia revint à l'esprit de Katie : le vent glacial s'engouffrant sous son manteau lorsqu'elle se tenait devant l'église ; Finn dans son costume bleu marine, ses traits tirés malgré le bronzage.

Trois bips retentirent dans le téléphone pour la prévenir que la communication allait être coupée. Fouillant dans son portefeuille, Katie ne trouva que des billets.

— Écoute, Finn – ça va bientôt couper, je n'ai plus de monnaie –, je t'ai appelé parce que je voulais…

— Continue.

Les mots se bousculaient dans sa tête si bien qu'elle ne savait par où commencer.

— Le journal de Mia… m'a aidée à comprendre certaines choses.

— Lesquelles ?

— Pourquoi elle est venue à Bali par exemple. Tu ne l'as pas abandonnée.

— Non, c'est elle qui m'a laissé tomber.

—Je t'ai empêché de t'expliquer. Je suis désolée pour l'incident à l'enterrement…

— Tu n'as pas à te justifier, objecta-t-il d'un ton ferme d'où la légèreté avait disparu. Mia était sous ma responsabilité, j'aurais dû t'avertir qu'elle était à Bali.

— Non, Finn…

— Elle n'aurait jamais dû y aller seule.

— Ce n'était pas de ta faute.

— Tu le crois vraiment ? lâcha-t-il d'une voix monocorde.

Les bips montèrent en un crescendo qui s'acheva sur une note aiguë.

Katie s'installa dans un restaurant tranquille où elle commanda des nouilles. Les coudes sur la table, elle les regarda refroidir en les remuant de temps à autre avec sa fourchette ; elles se tortillaient comme des vermisseaux.

Finn occupait toutes ses pensées. Les souvenirs de leur passé commun l'effleuraient comme des baisers : les bulles de savon éclatant sur ses doigts la première fois qu'ils s'étaient embrassés ; l'habitude qu'avait Finn de fredonner en faisant la cuisine ; le frôlement de ses lèvres sur son front quand il la laissait endormie dans son lit. Puis d'autres images s'imposèrent : le corps de Mia cambré au-dessus de Finn la nuit où ils avaient fait l'amour sur les rochers ; leurs sourires le jour où ils s'étaient étreints dans la poussière rouge, tandis que des parachutes fleurissaient dans le ciel ; le mouvement des cheveux de Mia lorsqu'elle s'était retournée et avait vu Finn à l'aéroport de Perth.

Un serveur s'approcha de sa table, les pieds chaussés de souliers noirs éculés, bien cirés. Jetant un coup d'œil à son assiette, il lui demanda :

— Le plat vous convient, madame ?

De crainte de le vexer, elle avala quelques bouchées ; les épices lui brûlèrent la gorge. L'instant d'après, elle régla l'addition et partit.

Elle marcha d'un pas déterminé, comme elle veillait toujours à le faire à Londres, dès la tombée de la nuit. À quelques mètres de l'entrée de l'auberge, elle passa devant un vieil homme aux yeux d'un bleu laiteux, qui tirait une voiture à bras, attachée à sa taille par une corde. Les épaules voûtées, le souffle court, il se déplaçait lentement. Deux lanternes éclairaient l'intérieur de la charrette remplie de bols en coquille de palourde, de miroirs aux cadres incrustés de coquillages, de bougeoirs en nacre, de carillons éoliens fabriqués avec des scaphopodes.

Un collier attira le regard de Katie. Une perle pendait au milieu de minuscules coquillages enfilés sur une cordelette. Des frissons parcoururent sa nuque : c'était presque le même que celui que portait Mia à sa mort. *Tu t'es tenue là, comme moi ? Est-ce que le collier t'a rappelé les heures que nous passions à chercher des coquillages sur les plages de Cornouailles ? Noah t'accompagnait ? Étais-tu heureuse à ce moment-là ?*

Elle acheta le bijou, qu'elle attacha aussitôt autour de sa gorge. Les coquillages étaient frais sur sa peau et elle roula la perle entre ses doigts pour la réchauffer.

Une fois à l'auberge, elle évita le groupe tapageur de la réception et monta. À travers les minces cloisons du couloir, elle entendit des jurons, suivis par un bruit sourd, comme si on avait donné un coup de pied dans une table. Elle décida de s'enfermer de l'intérieur et fut contente de ne pas partager un dortoir.

Elle s'arrêta net. Une des portes était grande ouverte. Il y avait un trou dans le bois sous la serrure. Elle pivota sur ses talons pour s'assurer qu'elle ne s'était pas trompée de direction : non, il s'agissait bien de sa chambre.

Son cœur se mit à battre la chamade. Elle s'avança timidement.

— Il y a quelqu'un ?

Pas de réponse. Elle tendit la main et chercha à tâtons l'interrupteur sur le mur, qu'elle pressa. Les rideaux voletaient dans la brise. Un cafard détala dans un coin de la pièce.

Elle scruta le sol, le lit, la table. Rien.

Son sac à dos avait disparu.

Une pensée domina toutes les autres : le journal de Mia.

Une porte claqua derrière Katie, qui sursauta et virevolta. Un garçon au crâne rasé lui lança un regard furieux.

— Toi aussi ? lâcha-t-il d'un ton bourru, avec l'accent du Nord. Les salopards !

Le couloir trembla lorsqu'il le parcourut au pas de charge.

Katie retourna dans sa chambre, se frottant les yeux comme pour occulter ce qu'elle voyait. Peine perdue : on l'avait bel et bien cambriolée.

Elle sortit à reculons, puis fit volte-face et se précipita dans l'escalier, son collier rebondissant sur son sternum.

— Mon sac à dos a disparu ! cria-t-elle.

Derrière son bureau, la réceptionniste émit un bruit désapprobateur, gonflant les joues.

— Oui. Oui. Police vient. Six chambres dévalisées, précisa-t-elle, désignant des clients plantés dans le hall.

Deux filles aux yeux bouffis qui croisaient les bras, un homme qui gesticulait en parlant dans un portable, une vieille dame aux joues creuses qui écrivait une liste à l'intérieur de la jaquette d'un livre.

— Nous désolés. Très, très désolés. Mais pas la faute de l'auberge.

— Qui a fait ça ? La police cherche ?

— Beaucoup passage ici. On voit pas tout le monde. Police trouvera.

La réceptionniste tapota un bout de papier posé sur le bureau.

— Numéro de police, oui ?

Katie regarda les six chiffres.

— C'est tout ? Vous ne me donnez aucune autre information ?

Haussant les épaules, la femme se détourna de Katie.

Non, pensa celle-ci. *Non ! Je ne peux pas perdre le journal. Ce serait comme si je te perdais de nouveau.*

L'air parut s'épaissir. La gorge serrée, Katie eut du mal à respirer. Sa vue se brouilla. L'instant d'après, elle se frayait un chemin à travers la foule et sortait de l'auberge en chancelant. Son pied heurta quelque chose, elle trébucha et tomba dans la rue sombre. Une douleur fusa dans ses genoux lorsqu'ils se cognèrent sur le trottoir.

Un léger tintement se fit entendre, semblable au bruit de la pluie. Katie regarda par terre. Son collier s'était détaché : les petits coquillages et la perle s'éparpillaient.

20

Mia

(Bali, février)

Le taxi vrombit avant de s'arrêter dans un crissement de pneus.

— C'est ici, déclara le chauffeur, tirant brutalement le frein à main. Seule auberge de jeunesse de Nyang. Deux minutes à pied des vagues.

Le panneau indiquant le Nyang Palace était posé sur une chaise en plastique. La peinture du mur s'écaillait. Le néon qui clignotait au-dessus de la porte attirait un essaim de moustiques. Pourvu que Noah se soit installé ici, espéra Mia. Elle régla la course, posa le pied sur le trottoir et jeta son sac à dos sur une épaule.

Les immeubles s'élevant tout autour emmagasinaient la chaleur. Mia sentit des effluves d'épices et une odeur sucrée évoquant du miel brûlé. Un bruit de pas résonna derrière elle. Se retournant, elle découvrit un homme âgé qui tirait une voiture à bras remplie d'objets et de bijoux en coquillages. Il perçut son intérêt et s'immobilisa.

Elle s'approcha. Un collier de coquillages blancs d'où se détachait une perle la séduisit. Elle le prit. Dans ses mains, il était léger, d'une grande délicatesse.

— C'est vous qui l'avez fait?

— Oui, répondit le vieillard.

— Il est joli.

Le visage du marchand ambulant s'épanouit en un sourire édenté.

— Merci. Coquillages des plages de Bali.

Voilà qui rappela à Mia les recherches de coquillages et de morceaux de verre avec sa sœur. L'automne était la meilleure saison car les tempêtes agitaient le fond de la mer et drossaient bouts de bois, cordes décolorées, pierres polies par les vagues. Les soirées froides, lorsque le jour tombait dès 16 heures, elles s'asseyaient en tailleur devant le poêle à bois et fabriquaient des colliers avec leur butin. Chaque fois que Mia en mettait un - que ce soit sous une écharpe ou un manteau –, elle avait l'impression de porter l'été sur elle.

— C'est combien?

— Quinze mille roupies.

L'équivalent d'une livre.

— Il me plaît beaucoup.

Elle fourra le double de la somme dans la paume ridée du vieil homme avant de lui souhaiter une bonne soirée. Puis elle pénétra dans l'auberge, le collier à la main.

Le bureau en bois éraflé de la réception se trouvait devant l'entrée du salon des propriétaires.

— Bonjour? cria-t-elle.

Une femme sortit d'un pas traînant par une porte latérale.

— Il est tard, je m'excuse. Vous avez une chambre?

On l'emmena dans une pièce exiguë meublée uniquement d'un lit, d'une moustiquaire et d'une table en bambou. Comme la femme s'apprêtait à partir, Mia lui demanda :

— Est-ce que quelqu'un qui s'appelle Noah séjourne ici ?

— Terrasse, répondit-elle, désignant le plafond du doigt. Gens font fête là-haut. Ou sur plage. Beaucoup feux de camp pour touristes.

Mia laissa tomber son sac à dos. Il n'y avait aucune glace. Elle passa néanmoins la main dans ses cheveux pour démêler quelques nœuds. À défaut de maquillage, elle se lécha les lèvres et s'humecta les yeux desséchés par le vol en les clignant plusieurs fois.

Elle emprunta le couloir sans fenêtres jusqu'au bout, où une lourde porte coupe-feu donnait sur un escalier de secours. Elle monta les marches en métal qui grincèrent, s'accrochant à la rampe.

De la musique et des éclats de rire s'élevaient de la terrasse ; elle s'arrêta, l'oreille aux aguets. Malgré le brouhaha, elle fut convaincue de reconnaître l'accent australien. Son pouls s'accéléra à l'idée de voir Noah, même si la façon dont il était parti la faisait toujours souffrir. Elle espérait qu'il se réjouirait de sa venue.

Quant à Finn, elle s'était efforcée de le chasser de son esprit. Soudain, l'image du jeune homme l'attendant à l'aéroport s'imposa à elle. Elle l'avait entendu crier son nom et, faisant volte-face, elle l'avait aperçu en train d'agiter la main. Bien sûr, elle aurait dû lui parler, tenter au moins de lui donner une explication, mais elle était tellement tendue que les mots s'étaient coincés dans sa gorge. Du coup, elle s'était contentée de sourire, les lèvres pincées, les yeux pleins de larmes. Au fil du temps, ils avaient dû échanger des milliers de sourires – de joie, de complicité, d'encouragement, de soulagement –, et elle savait que Finn avait compris le sens de celui-là : une excuse pour ce qu'elle s'apprêtait à faire.

Sous le choc, les muscles de son visage s'étaient affaissés, il s'était décomposé. Elle s'était obligée à lui tourner le dos. Si elle avait jeté un coup d'œil par-dessus son épaule, elle n'aurait jamais pu le quitter.

Prenant une profonde inspiration, elle grimpa les dernières marches. La terrasse sur le toit était petite, saturée d'odeurs d'huile de coco et de marijuana. D'une vieille stéréo posée en équilibre sur une caisse renversée, Bob Marley hurlait dans la nuit. Des gens étaient agglutinés autour d'une table basse, couverte de bouteilles de bière, d'un jeu de cartes étalé, de bougies chauffe-plat et d'un cendrier débordant de mégots. Des planches de surf étaient rangées le long de la balustrade, derrière laquelle Mia distingua les phares de voitures roulant dans les rues proches de l'établissement. Elle s'imagina que, si elle se tournait, la mer serait là, sombre et vigilante.

Un type aux dreadlocks clairsemées disait :

— Ils deviennent plus sévères. Ce Kiwi a fait trois mois, sans déconner, pour de l'herbe.

En face de lui, une fille au ventre nu se cambrait, rigolant aux propos de son voisin. Lorsqu'elle se redressa, Mia reconnut Zani.

Au bout du toit, une voix s'éleva, qui la fit sursauter.

— Ma parole, regardez qui est là.

Adossé à la rambarde, les chevilles croisées, Jez tenait une bouteille de bière par le goulot.

— T'es venue chercher le beau gosse ?

Il s'avança vers Mia, qui devint le point de mire.

Se forçant à plonger les yeux dans les siens, elle lui demanda :

— Noah est ici ?

Il balaya l'espace du regard.

— Je ne le vois pas.

Sûre de piquer un fard et espérant que Jez ne s'en rendrait pas compte grâce à l'obscurité, elle enchaîna :

— Il dort ici ?

— Et si je te montrais sa chambre ? proposa Jez, traversant la terrasse.

Lorsqu'il parvint à sa hauteur, ils se dévisagèrent. Mia fut désarmée car il avait les mêmes yeux sombres que Noah. Comme elle tentait de déchiffrer son expression – rancœur ? colère ? – il s'éloigna.

Elle hésita à le suivre, mais son envie de retrouver Noah eut raison de sa réticence.

Jez dévala l'escalier en laissant traîner sa bouteille sur la rampe. Au pied des marches, il se retourna vers Mia. L'endroit était sombre, loin des lumières du toit, et trop exigu pour qu'elle puisse le croiser.

— Dis-moi, Mia, l'interpella-t-il, étirant les deux syllabes de son prénom comme s'il soufflait un baiser. Pourquoi es-tu là ?

— Pour Noah.

Il but une gorgée de bière.

— T'es quoi ? Amoureuse de lui ?

— Ce n'est pas tes oignons.

Le morceau de musique devait être terminé. Le silence se prolongea entre eux.

— Je t'aime bien, alors je vais te donner un conseil.

Il se pencha vers l'oreille de Mia, qui sentit son haleine chargée d'alcool.

— Taille-toi.

— Je ne demande pas mieux, sauf que tu me bloques le passage.

Il s'esclaffa.

Une nouvelle chanson retentit dans l'escalier, s'échappant dans la nuit.

— Si tu ne t'en vas pas, Noah mettra les voiles. Peut-être pas maintenant, ni d'ici à quelques mois, mais tôt ou tard. Partir, il sait faire.

En effet, je suis au courant.

Jez ouvrit la porte donnant sur le couloir, et ils furent à nouveau éclairés. La conversation était terminée. Mia essaya de se représenter Noah et Jez petits garçons jouant au foot sur une plage ou faisant ricocher des galets sur les vagues. L'un avait-il visé le visage de l'autre avec le ballon ou brandi une pierre avec fureur ? Elle ne comprenait pas leur relation. Ils n'avaient manifestement aucune envie de voyager ensemble, pourtant il y avait un lien incontestable entre eux.

Jez lança par-dessus son épaule :

— Je suppose qu'il ne sait pas que tu es là.

— Non.

— Tu auras un sacré bout de chemin à faire pour rentrer si la surprise ne lui plaît pas.

— Elle lui plaira, affirma Mia avec une conviction qu'elle n'éprouvait pas.

— Tu es sur le point de le découvrir.

S'arrêtant devant une porte, il la gratta avec ses jointures.

— Livraison spéciale.

Avant de s'éloigner, il chuchota :

— Je t'aurais prévenue, Mia.

Elle avait oublié l'effet que lui faisait sa présence physique. Plus grand que dans son souvenir, il s'encadrait dans l'embrasure. Son visage très bronzé formait un contraste avec le tee-shirt blanc au col élimé. Elle eut envie de poser la bouche sur son cou, de goûter la saveur de sa peau.

— Mia ?

Il porta la main à sa mâchoire, le tatouage noir s'étira sur les veines, à l'intérieur de son avant-bras.

— Qu'est-ce que tu fais ici ?

— J'étais à Bali, alors je t'ai cherché, répondit-elle avec un sourire désinvolte, malgré la nervosité qui lui nouait l'estomac.

— Où est Finn ?

Elle se déplaça dans le couloir.

— Je suis venue seule.

La pomme d'Adam de Noah tressauta, tandis qu'il prenait conscience qu'elle était là pour lui.

Il s'effaça pour la laisser entrer, évitant soigneusement de la toucher.

Une petite lampe éclairait la chambre où un ventilateur de plafond brassait l'air chaud. Elle reconnut ses affaires : un sac vert fatigué au pied du lit, un bermuda en train de sécher sur une tringle, une planche de surf dont la laisse était enroulée autour des dérives. Son corps avait laissé une empreinte sur le drap. Elle tendit la tête pour déchiffrer le titre du livre à l'envers sur l'oreiller : *Le Vieil Homme et la Mer.*

On ne pouvait s'asseoir que sur le lit, aussi Mia s'approcha-t-elle de la fenêtre et regarda-t-elle l'allée obscure. Elle entendit le déclic de la porte qui se fermait et le bruit sourd que fit Noah en s'y adossant.

Lorsqu'il prit la parole, ce fut à voix basse.

— Tu n'aurais pas dû venir.

Elle se retourna.

— Ne dis pas ça !

— C'est parce que Finn le pensait qu'il ne t'a pas accompagnée ?

Des sanglots lui picotèrent la gorge. Il lui était insupportable de penser à celui qu'elle avait abandonné, elle ne pouvait se focaliser que sur l'homme qu'elle était venue voir. Elle releva le menton.

— Noah, tu m'as envoyé un mail.

— C'était idiot de ma part.

— Donc, ça te paraît normal de disparaître sans même dire au revoir à la fille avec qui tu as fait l'amour pendant deux mois ?

— Nous avons traîné ensemble. Nous avons couché ensemble. Ce n'est pas pour autant que nous étions un couple.

— C'était plus que ça.

— Pas pour moi.

— Ne joue pas sur les mots, tu vaux mieux que cela.

Le regard de Noah s'assombrit.

— Vraiment ?

— Oui, affirma-t-elle, s'avançant d'un pas. Pourquoi as-tu envoyé l'e-mail ?

— Je n'aurais pas dû.

— Sauf que tu l'as fait.

Elle s'approcha suffisamment pour lui effleurer le visage. Le ventilateur fit voler des mèches sur ses épaules.

— Pourquoi l'as-tu envoyé ? répéta-t-elle.

— Je t'en prie, va-t-en, balbutia-t-il.

Quelques centimètres les séparaient. Pour la troisième fois, elle demanda :

— Pourquoi l'as-tu envoyé ?

Les yeux rivés sur elle, il répondit distinctement :

— Parce que j'espérais que tu viendrais.

Mia l'avait compris dès qu'elle avait lu son message. Il y avait quelque chose entre eux, une affinité qu'elle avait sentie dès la première nuit à Maui. Lui aussi, elle en était certaine.

Elle porta lentement la main à la joue de Noah, sa barbe naissante lui gratta la paume et son pouls palpita au bout de ses doigts, là où leurs peaux se touchèrent. Elle perçut une tristesse en lui, dont la nature lui échappait. Elle posa ses lèvres sur les siennes et l'embrassa. L'intensité de sa passion lui coupa le souffle.

Il la prit dans ses bras et l'étreignit comme s'il voulait ne jamais la laisser partir.

Le désir jaillit du plus profond de Mia et déferla. La sueur inonda leurs dos, coula entre leurs cuisses. Le souffle de Noah s'accéléra, tandis qu'elle lui mordillait l'épaule. Elle frissonna.

Il émit un long grognement avant de se pencher sur elle, enfouissant sa figure dans ses cheveux.

Allongée, elle écoutait le ronronnement du ventilateur, la respiration de son amant, dont le cœur battait contre sa poitrine. Ne serait-ce que pour ça, j'ai eu raison, pensa-t-elle.

Noah se redressa et, s'appuyant sur un coude, la scruta avec une telle intensité qu'elle eut l'impression qu'il cherchait quelque chose de perdu sur son visage. Du pouce, il repoussa une mèche humide de sa tempe.

—Je suis désolé d'avoir fichu le camp comme ça.

Il s'interrompit. Elle patienta, persuadée qu'il tenait à s'expliquer.

—La météo s'annonçait bonne, Jez nous a trouvé des vols, et voilà. J'aurais dû te chercher pour t'avertir. En fait, je ne savais pas quoi dire, ni ce que je voulais, reconnut-il, détournant les yeux.

Mia déglutit.

— Et maintenant ?

Il roula sur le dos et s'étira, si bien que son ventre se creusa. Faisant un oreiller de ses bras, il répondit :

— Ça, ce qu'on a... représente beaucoup pour moi.

Mia le comprit. Dans l'avion pour Bali, elle avait relu des chansons de son père recopiées dans son journal. L'impuissance inhérente au sentiment amoureux était le sujet de la plupart des dernières qu'il avait composées. Les paroles l'avaient captivée, comme si son père ouvrait une porte de sa psyché et lui montrait ce qu'elle éprouvait. Ces ballades romantiques où les métaphores d'extase se conjuguaient à celles de l'inhibition s'étaient gravées dans sa mémoire. La symétrie de leurs vies se déroulant comme sur des rails parallèles l'avait frappée.

— Pour moi aussi, dit-elle, songeant qu'ils s'étaient tout de même retrouvés.

Lorsqu'elle était calme, Mia osait imaginer un avenir avec Noah : un périple en Indonésie, des promenades main dans la main sur des plages désertes et, plus tard, un voyage en Angleterre, en Cornouailles, pour lui faire découvrir sa mer.

— Tout ce que je sais, reprit-il, c'est que je suis heureux que tu sois là.

Mia sourit. Pour l'heure, elle devait se contenter de cette déclaration.

Elle se tourna. La tête sur le ventre de Noah, elle observa la rotation des pales du ventilateur. Le bruissement de l'air ne couvrait pas le bruit d'un groupe électrogène ni la musique s'échappant de la terrasse.

— Parle-moi de Bali, demanda-t-elle.

Il prit une inspiration et la tête de Mia se souleva en même temps que son ventre.

— L'eau est extraordinaire – transparente et lisse –, les vagues déferlent de l'océan Indien. Le spot de surf est plein de monde. Il y a des tas de mecs en position sur les principaux breaks.

— Tu y es déjà allé ?

— J'ai vécu un an ici.

— Quand ?

— J'avais seize ans.

— Avec ta famille ?

— Non, tout seul.

Mia tenta de s'imaginer seule dans un pays étranger avant de poser sa question :

— Pourquoi ?

— J'avais besoin d'espace et envie de surfer.

— C'était courageux.

— Je n'en avais pas l'impression.

— Tu ressentais quoi ?

— Ça remonte à loin, répondit-il, sans développer.

— Bali a beaucoup changé, reprit Mia, pour relancer la conversation.

— La première fois que je suis venu ici, la pratique du surf n'était pas vraiment à la mode. Les plages étaient encore désertes. Il y a un break très connu, appelé Seven Points – on le voit dans tous les films sur le surf, alors tout le monde veut en chevaucher les vagues. Il y a dix ans, le seul moyen d'y arriver, c'était de payer un gars du cru qui vous faisait traverser son terrain derrière son scooter. Il fallait descendre une échelle de corde rudimentaire et le mec surveillait le matériel qu'on avait apporté jusqu'à ce qu'on rentre en pagayant. À présent, non seulement une route asphaltée y mène, mais un café s'est installé, où on vend des DVD sur le surf et des glaces.

— Les gens d'ici doivent être furieux.

— Certains sont ravis. Le tourisme, c'est de l'argent facile. N'empêche que le changement a déplu à beaucoup. C'est une île magnifique que les promoteurs ont défigurée.

— Tu comptes rester combien de temps cette fois ?

— Je ne sais pas trop. Ça dépend de beaucoup de choses.

Au lieu de préciser lesquelles, il lança à Mia :

— Et toi ? Tu as des projets ?

— Je devrais être en Nouvelle-Zélande, précisa-t-elle, se demandant si Finn avait attrapé le vol prévu. Finn et moi avions décidé d'y travailler deux ou trois mois pour gagner du fric. Mais les choses ne sont plus pareilles entre nous.

Noah respira un bon coup comme s'il se préparait à parler, puis l'air sortit de ses poumons sans qu'aucun mot ne suive.

Il posa la main sur la sienne. Elle la porta à ses lèvres et embrassa l'intérieur de son poignet, où commençait son tatouage. Elle examina la vague, intriguée par les chiffres inscrits sous la lèvre qui se brisait. Il s'agissait d'une date, comprit-elle, tout en l'effleurant.

— Qu'est-ce que ça signifie ?

— C'est un anniversaire.

Noah retira sa main et se redressa. Ce qui obligea Mia à s'asseoir.

— Le jour de la mort de mon frère, ajouta-t-il.

— Tu avais un autre frère? fit Mia, veillant à ce que sa voix ne révèle pas son étonnement.

— Johnny.

— Il est mort à quel âge?

— Vingt-deux ans.

D'après la date du tatouage, c'était onze mois auparavant.

Balançant ses jambes hors du lit, Noah enfila un short décoloré par le soleil.

Lorsqu'il se retourna, elle remarqua ses traits soudain creusés et sa mâchoire crispée.

— Ça va, Noah?

Ses lèvres s'étirèrent en un sourire.

— Bien sûr.

Elle fut loin d'être convaincue: l'attitude de Noah lui rappelait la sienne.

— Tu as pris une chambre ici? voulut-il savoir.

— Oui.

— Tu pourrais y retourner, il est très tard.

Mia s'était attendue à cela: elle n'avait jamais passé une nuit avec lui. Ce n'était manifestement pas le moment de l'interroger à ce sujet.

Elle se rhabilla et se dirigea vers la porte. Il la suivit, la clé à la main.

— Tu sors?

— J'ai besoin de prendre l'air.

Ses yeux ne brillaient plus. À cause de l'évocation de son frère, devina-t-elle. Debout dans le couloir, elle se creusa la cervelle pour trouver le mot juste.

Il ferma la porte et fourra la clé dans sa poche.

Rien ne vint à l'esprit de Mia.

— Bonne nuit, dit-il.

Elle le suivit du regard, apercevant par intermittence la vague noire sur le bras qu'il balançait. La phrase de Jez résonna à ses oreilles : *Partir, il sait faire.*

21

Katie
(Bali, août)

— Il y a eu des messages pour moi ? demanda Katie, les paumes à plat sur le bois ciré de la réception de l'hôtel Khama Heights.

— Oui, répondit Ketut. Un message.

Faites qu'on ait retrouvé mon sac à dos, supplia-t-elle en silence, tandis qu'il lui tendait un bout de papier.

— C'est de la part du service des passeports. On va vous en envoyer un nouveau à la fin de la semaine.

— Ah, rien d'autre ?

— C'est tout pour aujourd'hui, mademoiselle Katie. On retrouvera peut-être vos bagages demain.

Katie retira ses mains, qui laissèrent une légère trace humide sur le bureau.

— Je suis ici depuis combien de temps, Ketut ?

— Douze jours, précisa-t-il, sans avoir besoin de vérifier.

Cela faisait donc douze nuits qu'on l'avait volée. Heureusement, il lui restait son portefeuille, aussi avait-elle pu prendre un taxi pour se réfugier dans un hôtel « sûr ». Elle se rappela être entrée, sans bagages, dans le majestueux hall du Khama Heights. Et Ketut, en blazer bordeaux impeccable, posté à la réception, lui avait demandé avec un sourire chaleureux en quoi il pouvait lui être utile. Il avait appelé à sa place la police et l'ambassade de Grande-Bretagne, tandis qu'elle tirait sur un fil de sa robe jusqu'à ce que l'ourlet se défasse.

Depuis ce jour-là, elle s'était rendue à trois reprises au commissariat. Elle avait patienté dans une entrée où il faisait une chaleur accablante, où régnait une odeur de désinfectant, écoutant les fanfaronnades d'hommes qui jacassaient en balinais derrière un grand comptoir en bois. Chaque fois, on lui avait répété qu'on prendrait contact avec elle s'il y avait du nouveau.

Katie avait tout perdu – ses fringues, ses sous-vêtements, une trousse de produits de maquillage Chanel, sa nouvelle boîte de tubes de peinture acrylique, deux robes de Mia, sa bague de fiançailles ; c'était cependant la disparition du journal qui l'accablait. Dans ses fantasmes, elle retrouvait les cambrioleurs, les secouait par les épaules, leur hurlait au visage jusqu'à ce qu'ils comprennent le mal qu'ils lui avaient fait.

— Mademoiselle Katie ? l'interpella Ketut. Vous ne vous sentez pas bien ?

Posant la main sur son front, elle sentit la moiteur de sa peau. Elle avait des insomnies et ne se nourrissait pas convenablement.

— Si, si. J'ai juste besoin d'air.

Se concentrant sur sa respiration, elle traversa le hall pour sortir dans le jardin. Comme elle descendait les quelques marches qui y menaient, elle aperçut son reflet dans un miroir encadré de bois sculpté et s'arrêta. Sa coupe avait disparu parce que ses cheveux avaient poussé, et ceux-ci, faute de balayage, étaient d'un blond plus foncé aux racines. Elle avait beaucoup maigri, cela se voyait à ses joues creuses et à son sternum qui saillait. Elle ne se maquillait plus, n'ayant pas jugé utile de remplacer le contenu du sac à dos, à part quelques robes en coton achetées à l'étal d'un marché.

Katie s'avança, tête basse, dans le parc admirablement entretenu de l'hôtel, où une brise charriait le parfum des frangipaniers. Devant elle, une vieille dame se courbait pour rattraper son chapeau, emporté par le vent. Il s'envola. Elle se précipita derrière lui, sa lourde poitrine à peine dissimulée par un sarong orange vif. Le chapeau roula sur la pelouse et s'arrêta au niveau de Katie, qui le ramassa.

— Merci ! s'exclama la femme, quand elle le lui tendit. Je n'arrête pas de me dire qu'il faudrait l'attacher.

Katie sourit, prête à poursuivre sa promenade.

— Encore un bel après-midi. Nous sommes gâtés, n'est-ce pas ? J'ai entendu dire qu'il pleut sans discontinuer depuis une semaine chez nous. Vous êtes anglaise ?

Katie fit signe que oui. Elle n'avait eu aucun échange avec les autres clients de l'hôtel car elle évitait le bar ou le restaurant, préférant prendre ses repas dans sa chambre où personne ne pouvait l'observer en train de picorer.

— J'en étais sûre !

L'inconnue avait les joues rosies par la chaleur et rubicondes aux endroits où la couperose prédominait.

—Je ne me souviens pas vous avoir vue accompagnée, reprit-elle. Vous êtes seule?

— Oui

Elle s'approcha et posa la main sur le bras de Katie.

— C'est un homme, n'est-ce pas?

— Pardon?

— Si vous êtes ici, c'est pour vous remettre d'une rupture, j'ai raison?

Katie secoua la tête.

— Ah bon. J'ai pourtant de l'intuition pour ce genre de chose. Je dois perdre la main! constata la femme en riant. Dans ce cas, qu'est-ce qui vous amène à Bali?

Katie déglutit.

— Ma sœur est morte récemment.

— Bonté divine, quelle horreur! Je suis vraiment désolée. Il ne s'agit pas de cette pauvre fille dont on parle dans le journal? Elle est tombée de sa mobylette.

— Non, répondit Katie, pressée de lui fausser compagnie.

— Une fille ravissante, elle ne portait pas de casque! Ça aurait pu lui sauver la vie! Une tragédie. Mais la mort d'un jeune l'est toujours, n'est-ce pas, alors qu'il a toute sa vie devant lui? Comment avez-vous perdu votre sœur?

— Elle s'est suicidée, déclara Katie, d'une voix monocorde.

Elle fut la première étonnée d'avoir éprouvé l'envie de choquer la vieille dame, et davantage encore d'avoir parlé tout haut, une manière de vérifier si l'idée devenait vraisemblable.

L'inconnue eut beau ouvrir la bouche, aucune parole ne franchit ses lèvres.

Un silence de plomb s'abattit, rompu uniquement par un faible jet d'eau et le bruissement des palmes agitées par la brise.

— Je suis désolée, finit par balbutier son interlocutrice, sans la regarder.

Katie sortit du jardin, le cœur battant. Elle longea la plage, passant devant des transats disposés deux par deux à des intervalles préservant l'intimité, sur lesquels des couples en maillot lisaient ou somnolaient. Elle détourna les yeux et continua à marcher, les sandales pleines d'un sable chaud et doré.

Le soleil tapait sur sa nuque, lui rappelant qu'elle aurait dû mettre de la crème. Une fois suffisamment loin de l'enceinte privée de l'hôtel, elle s'écroula à l'ombre d'un palmier. Sa gorge était desséchée. Depuis quand n'avait-elle rien bu ? Épuisée, elle regretta la fraîcheur de sa chambre.

Katie posa le menton sur ses genoux remontés contre sa poitrine. *Est-ce que je déraille, Mia ? J'ai l'impression de ne plus me connaître. Ça t'étonne ? Moi, à propos de qui tu as écrit une fois : « Katie ne doute pas d'elle et évolue dans le monde avec confiance. » Eh bien, désormais, j'ai l'impression de n'avancer que sur la pointe des pieds.*

Je n'ai pas les moyens de rester ici beaucoup plus longtemps, mais je ne sais pas quoi faire. L'idée de rentrer en Angleterre me terrorise, je ne crois pas en avoir la force. Ton journal était la seule chose qui structurait mes journées, sans lui je me sens… à la dérive. Les heures s'étirent, interminables, et Seigneur, Mia, quel isolement ! Je souffre terriblement de la solitude.

La nuit, c'est pire que tout. Je n'arrête pas de rêver de toi. Je suis à côté de toi sur la crête de la falaise. Nous nous disputons. Tu es furieuse contre moi parce que tu viens de découvrir que j'ai lu ton journal. Le vent relève tes cheveux et je vois tes yeux incendiés par la colère. Tu réclames ton carnet. Je ne réagis pas. Nous écoutons les vagues qui s'écrasent en bas. Quand tu me le redemandes, je t'avoue que je l'ai égaré – je l'ai oublié par négligence à l'auberge de jeunesse et je suis partie dîner. À force d'imaginer les belles pages couleur crème remplies de confidences perdues à jamais, tu te mets dans un tel état de rage que tu bouges sans regarder où tu poses les pieds, si bien que tu t'approches du précipice. J'ai tellement peur que tu tombes que je tends le bras. Mais, au lieu de te tirer en arrière, je te pousse.

Voilà à quoi je rêve, Mia. Toutes les nuits.

Les larmes ruisselaient sur les joues de Katie, inondant ses genoux et l'ourlet défait de sa robe.

— Katie ?

Au son de cette voix, elle ressentit comme une décharge électrique.

Il se tenait devant elle, une main en visière devant les yeux pour se protéger du soleil. Pâle. Les cheveux très courts.

— Finn ?

Il tenta de dissimuler le choc que lui avait causé son apparence. Le chagrin l'avait marquée physiquement : cernes, maigreur... Ses cheveux avaient poussé, si bien qu'il lui sembla, l'espace d'un instant aberrant, regarder Mia.

— Finn ? répéta-t-elle, se levant. Mon Dieu, c'est bien toi !

Elle s'avança d'un pas chancelant et jeta ses bras autour de son cou.

Il huma son parfum, les yeux fermés, s'abîmant dans un souvenir.

Enfin, Katie se dégagea. Elle s'essuya le visage et ramena ses cheveux derrière ses oreilles. Elle avait la fragilité d'une fleur fanée, privée d'eau.

Elle le scruta.

— Qu'est-ce que tu fais ici ?

— J'ai pensé que tu avais besoin d'un peu de compagnie, répondit Finn d'un ton léger.

Il se garderait bien de lui dire que sa voix blanche l'avait effrayé. Il avait laissé une des sœurs Greene s'aventurer seule dans cette île, on ne l'y reprendrait plus.

— Comme as-tu su où j'étais ?

— J'ai parlé à Jess.

— Elle ne m'a pas prévenue que tu venais.

— Tu ne consultes pas tes mails avec la même assiduité ces derniers temps, fit-il remarquer en souriant. Nous avons ourdi un complot ensemble, te savoir seule ici ne nous plaisait pas.

Les yeux de Katie se voilèrent. Elle mit un certain temps à lui demander :

— Quand es-tu arrivé ?

— Il y a deux heures. J'ai pris un taxi pour aller directement à l'hôtel, où le type de la réception m'a dit que tu serais sur la plage.

Elle lui adressa son premier sourire.

— Je n'arrive pas à croire que tu sois là.

— Et si on se promenait ?

Ils marchèrent au bord de l'eau. Une brise légère en ridait la surface, tandis que des vaguelettes se brisaient sur le rivage. Outre l'odeur de la mer qui flottait dans l'air humide, Finn sentit des effluves d'un agrume inconnu.

— Jess m'a raconté le vol de ton sac à dos.

— Le journal de Mia était dedans.

— Je sais.

Il lui jeta un coup d'œil : elle se mordait la lèvre inférieure.

— J'ai l'impression de l'avoir perdue une deuxième fois.

— Hé, protesta Finn, lui donnant un petit coup d'épaule. Tu ne vas tout de même pas regretter quelques pages de divagations de Mia, alors que tu m'as sous la main pour me raconter tes voyages !

Katie sourit.

— En tout cas, c'est toi l'aventurière en ce moment.

— Pas vraiment.

— Tu as campé ?

— Non. En revanche, j'ai dormi dans des auberges de jeunesse.

— Katie Greene dans une auberge de jeunesse ? Je rêve !

— J'ai aussi fait du saut en parachute.

— Pas possible ! En Australie ? Slade Plains ?

— Oui.

— Et c'est la même fille qui refusait de sauter dans une flaque laissée par la marée avant d'avoir évalué les risques. Je suis impressionné.

— Il n'y a pas matière, j'ai détesté ça.

Finn éclata de rire.

— Mia, elle, a adoré, n'est-ce pas ?

— Je jure avoir vu son visage épanoui à mille pieds de haut !

Elle s'était précipitée vers lui dans sa combinaison, ses lunettes sur le sommet du crâne, ses yeux brillants de joie.

— Vous vous êtes bien amusés tous les deux.

— C'est vrai, acquiesça-t-il.

— Après le départ de Mia, qu'est-ce que tu as fait ?

— J'ai raté mon avion pour la Nouvelle-Zélande, alors je suis resté en Australie. J'ai loué une voiture pour me rendre sur la côte est.

— Un long trajet.

— En effet, reconnut Finn, se souvenant des routes poussiéreuses, torrides, et des nuits froides où il dormait sur la banquette arrière. Je n'y suis jamais arrivé.

— Où as-tu appris la mort de Mia ?

— Dans une station-service. Un trou paumé. Comme il y avait un vieil ordinateur relié à Internet, je me suis connecté pour consulter mes mails. Mon frère m'avait envoyé sept messages où il me demandait d'appeler chez moi d'urgence. J'avais perdu mon portable quelques semaines auparavant, du coup personne n'avait pu me joindre. J'ai filé vingt dollars à l'employée pour qu'elle me laisse utiliser le téléphone du bureau.

Elle lui avait interdit de venir derrière le comptoir, aussi avait-il passé son coup de fil penché par-dessus, un présentoir de bonbons à la menthe s'enfonçant dans sa hanche.

— Mon père a répondu, poursuivit Finn. J'ai compris qu'il était arrivé quelque chose parce qu'il a refusé de me parler et m'a répété plusieurs fois de ne pas quitter le temps qu'il appelle maman, qui prenait son bain. Elle ne s'est pas dépêchée. J'étais en nage quand elle a pris l'appareil. Elle me l'a annoncé de but en blanc: « Mia Greene est morte. On a retrouvé son corps au pied d'une falaise à Bali, il y a treize jours. » Tu te rends compte, je ne l'ai appris qu'au bout de treize jours ! Après avoir raccroché, je suis remonté dans la voiture et j'ai conduit. Je ne sais pas à quoi je pensais, à rien en fait, j'avais la tête vide. Il est possible que j'aie imaginé que la distance occulterait cet horrible accident.

— Mon pauvre Finn.

Il jeta un coup d'œil à la mer qu'un hors-bord fendait à toute allure, sa coque rebondissant sur l'eau.

— Je me suis tout de même arrêté sur une plage, où je suis resté, hébété, les yeux rivés sur les vagues, jusqu'à la tombée du jour.

Il avait sangloté, hurlé et martelé un arbre au point de se luxer une jointure.

— Puis j'ai roulé toute la nuit pour arriver à l'aéroport d'Adélaïde et j'ai pris le premier vol pour l'Angleterre.

— Mon pauvre Finn, répéta-t-elle.

— Bon, le sujet réjouissant est clos pour cet après-midi, conclut-il. Dix-huit heures d'avion… un bain dans l'eau salée ne me fera pas de mal.

Il ôta son tee-shirt et serra le cordonnet de son bermuda avant de se précipiter dans la mer transparente. Est-ce que chaque océan lui rappellerait Mia ?

Katie le regarda plonger. Il remonta à la surface et secoua la tête ; des gouttelettes argentées giclèrent. L'instant d'après, il fit la planche sous le ciel d'azur sans nuages.

Finn est ici. C'est bien vrai.

La brise parut ricocher sur les vagues étincelantes et effleura la peau de Katie. Deux jeunes filles aux cheveux nattés pataugeaient au bord, masques à la main. Katie sourit, pensant à Mia. Elle se déchaussa et s'approcha. Les pieds nus fichés dans le sable humide, elle se concentra sur la sensation de l'eau salée entre ses orteils avant de faire un autre pas et de mouiller ses chevilles. La mer, chaude et accueillante, n'avait rien de commun avec celle des Cornouailles.

Relevant le bas de sa robe d'une main, Katie s'enfonça dans l'eau jusqu'aux genoux. Elle vérifia que Finn se trouvait à proximité. Il lui fit signe. Elle parvint à lui répondre avec son autre main.

Un jour, il lui avait demandé : « Pourquoi tu ne nages jamais ? » Ils prenaient un bain ensemble dans l'appartement de Finn, au nord de Londres. Les bulles de savon liquide formaient une mousse laiteuse sur l'eau tiède. Katie, appuyée contre le torse de Finn, les genoux pareils à deux monticules blancs, avait répondu : « J'ai failli me noyer à Porthcray quand j'avais quatorze ans ; je ne me suis pas aperçue que le courant changeait avec la marée. » Elle avait laissé courir ses doigts sur le bord de la baignoire, essuyant des gouttes, et ajouté : « J'ai perdu confiance. »

Il s'était penché pour lui embrasser l'épaule. Exactement ce dont elle avait besoin.

C'est bizarre que je n'aie jamais parlé à Ed de ma peur de la mer, songea Katie en regagnant la plage, je ne l'ai confiée qu'à Finn. Elle s'assit. Du sel séchait sur ses jambes, ce qui l'enchanta. Offrant son visage au soleil, elle sentit la tension de sa nuque se relâcher.

Au bout de quelques minutes, Finn se laissa tomber à côté d'elle. À la faveur de la lumière éblouissante, elle remarqua le vert qui pailletait ses iris. Elle posa sa question lentement :

— Finn, je voudrais connaître la véritable raison de ta venue.

Il ramassa une pierre et la fit tourner entre ses doigts.

— En Cornouailles, c'était dur. J'avais l'impression d'être… coupé de tout, comme s'il fallait que je sois à Bali, là où l'accident avait eu lieu, pour qu'il devienne réel.

— J'ai ressenti la même chose.

— Vraiment ?

— Lorsque les policiers me l'ont annoncé, c'était tellement surréaliste que je ne les ai pas crus. Voir son corps m'a aidée.

— Ça a dû être horrible.

Elle fit un signe d'assentiment.

— Quand tu as téléphoné il y a deux semaines pour me dire que tu étais ici, j'ai compris que je voulais aller à Bali. Ce que tu fais - ce périple, suivre Mia à la trace -, ça a du sens pour moi.

— Ah bon ? Je ne suis pas persuadée que ça en ait toujours pour moi.

— Tu cherches des réponses.

— Crois-tu ? Et si je fuyais tout simplement ? objecta-t-elle, les yeux fixés sur ses mains.

— Qu'est-ce que tu veux dire ?

— Ce voyage n'a peut-être rien à voir avec Mia. Il m'a peut-être simplement servi de prétexte pour échapper à ma vie.

Katie pensa à Ed, à son travail, à son appartement. Rien ne lui manquait. Qu'est-ce que cela révélait sur l'existence qu'elle avait laissée derrière elle ?

— Tu as le droit d'être ici pour toi aussi. Tout ne doit pas tourner autour de Mia.

Ils restèrent sur le rivage à écouter les vagues lécher le sable. Au bout d'un moment, Katie sentit des picotements sur son torse.

— J'ai besoin de me mettre à l'ombre.

Elle ramassa ses sandales. Alors qu'ils se mettaient debout, Finn lança :

— Tu as pris l'avion pour Maui ?

— Oui, j'ai rendu visite à Mick.

Il attendit qu'elle continue, ne sachant trop ce que Mia avait noté dans son journal.

— Je suis au courant pour Harley.

— Ça t'a choquée ?

— Oui, j'aurais préféré que Mia m'en parle.

— Elle le voulait.

— Sauf que c'est à toi qu'elle en a parlé.

Katie détourna les yeux, stupéfaite de la rapidité avec laquelle les vieilles jalousies remontaient à la surface.

— Désolée, s'excusa-t-elle. En fait, je te suis très reconnaissante d'avoir été là pour elle.

Il s'assombrit sans qu'elle comprenne pourquoi. L'instant d'après cependant, son visage s'éclaira.

— Je crois que Mia ne s'est pas confiée à toi parce qu'elle craignait qu'être demi-sœurs ne change les choses entre vous.

— Elle n'avait sans doute pas tort. C'était une découverte épouvantable… comme si ça édulcorait notre relation.

— Ses propres mots, indiqua Finn, le sourire aux lèvres.

— C'est vrai ? fit Katie, l'air heureuse. Quoi qu'il en soit, je ne le pense plus. « Demi » n'est qu'un mot, n'est-ce pas ? Nous n'en avons pas moins grandi ensemble, ça ne change rien pour moi que nous n'ayons pas le même père. Nous sommes sœurs.

— Absolument.

— Il me semble parfois que je connais mieux Mia grâce à son journal que je ne la connaissais de son vivant. Sa disparition me rend malade.

J'avais beau l'avoir entre les mains, je ne l'ai pas lu en entier. Je n'arrête pas de me répéter : et si elle avait écrit quelque chose susceptible d'expliquer ce qui est arrivé.

— La police l'a sûrement examiné de près.

— On me l'a affirmé. De toute façon, je l'ai feuilleté jusqu'à la dernière page.

— Et il n'y avait pas de précisions... aucun indice ?

Katie secoua la tête.

— Que disent les policiers pour le sac à dos ? Y a-t-il une chance de le retrouver ?

— C'est peu probable au-delà d'une semaine, du moins d'après eux.

— Ça fait combien de temps ?

— Presque quinze jours.

— As-tu pensé à te rendre au consulat de Grande-Bretagne ?

— Bonne idée. Outre le sac à dos, je veux savoir où Mia est morte. Où exactement dans les falaises d'Umanuk.

— Et si j'organisais une visite ?

— Merci, Finn.

Il lui prit la main et la serra.

L'étincelle fut instantanée. Un frisson la parcourut, tandis que ses joues flamboyaient. Elle se dégagea, sidérée par le réveil de son désir malgré sa tristesse. Elle en fut émerveillée, comme si elle avait aperçu les premières pousses vertes du printemps sur un sol gelé.

22

Mia
(Bali, février)

Le vent fit tomber les cheveux de Mia sur son visage et plaqua le tee-shirt de Noah sur son torse. Debout sur le rivage, les jambes nues piquées par le sable, ils regardaient l'océan moutonner à l'approche de la tempête.

Lorsque Noah prit la parole, il dut élever la voix.

— Il ne va pas tarder à pleuvoir.

Elle jeta un coup d'œil au ciel. Une flottille de nuages gonflés d'humidité déboulait de l'est. D'ici deux ou trois minutes, ils seraient au-dessus d'eux.

Une turbulence fit frémir la surface de la mer à la manière d'écailles de poisson. Noah emprisonna la main de Mia dans la sienne, des grains de sable s'incrustèrent entre leurs doigts.

— Voilà une belle série, déclara-t-il, les yeux brillants.

De gigantesques lignes de houle se formaient au large.

— On peut les surfer ? demanda-t-elle.

Il balaya l'eau du regard comme s'il traçait une route.

— C'est possible, sauf qu'il faudrait pagayer dans le vent et les vagues se brisent sur les récifs. Demain, le vent sera tombé, mais il y aura toujours de la houle. L'idéal !

Il avait regardé les prévisions météo toute la semaine, vérifiant sur les cartes l'arrivée de basses pressions en provenance de l'océan Indien, suivant leur trajectoire depuis l'Antarctique. Elle l'avait écouté en parler, étonnée de sa connaissance des phénomènes climatiques, des périodes de houle et des répercussions locales.

La première vague de la série se souleva, aspirant l'eau, exposant les récifs déchiquetés, aussi desséchés qu'un squelette, et se fracassa avec une violence qui se répercuta dans la poitrine de Mia.

— Mon Dieu ! s'exclama-t-elle, serrant les doigts de Noah. Quelle puissance !

— Une leçon d'humilité.

Abasourdie, elle fit un signe d'assentiment.

— En Cornouailles, il doit y avoir de gros orages venus de l'Atlantique, non ?

— Oui. Dans notre enfance, maman nous emmenait sur le front de mer. Nous mangions des *fish and chips* dans la voiture en regardant les lames s'écraser sur la digue.

Dès qu'elles avaient terminé, les deux sœurs froissaient les papiers gras, qu'elles couraient jeter dans la poubelle. Elles restaient là un moment, s'approchant du garde-fou pour que les embruns leur caressent le visage. Puis, les cheveux emmêlés et poisseux, elles finissaient par remonter dans le véhicule où régnait une odeur d'huile et de vinaigre. Leur mère les attendait en fredonnant des airs diffusés par la radio.

— Cela me manque.

— Les Cornouailles ? demanda Noah.

— Les Cornouailles. Les orages. Ma mère. Ma sœur. Tout, répondit-elle, tripotant les coquillages de son collier. Nous avons grandi sur la plage. C'était notre terrain de jeu. À présent Katie est à Londres, moi ici. Sans compter que Katie évite la côte. Je sais que ça a l'air idiot, mais pour moi c'est chez nous. Notre lien.

— Qu'est-ce qui a changé ?

Mia réfléchit.

— Elle a peur.

Ce fameux jour à Porthcray où, sous l'effet du courant, l'eau était devenue sombre, agitée, lui revint à l'esprit. C'était tout juste si elle ne sentait pas la dureté de la planche à voile sur laquelle elle s'était étendue, plongeant les bras dans la mer. Elle chassa le souvenir.

— Jez et toi, vous avez la chance de continuer à surfer ensemble. Ce doit être formidable.

— Peut-être.

Mia remarqua que son expression s'était modifiée.

— Jez a eu du mal à accepter que tu deviennes un surfeur professionnel ? enchaîna-t-elle.

— Aucune idée. Nous n'en avons jamais discuté.

— À ton retour, tu as dû sentir s'il était content pour toi ou non.

— Je ne suis pas rentré.

— Qu'est-ce que tu veux dire ?

— Après avoir passé un an à Bali, j'ai voyagé puis rejoint le circuit pro.

— Tu voyais tout de même ta famille de temps en temps ?

— Mes frères, chaque fois que j'allais en Australie.

— Et tes parents ?

Une bourrasque balaya la plage et les branches des palmiers s'entrechoquèrent derrière eux. Ils se retournèrent. Lorsqu'ils furent de nouveau en face de l'océan, Noah n'avait toujours pas desserré les dents.

— Alors, tes parents ? insista Mia, lui pressant les doigts.

— Admirons les vagues.

Ils les regardèrent sans proférer un mot. Leur grondement était continu et des nuages de sable se soulevaient.

— Pourquoi ne pas rester avec moi ce soir ? lança-t-elle, avec l'espoir de retrouver un peu de l'intimité perdue.

— Je dors mieux seul.

— Qui a parlé de dormir ?

Il ne répondit pas, les yeux toujours rivés sur l'eau.

— Tu es content que je sois venue à Bali ?

Noah lâcha sa main pour s'essuyer le front.

— Je croyais qu'on guettait la tempête.

— Pas en silence. Quelquefois, il me semble que…

Comment décrire l'angoisse qui lui tordait les entrailles chaque fois qu'il la repoussait ?

— … tu ne m'accordes aucune place. Tu n'es pas vraiment là.

— Je suis tout près de toi.

— C'est vrai. Sauf que tu n'ouvres pas la bouche.

— Tu évoquais ta sœur. Je t'écoutais.

— À mon tour de t'écouter.

Il fit volte-face.

— Je parle quand j'en ai envie, non parce qu'on me le réclame.

— Réclame ?

— Tu as beau être là depuis une quinzaine de jours, tu ne m'as pas expliqué ce qui s'était passé entre Finn et toi. Et ça m'est égal. Pour moi, les gens s'expriment quand ils le désirent.

— Je voudrais juste me sentir plus proche de toi…

— C'est comme ça que tu t'y prends ?

Il se détourna, le vent gonfla son tee-shirt.

— Ne t'en va pas, cria-t-elle, mais il se dirigeait à grands pas vers la voiture.

Au lieu de le suivre, Mia serra les bras sur sa poitrine comme si les reproches de Noah étaient des nuages qui la cernaient.

La première goutte tomba sur son poignet, y laissant une trace luisante avant de s'écouler. Puis les nuages crevèrent et des trombes d'eau creusèrent des petits trous dans le sable. Le bruit l'assourdit. En l'espace de quelques secondes, Mia fut trempée et son léger tee-shirt vira au rose. Il n'était pas question de se réfugier dans le véhicule. Ses yeux étaient pleins de larmes, elle leva son visage, la bouche grande ouverte, laissant la pluie ricocher sur ses lèvres et sa langue, qu'elle imprégna d'un goût terreux.

Quand elle eut froid, Mia se frotta les bras et ses doigts glissèrent sur sa peau dégoulinante. Quelque chose attira son attention au loin : une silhouette qui se dirigeait vers le rivage. Tous les muscles de son corps se tendirent lorsqu'elle se rendit compte qu'il s'agissait de Noah. Sa planche sous le bras, il se précipitait dans le ressac.

Les chevilles dans une mer déchaînée, la main sur le front, Mia s'efforçait de ne pas perdre Noah de vue malgré la pluie.

Noah avait mis trente minutes, quarante peut-être, à ramer dans les rouleaux gigantesques, faisant le canard[1] sous des murs d'eau blanche. Il n'était plus qu'une tache floue à califourchon sur sa planche, soulevé et projeté au gré de la houle. Mia imagina la concentration de son visage tandis qu'il assimilait le rythme des vagues et cherchait la bonne. Un mauvais choix pourrait être fatal.

Un vrombissement de moteur parvint aux oreilles de Mia, qui se retourna. La vieille camionnette que Jez avait louée apparut, les essuie-glaces balayant le pare-brise. Il en sauta, s'abritant la tête avec sa veste, et courut vers elle.

— Il est là-bas ! hurla-t-elle.

— Bordel, il joue à quoi ?

---

1. Figure consistant à plonger sous la vague en restant sur sa planche.

Il était tellement bronzé que sa peau semblait parcheminée et sa lèvre inférieure était craquelée par le soleil.

Une lame déferla et révéla d'autres pans de récifs coralliens. Noah les avait-il repérés ou comptait-il sur sa chance ?

— Ça fait combien de temps qu'il est dans l'eau ?

— Environ une demi-heure.

Ils le regardèrent pagayer frénétiquement pour prendre une vague. Sitôt qu'elle se dressa derrière lui, il eut l'air minuscule – on aurait dit une bernache sur le dos d'une baleine.

— Pas celle-là, murmura Jez. Trop rapide. En arrière. En arrière.

Noah ne bougea pas. Le rouleau le happa, le propulsant jusqu'à sa crête. Le temps ralentit. L'averse martelait le crâne de Mia, le vent hurlait, la mer lui léchait les pieds. Noah se releva sur sa planche et glissa sur la face de la vague. Mia fut fascinée par la beauté de la figure, la puissance musculaire et l'agilité de cet homme qui dansait sur l'eau sous un ciel d'orage.

En une fraction de seconde, tout changea. Les jambes de Noah se dérobèrent sous lui comme s'il avait heurté un bloc de glace. La planche jaillit de l'eau, tandis qu'il ricochait comme un galet. La lame se fracassa sur les coraux en une explosion d'écume.

Sous les trombes de pluie, Mia se mit à compter en silence. *Un, deux, trois…* Il pouvait avoir évité la partie la moins profonde du récif, être tombé dans un chenal… *onze, douze, treize…* Il avait de l'expérience, l'habitude d'être englouti… *vingt-quatre, vingt-cinq, vingt-six…* Il était en parfaite santé, ses poumons devaient être costauds… *trente et un, trente-deux, trente-trois…*

Un éclair se découpa sur l'horizon noir. C'était la planche de Noah. Brisée en deux, éjectée à une certaine distance.

— Là-bas ! cria Jez.

La tête de Noah apparut. Il était ballotté dans les tourbillons liquides, un homme parmi les géants.

Derrière lui, une autre lame se gonflait. Il se retourna trop tard ; la lèvre de la vague se désagrégeait déjà et elle se brisa avec un grondement qui transperça les tympans de Mia. La mer devint blanche. Elle imagina Noah culbuté et roulé dans tous les sens par les flots, les poumons en feu.

Aux aguets, Mia serrait les bras sur sa poitrine. Jez, lui, sautait d'un pied sur l'autre.

— Merci, mon Dieu ! s'exclama-t-elle lorsque Noah fit surface.

Cette fois, il se mit à nager. Avec des gestes maladroits, comme s'il ne se servait que d'un bras.

— Il est blessé ! annonça-t-elle à Jez.

Celui-ci ne réagit pas. Cloué sur place, la pluie coulant de la capuche confectionnée avec sa veste, il ne quittait pas Noah des yeux.

L'espace de quelques minutes, ils l'observèrent qui s'avançait lentement vers la plage, plongeait sous les déferlantes, puis remontait. Les vagues se succédaient, telles les troupes d'une armée interminable, et chaque fois que Noah remontait à l'air libre il paraissait avoir été entraîné davantage au large.

— Il s'est arrêté ! Il ne nage plus !

— Allez, salopard ! lança Jez. Agite tes putains de jambes !

Mais Noah dérivait comme un bout de bois flotté. Il apparaissait, disparaissait.

Soudain, Jez jeta sa veste et enleva son tee-shirt. Son torse était plus pâle que ses avant-bras, ses côtes saillaient. Il s'élança dans la mer et crawla. Malgré la rapidité de ses mouvements saccadés, il reprenait son souffle en sortant régulièrement la tête de l'eau.

Mia se massa les bras pour se réchauffer, tandis que la distance entre les deux frères diminuait. *Il arrive. Tiens le coup.*

Le ciel continuait à déverser un déluge froid qui dégoulinait sur sa peau. Elle porta la main à son collier, égrenant les coquillages comme s'il s'agissait des grains d'un chapelet.

Jez finit par arriver au niveau de Noah. Mia attendit leur retour en arpentant le rivage – ses empreintes de pieds se remplissaient telles des flaques. Jez avait apparemment passé le bras autour du cou de son frère. Lorsqu'ils furent plus près, elle remarqua que Noah se dégageait de l'étreinte de Jez.

À peine sortit-il de l'eau en chancelant qu'elle aperçut le gilet en Lycra déchiré, le filet de sang. Il haletait. Une coupure lui entaillait le front. La pluie qui ruisselait sur son visage formait comme des larmes rouges.

Elle fit un pas dans sa direction.

— Noah…

— Espèce de fou furieux, hurla Jez, s'interposant, les yeux brillants de colère. Qu'est-ce que tu foutais, bordel ? Tu voulais te noyer ?

La laisse toujours attachée à sa cheville, Noah ressemblait à un prisonnier évadé.

— Je n'avais pas besoin de secours !

— Foutaises. T'étais largué !

Ils se fusillèrent du regard.

— Te mettre à la place de Johnny, c'était ça ton idée ?

— Va te faire foutre.

— Non, toi, va te faire foutre !

Noah s'éloigna sur la plage.

— Attends ! s'écria Mia, s'élançant derrière lui. Laisse-moi te conduire à l'hôpital.

Il ne lui répondit pas. Il ne la vit même pas. Elle s'arrêta à mi-chemin alors qu'il ouvrait la portière, montait dans la voiture et mettait le contact.

— Il y a une serviette dans la camionnette, lâcha Jez, passant devant Mia.

Debout dans ses vêtements trempés, elle regardait la voiture disparaître entre les arbres ployés. Quand elle suivit Jez, l'averse tombait avec moins de violence. Du sable humide collait à la plante de ses pieds. Il sortit du véhicule une serviette bleue qui claqua au vent. Elle l'enveloppa autour de ses épaules.

— Monte, lui intima-t-il.

Elle s'assit à la place du passager, après avoir repoussé des emballages et une cannette vide du siège.

Alors qu'elle s'essuyait le visage et les cheveux avec le tissu imprégné d'odeurs d'huile de graissage et de cigarettes, Jez enfila un tee-shirt sec. Puis il se pencha au-dessus d'elle, prit un sachet en plastique sur le tableau de bord et se mit à rouler un joint, en silence, avec des doigts agiles – la force de l'habitude. Lorsqu'il l'alluma, une fumée âcre emplit l'habitacle. Ses paupières papillonnaient chaque fois qu'il inhalait. Il le lui tendit.

— Tiens.

Mia le ficha entre ses lèvres et aspira. La fumée pénétra dans ses poumons, elle l'exhala lentement.

— Il s'est jeté à l'eau parce qu'on s'est chamaillés.

— Noah mène une guerre personnelle avec l'océan. Votre dispute n'a rien à voir avec ça.

Après un instant de réflexion, Mia reprit :

— Quand tu as demandé à Noah s'il essayait de se mettre à la place de Johnny, qu'est-ce que tu voulais dire ? C'était votre petit frère, n'est-ce pas ?

Jez se tourna sur son siège pour lui faire face. Le déluge avait aplati les touffes de ses cheveux blonds clairsemés.

— Il s'est noyé.

— Mon Dieu, je suis désolée !

Il eut beau hausser les épaules, ses yeux s'étaient voilés.

— Tiens.

Elle lui rendit le joint.

— Prends ça, dit-il, l'échangeant contre un sachet d'herbe qu'il posa sur ses genoux. J'en ai plein.

— Vraiment?

— Si j'étais toi, je n'en parlerais pas à Noah. Il n'approuverait pas.

— Merci.

Elle le fourra dans la poche mouillée de son short avec l'impression d'avoir remporté une petite victoire.

Jez remua lentement la tête d'un côté à l'autre pour se détendre le cou.

— Tu t'es fait mal au cou?

— Une vieille blessure.

— Le surf?

— Non, répondit-il en riant.

— Qu'est-ce que tu t'es fait?

— Je me le suis fracturé il y a très longtemps.

Elle avait trouvé bizarre, presque agressive, sa façon de faire pivoter son corps pour lui parler. C'était parce que son cou manquait de mobilité, comprit-elle.

— Tu t'es fait ça comment?

— Je n'y suis pour rien. On m'a donné des coups de poing sur la nuque.

— Mais c'est horrible!

Jez tira une bouffée de son joint.

— Surtout quand c'est ton vieux. Il sait très bien se servir de ses poings.

Elle écarquilla les yeux.

— Je n'en avais aucune idée.

— Évidemment.

— C'est ce qui a poussé Noah à partir ? Il m'a raconté s'être installé à Bali à seize ans.

— Il ne l'a pas supporté. Il a foutu le camp sans adresser la parole à qui que ce soit, précisa Jez, plissant les yeux.

— Pourquoi tu ne t'es pas taillé ?

Il la foudroya du regard.

— Merde, Johnny n'avait que treize ans ! Tu abandonnerais un agneau dans la cage aux lions ?

Ils restèrent assis en silence. Dehors, le vent hurlait à travers le feuillage luisant des arbres.

Après avoir jeté un coup d'œil au rétroviseur, Jez siffla :

— Ta vitre, baisse-la !

Il s'empressa de baisser la sienne d'une main et écrasa le joint sur le tableau de bord de l'autre.

Déroutée par l'injonction, Mia hésita et s'aperçut, trop tard, que deux policiers se tenaient de part et d'autre de la camionnette. La portière du passager s'ouvrit, une cannette de Coca tomba dans la boue. Un policier aux paupières tombantes, à la moustache gominée, fronça le nez lorsque de la fumée s'échappa de l'habitacle.

Mia et Jez reçurent l'ordre de sortir et de poser les mains sur le capot. Il ne pleuvait plus, mais le sol était creusé de flaques. Pieds nus, Mia pataugea dans la gadoue tandis qu'elle étalait ses paumes sur la carrosserie mouillée. Le policier la fouilla, s'arrêtant à la poche de son short.

Comme il en extirpait le sachet d'herbe, il claqua la langue sur la voûte de son palais.

Le sang de Mia se glaça.

— À Bali, pas aimer la drogue. Mauvais.

Saisie d'un vertige, les lèvres tremblantes, elle lança un regard à Jez – la fouille sur lui n'avait rien donné –, mais il détourna le sien.

Le policier lui demanda son passeport, qu'il feuilleta.

— Anglaise ?

— Oui.

— Vous vous droguez en Angleterre ?

Elle secoua la tête.

— Pourquoi à Bali ?

— Désolée, je n'aurais pas dû.

D'un claquement de doigts, il fit signe à son collègue. Ils discutèrent en balinais. La langue avait perdu son inflexion mélodieuse, elle semblait dure, menaçante.

— Venez, finit-il par lâcher.

Une main se posa sur son épaule et on la conduisit à la voiture de police.

— Qu'est-ce que vous faites ? Je vous en prie ! Voyons, c'est ridicule !

Ouvrant la portière arrière, le flic la poussa à l'intérieur. Elle sentit des effluves d'encens et de cirage. Elle entendit le déclic de la serrure qui se bloquait automatiquement.

La panique la parcourut, picotant sa peau à la manière de minuscules électrodes. Est-ce qu'on l'arrêtait ? Où allait-on l'emmener ? Au commissariat ? Elle tourna la poignée de la portière. Peine perdue. Elle baissa les yeux. Elle avait les pieds nus, les tibias maculés de boue. Ses vêtements étaient trempés. Des gouttes d'eau perlaient sur les pointes de ses cheveux.

Collant son visage à la vitre salie par la tempête, Mia distingua les silhouettes floues des policiers en train de discuter avec Jez. L'un d'eux, la paume tournée vers le ciel, secoua la tête. Elle n'entendait rien. Elle tordit son collier jusqu'à ce qu'il l'étrangle.

Mia nettoya un cercle sur la fenêtre couverte de buée. À travers, elle vit Jez tendre quelque chose au premier représentant de l'ordre, qui fit un signe d'assentiment. L'instant d'après, il s'approcha du véhicule et lui ordonna d'en descendre.

— Beaucoup chance, dit-il, la menaçant du doigt. Nous avons informations de votre passeport si vous recommencez.

Étourdie, elle se dirigea vers la camionnette. Les mains dans les poches de son short humide, Jez l'attendait.

— Monte, fit-il à voix basse.

Mia s'exécuta. Des odeurs de marijuana et de serviettes mouillées régnaient encore dans l'habitacle.

— Qu'est-ce qui vient de se passer?

— Un bakchich balinais.

Elle tremblait de tous ses membres.

— Tu les as achetés?

— Tout juste.

— Dieu merci! s'exclama-t-elle, soulagée. Combien?

— Dix millions de roupies.

Elle écarquilla les yeux. La somme, énorme, correspondait à peu près à huit cents livres.

— Et mon passeport?

—Je l'ai, répondit-il, tapotant sa poche. Je vais le garder jusqu'à ce que tu puisses me rembourser.

Mia était sur le point d'objecter que c'était à cause de son herbe – peu importait que ce soit un cadeau ou pas – qu'elle s'était retrouvée dans cette situation, lorsque Jez sourit.

— Dure journée, hein?

Il lui serra légèrement l'épaule puis mit le contact. Mia eut l'impression qu'il avait caressé son omoplate du pouce avant d'enlever sa main, à moins que ce ne soit le fruit de son imagination?

23

Katie
(Bali, août)

Par la fenêtre du taxi, Katie regardait défiler le paysage. De luxuriantes rizières en terrasses s'échelonnaient à flanc de coteaux, sillonnées de canaux d'irrigation qui miroitaient sous le soleil. Des fleurs tropicales chamarraient les accotements. Elle avait l'impression que l'air embaumerait si elle baissait la vitre.

— Je n'ai pu obtenir que quinze minutes au consulat de Grande-Bretagne, déclara Finn.

Sa chemise à manches courtes découvrait ses bras légèrement bronzés. Son arrivée à Bali remontait à une semaine et sa présence avait été comme un fanal brillant dans l'obscurité.

— Nous n'avons pas besoin de davantage, répliqua-t-elle.

Le véhicule s'arrêta devant une maison aux murs chaulés, noyée sous les bougainvillées. Katie sortit dans la chaleur poisseuse et lissa sa jupe sur ses cuisses.

Une Balinaise en robe longue cramoisie, assortie à l'hibiscus glissé derrière son oreille, les accueillit.

— Soyez les bienvenus. M. Hastings suggère que votre rendez-vous se déroule dehors. Par ici, s'il vous plaît.

Elle leur fit traverser un jardin inondé de soleil, rempli de plantes aux couleurs vives. Des papillons voletèrent autour de leurs têtes. À peine se furent-ils installés à une table placée à l'ombre d'un banian au tronc noueux qu'on leur apporta des verres d'eau glacée, couverts de buée, sur un plateau en bambou.

Au bout de quelques minutes, un homme mince apparut. Très élégant, il portait un complet beige en tissu léger et des chaussures fauves, parfaitement cirées.

— Bonjour. Je m'appelle Richard Hastings.

Après avoir posé un bloc-notes et un dossier vert sur la table, il serra la main de Katie.

— Je voudrais vous présenter mes sincères condoléances pour les événements qui vous ont obligée à venir à Bali.

— Merci.

Il salua Finn puis remonta son pantalon avant de prendre place sur un siège.

— Vous avez été en contact à Londres avec M. Spire, mon collègue du ministère des Affaires étrangères. Je suis heureux d'avoir l'occasion de vous rencontrer.

Il toucha la monture dorée de ses lunettes. Son regard amical démentait son attitude protocolaire.

— Bien, reprit-il, j'imagine que vous avez des questions à me poser.

Katie s'éclaircit la voix.

— Je ne suis pas sûre que vous puissiez m'aider à résoudre mon premier problème. Le jour de mon arrivée à Bali il y a trois semaines, on a volé mes affaires dans l'auberge de jeunesse où j'avais pris une chambre. Le Nyang Palace.

— Je suis vraiment désolé.

À son ton, on aurait dit qu'il en était responsable.

— Je l'ai signalé à la police, qui ne me tient au courant de rien. Croyez-vous pouvoir vous renseigner ?

— Ce sera un plaisir de m'en charger.

Richard Hastings sortit un stylo de sa poche de poitrine et écrivit sur son bloc des mots qu'il souligna de deux traits.

— Un gang de Malais sévit ici en ce moment. Il se fait passer pour un groupe de touristes et s'attaque aux auberges de jeunesse parce qu'elles sont bruyantes et très peu surveillées. La police est sur le qui-vive. Soyez tranquille, si l'enquête progresse, je vous préviendrai personnellement.

Katie se demanda combien le contenu du sac à dos rapporterait. Le seul objet de valeur était son portable, le vendrait-on au marché noir ? Les entrées du journal qu'elle n'avait pas lues recommencèrent à l'obséder.

Elle se redressa, une idée venait de lui traverser l'esprit.

— Le carnet de voyage de ma sœur... J'ai appris que les policiers l'avaient examiné parce que c'était un élément de l'enquête.

— En effet.

— Ils en ont fait une copie ?

— Je crains que non. Ils ont considéré qu'il ne renfermait rien qui pouvait servir de preuve, c'est la raison pour laquelle ils vous l'ont rendu.

L'espoir s'éteignit aussi vite qu'une allumette se consumant. Elle croisa les mains sur ses genoux.

— Puis-je vous aider pour autre chose ?

Katie gardant le silence, Finn prit le relais.

— Nous souhaiterions savoir où est morte Mia.

— Bien sûr.

Richard Hastings ouvrit le dossier vert et chercha parmi une liasse de feuilles. Lorsqu'il eut retrouvé une carte, il l'étala sur la table entre Katie et Finn.

— On voit ici les falaises de la région d'Umanuk. Voici le chemin que, d'après la police, Mia a emprunté pour monter, précisa-t-il, désignant du doigt une ligne en pointillés. Le début, bien délimité, mène au point de vue où Mia a croisé les témoins. Le sommet est six cents mètres plus haut. Le sentier qui y conduit n'est plus utilisé depuis des années et est envahi par la végétation. C'est de là, ajouta-t-il, tapotant un cercle dessiné au crayon, que nous croyons que Mia a sauté.

Katie se mordit la lèvre.

— Malheureusement, ce n'est pas la première personne qu'on a retrouvée à cet endroit. Six suicides ont été répertoriés au cours des huit années précédentes.

— Pourquoi ? lança Finn.

— Il nous semble que c'est parce qu'il n'y a aucune chance de… s'en tirer.

Le cœur de Katie se serra : Mia avait vraiment décidé d'en finir.

— Si cela peut vous rendre service, je peux organiser votre transport à Umanuk.

— Non ! s'exclama-t-elle avec violence.

— Merci de l'avoir proposé, intervint Finn. Nous n'avons pas l'intention d'y aller tout de suite.

— Je comprends. Gardez la carte dans ce cas, je vous en prie.

— A-t-on découvert quoi que ce soit d'autre dans l'affaire de Mia ? demanda Katie.

— Vous avez reçu les dépositions des témoins et les résultats de l'autopsie ?

Elle pianotait des doigts sur ses cuisses.

— Oui. Pourtant, j'ai encore du mal à y croire. Un suicide ? La police en est-elle absolument certaine ?

— J'ai prêté une attention toute particulière à cette affaire tant la mort d'une jeune femme est effroyable. Oui, les policiers n'ont aucun doute.

— Elle n'a même pas laissé de mot !

— Je comprends qu'il est très difficile d'accepter la mort d'un proche qui n'a donné aucune explication à son geste. C'est toutefois plus fréquent qu'on ne l'imagine.

Posant les mains sur la table, Richard Hastings se pencha en avant comme si ce qu'il s'apprêtait à dire enfreignait une espèce de convention.

— Cela vous aidera peut-être de savoir que seulement une personne sur six laisse une lettre.

— Pourquoi ça ?

— La décision est souvent prise sous le coup d'une impulsion. Il se peut que la personne réfléchisse au suicide depuis un certain temps, mais le passage à l'acte se fait toujours dans l'urgence. Elle ne pense à rien d'autre. Naturellement, c'est extrêmement douloureux pour ceux qu'elle abandonne.

À en juger par la gravité de son expression, Katie se demanda s'il n'avait pas vécu une expérience personnelle.

— La seule chose que je puisse ajouter, c'est que, si Mia n'a pas laissé de message, nous disposons malgré tout d'informations importantes. En premier lieu, nous avons le récit de deux témoins qui l'ont vue quelques minutes avant son décès. Ensuite, les résultats de l'autopsie prouvent que rien de plus atroce ne s'est produit. Enfin, Mia avait de l'alcool dans le sang, vous vous en souvenez, Katie?

— Oui.

— Aussi est-il possible que votre sœur n'ait pas eu pleinement conscience des conséquences de sa décision. On sait que l'alcool fait perdre la notion du danger.

— Oui, répéta Katie, incapable de prononcer un autre mot.

— Je voudrais attirer votre attention sur le fait que Mia ne portait rien sur elle, hormis son passeport.

Richard Hastings s'interrompit, les encourageant à compléter sa pensée.

— Pour qu'on l'identifie, suggéra Finn.

— Exactement.

— Grâce à cet élément, la police locale a tiré ses conclusions. Je crains qu'il ne vous incombe de tirer les vôtres.

Katie déglutit, sachant à quel point ce serait dur.

Le bar de l'hôtel Khama Heights était un établissement raffiné, jouissant d'un éclairage tamisé. Derrière des colonnes en pierre, le jardin illuminé descendait jusqu'à la mer.

Finn jeta ses cartes sur la table, puis il se renversa sur son siège, les bras croisés, le visage fendu d'un grand sourire.

— Je suis disponible pour donner des leçons.

— Contente de l'apprendre.

Il se pencha brusquement.

— Un flush ? Tu as un flush ?

— Ah bon ? fit-elle d'un air malicieux.

Il la regarda bouche bée.

— Tu m'as arnaqué ?

Elle fit glisser la grosse liasse de billets sur la table et la fourra dans son sac.

— J'en ai bien l'impression.

Finn partit d'un rire sonore et guttural qui enchanta Katie.

— Bon sang, où as-tu appris à jouer au poker comme ça ?

— Au cours de mes voyages.

— Je n'y crois pas ! Tu me laisses gagner pendant...

Il jeta un coup d'œil à sa montre.

— … une heure et demie. Et tu sors l'artillerie lourde à la dernière partie. Tu as changé, Katie Greene.

Un sourire se dessina sur les lèvres de la jeune fille.

— Je n'ai plus que quatre soirées pour récupérer un semblant de dignité.

Elle aurait préféré que Finn ne lui rappelle pas qu'il lui restait si peu de temps. Elle ramassa les cartes.

— Le perdant offre la tournée, enchaîna-t-il, désignant le verre vide de Katie. Vodka orange ?

— S'il te plaît.

Il s'éloigna d'un pas souple, le short lui tombant sur les hanches comme celui d'un écolier. Les autres clients portaient chemises et pantalons légers, mais la tenue décontractée de Finn plaisait à Katie : rien d'autre ne lui aurait été. Il adressa quelques mots au barman qui s'esclaffa et le tapa sur l'épaule. À Londres, lorsque Katie partageait une maison avec Jess et deux autres filles, elle entendait celles-ci pouffer à une de ses blagues avant qu'il déboule dans sa chambre. Son sens de l'humour était un des côtés de Finn – il y en avait beaucoup d'autres – qu'elle aimait.

À peine de retour avec leurs verres, il déclara :

— Bon, j'ai évité de remettre le sujet sur le tapis depuis notre visite à Richard Hastings, qui remonte à une semaine. À présent, je voudrais vraiment savoir quand tu comptes te rendre aux falaises d'Umanuk.

Elle but une grosse gorgée.

— Bientôt.

— Ce n'est pas assez précis. J'ai besoin d'une date. D'une heure. D'un mode de transport.

— Je ne suis pas prête. Franchement, je n'en suis pas encore capable.

— C'est affreux pour toi, je le comprends. N'empêche que tu dois le faire.

Katie posa son breuvage et pinça les lèvres. Elles lui parurent fraîches, à cause des glaçons.

— Une fois que j'y serai allée, toute l'histoire… suivre les étapes du périple de Mia d'après son journal… sera terminée. J'ai toujours imaginé que je me rendrais aux falaises avec des réponses. Or, je n'en ai aucune.

— Il n'y en aura peut-être jamais.

— Il faut qu'il y en ait. Qu'est-ce que je suis censée faire après ? Sauter dans un avion pour rentrer en Angleterre ? Reprendre ma vie ?

— Ça t'effraie ?

L'homme et la femme de la table voisine se levèrent et, leurs verres à la main, se dirigèrent vers le restaurant pour dîner.

— Rien ne m'attend à Londres. Ni famille. Ni fiancé. Ni travail.

— Ce sera dur, mais tu y arriveras. Tu es forte, Katie. Résiliente. Tu as tes amis. Tu m'as, moi.

Se démarquait-il de la catégorie des amis ? Elle observa furtivement son visage. Il était impassible, difficile à déchiffrer.

— Pourquoi ne pas rentrer ensemble ? ajouta-t-il. Si tu n'es pas prête à t'installer à Londres, tu peux crécher chez mes parents. Le temps de m'apprendre tes coups de poker.

Katie eut un petit sourire.

— Tu devras partir, tôt ou tard. Je préférerais que ce soit avec moi.

— Qu'est-ce que tu feras ? lança-t-elle, pour détourner son attention. Tu comptes rester en Cornouailles ?

— Ça dépend du boulot - de mon retour à la radio.

— La station va accepter de te reprendre ?

— J'en doute. Ma démission ne leur a pas fait très bonne impression.

— Tu t'es donné tant de mal pour décrocher ce poste. Je croyais qu'il t'intéressait, non ?

— C'était le cas.

— Pourquoi as-tu démissionné alors ?

— Je n'ai jamais pu lui refuser quoi que ce soit.

Ce qui s'était passé entre Finn et Mia s'imposa à l'esprit de Katie. Le sujet, l'un des rares qu'ils n'avaient pas abordés, était en suspens entre eux. Elle le fixa.

— Tu étais amoureux de Mia ?

Il inspira une bouffée d'air.

— Oui.

Katie eut la sensation de recevoir un coup de poignard dans les entrailles, une douleur vive qui se propagea. Au lieu de croiser les bras sur le ventre comme elle en avait envie, elle prit son verre pour se donner une contenance.

— Depuis quand ?

Finn se gratta le menton.

— Nous avions seize ans et elle m'a embrassé à un concert auquel nous assistions. Un simple baiser sur les lèvres. Elle n'y a pas accordé d'importance. En revanche, ça m'a fait prendre conscience que je la considérais autrement que comme une amie.

— Pendant tout ce temps tu as... s'écria Katie, abasourdie.

— Non. Je ne crois pas. Je n'arrive pas à démêler l'écheveau parce qu'elle a toujours énormément compté pour moi.

— Mais quand vous avez voyagé ensemble...

— J'ai compris que j'étais amoureux d'elle.

La gorge nouée, Katie finit son cocktail.

— La voir avec Noah a dû être dur.

— Épouvantable.

— Comment était-il ?

— Un surfeur exceptionnel. Passionné par ce sport. À mon avis, c'est cette intensité qui a attiré Mia.

Katie acquiesça.

— Sauf qu'il gardait ses distances. En fait, c'est un solitaire. Il ne se mélangeait pas aux autres. Il me semblait perturbé. Je ne prétends pas être objectif.

— Mia a écrit quelque chose de ce genre. Elle le trouvait habité par une tristesse qui lui rappelait la sienne.

Finn déglutit avant de poursuivre :

— Si j'avais été sûr qu'il l'aimait, je ne l'aurais peut-être pas jugé de la même façon.

— Pourquoi ?

— Ç'aurait été plus facile de la laisser partir.

Ils se turent.

Finn bougea et elle remarqua que son pied était agité de spasmes nerveux.

— Je m'interroge, Katie. À propos du journal… d'autres sujets sur lesquels Mia aurait pu avoir écrit.

Quoi de plus normal, pensa-t-elle.

— Pose-moi toutes les questions que tu veux.

— Est-ce que Mia a précisé pourquoi elle a couché avec moi ? demanda-t-il, les yeux rivés au sol.

Katie pensa à la description du ciel ruisselant d'étoiles et de la chaleur du rhum dans la gorge de Mia.

— Elle avait envie de ressentir la même chose que toi.

— Sauf qu'elle ne me désirait pas.

— Tu étais son meilleur ami depuis toujours. C'était un trop grand écart pour elle de te considérer autrement.

— Elle a eu des regrets ?

— Elle regrettait que ça ait changé les choses entre vous.

— Désolé, je sais qu'en parler doit te faire un drôle d'effet. Après nous.

Katie le dévisagea.

— À l'époque où nous sortions ensemble, tu étais… amoureux d'elle ?

— Je supportais mal que nous ne nous adressions plus la parole. Très mal. Mais je n'ai jamais souhaité être avec Mia quand j'étais avec toi.

La réponse la soulagea, c'était déjà ça.

— En tout cas, je suis désolée de la façon dont notre rupture s'est passée.

— C'est de l'histoire ancienne.

Non, pas du tout. Elle continue, protesta-t-elle en son for intérieur.

— Tu te souviens de ce que je t'ai dit dans ce bar de Clapham ?

— Évidemment. Qu'on s'était bien amusés, mais qu'il valait mieux en rester là.

Le cœur de Katie battit la chamade.

— Ce n'était pas la vérité.

— Qu'est-ce que tu entends par là ?

— Mia m'inquiétait. Ça la déchirait que nous soyons…

— Mademoiselle Katie ! l'interrompit Ketut, qui se dirigeait en courant vers leur table. J'ai un message pour vous.

— Un message ?

— Oui, un fax. Le voici.

Il lui tendit une feuille blanche. Elle l'approcha de la lumière et lut :

Katie,

À la suite de votre visite, je me suis permis de procéder à quelques recherches concernant votre sac à dos. Apparemment, vous avez de la chance : la police a arrêté hier une partie des membres du gang de Malais dont nous avons parlé. On m'a affirmé que votre sac avait été retrouvé, en revanche je ne suis pas sûr qu'il contienne encore des objets de valeur.

Je ne prétends en aucune manière avoir joué un rôle dans cet heureux dénouement. Les policiers avaient prévu de vous le rapporter plus tard dans la semaine ; mes questions ont simplement accéléré le

mouvement. J'espère que le récupérer vous mettra un peu de baume au cœur. Vous le méritez amplement.
Amicalement,
Richard Hastings.

Katie regarda Ketut. Le visage rayonnant, il lui annonça :
— On a déposé votre bagage dans votre chambre.

Elle sortit du bar au pas de charge et ses sandales claquèrent sur les tomettes. Esquivant une famille habillée pour le dîner, elle se rua dans le large couloir qui menait à sa chambre, Finn sur ses talons. Elle glissa la clé dans la serrure.

Le sac à dos de Mia se trouvait au pied du lit. Plus usé que dans son souvenir, la poche de devant déchirée, il était maculé d'une tache sombre de bas en haut comme si on l'avait trempé dans du pétrole. Katie traversa la pièce et le souleva. Il lui sembla moins lourd, elle refusa de s'y appesantir. Après avoir bataillé avec les boucles et cordons, elle y plongea la main.

Sois là, s'il te plaît, supplia-t-elle en silence. Elle extirpa des affaires – vêtements, chaussures, articles de toilette étaient emballés ensemble. Elle les jeta sur le lit. Une bouteille de shampoing qui avait fui poissa ses doigts, tandis qu'elle sortait : une robe verte, un livre, des écouteurs, une lampe de poche. Puis elle toucha le fond du sac et ne trouva rien d'autre.

— Non !

Le retournant, elle le secoua frénétiquement.

— Ce n'est pas possible !

Elle chercha dans les effets entassés sur le lit : tongs, brosse, crème solaire, cardigan, short. Elle ne l'avait pas vu, voilà tout. Elle farfouilla deux fois dans la pile.

— Il n'est pas là ! Son journal n'est pas là !

Elle pivota sur ses talons : Finn, accroupi devant le bagage, le palpait. Puis il ouvrit la fermeture Éclair d'une poche latérale qu'elle avait négligée dans sa précipitation. Elle distingua une couleur bleu roi et il exhiba l'objet, tel un magicien exécutant son meilleur tour.

— Merci, mon Dieu ! s'écria-t-elle.

Katie prit le carnet, dont elle effleura la couverture. Le dos était abîmé, fendillé, et le tissu avait l'air plus fin. Elle le feuilleta : aucune page ne manquait !

— Finn… dit-elle, levant la tête.

Elle se figea.

L'air grave, il tenait une robe couleur d'herbe mouillée appartenant à Mia, l'une des rares que Katie avait gardées. Elle le regarda tripoter les bretelles en coton qui avaient touché les épaules de Mia. Quel souvenir le poussait à fermer les yeux ? Il la brandit comme s'il tentait de trouver du poids ou de la substance dans le tissu avant de l'approcher de son visage. Et il respira l'odeur de sa sœur.

Malgré ta disparition, il ne sera jamais question que de Finn et toi, n'est-ce pas ?

Finn croisa le regard de Katie. Ni l'un ni l'autre ne rompirent le silence. On aurait dit que la présence de Mia emplissait soudain la pièce au point que l'air se raréfiait. Chacun avait un bout d'elle entre les mains.

Soudain, Finn lâcha le vêtement et s'éclaircit la voix.

— Tu as récupéré le carnet de voyage ?

— Oui.

— Tu dois mourir d'envie de le lire, poursuivit-il, sautant sur ses pieds. Je te laisse tranquille.

Avant même que la porte ne se referme derrière lui, Katie s'installa sur le lit et ouvrit les pages crème du journal intime qu'elle avait posé sur ses genoux.

24

Mia
(Bali, mars)

Mia arriva au sommet de la falaise. Les mains sur les hanches, elle reprit sa respiration. Le vent qui soufflait à cette hauteur lui fit du bien, la transpiration coulait entre ses seins et sous la ceinture de son short.

Noah était assis à l'ombre d'un bloc de granit, les genoux remontés contre son torse. La vue de l'océan l'attirait tous les jours dans ce lieu d'où il contemplait le déferlement des vagues. Il ne réagit pas au bruit de pas, ni quand elle s'assit près de lui, le dos appuyé au rocher froid.

Elle sortit une bouteille d'eau et un sandwich d'un sac en toile.

— J'ai pensé que tu aurais peut-être faim.

— Merci, dit-il, en les prenant.

Ils échangèrent un regard. Noah avait les yeux cernés. Une barbe d'une semaine bleuissait son menton. Une croûte marron couvrait l'entaille de son front, qui s'était cicatrisée.

Après son accident de surf, Noah avait roulé seul jusqu'à un hôpital, laissant une tache de sang irrégulière sur le siège du conducteur. Le médecin – il avait refusé de l'ausculter avant qu'il revienne avec la preuve qu'il pouvait payer la facture – avait annoncé à Noah qu'il avait une rupture de la coiffe des rotateurs de l'épaule et une déchirure de six centimètres en haut du dos nécessitant des points de suture.

—Je t'ai attendu à l'auberge. Comment s'est passé le check-up?

Il fixait la mer, où des lignes de houle ondulaient sous la surface.

— La coupure de mon dos s'est infectée.

Mia avait vu la plaie la veille, lorsqu'elle l'avait aidé à changer le pansement. Le bord déchiqueté était à vif et rose, mais la nuance plus claire du milieu l'avait inquiétée.

— On t'a prescrit des antibiotiques?

— Oui. De toute façon, le médecin estime que la rupture musculaire m'empêchera d'aller dans l'eau pendant au moins trois mois. Peut-être six.

— Ce sera avant, assura-t-elle, lui serrant la main.

Le lendemain de l'accident, Mia avait retrouvé Noah sur la plage de Nyang. Avec son bras valide, il lançait des bouts de bois dans le ressac.

«Je veux comprendre pourquoi tu prends de tels risques», lui avait-elle dit après s'être approchée de lui.

Toute la nuit, elle avait repassé dans son esprit l'image de Noah sortant en chancelant des vagues.

«Tu aurais pu te tuer, avait-elle ajouté.

—Je le sais parfaitement», lui avait-il répondu, avec une expression indéchiffrable.

Depuis, il passait le plus clair de son temps à regarder les rouleaux, à écouter les hululements et les cris des surfeurs qui les chevauchaient. Le soir, il la rejoignait dans sa chambre où il lui faisait l'amour avec une ardeur désespérée. Puis ils restaient allongés sous le ventilateur jusqu'à ce que Noah aille dormir, seul.

D'un ton volontairement enjoué, Mia lança :

— Pourquoi ne pas changer de programme demain ? Tu trouves Ubud magnifique. J'adorerais visiter les temples et les jardins d'eau. On pourrait réserver un lodge pour quelques jours dans cette région où il fait plus frais.

Elle imaginait une maisonnette à flanc de colline, cernée de plantes tropicales luxuriantes embaumant l'air. Loin de la chaleur poussiéreuse de la ville, elle sortirait Noah de lui-même. Ils se promèneraient tôt le matin dans l'herbe perlée de rosée, passeraient l'après-midi à faire l'amour et la nuit à discuter.

— Je crois que je vais quitter Bali.

— Comment ça ? s'exclama Mia, aussitôt tendue comme un arc. Pourquoi, voyons ?

— Je suis venu ici pour surfer.

— Et moi pour toi, laissa échapper Mia.

Elle avait sacrifié beaucoup de choses, Finn en particulier. Chaque fois qu'elle pensait à lui, son cœur lui faisait l'effet de se serrer à la manière d'un poing.

— Et nous alors ?

Noah retira sa main. Le geste parut lourd de sens à Mia.

— Je ne sais pas, finit-il par répondre. Pardonne-moi. Je suis largué.

La jeune fille évaluait son bonheur à l'aune de sa relation avec Noah. Elle avait lu des romans où les personnages se décrivaient comme emprisonnés par l'amour. Le terme qu'elle avait rejeté comme mélodramatique lui semblait désormais correspondre parfaitement à ce qu'elle éprouvait : sa passion pour Noah la ligotait.

— Je t'aime.

Les mots avaient franchi spontanément ses lèvres. Les joues immédiatement en feu, elle fixa ses mains, bouleversée. C'était la première fois qu'elle déclarait sa flamme à un homme.

Le silence les enveloppa. Elle attendit, l'adjurant intérieurement de réagir. Comme il continuait à se taire, les larmes lui picotèrent les yeux, qu'elle riva sur deux mouettes qui tournoyaient au gré des mouvements de l'air, battant leurs ailes d'une blancheur immaculée.

Mia se leva et se dirigea vers le bord de l'escarpement, s'éloignant de Noah, muet. Le vent lui fouetta le visage. Le soleil la fit loucher tandis qu'elle suivait du regard les oiseaux marins qui piquaient vers les vagues. Elle enviait leur liberté, elle aurait voulu s'élancer, fendre l'air, planer au-dessus de l'océan.

Elle s'approcha du précipice au pied duquel, cent vingt mètres plus bas, des rochers déchiquetés se dressaient telles des pierres tombales. Elle déploya les bras comme des ailes. L'air frais lui caressa la peau et l'apaisa. Envoûtée par l'océan étincelant au point d'avoir l'impression qu'il lui faisait signe, elle fut saisie d'un vertige.

Soudain, Noah se matérialisa près d'elle. L'attrapant par le bras, il l'attira brusquement à lui.

— Merde, qu'est-ce que tu fabriques ?

— Je… j'étais juste… bredouilla-t-elle, la première choquée par son comportement.

— Tu étais carrément au bord de la falaise.

— J'avais envie de sentir le vent.

Il la lâcha et ses doigts laissèrent une marque rouge autour du poignet de la jeune fille.

— Nom de Dieu, j'ai cru que tu allais…

— Je suis désolée, s'excusa-t-elle, des sanglots dans la voix, incapable de croiser son regard.

— Hé, ajouta-t-il, plus doucement. Tout va bien, j'ai dramatisé.

Noah posa la main au creux de ses reins, elle s'approcha de lui. Il la serra dans ses bras et elle appuya la joue sur son torse. Elle l'enlaça étroitement, agrippant son tee-shirt en coton.

Alors qu'elle écoutait tambouriner le cœur de son amant, Mia se rendit compte qu'il ne l'étreignait plus : elle était la seule à s'accrocher.

Démoralisée, Mia marchait à pas lents dans le couloir qui desservait sa chambre. Noah avait beau n'avoir pas précisé la date de son départ, ni fourni d'explications sur l'évolution de leur relation, elle avait compris : c'était la fin.

Elle ouvrit la porte. Il régnait une chaleur étouffante dans la pièce. Elle avait oublié de laisser la fenêtre entrouverte, aussi le soleil avait-il dardé ses rayons, incendiant les grains de poussière en suspension.

— Comment va?

Mia se retourna : Jez s'approchait d'elle.

— Très bien, répliqua-t-elle, se précipitant à l'intérieur.

Elle n'avait qu'une envie : être seule, s'étendre sur le lit, dormir.

Ses baskets crissèrent sur le linoléum tandis qu'il la suivait. Mia, qui ne l'avait pas vu depuis deux semaines, se doutait qu'il venait réclamer l'argent. La veille, elle était allée à la banque, où elle avait eu la surprise d'apprendre que son compte était dans le rouge. Même si elle connaissait l'état de ses finances, au plus bas après la dépense inconsidérée de sa place d'avion pour Bali, elle ignorait que c'était à ce point. Au moment où Finn et elle avaient établi le budget du voyage, ils avaient prévu trois mois de travail en Nouvelle-Zélande. Maintenant qu'il n'en était plus question, Mia ne savait pas comment elle survivrait.

Jetant son sac sur la table, elle ouvrit la fenêtre pour aérer.

— Tu as pris des coups de soleil, indiqua Jez.

Adossé au mur, les mains dans les poches, il avait l'attitude d'un adolescent assommé d'ennui. Une paire de lunettes noires à monture couvrante, aux verres incrustés de sel, était repoussée au sommet de son crâne.

— Ah bon?

— Sur tes épaules.

Mia approcha une épaule de son visage et appuya le bout des doigts sur sa peau. Une marque blanche apparut.

— La plage ?

— Non, je reviens des falaises.

Jez savait sûrement pourquoi elle s'y rendait. Au lieu de lui demander des nouvelles de son frère, il déclara :

— Je voulais te prévenir qu'un groupe de reggae jouait au Loko's ce soir. Nous y allons à plusieurs, ça te dit ?

La gentillesse de sa proposition la déconcerta. Même si elle n'était pas d'humeur à écouter de la musique tonitruante et à boire des bières Bintang, elle ne tenait pas à casser une passerelle récemment construite.

— Pourquoi pas ? Je verrai comment je me sens plus tard.

— Tu n'as qu'à frapper à ma porte si tu veux qu'on parte ensemble. Le groupe passe à 23 heures.

Mia parcourut sa chambre du regard. Comme elle n'attendait pas de visiteurs, elle avait laissé traîner des sous-vêtements au pied du lit et une plaquette de pilules en évidence sur sa trousse de toilette. Elle s'aperçut que Jez l'observait. Un petit sourire aux lèvres, il détourna les yeux. Il lui parut nerveux, à moins que ce ne soit le fruit de son imagination.

— Noah avait rendez-vous à l'hôpital aujourd'hui.

— Bien, fit-il distraitement, décrivant un petit arc de cercle avec le talon de sa chaussure.

— Sa blessure au dos s'est infectée. D'après les médecins, il ne pourra pas aller dans l'eau avant trois mois, au minimum.

Jez se borna à acquiescer.

— Il m'inquiète. Il a l'air, je ne sais pas, déprimé.

— Bien.

— J'ai pensé que ça te concernait - que tu aurais envie de lui parler.

Il ricana.

— Noah et moi ne sommes pas le genre de frères à tailler une bavette sur leurs états d'âme, ça t'a peut-être échappé.

— Pourquoi tu fais ça?

— Quoi donc?

— Prétendre que tu te contrefous de lui. Je t'ai vu dans la mer. Tu as risqué ta vie pour lui.

Il la foudroya d'un regard aussi noir et pénétrant que celui de Noah.

— J'aurais dû m'épargner cette peine.

— Tu ne le penses pas.

— En es-tu sûre?

— C'est ton frère.

— Tu as une sœur?

— Oui.

— Dans ce cas, tu t'y connais un peu en matière d'amour et de haine.

Mia ouvrit la bouche pour riposter puis la referma. Jez avait raison: il n'y avait parfois qu'un pas entre les deux, si bien qu'on ne savait quel sentiment l'emportait.

— Il a l'intention de partir de Bali, finit-elle par déclarer.

— Évidemment. Noah réagit toujours comme ça. Quand il ne supporte plus quelque chose, il se taille.

— Qu'est-ce qu'il fuit ?

— Ben dis donc, tu n'as pas résolu le mystère ?

Elle attendit en soutenant son regard. Mais il ne lui donna pas la réponse.

— J'imagine que tu veux récupérer ton passeport pour le suivre. Tu as le reste de la somme que tu me dois ?

— Pas encore.

— Ça fait quinze jours.

— Je sais.

— Je ne suis ni riche ni patient. J'ai besoin de ce fric.

Mia n'avait pas distingué le nombre de billets qui étaient passés des mains de Jez à celles du policier. Titillée par un doute, elle demanda :

— C'était combien exactement ?

Il pinça les lèvres.

— Tu le sais très bien. Dix millions de roupies.

— J'ai besoin de mon passeport pour récupérer cet argent.

Il se décolla du mur, traversa la pièce et s'immobilisa en face de Mia, si près d'elle que leurs visages se frôlèrent. Ses yeux, plus petits que ceux de Noah, étaient frangés de cils décolorés par le soleil.

— Ne me prends pas pour un imbécile, articula-t-il lentement, arrondissant la bouche à chaque mot. On peut très bien tirer du liquide sans pièce d'identité.

Jez eut l'air prêt à s'en aller, mais il s'arrêta devant la table où était posé le sac de Mia. Et il s'empara de son portefeuille.

— Qu'est-ce que tu fais ?

Il en sortit une liasse de billets, qu'il compta.

— Deux millions de roupies.

Il les fourra dans sa poche.

— Tu ne me dois plus que huit millions.

— C'est du vol !

— Non, un recouvrement de créance.

— Je t'ai promis de te rembourser. Ça ne se fait pas de fouiller dans les affaires des gens.

— Merci pour la leçon de morale. En voici une pour toi : si tu traites quelqu'un comme un connard, il se conduira comme un connard.

Sur ces mots, il claqua la porte.

Le regard fixé sur le portefeuille ouvert, Mia prit soudain conscience de sa situation : elle n'avait ni argent ni passeport, elle était piégée ici. Et Noah était sur le point de partir.

Elle appuya les mains sur ses tempes et essaya de réfléchir. Elle n'avait aucun moyen de rembourser Jez, un salaire balinais ne lui permettrait pas de gagner la somme avant des mois. Elle n'osait pas signaler la perte ou le vol de son passeport puisque la police détenait toujours des informations à son sujet. Si elle en parlait à Noah, elle devrait lui expliquer pourquoi elle lui avait caché le pot-de-vin – or, elle avait honte de l'incident. Aucune solution ne se présentait à son esprit.

Prenant son journal, Mia s'écroula sur le lit. Elle l'ouvrit sur une page vierge, ce qui la calma un peu. À peine eut-elle enlevé le capuchon du stylo avec ses dents qu'elle commença à écrire…

Noah part. L'idée de le perdre m'est littéralement insupportable. Il est malheureux, je m'en rends compte, mais je ne sais pas comment l'aider. Il me l'interdit. Cette exclusion me fait souffrir, je me sens très seule.

Lorsqu'il ne sera plus là, ça n'aura aucun sens d'être à Bali. Sauf que j'y suis coincée. Il ne me reste que cinquante livres. J'ai foiré. J'ai absolument tout gâché.

25

Katie

(Bali, août)

Katie mit le journal de côté. Elle se leva, les genoux ankylosés, la nuque raide à force d'être restée penchée. La nuit avait remplacé le crépuscule s'aperçut-elle après avoir jeté un regard au balcon. Elle tourna lentement la tête pour détendre les muscles de son cou tout en pensant à ce qu'elle venait de lire : l'arrivée de Mia au Nyang Palace ; les insinuations de Jez dans la cage d'escalier plongée dans la pénombre ; la sensation de la pluie sur le visage de Mia lorsqu'elle avait vu Noah, blessé, sortir en titubant du ressac ; la peur qui l'avait transpercée dans la voiture de police ; le pot-de-vin qu'elle devait rembourser. Ce dernier détail lui avait permis de comprendre pourquoi Mia l'avait appelée pour lui demander de l'argent. Au souvenir de leur ultime conversation, le sang afflua à son visage.

Le récit qu'avait fait Mia de ses excursions aux falaises s'était gravé dans sa mémoire. Le sentier du bas menait au point de vue, puis il fallait grimper à travers une végétation dense pour atteindre la crête. Sortant de son sac la carte que Richard Hastings lui avait donnée, elle la glissa dans la poche de sa robe. Elle serra entre ses doigts le papier, dont le froissement l'ancra dans sa résolution. *J'irai là-bas, Mia. Bientôt. Je te le promets.*

On frappa à sa porte. Elle marcha sur le parquet ciré et ouvrit : Finn portait un plateau garni de plats et d'une bouteille de vin rouge.

— Tu as sans doute faim.

L'odeur de riz fumant et d'épices se répandit dans la pièce.

— J'ai l'estomac dans les talons, reconnut Katie, faisant de la place sur la coiffeuse.

Finn remplit un verre de vin et le lui tendit.

— Alors, tu t'es plongée dans le carnet ?

— Je l'ai lu presque sans m'arrêter.

— Qu'est-ce que Mia a pensé de Bali ?

— Elle a trouvé l'île magnifique. Elle a adoré les plages. Les gens. La nourriture.

— C'était son rêve d'aller en Indonésie.

Vraiment ? Il y avait tant de choses qu'elle ignorait sur sa sœur. Qu'elle ne saurait jamais.

— Noah était content de la voir ?

— Étonné, à mon avis. Au début, ça l'a peut-être tracassé qu'elle soit venue pour lui. Il n'empêche que ça lui a fait plaisir.

— Elle était heureuse ?

Katie réfléchit. Mia avait vécu des instants de bonheur intense, par exemple l'après-midi, qu'elle décrivait, où, assise à l'ombre d'un palmier avec Noah, ils s'étaient gorgés de mangues mûres dont le jus coulait sur leurs mentons. Mais tout avait changé après l'accident de Noah, comme si ses pensées reflétaient le découragement de ce dernier. Nombre de passages étaient assombris par son angoisse au sujet de leur relation. N'est-ce pas toujours le cas en amour : la perpétuelle oscillation entre l'exaltation d'être aimé et d'aimer et l'abattement dû au manque de confiance en soi ?

— C'est difficile de répondre avant que je l'aie terminé.

— Tu en es où ?

— À environ une semaine de…

Finn la regarda, l'air manifestement inquiet. Puis il se retourna pour disposer leurs assiettes.

— J'ai pris du *nasi goreng*, j'espère que ça te plaît ?

— Et comment !

— Tiens, ils ont oublié les couverts, fit-il remarquer en dépliant une serviette. Je vais en chercher.

Sitôt qu'il eut fermé la porte, Katie s'empressa d'ouvrir à nouveau le journal. Elle le feuilleta. Il ne restait effectivement que quelques pages. Elle but une gorgée de vin et, incapable d'attendre, se mit à lire.

J'ai fait quelque chose d'abominable. J'étais désespérée. Je n'avais pas le choix. Il était exclu de demander l'argent à Katie car cela soulèverait trop de questions – alors j'ai envoyé un mail à Finn. Je lui ai écrit que c'était pour payer ma place d'avion parce que je voulais le voir afin qu'on puisse régler les problèmes entre nous. Nom de Dieu, ce n'est pas l'envie qui m'en manque ! Notre séparation m'a rendue très malheureuse, comme si j'étais amputée d'une partie de moi. Sans compter tout ce que je dois lui expliquer.

S'il m'envoie du fric, je récupérerai mon passeport. Puis j'espère, J'ESPÈRE, qu'il en restera assez pour le vol.

Katie ferma les yeux. *Oh, Mia, comment as-tu pu ? Après tout ce que tu lui avais fait subir, voilà que tu lui demandes de l'argent. Et moi ? Ça me vexe en un sens que tu aies d'abord pensé à lui. Que s'est-il passé ? Finn a refusé et du coup tu m'as appelée ? Faute de mieux ?*

Elle sursauta lorsque Finn revint avec les couverts.

— Dans le couloir, je suis tombé sur un garçon qui les apportait.

Il s'approcha de la coiffeuse.

— Je vais nous servir avant que ce soit froid.

Pourquoi Finn ne lui avait-il pas parlé du message de Mia ? Parce qu'il était gêné de ne pas avoir accédé à sa requête ?

— Tiens, dit-il, lui tendant une assiette.

Katie la prit. Le lit fléchit lorsqu'il s'assit à côté d'elle. Elle le regarda enfourner du riz et des légumes.

— Finn ?

Il leva les yeux.

— Quand Mia était à Bali, elle t'a contacté pour t'emprunter de l'argent ?

Il s'arrêta de mâcher, avala sa bouchée.

— Oui.

— Mais tu ne lui en as pas prêté.

Il posa sa fourchette, le visage soudain grave.

— Elle voulait l'argent pour prendre un avion et me rejoindre. Alors je lui ai réservé une place.

— Mon Dieu, Finn !

Malgré tout ce que Mia avait fait, il avait eu la générosité de lui donner une deuxième chance.

— Tu as été très gentil avec elle.

Il se frotta le front.

— En réalité, Katie, déclara-t-il d'un ton monocorde qui l'effraya, ce n'est pas du tout le cas.

Il régnait une telle chaleur dans la pièce que le tee-shirt de Finn était collé à ses omoplates. Il alla ouvrir la fenêtre du balcon. La brise tiède du soir s'engouffra, soulevant les rideaux. Il s'emplit les poumons, sentit le sel dont l'air était saturé.

— Finn ?

Il pivota très lentement sur ses talons. Katie était assise au bord du lit, les pieds joints. Elle avait posé son assiette et le dévisageait. Ne sachant comment aborder le sujet, il porta de nouveau la main à son front. De toute façon, il devait être franc avec Katie. Puisqu'elle avait récupéré le journal, elle découvrirait la vérité.

— J'ai reçu le mail de Mia, expliqua-t-il. À l'évidence, les choses n'étaient pas au beau fixe à Bali, d'où son envie de me retrouver. Je m'en fichais : je voulais la voir. À tel point que c'en était pitoyable. Comme j'avais peur qu'elle change d'avis, j'ai acheté son billet au lieu de lui envoyer l'argent.

— Elle n'a jamais embarqué, c'est ça ?

— J'ai attendu six heures à l'aéroport. Le vol avait du retard.

Il avait pris un journal australien qu'il avait lu de la première à la dernière page, s'obligeant à retenir des informations sur le cricket ou la découverte d'un site de peintures rupestres aborigènes vieilles de quinze mille ans. Et ce, pour imposer silence aux doutes qui le rongeaient sur la venue de Mia. Lorsque les passagers avaient fini par débarquer, manifestement fatigués, il l'avait cherchée. En vain.

— J'ai vérifié auprès des agents de l'aéroport, reprit-il. Elle n'était pas montée à bord. Voulant croire qu'il y avait une erreur sur le billet, je me suis installé à une borne Internet pour me connecter. Il y avait un message de Mia. Une seule phrase, elle ne s'était pas donné la peine d'écrire davantage. *Finn, ça m'est impossible de te retrouver maintenant. Désolée.* Elle s'est servie de moi, Katie, conclut-il, l'air très malheureux.

— Elle ne pouvait pas prendre l'avion. Jez avait son passeport.

— Le frère de Noah?

Elle acquiesça.

— Pourquoi?

— Un incident s'était produit avec la police, je viens de lire le passage à ce sujet. On l'a attrapée avec de la marijuana sur elle. Jez a soudoyé un flic pour qu'il ne l'arrête pas.

— Merde! s'exclama Finn, se massant le menton.

— C'était une grosse somme. Il refusait de lui rendre son passeport tant qu'elle ne l'avait pas remboursé.

— Voilà pourquoi elle avait besoin de mille livres.

— Oui, mais elle avait aussi très envie de te voir. Elle l'a écrit. Elle espérait qu'il resterait assez d'argent pour la place d'avion.

Finn sentit qu'il devenait livide.

— Seigneur, ça ne fait qu'aggraver les choses.

— Quoi donc ?

— Ça m'a rendu fou de rage qu'elle ne vienne pas. Alors j'ai répondu immédiatement à son mail, au lieu d'attendre d'être calmé.

Il se rappela ses doigts tapant sur les touches avec la violence d'un coup de tonnerre.

— Qu'est-ce que tu lui as dit ?

— Quand Mia a découvert que Harley était son père, elle est partie en vrille.

— Je suis au courant. Elle avait peur de lui ressembler.

Finn la fixa.

— Et de finir comme lui. Malgré mes efforts pour la rassurer en lui faisant valoir qu'elle était une personne à part entière, elle était persuadée d'avoir hérité des traits de caractère que Mick avait décrits.

— Pourquoi me raconter ça ?

— Dans mon mail…

Finn hésita, la mâchoire crispée. Le sang battait dans sa tête. Le remords enfoui au tréfonds de son être semblait à présent lui lacérer la gorge.

— … j'ai écrit : *Mia, si tu n'y prends pas garde, tu risques de te retrouver seule en te demandant où tes proches ont disparu. Exactement comme ton père.*

Il serra les poings avant de continuer :

— Et voilà qu'elle meurt deux jours après ! Bordel, elle est morte ! Un suicide. Du moins, d'après les autorités. Et je ne cesse de penser à ces putains de mots : *Exactement comme ton père.*

Il martela le mur de ses poings, la tension remonta dans ses avant-bras.

— Je n'ai pas eu l'occasion de lui dire à quel point je les regrettais.

— C'était toi ?

Laissant tomber ses mains, Finn balaya la pièce du regard.

— C'était toi ? répéta Katie. Celui qui a envoyé l'orchidée papillon à l'enterrement de Mia ?

— De quoi parles-tu ?

— On a envoyé une fleur à ses funérailles.

Finn eut l'air interdit.

— Une petite carte l'accompagnait, où ne figurait qu'un seul mot : *Désolé.*

— Non, ce n'est pas moi. Je n'en suis pas moins désolé. Vraiment désolé. Pour tout. Je n'aurais jamais dû la laisser partir à Bali seule. J'aurais dû te prévenir. Sans compter l'argent dont elle avait besoin – j'aurais dû le lui donner au lieu d'acheter ce foutu billet d'avion ! Mon Dieu, ce que j'ai écrit était atroce… je ne supporte pas l'idée qu'elle ait pu le croire… ou qu'elle y ait pensé au moment de…

— Tais-toi ! Je t'interdis de prononcer ces mots.

Finn baissa la tête. Le sentiment de culpabilité qui le taraudait depuis des mois le submergeait.

— Katie, poursuivit-il, d'une voix plus calme. Il faut que je sache ce que Mia a ressenti lorsqu'elle a reçu mon message.

Il traversa la pièce et prit le journal sur la table de chevet. Le tissu bleu roi de la couverture chatoya entre ses doigts. Il se souvint du nombre de fois où il avait vu Mia écrire dans ce carnet – soit posé en équilibre sur ses genoux lorsqu'ils roulaient en Californie, soit étalé par terre dans leur tente à la lueur d'une lampe de poche, ou encore sur la plage, où elle s'appuyait sur un coude et veillait à souffler le sable incrusté sur son dos après s'en être servi.

— Elle a dû l'écrire ici, ajouta-t-il en le remettant à Katie. S'il te plaît, je dois savoir ce qu'elle a pensé.

26

Mia
(Bali, mars)

Mia se tenait immobile, le dos raide, les cheveux répandus sur ses épaules comme une écharpe noire, les pieds nus sur la barre en bois sous la console de l'ordinateur. Seuls ses cils papillotaient alors qu'elle relisait l'e-mail de Finn sur l'écran.

Puis elle cligna des yeux, ce qui la sortit apparemment de sa prostration, et, repoussant sa chaise, elle attrapa son sac et se précipita hors du cybercafé.

La nuit était douce. La rue grouillait de touristes flânant devant les étals de marchands. Mia se faufila dans la foule, gagnée peu à peu par l'angoisse. À chaque pas, le message de Finn tournoyait de plus en plus rapidement dans son esprit. Elle ne remarqua pas le mouvement de ses pieds bronzés, la chaîne fine en argent qui dansait autour de sa cheville ; elle ne voyait que les mots, comme s'ils étaient gravés sous ses paupières : *Si tu n'y prends pas garde, tu risques de te retrouver seule en te demandant où tes proches ont disparu. Exactement comme ton père.*

Le souffle lui manquait, elle avait du mal à respirer. Les gaz d'échappement et les effluves suaves, entêtants, de fruits pourris la firent suffoquer. Un homme fumant une cigarette aux clous de girofle la croisa ; elle s'écarta pour fuir l'odeur écœurante, et le trottoir parut tanguer sous ses jambes. Elle bouscula un garçon maigrichon en train de jouer au Yo-Yo, qui la fixa avec curiosité.

Mia se mit à courir. Le sol était inégal, une grosse ornière ralentit son allure. Du capot d'une voiture garée, des yeux félins l'observèrent suspicieusement alors qu'elle poursuivait sa route, évitant des pots de fleurs cassés et des sacs-poubelle flasques. Elle fonça dans une venelle transversale menant à l'auberge de jeunesse, dans laquelle elle se rua. Elle passa devant la réception et s'engouffra dans le couloir obscur.

Elle s'arrêta devant sa chambre, une sensation de pesanteur dans le ventre, comme s'il était alourdi par un millier de galets. L'idée d'être seule était intolérable.

Elle revint sur ses pas et se retrouva devant la porte de Noah, qui n'était pas fermée à clé. Elle se glissa dans l'obscurité, essayant de calmer sa respiration.

D'une voix ensommeillée, Noah lança :

— Mia ?

— Oui, chuchota-t-elle, poussant la porte du bout des doigts. Rendors-toi.

Elle se déshabilla et s'allongea sur le lit. Tout ce qu'elle désirait, c'était se blottir contre lui et sentir son cœur ralentir, battre à l'unisson du sien. Mais elle ne bougea pas, les bras le long du corps, effleurant la jambe de Noah de sa cheville, juste pour qu'ils se touchent. Il murmura

– question ou protestation? Elle ne réagit pas, attendant que son souffle léger et régulier indique qu'il s'était rendormi. Lorsque ce fut le cas, elle poussa un soupir de soulagement. Le ventilateur du plafond brassait l'air chaud et elle entreprit de compter les rotations pour imposer silence à ses pensées.

À la trente-deuxième, le mail de Finn avait repris possession de son esprit. Elle l'imagina en train de taper le message, le regard durci par la lueur de l'écran. Il avait soigneusement choisi ses mots, la mettant à nu pour dévoiler sa terreur la plus profonde : terminer comme son père.

Mia percevait la vérité amère de son avertissement. La symétrie entre la vie de Harley et la sienne lui semblait circuler dans ses veines, comme du sang. Happé dans une spirale d'autodestruction, il avait rejeté ceux qui l'aimaient – ce qu'elle avait fait. Elle se mordit la lèvre au souvenir de ce qu'elle avait infligé à Finn. Outre la cruauté de sa décision de le quitter pour Noah, son mensonge – inventer qu'elle allait le rejoindre – était impardonnable. Elle aurait voulu coller son visage contre celui de Finn, nez contre nez, pour lui chuchoter à quel point elle regrettait. Sauf que c'était trop tard. Par la fenêtre ouverte, le fracas des vagues lui parvenait derrière les voix et le bruit de la circulation.

Un coup violent sur sa poitrine la réveilla. Depuis combien de temps s'était-elle endormie ? Elle n'en avait aucune idée. Le souffle coupé, elle bondit hors du lit. Noah moulinait des bras, son corps vigoureux était agité de soubresauts sous le drap – on aurait dit un animal pris au piège.

— Noah !

Un chapelet de paroles inintelligibles s'échappa de sa bouche, il se contorsionnait sous l'emprise d'un cauchemar.

Mia recula jusqu'au mur, cherchant à tâtons l'interrupteur. Lorsque le néon s'alluma en grésillant, elle battit des paupières et se protégea les yeux.

Noah parut se secouer. Il arracha le drap et se leva en titubant. Inondé de sueur, haletant, l'air abasourdi, il demanda :

— Qu'est-ce que j'ai fait ?

Mia s'appuyait au mur.

— Un cauchemar.

— Je… je t'ai donné des coups ?

Une douleur sourde irradiait dans sa poitrine, là où il l'avait frappée.

— Non. Tout va bien.

— Qu'est-ce que tu fabriques ici ? Tu ne devrais pas être dans ma chambre.

Se détournant, il s'approcha de la fenêtre, plaquant les paumes sur la vitre, à la manière d'un prisonnier tenaillé par l'envie de s'évader. Le pansement déchiré de sa plaie en haut du dos révélait une chair rose et tendre.

Mia le rejoignit et posa les mains au creux de ses reins. Sa peau était brûlante.

— Noah ?

Il refusa de lui faire face. Son cauchemar, quel qu'en ait été le contenu, l'habitait toujours. Elle pensa à la façon dont il refusait qu'elle passe la nuit avec lui.

— Ça t'arrive souvent, n'est-ce pas ?

Noah crispa la mâchoire. La vitre renvoyait son reflet et Mia s'aperçut qu'il fermait les yeux. Il y avait quelque chose de terriblement vulnérable dans le filet de sang qui coulait de sa blessure. Mia lui toucha l'avant-bras, effleurant les bords noirs de son tatouage.

— Ce n'est pas grave, chuchota-t-elle.

Sous l'effet de la caresse, il s'effondra. Ses épaules tremblèrent et il baissa la tête.

— Oh, Noah !

Mia l'enlaça et le serra contre elle. Il lui sembla que la sueur de Noah refroidissait sur sa peau. Ça l'effrayait de le voir dans cet état.

— Raconte-moi ton cauchemar.

Il se raidit.

— Noah ?

Il ne répondit pas.

— Ça te ferait du bien, insista-t-elle.

Noah se taisait et Mia comprit qu'ils se ressemblaient beaucoup. Ils étaient tous les deux torturés par une souffrance intime. Ils pouvaient se soutenir, elle en était convaincue.

— Je sais que tu as perdu un frère. Parle-moi de lui. Je voudrais t'aider.

— S'il te plaît, va-t-en.

— Quoi ?

— C'est impossible, j'en suis incapable.

— Noah, je cherche seulement à…

Il avait déjà traversé la pièce et ramassait les fringues de Mia.

— Qu'est-ce que tu fais ? demanda-t-elle, saisie d'une angoisse qui se propagea dans sa poitrine tel du venin. Noah, je t'en prie…

— Tu me harcèles. Tu essaies d'entrer dans ma tête. Je ne supporte pas ça. Je n'aurais jamais dû commencer cette histoire. Je suis désolé, Mia, c'était une erreur.

Il lui tendit ses vêtements qu'elle enfila, accablée. Une fois rhabillée, elle aperçut le sac à dos de Noah au pied de la table. Il était bouclé.

— Tu pars ?

— Oui.

— Quand ?

— Demain.

— À quel moment tu comptais me l'annoncer ?

Il la scruta de son regard sombre, indéchiffrable, avant d'ouvrir la porte. Elle la franchit.

— Je suis désolé, se contenta-t-il de dire.

27

Katie

(Bali, août)

Katie sortit sur le balcon. Un oiseau qui nichait dans le jardin de l'hôtel s'envola, affolé, ses ailes sombres déployées sur le ciel. Elle agrippa la rambarde en bois et huma la fragrance des frangipaniers, la senteur de la terre rafraîchie par la nuit.

Finn la rejoignit. Ni l'un ni l'autre ne prit la parole. Elle écouta la rumeur lointaine du ressac et les branches d'arbres agitées par la brise. Elle n'avait pas poursuivi sa lecture du journal bien qu'il le lui ait demandé. Les choses se précipitaient, lui échappaient. Elle avait besoin de se recentrer, de réfléchir. Finn rompit le silence.

— Pardonne-moi de ne pas t'avoir parlé plus tôt du mail. J'avais honte, expliqua-t-il d'une voix plus calme.

Katie comprenait parfaitement ce sentiment, qui palpitait en elle comme un deuxième cœur. Elle n'avait confié à personne le coup de téléphone de Mia, dont le souvenir la taraudait d'une culpabilité ténébreuse qu'elle sentait courir dans ses veines.

— Moi non plus, je n'ai pas été complètement honnête avec toi.

Finn se tourna vers Katie.

Il avait beau la scruter, elle poursuivit en fixant l'obscurité.

— Mia m'a appelée, la veille de sa mort. Nous n'avions pas échangé un mot depuis le jour où je lui avais annoncé mes fiançailles. Trois mois – aussi longtemps que ça, précisa-t-elle en soupirant. Lorsqu'elle a fini par me téléphoner, c'était pour me demander de l'argent.

— Parce que j'avais refusé de lui en prêter.

— Exactement.

— Et toi, tu as accepté ?

— Je n'ai même pas envisagé de le faire.

Elle baissa les paupières, l'air nocturne lui caressa la peau. Elle pensa à leur ultime conversation, celle qu'elle repassait dans sa tête, terrassée par son chagrin d'une profondeur insondable.

— Qu'est-ce que tu lui as dit ?

Katie lança un coup d'œil dans la chambre où était resté le carnet.

— Tu sais pourquoi je n'ai pas lu son journal lorsque je l'ai trouvé dans son sac à dos ?

— Tu voulais garder vivant le souvenir de Mia, du moins est-ce ce que tu m'as assuré.

Elle partit d'un rire bref – une note stridente.

— C'est ce que je me suis raconté. On arrive à se duper d'une façon incroyable. En réalité, Finn, je suis lâche. Si je ne l'ai pas lu d'une traite, c'est par appréhension : qu'est-ce que Mia avait écrit sur notre dernière discussion ?

La vérité brutale qu'elle avait assenée avec tant de froideur s'imposa à elle, ainsi que le halètement de Mia.

— L'idée de découvrir qu'elle s'était approchée du bord de la falaise à cause de mes paroles m'était insupportable.

28

Mia
(Bali, mars)

Après avoir glissé les pièces dans la fente de l'appareil, Mia composa le numéro de Katie. Elle attendit. Un air tonitruant de guitare basse s'échappant d'une boîte de nuit vibra dans sa poitrine. En face, un réverbère projetait une lumière stroboscopique orange sur le bord du trottoir où un chien efflanqué fouillait dans un carton de nourriture vide.

— Katie Greene à l'appareil.

Sa voix était sèche, professionnelle.

— C'est moi.

— Mia?

Un ange passa, avant que Katie réponde.

— Je suis au bureau.

— On peut parler? J'en ai pour cinq minutes.

Katie soupira.

— Une seconde.

Mia entendit sa sœur prévenir une collègue qu'elle revenait tout de suite. Puis il y eut le claquement de talons sur un sol dur, le bruit de ventouse d'une porte qu'on ouvrait et, enfin, celui de la circulation à l'heure de pointe.

— On gèle dehors. Je ne peux pas m'attarder, reprit Katie.

Mia n'arrivait pas à imaginer le froid d'une journée d'hiver à Londres, alors qu'il faisait nuit à Bali et encore tellement chaud que son tee-shirt en coton se plaquait sur sa peau.

— Comment vas-tu ? lança-t-elle.

Une banalité, faute de trouver une façon d'aborder le sujet.

— Très bien.

— Désolée de ne pas t'avoir appelée depuis longtemps.

— Trois mois, précisa Katie.

— Tant que ça ?

Mia enroula le fil du téléphone autour de son poignet, le tordit jusqu'au moment où il entrava la circulation du sang dans ses doigts. Aucune idée ne se présentait à son esprit.

— Ton travail, ça va ?

— Très bien.

— Et Ed ?

—Tu ne m'as pas appelée pour me demander des nouvelles d'Ed ou de mon boulot. Qu'est-ce que tu veux, Mia ?

Mia tira sur le fil ; le bout de ses doigts fut comme criblé de coups d'épingle. Demander de l'argent à Katie la mettait mal à l'aise - elle aurait préféré qu'elle lui raconte sa vie à Londres ou qu'elles évoquent des souvenirs d'enfance –, mais personne à part sa sœur ne pouvait l'aider. Et il fallait qu'elle récupère son passeport pour quitter Bali. Sa relation avec Noah était terminée, son amitié avec Finn bousillée. Il ne restait que Katie... la seule à pouvoir faire ça pour elle.

— J'ai besoin d'argent. Environ mille livres. Ce serait un prêt.

— Tu plaisantes ?

— Je te rembourserai d'ici à quelques semaines, dès que j'aurai du boulot.

Un silence pesant tomba. Plus haut dans la rue, des jeunes gens en maillots de rugby surgirent en titubant de la discothèque. Ils s'égosillaient et jouaient à saute-mouton. Ils étaient saouls, très gais. L'envie soudaine d'être entourée par un groupe d'amis, de sentir la caresse de l'alcool voyageant dans son corps, s'empara de Mia.

— Tu sais combien de cartes de félicitations pour nos fiançailles Ed et moi avons reçues ?

Le coq-à-l'âne prit Mia de court.

— Trente-sept. L'appartement en était rempli. J'ai dû en disposer en haut du frigo parce qu'il n'y avait plus de place sur le rebord des fenêtres. Mes collègues m'ont invitée à dîner. La sœur d'Ed est venue de Weybridge, apportant des fleurs et une bouteille de champagne. Alors que toi… toi, répéta Katie avec une fureur contenue, tu n'as même pas été fichue de me féliciter.

— Katie…

— Tu m'as laissée sans nouvelles pendant trois mois. Je croyais que j'allais partager mon bonheur avec ma sœur. Je voulais ton avis sur les robes de mariée, les lieux pour la réception et une centaine d'autres détails. Or, tu n'as pas donné un seul coup de fil, même pas pour savoir si nous avions fixé une date. Et voilà que tu m'appelles à mon bureau pour me réclamer du fric. Comment crois-tu que je devrais réagir ?

Mia avait mal au poignet. Elle desserra le fil, sous lequel la peau était d'un blanc jaunâtre. Elle plia lentement les doigts et une douleur fusa lorsque le sang se remit à circuler.

— Je ne sais pas.

— Tu voyages. Tu t'amuses. Tu rencontres des gens nouveaux. Ça, je le comprends mais, franchement, c'est si compliqué de décrocher un téléphone ? Tu n'as même pas appelé pour l'anniversaire de maman, il y a trois semaines. Elle aurait eu cinquante-trois ans.

Les numéros du cadran devinrent flous. Comment avait-elle pu l'oublier ? Le 14 février, jour de la Saint-Valentin. Le facteur ne se privait jamais de constater que leur mère était la femme la plus populaire de sa tournée. Mia avait laissé passer la date. Depuis peu, elle perdait la notion du temps, qui semblait tisser des cercles autour d'elle.

— Tu n'as rien à dire ?

La sueur coulait derrière les genoux de Mia. Elle aurait voulu expliquer qu'elle pensait à leur mère tous les jours, que les anniversaires n'avaient jamais signifié grand-chose pour elle. Les mots se coincèrent dans sa gorge comme des bulles comprimées par la capsule d'une bouteille.

— Nom de Dieu, Mia, ça t'est égal ?

— Bien sûr que non ! s'écria-t-elle, frappant du poing la console. Ce n'est pas parce que j'ai oublié son putain d'anniversaire que je m'en fiche.

— Et moi, qu'est-ce que tu en fais ?

— Quoi ?

— Il ne s'agit pas seulement d'honorer la mémoire de maman en se souvenant de son anniversaire, mais aussi de nous. On devrait être là l'une pour l'autre.

— Je le suis.

— Tu es partie, fit observer calmement Katie.

— Je ne pouvais pas rester.

— Qu'est-ce que tu as fui ?

Toi ! aurait voulu hurler Mia. *Parce que je me suis envoyée en l'air avec ton fiancé par dépit et que je ne pouvais plus te regarder en face.*

— Le plus pitoyable, c'est que j'aurais aimé que tu me proposes de t'accompagner. Tu t'en es rendu compte ? J'en avais très envie.

— N'importe quoi. Tu n'aurais jamais démissionné. Ni pris l'avion.

— Si, Mia. Sauf que tu ne me l'as pas demandé.

— N'essaie pas de me culpabiliser.

— Te culpabiliser ?

Mia entendit les pas de Katie, tandis que le bruit de la circulation décroissait. Elle se représenta sa sœur en train de marcher dans une rue transversale et de passer devant une rangée de demeures de style géorgien, aux portes noires et brillantes. Elle glissa d'autres pièces, qui tintèrent en tombant dans la cavité.

— On m'a donné le rôle de la sœur aînée, disait Katie. Raisonnable, protectrice, fiable. Toi, celui de la cadette : extravagante, indépendante, égoïste.

— C'est de la foutaise.

— Vraiment ? Qui s'est occupé de tout après la mort de maman ? J'ai organisé l'enterrement, vendu la maison, trouvé notre appartement, sans oublier le mal que je me suis donné pour te dégoter un travail.

— Tu ne me protégeais pas, fulmina Mia. Tu me contrôlais ! Tu cherchais à réduire ma vie pour qu'elle tienne dans un mouchoir de poche et ressemble à la tienne.

— C'est ce que tu penses ?

— Me piquer mon meilleur ami n'était pas la meilleure façon de me protéger, riposta Mia.

Puis les mots jaillirent comme un feu d'artifice dans le ciel.

— Pourquoi lui ? Parmi tous les hommes que tu pouvais choisir, pourquoi Finn ?

Katie s'arrêta de marcher. Mia attendit l'explosion.

Il n'y eut cependant ni coup de tonnerre ni détonation, simplement trois mots qu'elle souffla :

— Je l'aimais.

Saisie de vertige, Mia s'accrocha à la console. Ses paumes étaient moites.

— Ce n'est pas possible !

— Bien malgré moi, tu peux le croire. Il n'empêche que je suis tombée amoureuse de lui. Éperdument.

Mia se mordit la joue, plantant les dents dans la chair tendre. Le goût métallique du sang envahit sa bouche.

— Ce n'était pas tenable, tu étais trop malheureuse d'avoir perdu Finn – l'ombre de toi-même. Je ne te reconnaissais plus. Ensuite, maman est tombée malade. De nous tous, c'est toi qui as été la plus accablée. Sans compter que tu refusais le soutien de Finn ou le mien. Te voir souffrir à ce point était au-dessus de mes forces, je n'avais d'autre choix que de rompre avec lui. Je l'ai fait pour toi, Mia. Et je devais te protéger de la mort de maman.

— Qu'est-ce que tu racontes ? protesta celle-ci, dont le sang se glaça néanmoins.

— Ce matin-là - elle était à l'agonie - je t'ai laissé quatre messages pour te demander de venir lui dire au revoir.

— J'avais perdu mon…

— Portable. Oui, c'était ton excuse. Voyons, Mia, on n'en est plus là.

La partie de l'oreille où Mia appuyait le combiné était brûlante. Elle ne songeait plus qu'à arracher le fil et à jeter le téléphone dans la rue.

— Tu n'étais pas à la maison avec moi faute d'être capable de supporter la mort de maman. Même si je le comprenais, je n'ai pas arrêté de t'appeler pour éviter que tu regrettes de ne pas lui avoir fait tes adieux.

Mia avait marché à Porthcray toute la matinée ; son portable couinait dans la poche de sa veste polaire. Une semaine de vents du sud-ouest avait drossé des monceaux d'algues qui pourrissaient sur le rivage, saturant l'air d'une odeur de soufre. Elle les esquivait tout en écoutant chaque message de Katie, consciente que sa mère se mourait dans leur maison de famille, à cinq kilomètres. Sa mère qui lui répétait que ses yeux étincelaient comme des émeraudes, qui avait précieusement conservé une histoire sur un léopard des neiges qu'elle avait écrite à six ans, qui lui assurait que peu importait ce qu'elle faisait de sa vie du moment qu'elle était heureuse. Sa mort était inconcevable.

Sur la plage, Mia avait ramassé une pierre blanche, toute lisse, de la taille d'une moule. Si elle réussissait six ricochets de suite, elle irait voir sa mère, s'était-elle promis. Après avoir rejeté son bras en arrière, elle avait lancé le galet : il avait rebondi six fois sur l'eau à la manière d'un poisson sauteur. Du coup, elle était revenue sur ses pas pour rejoindre sa voiture, mais à mi-chemin elle s'était arrêtée, ses jambes refusant de la porter. Et elle avait pris un autre galet, se fixant le but de sept ricochets, puis de huit, puis de neuf...

Pour finir, son mobile avait de nouveau sonné. Cette fois, d'une voix brisée, Katie avait annoncé la mort de leur mère dans son message.

Mia avait jeté son portable à la mer, il avait ricoché une fois avant de disparaître.

À présent Katie lui rappelait :

— Tu es arrivée une éternité après qu'elle avait rendu son dernier soupir.

Mia s'était garée au pied de l'allée, guettant le départ du coroner pour ne pas être obligée de voir le corps de Grace.

— J'ai préparé des gin tonics, tu te souviens ? poursuivit Katie. Nous nous sommes installées à la table de la cuisine. Tu m'as demandé comment la fin s'était déroulée. Sereinement, t'ai-je répondu. J'étais assise au bord du lit de maman dont je tenais la main, et elle s'est éteinte comme si elle s'endormait.

Katie s'éclaircit la gorge, refoulant ses larmes.

— Ce n'est pas la vérité, je crois que tu le sais maintenant.

Tout parut s'estomper : le raffut de la boîte de nuit, la chaleur, la sensation du combiné appuyé sur sa pommette. Mia ne se concentrait que sur la voix de sa sœur.

— Maman n'est pas morte paisiblement. La dose de morphine n'était pas assez forte. Elle souffrait tellement qu'elle s'est mordu la lèvre jusqu'au sang. Elle était terrorisée. Elle implorait le dieu qu'elle imaginait au ciel de l'épargner. À ton avis, qu'est-ce qu'elle n'a cessé de répéter ?

Je t'en prie, tais-toi, supplia silencieusement Mia.

— « Où est Mia ? », alors que j'étais à son chevet depuis des semaines.

Le combiné glissa des mains de Mia, cogna le support métallique de la cabine et fut abandonné, pendouillant au bout d'un fil noir.

Mia alluma la lumière de sa chambre. La fenêtre était ouverte et le vent gonflait le léger rideau. Elle croisa les bras. Étranglée par les sanglots, elle ferma les yeux. Les mots de l'e-mail de Finn l'attendaient sous ses paupières.

Elle aurait voulu tendre les bras, attraper Harley à la gorge et lui demander : C'est ce que tu ressentais ?

Essuyant ses larmes, elle fouilla fébrilement dans son sac. À peine eut-elle trouvé son journal qu'elle l'ouvrit et enleva la photo collée au début. À califourchon sur les hippocampes d'un manège,

Katie et elle se tenaient par la main. Mia examina le cliché. Le souvenir de cette journée où la vie était douce et facile était gravé dans sa mémoire.

Sans hésiter, elle déchira le côté où l'on voyait Katie.

Puis elle posa le carnet sur la table et s'assit. De ses mains, tremblantes, elle aplatit la double page et se mit à écrire. L'encre coulait comme une rivière d'eau noire.

29

Katie
(Bali, août)

Ils lurent ensemble la fin du journal. Katie l'avait demandé à Finn, faute de pouvoir affronter l'épreuve toute seule. Ils étaient assis tout près l'un de l'autre au bord du lit, la plante des pieds à plat sur le parquet, la tête penchée vers le carnet.

La lampe projetait une lueur orange sur les traits précis et les arrondis discrets de l'écriture de Mia. Ils se plongèrent dans les derniers passages. Le dos de Finn se raidit lorsqu'il découvrit la réaction de Mia à son mail : *Ce qu'il a écrit est vrai – je ne me suis simplement jamais rendu compte qu'il le comprenait.* Ils apprirent que Noah faisait d'horribles cauchemars et que Mia avait décidé d'appeler Katie. Il n'y avait cependant aucune évocation de cet ultime coup de téléphone.

Katie prit le coin de la page épaisse entre l'index et le pouce et la tourna.

— C'est tout ? voulut savoir Finn.

— Oui.

La dernière entrée ne couvrait qu'un côté de la double page. Elle y avait jeté un coup d'œil à Londres ; c'était l'esquisse d'une tête de femme à l'intérieur de laquelle des croquis s'enchevêtraient. Elle l'approcha de la lampe pour mieux voir les minuscules dessins.

— Tu comprends ce qu'ils représentent ? voulut savoir Finn.

Non, du moins pas la première fois qu'elle les avait regardés, quelques mois auparavant. Cette fois, en revanche, le sens des croquis se précisait. Un tatouage de vague sur un avant-bras. Deux silhouettes collées l'une contre l'autre dans un couloir. Un pendu suivi de cinq cases vierges, précédées d'un *H* majuscule. Des étoiles tombant du ciel sur une roche rouge. Une main serrée sur un passeport. Un visage déformé par un cri, aux lèvres sanglantes. Un téléphone pendouillant au bout d'un fil.

Katie examina chaque dessin avec attention, comme pour en faire un moule visuel à conserver. À deux centimètres du bas, trois mots lui sautèrent aux yeux. *Ce que je suis.*

Katie déglutit.

— C'est l'image que Mia avait d'elle-même.

Elle effleura du pouce le milieu du carnet. Son bord inégal indiquait que l'autre page avait été arrachée.

— Pourquoi cette page manque-t-elle ? s'enquit Finn.

— Je ne sais pas.

Elle s'était déjà interrogée à ce sujet. Était-ce un autre croquis, ou Mia l'avait-elle enlevée parce qu'elle avait fait une erreur ? Quand elle broyait du noir, Katie en venait à penser que sa sœur y avait écrit une lettre de suicide, qu'elle avait déchirée et que personne n'avait retrouvée.

Un certain nombre de questions resteraient sans réponse.

— Alors, c'est la fin du journal, constata Finn.

— En effet.

— Comment tu te sens?

Elle avait les paumes moites et le corps contracté par une extrême tension. Maintenant qu'elle avait tout lu, de la première à la dernière page, elle n'éprouvait rien. Un courant d'air balaya la pièce et souleva le coin de la feuille. Elle regarda de nouveau l'entrelacs de dessins sinistres.

— Je n'ai pas été là pour Mia. Aux moments essentiels, en tout cas.

Sur ces mots, Katie retira la photo du carnet et l'examina: Mia à huit ans, juchée sur l'hippocampe du manège, le visage rosi par le soleil printanier, son expression à la fois insouciante et mélancolique. Sa sœur de la mer.

— Je me trouvais sur ce cliché, expliqua-t-elle à Finn.

Il le prit et le posa sur le plat de sa main.

— Je ne sais pas quand elle m'a déchirée. Peut-être après notre dispute. Peut-être longtemps avant.

— Katie, elle t'aimait, assura-t-il doucement.

Son amour pour sa sœur n'avait-il pas été à un cheveu de la haine?

— J'étais jalouse de Mia. Elle était intrépide; elle ne craignait rien; elle faisait un pied de nez au monde; elle se fichait du qu'en-dira-t-on. Si seulement je pouvais lui ressembler!

Elle regarda Finn droit dans les yeux.

— Et j'enviais votre amitié.

Il eut l'air stupéfait.

— Dans notre enfance, Mia et moi étions inséparables. Tu l'ignores sans doute, mais je lui ai appris à nager.

— Vraiment?

— Quand il faisait beau, on allait à la plage à vélo à la sortie de l'école. Maman se plongeait dans un livre tandis qu'on nageait dans la baie. Mia ne se plaignait jamais du froid et n'avait pas peur si la mer était grosse.

— Ça ne m'étonne pas.

— Je t'ai dit que j'avais failli me noyer à Porthcray.

— Oui.

— C'est Mia qui m'a sauvée.

— Que s'est-il passé?

— Elle voulait nager jusqu'à une bouée, qui signalait un casier de langoustes à environ cent mètres du rivage. Elle n'avait que onze ans. J'ai eu beau protester que c'était trop loin, elle n'en a fait qu'à sa tête. À la voir, j'ai eu l'impression que c'était facile, si bien que, lorsqu'elle s'est mise à ramasser des crabes sur les rochers, j'ai décidé de l'imiter.

— Pourquoi?

— Pour me prouver que j'en étais capable. C'est une sensation bizarre d'être l'aînée et de te rendre compte que ta petite sœur a presque ta taille ou qu'elle n'a plus besoin d'avance quand on fait la course sur le sable. Je n'étais pas prête à ce qu'elle me rattrape.

Katie coinça ses cheveux derrière ses oreilles avant de continuer.

— Alors, je l'ai fait. Je n'ai eu aucun mal à l'aller, mais, lorsque j'ai voulu retourner vers le rivage, je me suis aperçue que la marée descendait. Comme tu le sais, il y a du courant dans ce cas. J'ai bêtement essayé de lutter contre lui. Peine perdue, j'ai été entraînée de plus en plus loin.

Elle se souvint de l'étau qui l'avait enserrée et des crampes paralysant ses mollets. Il lui arrivait encore de se réveiller inondée de sueur après en avoir rêvé.

— Mia m'a aperçue des rochers. Elle a réussi à traîner dans l'eau une vieille planche à voile avec laquelle nous jouions et à pagayer jusqu'à moi. Sans elle, je suis presque certaine que je me serais noyée. Je me suis allongée à plat ventre sur la planche et m'y suis cramponnée. « C'était seulement le courant, tu aurais dû te laisser porter », m'a houspillée Mia, une des premières choses que je lui avais apprises. Je ne l'ai jamais remerciée, ajouta Katie avec un soupir. Peut-être que je me suis sentie humiliée, je ne sais pas. En revanche, je sais que, à partir de ce jour-là, j'ai cessé de me baigner et de m'occuper d'elle. C'est difficile à expliquer, on aurait dit que quelque chose avait changé entre nous. Une semaine après, Mia est entrée au collège et j'ai refusé de m'asseoir dans le car à côté d'elle. C'est toi qui as occupé la place vide, tu te rappelles ?

Il hocha la tête.

— Dès cet instant, vous vous êtes entendus comme larrons en foire. Elle n'avait plus besoin de moi.

— Bien sûr que si. Mia t'admirait.

La remarque fit rire Katie, qui riposta :

— J'étais la fille sage, ennuyeuse.

— C'est l'image que tu as de toi, mais je n'y adhère absolument pas. Tu trouves que Mia était intrépide, qu'elle n'avait peur de rien - et toi alors ? Celle qui est partie, qui a fait sa vie à Londres, c'est toi. Mia, elle, est restée en Cornouailles. Et maintenant tu parcours le monde. Vous vous ressembliez plus que tu ne l'imagines.

Le souffle court, elle déclara :

— On ne se passait rien.

— Vous étiez sœurs.

L'imparfait la pétrifia. Elle ne serait jamais plus une sœur.

Jamais plus elle ne danserait avec Mia, pieds nus, dans le salon. Jamais plus elles ne flotteraient ensemble dans la mer, écoutant le chant des sirènes. Jamais plus elle ne la tiendrait dans ses bras et ne sentirait son parfum au jasmin. En perdant Mia, elle avait perdu une partie d'elle-même.

— J'étais sûre que nous aurions plus de temps… Il me semblait que les choses se tasseraient entre nous au fil des années. J'avais le fantasme, ridicule, que nous retournerions vivre un jour en Cornouailles, où nous serions voisines. Et, même, que nous élèverions nos enfants ensemble. Mia avait beau clamer qu'elle n'en aurait jamais, je l'imaginais avec trois petits monstres aux cheveux noirs, aux yeux pétillants, qui galoperaient dans sa maison. Nous avons perdu tellement de temps, conclut-elle, la gorge serrée.

Maintenant que Katie était arrivée au terme du voyage de Mia, et par conséquent du sien, elle devait choisir que croire du décès de sa sœur. Le mot « suicide » voletait en permanence dans son esprit, tel un papillon de nuit qu'elle ne cessait de chasser. Elle le sentit déployer ses ailes, dont les bouts duveteux se posèrent sur son cœur. Si elle avait réellement cru que c'était un accident, n'aurait-elle pas insisté pour que le consulat de Grande-Bretagne mène une enquête plus approfondie ? N'aurait-elle pas exploité tous les moyens possibles pour découvrir ce qui s'était passé cette nuit-là ? Peut-être qu'elle n'avait rien entrepris parce qu'une part d'elle acceptait l'idée que Mia s'était donné la mort.

— Finn, il y a une question que je ne t'ai pas encore posée, mais je dois le faire. Et j'ai besoin d'une réponse franche. Tu penses que Mia s'est suicidée ?

— Ni toi ni moi ne sommes en mesure d'avoir une certitude…

— Nous n'en avons pas moins un avis, découlant de ce que nous savons d'elle. Je veux connaître le tien. Tu as voyagé avec elle. Tu la comprenais. Tu étais son meilleur ami.

Finn sortit sur le balcon.

Après avoir posé le carnet de voyage, Katie le suivit. Une lune brillante baignait le jardin de sa lumière argentée. Le vent s'était levé. Elle serra les bras sur sa poitrine.

— Tu y tiens vraiment? demanda Finn.

— Absolument.

— Quand j'ai appris sa mort, je n'y ai pas cru. Ce que je savais de Mia me soufflait qu'elle ne pouvait pas avoir sauté. Sauf qu'il y avait Harley. J'avais vu à quel point son suicide l'avait bouleversée. On aurait dit que la mort de son père avait inexorablement changé le cours de sa vie. Et mon mail n'a fait qu'aggraver les choses.

Il tapota du pied le bas de la balustrade.

— Depuis mon arrivée à Bali et nos discussions, ma perception de Mia s'est approfondie. Il me semble qu'elle avait le sentiment d'avoir déçu tous les êtres qu'elle aimait - Grace, Noah, toi, moi. Et à en juger par le dessin de son carnet, ajouta-t-il, exhalant l'air entre ses lèvres, elle ne s'aimait plus. Si je veux tellement croire qu'elle n'a pas sauté, c'est que le contraire prouverait que j'ai manqué à mes devoirs envers elle.

Katie s'agrippa si fort à la rambarde qu'elle sentit les petits os de ses mains. Elle regarda Finn. Une expression déterminée sur le visage, il avait les yeux dans l'ombre.

— Je suis désolé, Katie. À mon sens, Mia s'est suicidée.

Le sol oscilla et tangua comme si elle se tenait à la proue d'un bateau. Elle cherchait des réponses depuis des mois, or l'espoir et la tension qui l'avaient habitée au cours de ce voyage s'écroulaient. Elle lâcha la rambarde, ses jambes se dérobèrent sous elle.

Katie eut vaguement conscience que Finn l'emmenait jusqu'à un siège, dont le coussin céda sous son poids. La chaise qu'il approcha racla le sol.

Alors, elle comprit qu'elle pensait la même chose que lui.

Terrassée par le chagrin, elle laissa échapper des sanglots étranglés. L'image de Mia au bord de la falaise, sur le point de prendre une décision – les épaules rejetées en arrière, les pieds nus, les yeux agrandis d'effroi –, se dessina dans son esprit. Mia n'avait pas écrit de lettre de suicide parce qu'elle hésitait encore. Peut-être que le murmure empreint de tristesse du vent lui avait rappelé les paroles fielleuses de Katie… et qu'elle s'était avancée.

— C'est ma faute ! s'écria Katie à plusieurs reprises.

Finn s'empara de ses mains et les serra assez fort pour l'obliger à lever les yeux.

— Les mobiles de Mia resteront à jamais mystérieux pour toi comme pour moi. C'était son choix et tu n'y es pour rien. Tu comprends ? Personne n'est responsable.

Refoulant ses sanglots, elle tenta de hocher la tête.

— Nous surmonterons ça ensemble.

Katie se focalisa sur cette phrase, comme si elle avait aperçu une île dans une mer désespérément vide. Sa bouche chercha soudain celle de Finn et elle se serra contre lui. À travers le goût salé de ses larmes, elle sentit qu'il l'embrassait, la consolait. Il fallait qu'elle se cramponne à lui pour ne pas sombrer.

Puis de l'air effleura ses lèvres, tandis qu'il baissait le menton et collait son front au sien.

— Pardonne-moi, je ne peux pas.

Elle s'écarta et se couvrit le visage des mains.

— Ce n'est pas le moment. Il y a trop...

— Tu n'as pas à te justifier.

En discuter était au-dessus de ses forces. Elle se leva brusquement.

— J'aimerais prendre une douche et me coucher.

— Je t'en prie, ne complique pas les choses entre nous. Seigneur, Katie, nous avons trop souffert pour que je t'embrasse avant que l'un et l'autre élucidions la nature de nos sentiments.

— Pour moi, c'est très clair, affirma-t-elle calmement.

— Parfait. Dans ce cas...

— Ce que je ressens, s'entend. Et depuis toujours.

Rien ne l'empêcherait d'être honnête. Après tout ce qu'ils s'étaient dit, la dissimulation serait pitoyable.

— Je t'aime.

Finn écarquilla les yeux : il ne s'en doutait absolument pas.

— Voyons, tu as rompu...

— Avec toi. C'est vrai.

— Pourquoi ?

— Mia.

Il fronça les sourcils.

— Elle avait plus besoin de toi que moi, précisa Katie.

— Mais je croyais… Tu m'avais dit que c'était histoire de s'amuser un peu.

— Il fallait bien que je trouve une raison.

Elle remit ses cheveux derrière ses oreilles, puis le regarda dans les yeux.

— J'étais amoureuse de toi. Je le suis toujours.

— Les mots me manquent.

La phrase lui fit l'effet d'un coup en plein cœur, c'était limpide, non ?

— J'aimerais être seule, souffla-t-elle.

— Ce n'est pas la peine de…

— S'il te plaît.

Finn se tut et réfléchit.

— Si c'est ce que tu veux. Nous pourrons en reparler demain matin.

— D'accord.

Ils se dirigèrent ensemble vers la porte. Elle l'ouvrit. Il sortit dans le couloir.

— Alors, je te verrai demain au petit déjeuner ?

— Évidemment, répondit-elle avec un sourire destiné à le rassurer, malgré sa ferme intention de lui faire faux bond.

30

Mia
(Bali, mars)

Mia planta la bouteille de vodka dans le sable puis s'approcha du feu. Des flammes orange et rouge léchaient le bois, projetant des volutes d'une fumée noire, odorante. La chaleur brûlait ses joues et ses jambes.

Un musicien jouait du bongo. Mia avait l'impression que le claquement de ses mains lui démangeait le crâne. Les gens réunis alentour, des routards de l'auberge pour la plupart, picoleraient jusqu'à l'aube.

Mia, qui n'avait pas dormi depuis trente-six heures, se frotta les yeux. À peine avait-elle terminé d'écrire dans son journal la veille au soir qu'elle était sortie, étonnée de s'apercevoir que le jour se levait déjà. Elle était partie se promener, rassérénée par le fait de croiser des êtres humains : trois hommes portant des cannes à pêche, une femme tressant des feuilles de bambou sur le pas de sa porte, son visage ridé éclairé par la lumière pâle du petit matin. Mia avait marché des heures, à en égratigner la plante de ses pieds, devenue noire de crasse. Lorsqu'elle était rentrée, la voiture de location de Noah avait disparu, sa chambre était déserte.

Elle l'imagina dans l'avion, penché en avant pour éviter que le dossier du siège n'irrite la plaie de son dos. Retournait-il en Australie ? Allait-il dans un pays qu'il ne connaissait pas, où il n'aurait aucun souvenir ? Son absence creusait un énorme vide en elle.

La nuit était de nouveau tombée. Assise en tailleur, les cheveux flottant sur les épaules, elle attrapa la bouteille par le goulot et agita le reste de vodka qui glouglouta contre le verre. Elle le porta à ses lèvres, le liquide amer coula dans sa gorge.

Une ombre se dessina près d'elle. Elle leva la tête. Jez se tenait là, les mains dans les poches. La lueur des flammes vacillait sur sa figure et illuminait ses prunelles noires. Il eut beau garder le silence, elle se mit debout, épousseta le sable de son short et le suivit jusqu'au rivage.

L'obscurité les engloutit. Elle serra les bras sur sa poitrine et attendit que ses yeux s'habituent au clair de lune.

Jez sortit le passeport de sa poche.

— J'imagine que tu as envie de le récupérer maintenant que Noah s'est cassé.

Il le tapota distraitement avec son pouce.

— Je ne peux toujours pas te rembourser. Je n'ai plus un radis.

Elle le dévisagea, à l'affût d'un signe indiquant qu'il passait de l'impatience à la colère. Il n'avait cependant pas l'air de l'avoir entendue et se balançait d'un pied sur l'autre.

— Merde, il a fallu qu'il se taille aujourd'hui !

Mia se rappela aussitôt la date qui figurait sur le tatouage de Noah. C'était l'anniversaire de la mort de leur frère. Voilà ce qui l'avait poussé à partir.

— Il n'en a rien à foutre.

— Non, tu te trompes. Il ne s'en remet pas, assura-t-elle, choisissant ses mots et regrettant que la vodka lui brûle la gorge. Il a besoin de temps.

— De temps ? De solitude ? Il en a eu à revendre. Noah est un mec qui fait cavalier seul.

La rage de Jez lui remit en mémoire un détail de la dispute au téléphone avec sa sœur. Katie avait évoqué le jour du décès de leur mère, et ses innombrables coups de fil pour lui demander de venir à la maison. Non seulement parce qu'elle estimait que Mia devait être là, mais parce qu'elle avait besoin d'elle.

De même que Jez avait besoin de Noah.

Elle posa la main sur son bras.

— Je suis désolée, Jez. Vraiment désolée.

Elle l'était – pour Noah, pour elle.

À en juger par le regard noir qu'il lui décocha, elle crut qu'il allait la repousser. L'instant d'après, il se pencha vers elle et l'enlaça. Ses lèvres s'appuyèrent maladroitement sur celles de Mia, qui se déroba.

— Qu'est-ce qui te prend ?

— Putain de merde, à ton avis ? lança-t-il, haussant le ton.

Écarlate, horriblement gênée, elle se détourna.

Une vive douleur lui cisailla le poignet, tandis que Jez l'attrapait et l'obligeait à lui faire face.

Sous le choc suscité par sa violence, elle cria. Il plissa les paupières et l'apostropha durement :

— Je ne suis pas assez bien pour toi, contrairement à Noah ? C'est ça ?

— Cela n'a rien à voir avec Noah.

— Tu te souviens de notre première rencontre ?

— Quoi ?

— À Lancelin, en Australie. Tu étais avec Noah.

Mia se creusa la cervelle. Ah oui, c'était le jour où elle avait retrouvé Noah à une fête.

— Vous marchiez au bord de l'eau. Ce devait être d'un romantisme fou – plage déserte, vagues léchant vos pieds… toutes ces conneries. Et tu m'as vu.

Ça lui revenait. Elle avait trouvé bizarre la façon dont il les observait, debout sur le rivage.

Il s'inclina vers elle.

— Tu m'as jeté un regard dédaigneux comme si j'étais un connard qui osait vous déranger. Qu'est-ce que tu as pensé ? insista-t-il, le visage si près du sien qu'elle sentit son haleine sur sa peau. Tu t'es demandé : *Ils sont frères ?*

Mia garda le silence.

— C'est pas vrai ?

— Si, reconnut-elle, parce que c'était le cas.

— Tu m'as jugé, alors que tu ne savais foutre rien de moi !

Sa fureur paraissait disproportionnée, il avait disjoncté.

— D'ailleurs, tu ne connais pas Noah non plus.

— Lâche-moi, Jez.

Il jeta un coup d'œil au poignet de Mia, comme s'il avait oublié qu'il le tenait, et obtempéra. Elle recula et frotta la marque.

— Tu crois qu'il est mieux que moi, reprit-il. Sauf que, moi, je ne suis pas un déserteur. J'ai soutenu ma famille.

Subitement, les yeux de Mia se remplirent de larmes. La rage et l'amertume qui vibraient dans la voix de Jez : Katie éprouvait-elle la même chose à son endroit ?

— Mia ?

Elle leva la tête. Noah s'approchait d'eux, sans la quitter du regard.

— Qu'est-ce qui se passe ?

La stupéfaction la laissa sans voix.

— Qu'est-ce que tu as fait ? lança Noah à Jez.

— C'est à moi que tu demandes ça ? dit celui-ci en rigolant. Et toi alors ? Où tu avais disparu ? On a cru que tu avais foutu le camp. T'es au courant du jour qu'on est ?

— À ton avis ?

Ils se fusillèrent du regard.

— Pourquoi tu es ici ? voulut savoir Jez.

— J'ai décidé de ne pas partir.

Mia le scruta, essayant de déchiffrer son expression à la faveur du clair de lune.

— Pour une première, c'en est une. Parce que t'es doué pour ça, hein ? Te tailler.

— Ne commençons pas.

— Pourquoi ? Tu ne veux pas que Mia sache qui t'es vraiment ?

Il s'adressa à la jeune fille.

— J'ai le cou bousillé à cause de lui. Si le vieux m'a tabassé, c'est parce qu'il était furieux contre Noah. On l'était tous. Il nous avait plantés. Il s'était cassé à Bali.

Noah s'était figé, les bras collés le long du corps.

— On m'a interdit d'aller dans l'eau pendant dix-huit mois. Noah, lui, voyageait, surfait, se faisait embaucher par un gros trouduc de sponsor et devenait, du jour au lendemain, un foutu héros.

Il se tourna vers son frère en ricanant.

— Johnny avait une carte dans sa chambre et il fixait une épingle là où tu te trouvais. Il collait la moindre fichue carte postale que tu lui envoyais. Tu n'en savais rien puisque tu ne venais jamais nous voir. P'pa a tout arraché. Trois fois. Mais Johnny a lissé les plis et tout remis en place. Il rêvait de te ressembler. N'empêche que c'est moi qui étais resté. Moi qui veillais à être le premier que papa bousculait quand il rentrait bourré. Moi qui ai déconseillé à Johnny de surfer le jour où on t'a retrouvé à Gold Coast.

— Je croyais qu'il se débrouillerait. Il en mourait d'envie, intervint calmement Noah.

— Il voulait t'impressionner. Les vagues étaient trop grosses. Tu avais dit que tu l'aurais à l'œil, mais tu t'es occupé de tes fesses.

— Je ne savais pas qu'il avait fumé de l'herbe ! C'était ça que tu lui avais appris pendant mon absence ? S'il n'avait pas été défoncé, il aurait peut-être fait plus attention.

Jez se jeta sur Noah, lui envoyant un crochet au visage. Un claquement sonore déchira le silence, puis Noah recula, se tenant la mâchoire.

— Ce n'était pas l'herbe ! hurla Jez. Ça n'avait rien à voir avec moi ! C'était ta faute !

Il fonça à nouveau sur son frère, tête baissée. Mia entendit le souffle étranglé de Noah quand il reçut un coup d'épaule en pleine poitrine, le bruit sourd de deux corps tombant dans le sable, la déchirure d'un tee-shirt, le martèlement de poings.

Les gens du feu de camp s'approchèrent. Un demi-cercle se forma rapidement autour de Noah et Jez, qui se contorsionnaient par terre, les membres enchevêtrés. Ils battaient des jambes, se traînaient sur le sable, tels des guerriers exécutant une danse atroce.

Jez attrapa son frère par le col de son tee-shirt et voulut lui flanquer un nouveau coup de poing, mais Noah le para en lui tordant le bras. Sa blessure ne l'empêchait pas d'être toujours le plus fort, si bien qu'il le maîtrisa d'une main.

Sous lui, Jez se débattit comme une bête sauvage, découvrant ses dents blanches. Il parvint à libérer une main, avec laquelle il tapa le haut du dos de son frère, à l'endroit précis où sa plaie lui zébrait la peau.

Laissant échapper un cri rauque, Noah se cambra. Jez en profita pour se relever péniblement. Il s'épousseta et, passant devant Noah, toujours à genoux, se pencha pour lui siffler au creux de l'oreille :

— Il s'est noyé à cause de toi.

Avec un brusque mouvement en avant, Noah s'agrippa à son frère qui s'écroula en faisant jaillir une gerbe de sable. Il frappa du poing la figure de Jez. Il y eut un craquement sinistre. Le gémissement de l'homme à terre fut noyé par les halètements de la foule, alors que Noah abattait son poing une deuxième fois.

Jez roula sur le côté, un filet de sang coulait de sa bouche. Noah s'apprêta à cogner de nouveau.

— Ça suffit, brailla un spectateur.

Des odeurs de transpiration, de cigarettes et de sang assaillaient les narines de Mia. Noah s'acharnait. Elle comprit qu'il ne s'arrêterait pas. Soudain, elle se retrouva en train de courir, de lui attraper le bras, de le tirer de toutes ses forces.

Elle vit le blanc de ses yeux se détacher sur son visage assombri par la fureur avant qu'il la repousse violemment.

Elle resta prostrée sur le sable, le souffle coupé.

Noah se figea puis, se retournant lentement, il aperçut le groupe des gens qui l'observaient. Alors, la tête basse, il s'éloigna.

Mia rampa vers Jez.

— Ça va? lui demanda-t-elle, tout en ramassant son passeport, tombé au cours de la bagarre.

Sans attendre sa réponse – les gens s'approchaient déjà pour s'occuper de lui –, elle se releva et se fondit dans la nuit.

31

Katie
(Bali, août)

Le taxi cahotait sur la piste semée de nids-de-poule. Le chauffeur rétrograda et le moteur s'emballa. Katie s'accrocha à la poignée de porte : le moindre rebond se répercutait dans son corps.

Une pierre cogna le châssis en faisant un bruit sourd. Le conducteur jura.

— Je ne vais pas plus loin.

Elle le régla et descendit. Une vague senteur de terre flottait dans l'air. La nuit était tiède.

— Je vous attends ?

— Non merci.

Le chauffeur haussa les épaules et repartit en marche arrière. Le faisceau des phares clignotait au gré des ornières comme un avertisseur lumineux.

Katie sortit la carte de sa poche et l'éclaira avec sa lampe de poche pour s'orienter. Il ne fallait pas monter longtemps, mais ce serait plus dur à cause de l'obscurité. La falaise se dressait au-dessus d'elle, son cœur battit à grands coups. Il n'était cependant pas question de céder à la peur. La lune brille, c'est déjà ça, se rassura-t-elle en se mettant en route.

Elle suivit la piste jusqu'au moment où celle-ci devint un étroit sentier serpentant au pied de l'escarpement. Le sol, sec, était inégal, si bien qu'elle trébucha sur des cailloux. Elle regretta que les semelles de ses sandales en cuir – lesquelles lui serraient trop les pieds – ne soient pas plus adhésives. Les frondaisons s'épaississaient peu à peu, masquant en partie le clair de lune.

Il faisait plus frais à mesure qu'elle grimpait. Des vagues se brisaient à proximité et la brise charriait une odeur saline. Au bout de quelques pas, elle arriva au point de vue qui dominait la mer. Elle s'y arrêta pour reprendre son souffle, la main posée sur le garde-fou en bois. L'astre suspendu au-dessus des flots sombres les pailletait d'argent.

Tu adorais l'océan. Une fois, tu m'as dit qu'il occupait soixante-dix pour cent de la surface de la planète. Tu aimais son mouvement perpétuel et son changement constant, un jour calme et lisse comme un miroir, le lendemain déchaîné et bouillonnant. Peut-être que c'est ce qui m'a effrayée ce jour-là à Porthcray : je me suis rendu compte qu'on ne pouvait dompter la mer. Elle est imprévisible… comme toi.

Katie s'aperçut qu'elle se tenait sûrement au même endroit que les témoins le soir de la mort de Mia. Elle imagina sa sœur se ruant sur le chemin si vite que les coquillages de son collier avaient dû tintinnabuler. *Pourquoi courais-tu ? Avais-tu peur de changer d'avis si tu t'arrêtais ?* Elle distingua une partie de la crête. *Voilà ce que les témoins ont dû voir. Toi, au bord du précipice, prête à prendre une décision irrémédiable.*

Malgré l'épuisement qui ankylosait ses membres, Katie se força à continuer, consciente de ne pas être au bout de ses peines. Des insectes bourdonnaient autour du sentier à présent envahi par la végétation. Katie écarta des branchages d'où suintait une humidité qui saturait l'air de puissants effluves.

Quelque chose de pointu lui entailla le tibia, elle poussa un cri. Baissant la lampe de poche, elle discerna du sang. Une coupure écarlate de deux centimètres de long, constellée de saletés, s'ouvrait sous son genou qu'elle avait cogné sur le bord déchiqueté d'un rocher. Katie se redressa et vérifia qu'aucun obstacle ne se trouvait autour d'elle. Rien, hormis les ténèbres. Elle éclaira l'ouest du chemin et vit des broussailles, des rochers, puis le vide. Elle se trouvait tout près du bord de la falaise. Il lui aurait suffi de s'écarter légèrement pour basculer.

Katie respira un bon coup et fit très attention à placer un pas devant l'autre. À deux reprises, elle glissa. À deux reprises, elle enfonça les doigts dans la terre pour se rétablir. Chaque fois que ses nerfs flanchaient, elle se rappelait que Mia était montée pieds nus et sans lampe torche.

Elle haletait car la pente devenait plus escarpée. Elle attrapa une branche pour s'aider à avancer. Soudain, le vent souffla violemment et le sol s'aplanit. Elle avait atteint le sommet.

Katie se l'était si souvent représenté qu'elle eut l'impression qu'il l'attendait. Des blocs de granit jonchaient un petit plateau herbeux qui tombait abruptement dans la mer et sur des promontoires rocheux. Le ciel était constellé d'étoiles – un semis de points d'or clignotants.

La sensation étrange de ne pas être seule s'empara de Katie. Elle virevolta. De l'air s'engouffra sous sa robe tandis que le faisceau de la lampe décrivait un cercle de lumière.

— Mia ?

La seule réponse provint du vent qui tourbillonnait sur la paroi de la falaise. Idiote ! se fustigea-t-elle. La coupure de sa jambe l'élançait et elle était en proie à une extrême lassitude, comme si elle avait passé six mois à gravir, seule, ce chemin. Désormais, le passé de Mia et le présent de Katie semblaient converger, se chevaucher.

La vérité sur sa sœur, elle l'avait tissée avec les bribes d'informations qu'elle avait choisies. Le journal ne raconterait jamais toute l'histoire. Il y avait des blancs, des choses que Mia ne voulait pas partager ou des émotions qu'elle préférait ne pas révéler. Autant de brèches que Katie avait comblées avec son imagination. À ceci près que ce n'était pas uniquement l'histoire de Mia qu'elle avait créée, c'était aussi la sienne.

Elles avaient emprunté le même itinéraire, suivant les côtes de trois continents en quête de réponses sur la personnalité de l'autre ainsi que sur elles-mêmes. Les fibres distinctes de leurs vies – pour effilochées, délavées, usées qu'elles soient – seraient toujours inextricablement mêlées. Tel était le sort des sœurs. Aussi ses pieds la portèrent-ils vers le bord de l'à-pic.

Elle ne s'arrêta qu'à trente centimètres du précipice. La brise souleva ses cheveux et elle sentit le grondement des vagues vibrer dans sa poitrine.

Me voici, Mia, exactement à ta place. Six mois trop tard. Qu'est-ce que tu éprouvais ? Un sentiment de solitude si intense que tu avais l'impression d'avoir été vidée d'une partie de ton être ? C'est ce que je ressens sans toi. J'ai toujours cru que si tu courais un danger je le saurais. J'étais persuadée qu'une séquence de notre ADN hurlerait tellement fort que je l'entendrais dans mon corps. Cela n'a pas été le cas. Le soir où tu te trouvais ici, je m'étais douchée, j'avais enfilé ma chemise de nuit et enduit mon visage de crème, m'approchant du miroir pour examiner les premières rides autour de mes yeux. Puis je m'étais couchée, j'avais éteint la lampe et sombré dans le sommeil. Je dormais, tu sautais.

Katie lâcha la torche électrique et la regarda tournoyer dans la nuit. Au bout de quelques secondes interminables, elle cessa de fonctionner.

Katie était parvenue au terme du voyage de Mia.

Et du sien ?

Ses pieds s'enfoncèrent dans la terre et elle ferma les yeux.

— Katie ?

Le son fendit l'obscurité. Elle se raidit. Une rafale froide lui balaya la figure.

— Katie ?

Elle ne reconnut pas cette voix d'homme, qui avait prononcé son nom avec gravité et naturel. Se retournant très lentement, elle recula.

Un homme se tenait devant un bloc de granit, à cinq mètres d'elle. Sous le clair de lune, sa silhouette charpentée et sombre se détachait sur le rocher. Elle regretta la perte de sa lampe de poche car elle aurait voulu éclairer le visage de cet inconnu et déchiffrer son expression.

— Tu es bien Katie, n'est-ce pas ?

Il s'exprimait avec un accent. Australien.

— Noah ?

— Oui.

Il s'écarta du roc. Des pierres crissèrent sous ses pieds, tandis qu'il s'avançait de quelques pas jusqu'à ce qu'ils se retrouvent côte à côte. De plus près, elle remarqua ses cernes et ses joues creuses. Il la dévisagea.

— J'étais sûr que tu finirais par venir ici.

— Pourquoi ?

— C'était ta sœur.

Le ciel scintillait d'étoiles, uniques témoins de leur conversation. Katie le scruta, cherchant une ressemblance avec la description de Mia, qui le qualifiait de beau dans son journal. Effectivement, son visage, à l'expression désespérée, l'était. La lumière blafarde durcissait ses traits. *Tu ne connais pas cet homme,* se morigéna-t-elle.

— Tu m'as suivie ? lui demanda-t-elle.

— Non.

— Qu'est-ce que tu fais ici ?

— Je viens quelquefois y réfléchir.

Les passages sur les heures que Noah passait à contempler les vagues, du haut de la falaise, lui revinrent en mémoire.

— J'ai lu des choses sur toi. Mia tenait un carnet de voyage.

— Je sais.

— Elle est venue à Bali à cause de toi, déclara-t-elle, glaciale, sans parvenir à masquer son amertume.

Il baissa un peu la tête.

— C'est vrai.

— Elle t'aimait. Mais tu l'as fait souffrir.

Noah bougea, ce qui rappela à Katie qu'ils étaient tout près du bord de l'à-pic. Un coup de vent plaqua sa robe sur ses cuisses.

— Mia a dû se tenir ici, ajouta-t-elle.

Regardant l'abîme devant elle, Katie se souvint du saut en chute libre et de la terreur qu'elle avait ressentie lorsqu'elle s'était penchée en avant et n'avait vu que le vide.

Elle pensa à son ultime conversation avec sa sœur. Les mots pesaient parfois d'un tel poids sur elle qu'il lui semblait qu'ils devenaient les pierres de la route qui avait conduit Mia ici.

— Je ne supporte pas l'idée qu'elle ait été seule.

— Elle ne l'était pas, affirma Noah à voix basse.

Son sang se glaça.

— J'étais là, précisa-t-il.

Le cœur de Katie se mit à cogner dans sa poitrine.

— Qu'est-ce que tu dis ?

Il avait les yeux rivés sur l'horizon plongé dans les ténèbres.

— Je dois te révéler certaines choses sur la mort de Mia, répondit-il, s'approchant de Katie, qui sentit fuser une poussée d'adrénaline dans son corps. C'est important pour moi que tu saches à quel point je suis désolé.

— De quoi ? fit-elle, tandis que le sol tanguait.

32

Mia
(Bali, mars)

Mia marchait le long du rivage, d'un pas incertain car la vodka tourbillonnait toujours dans son organisme. Si seulement elle avait emporté la bouteille, elle l'aurait finie, aurait bu jusqu'à l'oubli ! La profonde tristesse qui l'environnait depuis des semaines la submergea.

Elle traînait les pieds dans le sable humide, pensant au soir où Noah l'avait sortie de l'eau. Il avait volé à son secours faute d'avoir réussi à sauver son frère. Il était taraudé par un sentiment de culpabilité aussi abyssal que le sien.

Jez et Noah s'étaient battus à coups de poing, Katie et elle, avec des mots.

La voix d'un de ceux qui avaient assisté à la bagarre résonnait encore à ses oreilles : « Ils sont frères, non ? » Comme si ce lien pouvait changer quoi que ce soit à la haine qu'on ressentait.

Épuisée, vidée par l'incident, elle rentra à l'auberge. Lorsqu'elle arriva à sa chambre, elle trouva la porte entrebâillée : on aurait dit que quelqu'un venait d'en sortir. Elle la poussa.

La moustiquaire flottait telle une ombre spectrale au-dessus du lit, à côté duquel brillait une lampe au pied en osier. Avait-elle oublié de l'éteindre ? Sur ses gardes, elle entra et jeta un regard circulaire. Son sac à dos avait beau être à la même place, elle perçut un changement.

L'instant d'après, elle comprit : son carnet de voyage. Bien que toujours sur la table basse en bambou où elle l'avait laissé, il était grand ouvert, et son stylo était posé à côté. S'approchant, elle distingua une phrase – qu'elle n'avait pas écrite – sur une page auparavant vierge. Les mots, difficiles à déchiffrer, étaient griffonnés.

Elle se pencha davantage et repéra une tache sombre au bas de la feuille.

Du sang.

Il lui fallut plusieurs secondes pour élucider le sens de ce qu'elle lisait, qui la bouleversa tant qu'elle perdit l'équilibre et dut s'accrocher au bord de la table. La panique l'envahit, lui brûlant la gorge.

— Mon Dieu, s'il te plaît, marmonna-t-elle. Non, s'il te plaît.

Elle déchira la page d'un coup. La serrant contre sa poitrine, elle s'enfuit de sa chambre pieds nus et disparut dans l'obscurité.

Mia fourra le feuillet dans la poche arrière de son jean pour libérer ses mains tandis qu'elle grimpait le sentier de la falaise. Pierres et racines lui meurtrissaient la plante des pieds, mais elle ne ralentit pas. Chaque seconde comptait.

— Hé, tout va bien ?

Elle sursauta et se retourna.

Un couple se tenait à l'emplacement du point de vue, à quelques mètres du chemin. L'homme et la femme l'observaient.

À bout de souffle, le visage sûrement écarlate, Mia se dit qu'elle devait avoir l'air d'une cinglée. Quelle femme saine d'esprit aurait couru ainsi dans la nuit ?

L'homme s'avança.

— Vous avez besoin d'aide ?

— Non, répondit Mia.

Baissant la tête, elle repartit au pas de charge et se déroba à leurs regards. Une végétation dense masquait la crête de la falaise. Elle se fraya un passage à travers des branchages noueux, s'égratignant les bras et les jambes.

Mia ne vit le clair de lune se déverser dans une brèche entre les arbres qu'au bout de quelques minutes, et elle comprit qu'elle touchait au but. Elle se traîna pour gravir les derniers mètres de la pente escarpée et arriva au sommet, en nage.

Noah était debout au bord de l'à-pic, les pieds très écartés, le dos droit, comme une sentinelle de l'océan. Sous sa phrase désespérée, gribouillée dans le journal de Mia, la tache de sang – le sien ? celui de Jez ? – avait paru être un présage.

— Noah, appela-t-elle calmement, annonçant sa présence.

Il tourna à peine la tête.

— Ne fais pas ça !

Elle pensa à son père, le jeune homme de la photo au regard intense. Et si quelqu'un l'avait trouvé à temps – un voisin, un propriétaire venu chercher son loyer – et avait choisi le mot juste susceptible de tout changer ?

Combien de milliers d'êtres devaient envisager un moment pareil – un précipice, une corde accrochée à un plafond, le toit d'un immeuble, un pistolet chargé –, à force d'être au bout du rouleau, de n'en plus pouvoir d'être accablés par la tristesse, l'impuissance, l'amertume ? C'était le cas de Mia. Elle s'était représenté le vide exquis synonyme de la fin de la culpabilité, de la souffrance. La mort. Elle s'avança…

— Arrête ! lança Noah.

Mia se figea. À présent, elle n'était plus qu'à trois mètres de lui, assez près pour distinguer la fleur sanglante de sa blessure qui s'épanouissait sur son tee-shirt.

— Va-t-en, la somma-t-il, sans bouger.

Elle comprenait son sentiment de culpabilité, c'était en partie ce qui les liait. Elle avait fui ceux qu'elle aimait – le chevet de sa mère à l'agonie, sa vie avec Katie, Finn – parce que c'était plus facile que d'affronter leurs regards et de révéler sa peur. Mais elle n'allait pas laisser tomber Noah.

— Il n'en est pas question.

— Je ne veux pas que tu restes.

— Pourquoi tu es venu sur la plage ce soir ? demanda-t-elle.

— Quoi ?

— Tu m'avais annoncé ton départ de Bali, pourquoi tu n'es pas parti ?

Il serra les poings.

— Je… je n'ai pas pu.

— À cause de Jez ?

– Oui, reconnut Noah. Et de toi.

— Quand je t'ai dit que je t'aimais, je le pensais.

Il baissa la tête.

— Ça ne change rien…

— Au contraire, commença à protester Mia, avant de se rendre compte qu'il parlait toujours.

— C'est de ma faute s'il s'est noyé. Je n'aurais pas dû lui permettre… il n'était pas prêt.

Johnny.

— Les vagues étaient trop grosses. Je n'ai même pas vu qu'elles l'avaient assommé.

— Tu as essayé de le sauver.

— Non. Je ne me suis pas donné assez de mal.

Ses épaules tremblaient, Mia pensa qu'il pleurait peut-être.

— Il était à plat ventre quand je l'ai attrapé. Déjà mort. J'ai ramené son corps à la nage.

— Tu n'y étais pour rien.

Il ne l'entendit pas.

— Jez a raison. C'est pour ça que je l'ai tabassé. J'avais envie de le tuer, avoua-t-il d'une voix brisée. Je ressemble à mon père…

— Noah, tu es quelqu'un de bien, affirma-t-elle parce qu'elle en était convaincue et voulait l'en convaincre. Tu n'es pas comme ton père.

De même que je ne suis pas comme le mien. Elle le comprenait désormais : ce n'était pas le legs funeste de Harley qui la définissait, mais ses actes.

— Je n'arrive pas à vivre ainsi…

Son ton désespéré affola Mia. Elle haletait et la vodka, qu'elle n'avait toujours pas éliminée de son organisme, l'empêchait d'avoir les idées claires. Il était primordial qu'elle soit lucide, qu'elle choisisse les bons mots.

— La mort de Johnny était tragique… un horrible accident. N'empêche, tu crois que c'est ce qu'il voudrait pour toi ?

Elle attendit une réaction. En vain.

— Qu'est-ce qu'il te dirait s'il te voyait en ce moment précis ?

Il agrippa sa nuque. Mia aperçut un instant le tatouage qu'elle avait trouvé magnifique ; désormais, elle avait l'impression que l'encre noire coulait dans le sang de Noah et l'empoisonnait.

— S'il te ressemblait, il te dirait de t'éloigner, poursuivit-elle.

— Quelle importance ? Il est mort !

De la bile remonta dans la gorge de Mia, qui respira profondément ; elle devait se concentrer, pousser Noah à s'écarter du précipice.

— Et Jez alors ? ajouta-t-elle, le plus calmement possible. Si tu fais ça, il restera seul.

— Ce sera mieux pour lui.

— Il t'aime…

— Non.

— Bien sûr que si. Il a sauté dans le ressac pour te rattraper. Ça le terrifiait de te perdre. Ses derniers souvenirs seront de s'être battu avec toi, de t'avoir rendu responsable de la mort de Johnny. Et tu lui transmettras ce que tu ressens maintenant. Tu ne mettras pas seulement fin à tes jours, mais aussi aux siens.

Horrifiée, elle le vit bouger un tout petit peu, si bien que ses pieds se retrouvèrent tout près du bord. Une pierre se détacha et tomba dans le vide. Mia guetta le bruit qu'elle ferait sur les rochers. Il n'y en eut aucun.

— Je suis désolé, se borna à déclarer Noah.

La panique la submergea, tandis que ses sens s'aiguisaient et la rendaient sensible à tout : au caillou s'enfonçant dans sa voûte plantaire, au goût salé de la brise marine, au bruit de ses pas qui la propulsaient en avant.

— Mia, non !

Déjà, elle l'avait rejoint. Elle attendit d'être bien d'aplomb puis regarda en bas. La lune se réfléchissait sur les bagues de ses orteils qui effleuraient l'extrême bord de la falaise. À deux centimètres : l'abîme. Même si l'obscurité le dérobait à sa vue, elle distinguait les ombres spectrales des blocs de granit, contre lesquels les vagues s'écrasaient.

Elle n'avait plus qu'un seul jeton à miser.

— Si tu sautes, Noah, je te suivrai.

Levant la tête avec une infinie lenteur, elle posa les yeux sur lui. Il avait la lèvre fendue et du sang séché sur une pommette.

— Ne sois pas stupide !

Paralysée par la peur, Mia était parfaitement immobile.

— Éloigne-toi !

— Uniquement si tu recules.

— Tu bluffes.

— Tu sais très bien que non.

De sa poche, elle sortit avec précaution la lettre de suicide de Noah et la brandit.

— Noah, tu n'as pas écrit ça. Tu n'es pas venu ici. Prends-la. Et partons. Ce soir n'a jamais existé.

Elle patienta. Un coup de vent fit trembler la feuille.

— Prends-la, Noah.

Le temps suspendit son vol. Ils étaient seuls au monde.

Mia entendit une respiration saccadée : la sienne, se rendit-elle compte. De la sueur perlait au-dessus de sa lèvre supérieure. Silencieusement, elle l'adjura de saisir la page, de mettre un terme à cette épouvantable situation.

Il y eut un mouvement dans l'air, elle s'aperçut que Noah levait son bras vigoureux et tendait les doigts vers les siens. La main de Mia se détendit quand il s'empara du papier.

Le soulagement fut instantané. Ses genoux perdirent leur rigidité et se plièrent, oh, à peine, juste assez pour qu'elle se penche imperceptiblement en avant. Elle battit l'air d'un bras, cherchant à se rééquilibrer, ne trouvant que ténèbres et vide. L'élan la fit basculer à partir de la taille et son autre bras entama lui aussi un mouvement de balancier. Ses bracelets tintèrent : Mia était un moulin dont les ailes tournoyaient.

Le poids de son corps se porta sur la pointe de ses pieds, ses talons se décollant du sol. Des pierres crissèrent lorsque Noah se précipita pour la retenir, elle sentit le bout de ses doigts lui frôler la main.

Trop tard.

Mia eut conscience qu'il l'appelait, mais elle était déjà très loin. Une rafale lui balaya le visage, la lueur des étoiles était éblouissante, la rumeur des vagues envoûtante, cependant qu'elle plongeait vers elles, le corps léger comme une plume.

33

Katie
(Bali, août)

Le sang afflua aux oreilles de Katie. Tout ce qu'elle avait cru se révélait faux.

— Elle est tombée ?

— Oui, répondit Noah.

— Pourtant, les témoins…

— … ont rapporté ce qu'ils s'imaginaient être arrivé. De là où ils se tenaient, on ne distingue qu'une partie de la crête. Je portais des vêtements sombres, à moins que je n'aie été hors de leur vue.

— Et les policiers ?

— Il y a eu d'autres suicides ici. Cela leur a paru évident, je présume.

— Tu n'as jamais rétabli la vérité ? Tu nous as tous induits en erreur…

— Une douzaine de personnes m'ont vu tabasser mon frère ce soir-là, puis pousser Mia, qui s'est retrouvée à terre. Si j'avais dit aux policiers ce qui s'était réellement passé, ils ne m'auraient jamais cru.

— J'étais persuadée qu'elle s'était suicidée ! s'exclama Katie, incrédule, d'une voix entrecoupée. Je n'ai pas cessé de me demander comment j'aurais pu agir autrement, comment j'aurais pu être une meilleure sœur.

Il baissa la tête.

— Je suis désolé. Pour tout. Profondément désolé.

Le mot que venait de prononcer Noah fut pour Katie semblable à une fusée de détresse illuminant le ciel.

— C'est donc toi qui as envoyé une fleur aux obsèques de Mia.

L'orchidée papillon blanche au cœur rouge sang qu'elle avait alors tenue entre ses doigts encore tremblants d'avoir flanqué une gifle à Finn.

— Oui.

— Sur la carte qui l'accompagnait ne figurait que : *Désolé.*

Les paumes ouvertes, il expliqua :

— Je ne savais pas quoi écrire d'autre.

— Mon Dieu, souffla Katie, qui avait du mal à assimiler toutes ces nouvelles informations.

Saisie d'un vertige, elle posa la main sur sa poitrine et sentit que son cœur battait à se rompre. Elle n'était qu'à trente centimètres du bord de l'à-pic, à côté de Noah. Sous la brise, sa robe voltigea tandis que ses cuisses se couvraient de chair de poule.

— Mia m'a téléphoné la veille de sa mort, lui révéla-t-elle soudain. C'est la dernière fois que j'ai eu l'occasion de parler à ma sœur. Et je lui ai sorti des horreurs.

Katie ferma les yeux. *Si je pouvais recommencer cette conversation, Mia, je m'y prendrais autrement.*

Je te dirais que je t'ai toujours admirée pour ta détermination, ta force, ta capacité à être toi-même sans que les conventions ou les attentes de qui que ce soit t'inhibent.

Et que les moments les plus heureux de ma vie sont ceux que j'ai passés avec toi. Ceux où nous dévorions des fish and chips *sur le front de mer. Où nous écoutions la radio allongées au soleil. Où nous faisions le poirier ou des galipettes dans la baie.*

Et je te demanderais pardon. J'avais beau t'aimer plus que n'importe qui au monde, il m'arrivait de te détester tout autant. Ce que je regrette infiniment. C'était la jalousie. J'aurais voulu avoir ton audace, ton esprit d'aventure, mais la peur me paralysait.

Évidemment, je te prêterais l'argent. Je sortirais suffisamment de ma petite personne pour sentir que tu avais des ennuis et besoin d'aide. Enfin, je te dirais que je t'aime. Que j'adore être ta sœur.

Sauf qu'il est trop tard…

Elle éclata en sanglots, son visage inondé de larmes.

— Katie… fit Noah.

— Je ne peux pas me réconcilier avec Mia. Elle devait me haïr.

— Non, au contraire, affirma-t-il. Elle parlait souvent de toi. Elle m'a raconté son enfance en Cornouailles avec toi. Vous passiez l'été sur la plage. À Porthcray, c'est ça ?

Elle hocha la tête tout en s'essuyant les yeux.

— La première fois que je l'ai vue, elle flottait à plat ventre, complètement immobile pour *écouter la mer,* m'a-t-elle expliqué. Il paraît que vous faisiez ça ensemble.

Katie sourit. *Tu t'en souvenais?*

— Tiens, j'ai quelque chose à te montrer, reprit Noah, qui sortit un bout de papier plié de sa poche. Si tu as lu le journal de Mia, tu as sûrement remarqué qu'il manquait une page à la fin.

— En effet, acquiesça-t-elle, étonnée qu'il le sache.

— Quand je suis allé dans la chambre de Mia pour lui laisser un petit mot – une lettre de suicide, j'imagine – je n'avais rien où le noter. Son carnet de voyage était ouvert sur la table à une page vierge. C'est là que je l'ai écrit.

Il déplia une feuille crème, qu'il lui tendit.

Katie la regarda fixement. Les mots griffonnés par Noah se détachaient sur le papier abîmé et froissé.

— Je ne me suis pas rendu compte que j'avais écrit au dos d'une note de Mia. Regarde de l'autre côté.

Elle se rappela la dernière qu'elle avait vue, l'esquisse du profil de Mia remplie de dessins inquiétants et la légende: *Ce que je suis.* Elle retourna le feuillet dont les bords déchirés s'inséreraient parfaitement à ceux du milieu du carnet.

Noah l'éclaira avec une petite lampe torche qu'il avait sortie de sa poche.

Elle mit un instant à accommoder et cligna des yeux. Au-dessus des mots: *Ce que je veux être,* écrits au bas de la page, il y avait un autre profil, pur, sans rien à l'intérieur. Mais ce fut la photo accolée à l'autoportrait qui stupéfia le plus Katie.

— C'est toi, n'est-ce pas?

La lueur de la lampe ricocha sur le papier glacé. Katie leva la feuille pour examiner le cliché. Une petite fille en robe bain de soleil rouge vif, pourvue d'une poche où une plume était glissée, tenait d'une main les rênes d'un hippocampe bleu saphir et tendait l'autre. C'était elle. Il s'agissait de la partie de la photo dont elle croyait que sa sœur s'était débarrassée.

Mia s'était dessinée à côté de Katie.

Réunies.

Des sœurs.

Ce que je veux être.

La tête lui tourna. Elle appuya le bout des doigts sur ses tempes. En bas, la mer se déchaînait et des paquets d'écume fouettaient les affleurements rocheux déchiquetés. Il suffit parfois d'un mot, d'un sourire, d'un coup d'œil pour avoir une révélation. Dans le cas de Katie, ce fut la photo, qui effaça les années en l'espace d'un instant. Des années de portes claquées et de bras ouverts, de paroles blessantes et d'excuses sincères, de longs silences et de rires. Elle comprit que Mia l'avait aimée, en dépit de tout, et souhaitait qu'elles se retrouvent.

Katie imagina Mia courant sur le chemin pour rejoindre Noah. Lorsqu'elle avait croisé les témoins, elle n'avait pas eu une minute pour s'arrêter ou s'expliquer. Katie se représenta sa sœur, debout au bord du précipice, l'esprit en déroute à cause de l'alcool, égarée par la nuit qui lui faisait signe de se pencher. Elle vit Mia trébucher, son corps se courber, ses bras se déployer instinctivement comme des ailes.

Jamais elle ne saurait ce que Mia avait pensé au cours des secondes atroces de sa chute, si le temps lui avait semblé ralentir, si elle avait senti la saveur salée de l'air et entendu le chant des oiseaux nichés dans les coins sombres de la paroi – ou si ses derniers instants avaient été remplis de souvenirs de sa vie, s'étalant en éventail à la manière d'un jeu de cartes. En revanche, elle savait que Mia n'était pas montée ici pour en finir, elle était venue aider l'homme qu'elle aimait.

Noah lui encercla fermement le poignet et l'entraîna.

Soudain, il s'immobilisa.

Ils entendirent un bruit de pas tandis qu'une silhouette émergeait de la pénombre.

— Finn ? s'écria Katie.

Il était à bout de souffle. À la faveur du clair de lune, elle remarqua ses traits figés. Peut-être aperçut-il les larmes dans les yeux de Katie, que Noah tenait par le poignet, quoi qu'il en soit il se précipita vers eux.

— Lâche-la !

Noah obtempéra.

— Ça va ? Il t'a fait mal ? demanda Finn.

— Non, non. Absolument pas.

Il lança un regard à Noah, qui, sous l'effet de la tension, parut grandir. Finn s'avança d'un pas dans sa direction.

Noah ne bougea pas. Il tournait le dos à l'abîme. Il aurait suffi que Finn s'approche et le pousse légèrement pour le déséquilibrer.

— Qu'est-ce que tu fous ici ? hurla Finn.

— Elle est tombée, intervint Katie. Mia est tombée.

— J'étais avec elle, confirma Noah, qui expliqua la façon dont les choses s'étaient déroulées. Sa mort était accidentelle.

Après l'avoir écouté attentivement, le visage impassible, Finn conclut :

— Alors, tu nous as laissés croire à un mensonge.

— Je suis désolé.

— Mia est venue ici à cause de toi. Nous devions aller en Nouvelle-Zélande. Nous avions des projets.

— Je ne lui avais rien demandé.

Sans crier gare, Finn l'attrapa par la peau du cou et l'obligea à reculer.

Katie porta les mains à sa bouche. Ils ne se trouvaient qu'à trente centimètres du bord de la falaise. Un pas de plus et ils basculaient.

La figure tout près de celle de Noah, Finn cria :

— Ça t'excuse ?

— Je ne cherche pas l'absolution, répondit Noah, n'ayant manifestement pas envie de lutter.

— Finn ! supplia-t-elle. Lâche-le !

Il n'eut pas l'air de l'entendre.

— Comment as-tu pu l'abandonner ? Tu t'es cassé à Bali sans même la prévenir. Elle en bavait déjà assez comme ça.

— Je sais. Je ne voulais pas la faire souffrir. J'étais sûr de ne pas pouvoir la rendre heureuse, faute d'être bien dans ma peau. Voilà pourquoi je me suis taillé.

Il soutint le regard de Finn et ajouta :

— Ça ne veut pas dire que je me fichais de Mia. Je l'aimais.

Katie sentit le sang palpiter dans sa gorge.

Finn laissa tomber ses bras et recula. Il lui avait affirmé une fois qu'il aurait eu moins de mal à renoncer à Mia si Noah avait été amoureux d'elle.

Katie, qui retenait son souffle, expira.

Noah s'effleura lentement le cou. Lorsqu'il releva la tête, ses yeux croisèrent ceux de la jeune femme.

— Je regrette infiniment que les choses ne se soient pas passées autrement.

Elle pensa au cadeau qu'il venait de lui faire : la vérité. Rien n'était plus précieux. Aussi jugea-t-elle important d'insister :

— Noah, c'était un accident.

Il acquiesça en pinçant les lèvres. Puis il se dirigea vers le sentier, jetant un dernier coup d'œil à la mer avant de disparaître entre les arbres. Comme elle le suivait du regard, Katie se surprit à espérer que son horizon s'éclaircirait un jour. Mia l'aurait souhaité.

L'instant d'après, Finn la rejoignit et lui prit la main.

— Tu vas bien ?

— Oui. Comment as-tu su que je serais ici ?

—Je suis retourné dans ta chambre pour parler de ce que tu m'avais dit... de nous. Mais tu n'étais plus là. Ketut m'a prévenu qu'il t'avait appelé un taxi pour Umanuk. Alors je suis venu.

Katie le dévisagea et constata que ses traits s'adoucissaient. Si elle ignorait ce qu'il avait à l'esprit, elle savait qu'il était monté jusqu'ici pour la retrouver.

— Merci.

Il lui serra la main. Katie eut la sensation agréable que ses doigts enlacés aux siens étaient en sécurité : l'espoir était possible.

— Tu es prête ?

Elle parcourut la crête d'un dernier regard. Ce lieu l'avait obsédée des mois durant, or il ne s'agissait que d'un monticule de terre. Rien de plus. Elle inspira, emplissant ses poumons.

— Oui, je le suis.

Cet instant l'avait terrifiée : la fin du voyage de Mia et le début du sien. Comme ils s'éloignaient, toutefois, paume contre paume, l'écho du vent et la rumeur des vagues s'estompant, Katie comprit qu'elle n'abandonnait pas sa sœur, elle l'emmenait.

Lorsque je respirerai de l'air salé, je penserai à toi courant sur la plage, les cheveux flottant dans le dos. Lorsque j'entendrai des éclats de rire, je penserai aux nôtres quand on sautait sur les matelas de nos lits superposés. Lorsque j'écouterai de la musique soul, je nous verrai danser dans le salon, pieds nus.

Vais-je rentrer à Londres ou en Cornouailles ou prendre un avion pour un nouveau pays ? Je n'en ai aucune idée parce que je ne suis plus celle qui prévoyait tout. En revanche, j'ai un projet. Et c'est grâce à toi, Mia. Grâce à nous. Demain, j'irai sur la plage, j'étalerai ma serviette sur le sable chaud, j'entrerai dans la mer transparente de Bali. Et je nagerai.

Remerciements

Je souhaite remercier vivement tous ceux qui m'ont permis d'écrire ce livre : mon agent, Judith Murray, pour ses conseils avisés ; mes amis qui ont lu les premiers jets, dont les réactions et l'enthousiasme m'ont énormément aidée ; mes parents, Jane et Tony, pour m'avoir constamment encouragée et soutenue et, enfin, mon mari, James, pour son inébranlable confiance en moi.

Composition :
Soft Office – 5 rue Irène Joliot-Curie – 38320 Eybens

Achevé d'imprimer par N.I.I.A.G.
en mars 2013
pour le compte de France Loisirs, Paris

N° d'éditeur : 72363
Dépôt légal : avril 2013

Imprimé en Italie